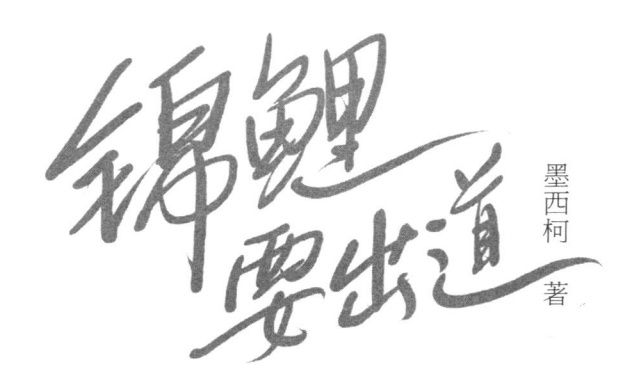

锦鲤要出道

墨西柯 著

长江出版社
CHANGJIANG PRESS

图书在版编目（CIP）数据

锦鲤要出道/墨西柯著． — 武汉：长江出版社，2022.4
ISBN 978-7-5492-8067-4

Ⅰ.①锦… Ⅱ.①墨… Ⅲ.①长篇小说-中国-当代Ⅳ.①I247.5
中国版本图书馆CIP数据核字(2021)第252488号

锦鲤要出道 / 墨西柯著
Jinli Yao Chudao

出　　版	长江出版社	
	（武汉市解放大道1863号 邮政编码：430010）	
市场发行	长江出版社发行部	
网　　址	http://www.cjpress.com.cn	
责任编辑	李　恒	
印　　刷	三河嘉科万达印刷有限公司	
版　　次	2022年4月第1版	
印　　次	2022年4月第1次印刷	
开　　本	880×1250mm 1/32	
印　　张	11.25	
字　　数	350千字	
书　　号	ISBN 978-7-5492-8067-4	
定　　价	39.80元	

版权所有，侵权必究。
如有质量问题，请与承印厂联系调换，联系电话010-57735441

目录

第一章	002
第二章	036
第三章	064
第四章	092
第五章	126
第六章	148
第七章	168
第八章	189
第九章	210
第十章	231
第十一章	259
第十二章	279
第十三章	300
第十四章	322
番外一	343
番外二	352

锦鲤要出道

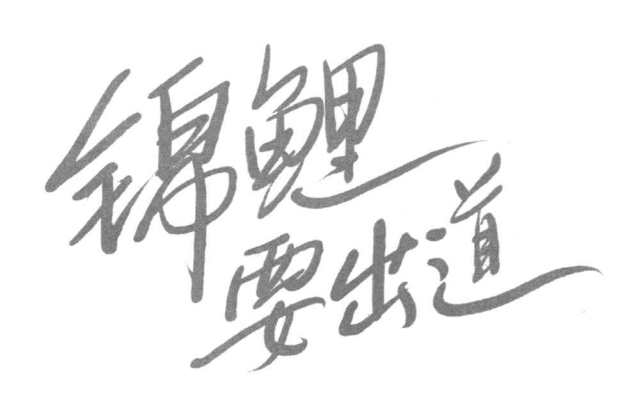

今日份的小锦鲤来啦，

听说善良的人会有好运哦！

Chapter 01

苏锦黎所在的山上，与世隔绝。与其他地方不同，在这里天地灵气仍能会聚于某些具有特殊禀赋的灵物之上，使其化为人形。但同时天地的渣滓也可能聚拢成形，为祸人间。苏爷爷交代过下山的孩子们，如果发现隐藏于人迹的渣滓，必将其铲除。

苏锦黎扛着自行车，"呼哧呼哧"地往城区的方向走。

挂在自行车上的链条还在荡来荡去，拍打在自行车身上，发出清脆的声响，居然颇有节奏感。

他额头的汗珠顺着脸颊流淌，顺势流进了衣领里。

汗水的浸湿，让他的皮肤出现了些许变化。

然而因为疲惫，他并未察觉到。

其实在下山前，苏爷爷曾经帮苏锦黎占卜了一下。

苏爷爷当时正在吃泡面，面前还放了本玄幻小说，抽空点了一下看了一下，瞥了一眼之后对苏锦黎说："你此次出山，凶多吉少。"

"啊？我是锦鲤化身啊，为什么会这样？"他下意识地觉得爷爷是不放心他下山，故意吓一吓他。

苏爷爷有条不紊地回答："因为你比较特殊。"

苏锦黎立即闭上了嘴。

他跟其他人不太一样，还可以说非常……弱，这一点他一直都知道。

他是纯阴体质。

阴阳调和，可以产生独特的气场，多半雄性属阳，雌性属阴。

然而苏锦黎是反过来的。

一般来说，这也没什么太大的影响，只是有些能力什么的，他都用不到极致，天生比其他的人差一些。

苏爷爷见苏锦黎十分沮丧，犹豫了半晌，还是补充了一句："不过，你可以放心，你到底还是锦鲤，命中注定会遇到贵人，并能逢凶化吉。"

苏锦黎终于松了一口气。

"不过……"苏爷爷突然再次开口。

苏锦黎吓得屏住呼吸，等待苏爷爷继续说下去。

"你遇到的贵人，需要由你来帮助，才能成为贵人。"苏爷爷补充道。

苏锦黎没太懂，蹙眉思考了一会儿，还要再问，却被苏爷爷打断了："言尽于此，去吧。"

"哦……那我走了？"苏锦黎推开门，打算离开，临走之前又回头看了苏爷爷一眼。

这些年里，在爷爷这里学习的陆陆续续都离开了。他走以后，就只剩下苏爷爷跟年幼的弟弟留在这深山里了，他还是有些担心。

"我还是要提醒你，你是阴性体质，阳气越重的人，越会喜欢接近你，甚至袭击你，你务必要小心。"苏爷爷看到最疼惜的孙子也要出去闯荡了，到底还是有些不舍。

平日里，苏锦黎体质差，苏爷爷都会特殊照顾，感情自然也最深。方才的冷淡，都是在赌气。

"爷爷，您放心吧，我是男孩子！"苏锦黎拍了拍胸脯，自信满满地回答。

阳气重的，一般都是男生。

男生能对男生怎么样呢？顶多打一架。

苏锦黎自认为，打架他虽然不行，但是抵挡两下还是可以的。最重要的是，他体质不好也比其他人强，跑得比一般人快。

打不过就跑呗。

苏爷爷的眼神里闪过一丝复杂，迟疑了一会儿，最终什么也没说，只希望是自己多想了，外面的世界应该没有那么混乱。

于是，他对苏锦黎说："走吧。"

苏锦黎还有着即将出去闯荡的兴奋感，并没有注意到苏爷爷的表情，到院子里骑了唯一的一辆自行车就下了山。

自行车在下山的途中车链子突然断了。

苏锦黎长大的这些年里，家里就没什么像样的东西，都是苏爷爷偶尔下山，从城里带回山上的，这辆自行车都是家里比较洋气的东西了。

他不舍得扔，山路曲折颠簸，干脆扛着自行车继续走，打算去城里修一修。好不容易到了有柏油马路的地方，苏锦黎兴奋地踩了踩路面，又把自行车放在路边，到路上蹦了几下。

只是这样，都让他兴奋得不行。

结果，突然有车快速行驶过来，大声鸣笛，吓得他赶紧跑到路边，害怕地目送汽车离开。

待汽车走了，他重新回到路上，再次坐在了自行车上，将车链子搭在自行车的扶手上，用脚踩着地面，一点一点地往前蹭着走，这样要比扛着轻松一点。

他腿长，坐在车上两条腿可以稳稳地踩着地面，坐在自行车上"行走"也不会显得十分吃力。

他下山的时候还是早上，现在已经到了深夜，路面上车辆很少，靠近有人居住的地方，也没见到几个人影。

不过，难得下山的兴奋，还是让他激动得不行，依旧兴高采烈地左顾右盼。

前几次跟着下山都是在白天，他还是第一次看到城里夜里的样子。他觉得城里超级厉害，店面门口的灯居然是彩色的，还一闪一闪的。

终于，他看到前面有一个人，立即停下自行车，快步走过去。

不过他走了几步，就觉得不对劲。

一名穿着红色长裙的女子坐在桥头，正在整理自己的裙摆，一边整理一边哭。

她已经跨过了栏杆，看这架势应该是想要下水。

苏锦黎驻足看了一会儿，忍不住在心里感叹：城里的女生都是穿这么好看游泳的吗？

"那个……您有没有做准备运动？现在的水还有点凉，您这么下水，腿会抽筋的。"苏锦黎小声提醒。

他说完这句话，成功引起了女子的注意，她扭头看向他，表情有点狰狞。

"没听说过自杀之前还得做热身的，难不成进水之后还要表演花式死亡吗？"

他听完愣了一瞬间。

注意到女子的态度并不好，意识到自己恐怕打扰到人家了。

于是他乖巧地点了点头："那您先忙。"

他回答完，倒是引得女子扭头看向他，盯着他看了半天。

他又往后退了一步，抬手让了让，示意她继续，他不会打扰。

尤拉总觉得，自己简直倒霉到喝水都能塞牙，开车两个小时到荒郊野外来自杀，都能碰到一个看热闹的。

她想不明白，面前这个一脸镇定的少年是什么情况？是觉得她不敢自杀？有媒体一路跟着她，想要嘲讽她一下？

不过这种时候，她已经不在意了。

就当是谢幕演出，身边的人是最后一名观众。

她抬手，又整理了一下自己的裙摆，做了一个深呼吸，接着看向天空。就算仰着头，眼泪也会流下来。

现在，恐怕是她最后一次看天空了吧？

寂静的夜，无月无星无风。

她又想起了，她曾经也辉煌过，鲜花、掌声、赞美她都拥有过，最后却落得这样的下场……

她又穿上了当初得奖时穿着的礼服，出门前还化了妆，想要漂漂亮亮地死去。

选美小姐的冠军，怎么可以不漂亮呢？

再低头看看桥下湍急的河水，心又凉了。

过阵子，会是以怎样的方式捞出她的尸体呢？

她终于下定决心，准备一跃而下。

"对不起，可以在您自杀之前，跟您问个路吗？"苏锦黎原本要离开的，想起了自己不认路，立即拿出口袋里写有地址的纸条，想要递给尤拉，让她帮忙指个路。

尤拉的身体一晃，险些没控制好姿势，直接掉下去。

看着苏锦黎递来的纸条，尤拉简直觉得自己被耍了。

她一巴掌拍开苏锦黎的手，苏锦黎下意识收回手，手里的纸条却被风吹走了。

苏锦黎愣在当场。

他下山的时候累得要死，一阵风都没吹，偏偏在这一瞬间吹来了一阵风，好巧不巧地吹走了纸条。

纸条飘飘荡荡，落进了水里。

跟别人说他是锦鲤化身，真没人信，他这个运气真的是差到爆了。

苏锦黎愣愣地看着水，迟疑要不要下去捡的工夫，尤拉已经爬回来，拽着自己的裙子，气势汹汹地走向他："你是故意的吧？啊？你们不就是想拍我的这些视频吗？好啊，来拍啊！长得人模狗样的，怎么不干人事呢？！"

她说的同时，还在用手戳苏锦黎的肩膀，让他身体一个趔趄后接连后退，还真挺疼的。

"我真的是想问路……"苏锦黎委屈极了，努力解释，还在着急，想要去追纸条。

尤拉十分霸气地伸出手，捏住了苏锦黎的下巴，质问道："你不可能不认识我是谁，这么淡定不是装的还是什么？"

"我没有……我得去捡地址……"苏锦黎说完，就转过身，想要绕过桥到岸边找找纸条掉到哪里了。

尤拉十分不爽，被苏锦黎打扰了，自然不肯放过他。

她提着裙子，跟在他身后骂骂咧咧的："你小子别跑，跟我说清楚，你是哪家媒体的，我也得考虑你们的影响度。"

两个人一前一后走了没几步，突然有一辆车急速行驶过来，一头撞在了桥的栏杆处。

刚巧，就是刚才两个人待的地方。

他们两个人同时停下来，震惊地回头看向那里。

尤拉刚才还扶过的石头栏杆扶手，已经被车直接撞碎了，掉落到了河水里。

如果尤拉还在那里"仰望45度角,明媚且忧伤"的话,真不知道是被撞死的,还是掉进河里淹死的。

尤拉吓得指了指车,扭头问苏锦黎:"这么大手笔?宾利啊……"

"我不知道你在说什么。"苏锦黎的脑子都要转不过来了,他突然发现,凡间真的是太精彩了,他有点缓冲不过来。

尤拉盯着苏锦黎看了看,似乎是在确认,紧接着又闻了闻,总觉得不对劲:"怎么这么大的汽油味?"

说完,尤拉立即惊呼了一声:"对了,救人!救……快!"

苏锦黎虽然没反应过来发生了什么,不过也懂尤拉的意思,立即跟过去查看情况。

靠近了车,尤拉首先去看驾驶席,在苏锦黎的帮助下,艰难地用碎石砸碎车窗玻璃,这还是靠苏锦黎用了些许法术才完成的。

尤拉往车窗里面看了一眼,立即吓得花容失色:"无人驾驶?"

她再往后面看了一眼,才惊得花容失色,惊道:"这什么情况啊?!"

深夜里,一辆无人驾驶的宾利,毫无方向感地行驶向桥边,直接撞了车。

车的后排躺着一名身材纤瘦的老人,似乎已经昏厥,尤拉甚至怀疑,那已经是一具尸体了。

"要怎么做?"苏锦黎也看到了那名老人。

"死人吧?"尤拉吓得身体都在颤抖。

"没死,身上还有气。"

尤拉吓得慌了神,没注意到他话里暗藏的玄机,只是松了一口气,打开了车的安全锁,拉开了车门。

苏锦黎则快速地将老人拽了出来,背在自己的背上。

"接下来该怎么办?"苏锦黎背着老人问她。

尤拉被问住了,她也是第一次碰到这种事情,手足无措了一会儿,这才想起来:"我的车在后面的小树林里,我们开车去医院,这里的事情报警吧。"

苏锦黎点了点头,跟着尤拉往小树林走,上了尤拉的车。

尤拉在车里翻找了半天,想要找寻手机,却因为慌了神反而半天找不到。

就在这个时候,突然听到了巨大的爆炸声,尤拉吓得差点磕了头。

看向车窗外,就看到小桥的位置发生了爆炸,脸色瞬间煞白。

苏锦黎坐在后排,也扶着前排座椅跟着看,惊呼了一声:"炸了?"

"嗯……"尤拉回答的时候声音都在颤。

"好厉害的样子。"

"你是不是傻啊?!"尤拉被苏锦黎的感叹气得不行,嚷嚷起来,"我穷,开不起宾利,不知道那玩意无人驾驶是怎么回事,如何实现的,但是高科技至少不会撞到东西吧。而且这位大爷躺在后排,处于昏迷的状态,这明显是一场谋杀啊!"

"呃……"苏锦黎觉得很神奇,每个字他都懂,组合在一起他却不懂了。

首先……宾利是什么?

"开宾利的!肯定有钱,我们管了这件事,说不定就卷进什么阴谋里了。"尤拉说的时候,有点想把老头扔下去。

遇到这种事情,对于一个正常人来说,真的有些诡异。

尤拉多想一些,也属于正常。

"您连死都不怕,为什么要怕这些?"苏锦黎下意识地问,并且用真挚的眼神看向尤拉。

"是啊,我连死都不怕……"尤拉感叹了一句,终于下定决心,"就当临死前做一件好事,走,去医院。"

尤拉将车开到医院,又开始犹豫了。

她是明星,最近还有很多关于她的负面新闻在网上爆着,她今天还穿得这么夸张,只要进医院,肯定会引起围观。

她不想显得太滑稽。

可以这样自杀,但是不能这样出丑。

"你扶着他进去吧。"尤拉回头对苏锦黎说。

苏锦黎已经将老大爷架在了自己的身上,点了点头就准备下车,临下车的时候还问尤拉:"如果他们要我做好事留名的话,您说我留不留呢?"

"不让你垫付医药费就不错了。"

"我有钱,出门的时候我爷爷给了我五百。"

"哦,那你去吧,小富翁。"尤拉对苏锦黎挥了挥手告别,苏锦黎就此下了车。

尤拉坐在车上,终于找到了手机,打开手机报警,详细介绍了自己经历的事情,以及车祸的地点后挂断了电话。

找到烟盒,她取出一根烟来,点燃吸了一口,突然有人敲了敲车窗。

她看到是苏锦黎紧张兮兮的小脸,以及跟在他身后的医护人员,突然觉得场面还挺有意思的,于是打开车窗问:"怎么了?"

"他们让我垫付医药费,得一千,我的钱不够了。"

"你垫付医药费了,自己的生活费怎么办?"

苏锦黎摇了摇头,回答:"不知道。"

"那你之后打算怎么办?"

"我是要找我哥的,但是地址丢了,我也不知道了……"

她看着他,突然笑了起来。

最近这段日子她已经很少笑了,现在居然被一个小伙子逗笑了。

她也不知道自己的笑点是什么,只是特别想笑,笑得眼眶有点热,似乎又要哭了。

"我没有现金,但是有卡,这个卡给你,密码是975310。"尤拉从自己的钱包里,抽出一张卡来递给了苏锦黎。

苏锦黎立即点了点头,对尤拉说道:"你人真好,会有好运的。"

听到他的话,尤拉自嘲地笑了笑。

她哪里有什么好运啊,她简直是可悲界的典范,不然怎么会闹到要自杀。

不过她还是含着眼泪微笑:"借您吉言了。"

苏锦黎接过卡,紧接着伸手摸了摸尤拉的头。

尤拉被摸得一怔,还没回过神来,苏锦黎已经拿着卡进了医院。

苏锦黎在医院里复述了三遍事情的经过。

第一章 | 009

第一次是跟医护人员，第二次是跟医院里的主任，第三次是跟警方。

他们似乎还想留下苏锦黎了解情况，毕竟苏锦黎说他连手机都没有。他如果走了，想要再联系上就难了。

苏锦黎不知道为什么要这样，于是他只能一个人坐在医院的走廊里，可怜兮兮地盯着来往的医护人员以及患者、家属，一直坐到了凌晨。

他的听力要比正常人类好，可以听到那些人的窃窃私语，他想偷听到自己什么时候能走，却听到有几个小护士的声音。

"那个男生真帅，是明星吗？"

"他长得有点像哪个明星，谁来着，名字就在嘴边，就是想不起来。"

"他是见义勇为吗？"

"现在哪还有那么多好人啊，估计他是肇事者之一吧。"

苏锦黎朝那几名护士看过去，她们几个立即快速低下头，装出忙碌的样子。

医院里突然喧闹起来，苏锦黎看过去，就看到尤拉披着一个大大的披肩走进来，径直走向了几名警员。

她跟警员说了自己是目击者之一，并且是报案人，之后有什么问题可以联系她。

警员自然是相信尤拉的，毕竟是公众人物。

警员愣了会神，让尤拉做了登记后，允许她带苏锦黎离开。

苏锦黎立即乐呵呵地跟在了尤拉的身后，问："你还没回去啊？"

"回去，回哪？回去继续自杀？"尤拉问他。

"你会回去吗？带我一段吧，我得回去找纸条。"

"你那个纸条早就泡得没字了好吗？"尤拉翻了一个巨大的白眼，这货还真打算让她回去继续自杀？

"那……那我不知道该去哪里了。"苏锦黎沮丧起来。

"你哥住哪里，我带你过去。"

"我从爷爷那里拿到地址后还没看过地址。"

"打电话问问你爷爷？"

"我们山里没信号，家里也没有电话。"

尤拉也觉得头大了，想了想还是决定收留苏锦黎一晚上。

往回开车的路上，尤拉觉得自己简直是疯了，因为被摸一下头就心软了，干了这么离谱的事情。她甚至能想到，明天铺天盖地的都是她深夜盛装出现在医院，并且带一名少年回家的新闻。

标题她都能想到，弃妇包养小鲜肉之类的。

然而，事情并不像她想的那样发展。

今夜的事情不但没有上新闻，她之前的负面新闻，也一夜之间……全部消失了……

苏锦黎还是第一次乘坐电梯。

他站在电梯里兴奋得直搓手，又怕被尤拉嫌弃，强行忍耐了下来，只是故作淡定地跟在她的身后，出了电梯。

苏锦黎是深山里出来的，他也知道自己很没见识，所以在出门前就已经做好了心理准备。

遇到新奇的东西，也不要显得太震惊。

遇到不会的东西，就多看看周围的人是怎么做的。

低调保平安。

尤拉带着苏锦黎回到家里，打开房门，才想起来回头审视了一番苏锦黎。

苏锦黎立即表现出乖巧的样子。

"你来找你哥哥，都没带行李的吗？"尤拉问他。

苏锦黎这才想起来，惊呼了一声："啊！我自行车忘在路边了。"

"除了自行车呢？"

"没了。"

尤拉又盯着苏锦黎看了半天，才让苏锦黎进了家门："我警告你啊，别有什么歪心思。"

苏锦黎还在担心自己的自行车，沮丧地问："我的自行车不会丢了吧？"

"我看那辆自行车比你年纪都大了，就算卖废铁也卖不了几个钱，丢了也没什么损失，你就别惦记了。"

"哦……"

尤拉又觉得苏锦黎有意思了，于是问："你给垫付了500的医药费都不在意，怎么自行车就在意了呢？"

"医药费能救人啊。"

尤拉坐在了沙发上，示意苏锦黎也可以坐下，她从口袋里取出手机来，问："你知道你哥哥住在哪个区吗？小区叫什么名字？我帮你查查。"

"我就记得是一个水果的名字，什么……娱乐公司。"

"哟，娱乐公司？明星？助理？还是其他工作人员？"

苏锦黎想了想后摇头："我不知道……"

"你哥哥叫什么？"

"不知道……"

"Excuse me？"

"呃……什么意思？方言吗？"

尤拉用不可思议的眼神再次上下打量苏锦黎，总觉得这名少年有点奇特。

愿意救人，人不坏，可是什么都不太懂的样子，看起来傻乎乎的。

还有就是……真帅。

尤拉是圈子里的人，见过不少男艺人，整过容的、天生丽质的见过不少。素颜状态下，还能帅成苏锦黎这种程度的还真不多。

苏锦黎给人的感觉就是干净、清爽的少年模样。

比较有特点的，就是那双天生的笑眼，总是弯弯的，眼角下垂，只是随意地看着你，就好像在对你微笑。

看起来很舒服，不让人讨厌。

但是……自己哥哥叫什么都不知道，该不会是个傻子吧？

"你知道什么？"尤拉问他。

"我哥哥肯定很帅。"

"你没见过你哥哥？"

"他出门早，不知道现在成什么样子了，他还改了名字，我只知道他在一家水果名字的娱乐公司工作，好像有点成就。"

真不是苏锦黎傻，而是他爷爷都不知道现在他哥哥是什么样子了。

苏锦黎的哥哥是众多弟子里最优秀的一个,所以是最早出山历练的。

所以苏锦黎现在,连他哥哥究竟长什么样子,改了什么名字都不知道。还是爷爷给了他一个地址,怕他出门后什么都不懂,会有危险,让他投奔哥哥。

可惜出师不利,地址丢了。

尤拉仔细想了想,说道:"水果名字的娱乐公司,本市比较厉害的就是木子桃了。我明天送你过去问问吧,实在找不到,你就回家问问你爷爷。"

"不行啊……我爷爷就是故意的,他就希望我不下山,我回去问了,他肯定就不会再让我出来了。"

尤拉听完,抬手揉了揉太阳穴,甚至有点不耐烦了,她没有兴趣去管别人的家务事。

她随便点了点头,说道:"那你在我这留一晚上,明天我让助理送你去木子桃。"

"好,谢谢你!"

"记住,今天的事情不要出去乱说。"

"好的。"

尤拉叮嘱完,就起身上楼,打算休息。

苏锦黎看着尤拉离开,突然喊道:"小姐姐,你会转运的。"

"哈?"尤拉一脸无语地回应了一声。

"一个小周天内。"

尤拉都懒得说话了,直接疲惫地拉着长裙上了楼,没再理会苏锦黎。

她现在的烦躁程度,不亚于即将灭国的皇帝,自然不会有什么好态度。

第二天早上 5 点钟,苏锦黎就从沙发上坐起身来,盘腿坐在沙发上,开始呼吸吐纳,排出体内的浊气。

这个方法对身体有益,以至于他们之后,皮肤白皙,犹如布丁一般水润光滑,也从来不会有长痘之类的困扰。

静坐了一个小时后,苏锦黎起身简单地活动身体,在屋子里走了走,去观察房间里的家用电器,看什么都觉得新奇。

他又走到了阳台,刚刚看出去,就觉得脑袋一沉。

怎么这么高？

他有点恐高了……

不过，害怕归害怕，他还是壮着胆子站在阳台往下看，看了一会儿，就觉得风景十分漂亮了。

这就是城里啊，跟山上的景色完全不一样。

等到上午9点多，房门突然打开，走进来了两个人，慌乱地进了门，看到门口男生的鞋子一怔，紧接着就看到了苏锦黎。

两个人看到苏锦黎后都有点诧异，不过还是对他点头示意。

苏锦黎干脆鞠躬，比他们还客气。

"你好，我是尤拉姐的生活助理小咪，这位是经纪人亮亮。"小咪介绍完了之后，问，"您是？"

"我叫苏锦黎。"

"是……尤拉姐的……"

"昨天我们一起见义勇为了。"

如果苏锦黎回答，他是尤拉的男朋友之类的，他们还能理解，毕竟苏锦黎长得真挺不错的。

但是，一起见义勇为是不是就有点扯了？

自杀的间隙抽空救个人，这种事情还真是不常见。

小咪轻咳了一声，干笑着上了楼，去找尤拉了。

亮亮多看了苏锦黎几眼，有点心动，似乎想签约成艺人，还多问了苏锦黎几句。

后来想到他有可能是尤拉的特殊关系，亮亮也就没再说什么，只是坐在了沙发上，拿出手机来刷消息。

他最近对尤拉已经有了放弃的想法，所以也不想再跟尤拉牵扯太多，带尤拉身边的人。

没过一会儿，尤拉就下了楼，问亮亮："你说消息被控制住了是怎么回事？"

"很神奇，一夜之间，你的消息就销声匿迹了，不少之前的营销号，也主动删了消息。"

"开玩笑吧?"

娱乐圈很多不为人知的事情,尤拉还是知道的。

一个普通的营销号,发一条宣传黑文案有可能才3000元钱。但是让他们删除,就直接翻了一倍,要6000元钱。

尤拉的负面消息可谓是铺天盖地,加上她前夫跟前夫现女友的掺和,更是难以控制,他们已经采取了放弃的态度。

还有就是买热搜。

热搜有几位是可以买上去的,但是排名越高,价格会越贵。

尤拉前夫想整尤拉,用了雇水军的方法,用水军铺消息,要比买热搜词便宜一些,消息更是多了。

结果这些消息全部消失了,很神奇。

尤拉拿起手机看了一会儿,不但没舒展眉头,反而表情越来越凝重。

她可不觉得是她的前夫那么好心,打算轻易放过她,她甚至在怀疑这是不是另一个阴谋。

苏锦黎从头到尾一直站在一边,安安静静地等待。尤拉看了许久手机才想起他来,对小咪说,送他去木子桃娱乐公司。

小咪立即答应了,客客气气地带着苏锦黎走到了电梯前,偷偷地看了他好几眼。

"您是有什么事吗?"苏锦黎疑惑地问。

"不用您,称呼我小咪就行,我没什么事,就是觉得你好帅,你是艺人吗?"

苏锦黎摇了摇头:"不,我是男人。"

"哦……"小咪觉得这有可能是苏锦黎的冷幽默,干笑了几声。

小咪把苏锦黎送到了木子桃公司的门口,苏锦黎对小咪连连道谢,接着到了公司门口,想要在门口等哥哥出来。

坐在门口,他突然有些迷茫了,如果哥哥从他的面前路过,他没认出来怎么办?

而且,听说他的哥哥并不是按时上下班的,只是偶尔来公司,他岂不是要在门口等很久？

他重新站了起来，看着木子桃娱乐公司的大楼，突然有了一个想法。

他可以到这家公司上班，这样可以在公司里慢慢找哥哥。与此同时，他还能赚到工资，要是能供吃供住就更好了！

想到这里，他快步走到了门口，问保安大哥："大哥，你们公司最近招聘吗？"

保安看向苏锦黎，态度十分友好，毕竟是娱乐公司的门面，就算碰到胡搅蛮缠的娱记，或者是疯狂的粉丝，他们都要保持微笑。

他指了指门口的大海报，问："来面试练习生的？"

苏锦黎回头看向海报，得退后几步才能看全。

这个巨型的海报足有三层楼高，占领了一整面墙壁，上面写的是招募练习生，培养、选拔优秀偶像组建组合。

刚巧，目前就是招募的时间内。

苏锦黎拍了拍胸脯，果然，他还是很幸运的，碰上了哥哥公司正在招聘。

他笑着跑到保安大哥身边，犹如一朵盛开的花朵，笑容灿烂非常，让保安大哥都愣了一会儿神。

他又询问了如何参加面试，就跟着另外一名应聘者一起在前台登记，那个男生被没收了通信工具后，他们进了公司。

办公室里的气氛有点尴尬。

安子晏坐在沙发上，长腿无处安放似的，踩在面前的茶几上，也不顾及对面木子桃公司的王牌经纪人面色阴沉，依旧云淡风轻地微笑。

张古词翻看着手里的简历，手指都在微微发颤。

档案是安子含的。

安子含是安子晏的亲弟弟，出了名的纨绔富二代，这位二世祖也算是名声在外，不过真没听说他干过什么好事。

上次听说安子含，还是他跟一名男艺人吵了起来，气急之下砸了保险，用灭火器喷了男艺人一身白后，还拿着手机对着男艺人拍照。

"安家也有公司，为什么不把令弟签到自己的公司，亲自带呢，这样也方便照顾。"张古词努力地挤出微笑来，问安子晏。

"我们家子含不想出名以后，传出去的名声是靠家里捧才出名的，他想靠自己的实力。"

这种话说出来，安子晏自己会信吗？

"为什么要选择我们公司？"张古词又问。

"你们最近不是要推一个男子组合出来吗？把子含安排进去吧，这样你们组合成立了，我们公司有什么资源，也都可以给你们。"

"我们的确想要成立组合，但是，是先招募练习生，在练习生里选拔出来最优秀的几个人……"

"嗯，先把子含内定了吧。"安子晏打断了张古词的话，说得特别不客气。

"你可以先把令弟叫过来，让他们参加面试……"

安子晏听完冷笑了起来，调整好坐姿重新坐好，对着张古词微笑。

安子晏是混血儿，眼眸深邃且好看，总是能够吸引跟他对视的人陷进去。此时森冷的微笑，竟然也有几分优雅，意外的好看："我的弟弟，还需要面试吗？"

张古词跟安子晏对视了片刻，就觉得有些凌乱了。

他终于意识到，业界里对安子晏的传闻是真的。

传闻里，安子晏是一个迷人的杀手，他的身上散发着某种神秘的魅力。

靠近安子晏，跟安子晏对视，就算之前多么讨厌这个人，都会在瞬间改变主意。

片刻后，张古词终于妥协，直截了当地问道："我们直接谈互赢的方面吧，毕竟你也知道，如果我们签了令弟，肯定要提前准备好公关的费用。"

见张古词终于松口了，安子晏才舒展开眉眼，从自己的包里取出了一份文件，打开后递给了张古词："我觉得，你们会心动。至于公关方面，我们自己来。"

跟苏锦黎搭伴上楼面试的男生叫常思音，性格温和，他觉得能跟苏锦黎一起去面试挺好的，至少没有之前那么不安了。

"我听说淘汰率超级高……"常思音看着电梯的数字变化，跟苏锦黎说道。

"现在工作这么不好找?"

常思音扭头看了看苏锦黎,问:"你去过几家了?"

"我第一次参加。"

"我已经去过三家了,前面有一家想了好久最后没要我。像我们这种学校不是太好,没有后台,只有梦想的人,实在是太艰难了。"

苏锦黎似懂非懂地跟着点了点头。

这个时候电梯门打开,苏锦黎的心口"咯噔"一声,下意识地想逃。

结果,手腕却被常思音抓住了,凑到他身边,小声说:"不会吧……是安子晏!"

苏锦黎只觉得,电梯里走出来了一轮太阳,身上阳气重到泛着紫金之气。

他是纯阴体质,碰到阳气这么重的人会觉得浑身不舒服,一瞬间变成了战战兢兢的小鸡崽。

安子晏突然闻到了一阵奇异的香味,走出电梯的同时看了一眼等候在门口的人,问身边的助理:"怎么这么香?"

助理还在准备安子晏出门后的安保工作,突然被问了问题还有点回不过神,跟着闻了闻,回答:"我没闻到什么香味,是香水味吗?"

"不……就是闻了就很有食欲的味道。"

苏锦黎听到了安子晏的回答,瞬间吓得腿都软了。

苏锦黎有点害怕人类。

他之前待在一家私塾里。

那家私塾颇有盛名,出了不少人才,不少学子也都成了状元郎。他在学堂的窗户下被熏陶,也成了一条偶尔吃过墨水的鱼。

然而,苏锦黎想起他们就会瑟瑟发抖。

人们不知道,那位温文尔雅的少詹事家公子,其实每次气闷之后,都会到鱼塘丢石子,吓得苏锦黎只能到处躲闪。

人们不知道,某位大学士年轻的时候,曾经跟几位同僚一起到鱼塘钓鱼,并且钓到了苏锦黎,要把它们烤了吃了。

他们吃了第一条之后,觉得不好吃,把其他的锦鲤放生了,苏锦黎这才幸免于难。

那是苏锦黎唯一一次庆幸自己的体质,长得小被留在了后面,没被他们顺便杀了刮鳞片。

现在,突然碰到一位阳气重到他瑟瑟发抖,还对他的味道很感兴趣的人类,苏锦黎又一次回忆起了不堪回首的过去。

他下意识地吞咽唾沫,战战兢兢地抬起头来,居然跟安子晏对视了。

四目相对的一瞬间,苏锦黎只觉得自己浑身的汗毛都立起来了。

安子晏觉得,他仿佛看到了一只受了惊的小猫咪。

小猫咪的眼眸弯弯的,在看到他之后眼睛瞬间睁得溜圆,瞳孔似乎都放大了。

花容失色。

一个不爱学习的学渣,在这一瞬间想到的只有这么一个成语。

仔细想想,还真挺贴切的,面前的这名少年还真长得不错。

注意到小猫咪皮肤白皙,五官精致,被吓了之后似乎很好拿捏的样子,让他更加有……食欲了。

他不确定是不是因为没吃早饭,导致他有点饿了。

"安少。"安子晏的助理江平秋在这时提醒道,"地下停车场那里都是记者,司机将备用车开到门口了。"

"哦……"安子晏点了点头,没再理会苏锦黎,大步地朝门口走。

走到门口,安子晏下意识地回头,看到苏锦黎跟常思音小跑着进了电梯,便没再停留。

"你居然不知道安子晏?"常思音见到苏锦黎的反应,尤其震惊。

"我是从山里刚出来的,我们那里没有电话,没有电视,不认识很多人。"

"也没有网吗?"

"什么网?渔网吗?"苏锦黎又对常思音产生了警惕。

"你这是什么都不知道啊!"常思音震惊坏了,"当然不是渔网,是网络,啊……怎么说呢,就是无线网,可以互相联系,了解世界大事的东西。"

"好厉害的样子……"苏锦黎回答的同时,松了一口气。

"安子晏是童星出道的,他家里是开娱乐公司的,是国内三巨头之一,木子桃公司在他们面前,就是一个小作坊。安子晏出道这些年里资源好得炸裂,外加公关能力了得,让安子晏虽然性格不怎么样,也红透半边天,随便发一条社交动态,肯定就是头条了。"

苏锦黎似懂非懂地点了点头,努力在脑袋里消化这些信息。

刚才的阳气男叫安子晏,不但阳气厉害,而且性格不好。外加家庭背景了得,就像曾经私塾里国公府的世子爷一样不能招惹。

"我会躲着他的。"苏锦黎回答。

"???"

躲着?

当红偶像难得一见,不少人想见都见不到,他居然躲着?常思音许久没再说出话来。

他们到了面试的地方,发现这里已经有将近四十个人在等待了。常思音深呼一口气,坐在椅子上等待后话就少了,而是坐在椅子上哼歌。

苏锦黎什么都不会,只是跟着瞎紧张。

等待了能有2个小时,才到他们俩。

之前从面试大门里出来的,就没有几个脸色好看的,弄得他们俩就更加忐忑了。

两个人互相依偎着,显得是那么的孤独、无助、弱小。

成员是分批次进去的,他们两个人一起报名,自然是一起进入。

进去之后,会被要求……脱衣服。

苏锦黎下山的时候穿的是白色衬衫,蓝色牛仔裤,虽然下山扛着自行车,衬衫有点脏了,但是看着还好。

他们需要排队去测量身高、体重,顺便看看他们的身材,还要做几个健身的动作,看看他们的平衡感跟身体素质怎么样。

他听到评审的人缘叹了一口气:"怎么一个个的身材都这么瘦?知不知道有点腹肌跟胸肌才会好看?"

苏锦黎进来之后躲在角落的位置，因为一屋子的男生，全都是阳气，让他有点不自在，出于本能地躲着。

听到评审的人这么说，他又观察了一下身材被评审人员小声赞扬了的男生，悄悄地变化着自己的身体。原本纤细瘦弱的身体，渐渐地出现了肌肉，并不特别夸张，却也显得健美好看。

常思音在等待的时候，回头看了苏锦黎一眼，突然觉得不对劲，又仔细看了看，问："你是不是比刚才……壮了？"

"热胀冷缩，这里太热了。"

"？？？"常思音觉得奇怪，却也没太在意，只当是自己看走眼了，继续紧张于自己的面试。

测量完身高、体重后，常思音的身高是 185 厘米，体重是 70 公斤。

苏锦黎是 184 厘米，体重是 65 公斤。

"我们俩居然差了 10 斤？"常思音有点疑惑地感叹了一句，"一般来说，你这种身材好的，体脂率放在那里，要比我们压秤才对。"

"呃……我骨头轻吧。"

"也有可能吧……"常思音回答完到了垫子上，根据评审人员的要求做动作，苏锦黎在他的斜后方，学着他的动作做，没一会儿就结束了，再次穿上外套。

之后就是个人面试，常思音首先进去的。

他也算是有备而来，会唱歌，也会跳舞，虽然也有点紧张，但是总体表现不错。

苏锦黎在他之后进入了面试的办公室，站在空地，看着对面的几位审核人员。

"自我介绍一下吧。"一位女士首先说道。

"我叫苏锦黎。"

等了一会儿，那位女士才再次开口："没了？"

"身高 184 厘米，体重 65 公斤。"

似乎是长得好看的男孩子，偶尔犯蠢也挺可爱的，女士没忍住，扬起嘴角笑了一下，继续问："有什么才艺展示吗？"

第一章 | 021

他本来想说，自己游泳挺不错的，但是想到自己碰到水会有点不妙，于是犯了难。

"我会古诗词，很多。"苏锦黎回答。

"还有吗？"

"会书法、国画。"

"这些都不合适啊……你会唱歌吗？"

苏锦黎想了想后，摇了摇头。

"跳舞呢？"女士又问。

苏锦黎继续摇头。

"那我们能看什么呢？"

"我很能吃苦。"

几名评委面面相觑后，似乎都有点无奈。

其中一位评委忍不住嘲讽起来："你真以为你有一张脸，就能进娱乐圈了？你知不知道同批来参加面试的人，都经过了多少年的努力？你什么都不会就敢过来，谁给你的勇气？"

苏锦黎被批评了，也知道是自己莽撞，于是愧疚地低下头。

"你这样过来，属于在浪费我们的时间。"女士也微微蹙眉，说道，"你看看你自己的衬衫，还是脏的，服装都没准备好，你是有多自信，我们能选中你？你这样也是对我们的不尊重。"

"就你这样的人能红，我就去跳黄浦江。"最先骂他的评委骂完，直接说道，"出去，简直耽误时间。"

苏锦黎点了点头，临走的时候，看了一眼评委的名字牌子。

他记忆力不错，所以几位评委的名字他一下子就记住了。

女评委的名字叫：乔玉华。

男评委的名字叫：胡海高。

倒不是苏锦黎记仇，只是下意识记住名字。

他自己也清楚，他的确是异想天开了，临时起意就来面试了，被这样说也属于正常。

像常思音，估计就已经努力了很多年了，还在几家公司争取这样的机会,而他呢?

他只是想记住这些教育过他的人的名字。

他觉得,他们说得对。

临走时,他还是鞠了一个躬:"对不起。"

走出木子桃的公司大楼,常思音没要到苏锦黎的联系方式,两个人就此道别了。

他有点沮丧,站在木子桃公司的门外,再次盯着招募的广告,看了良久。

之后,他该怎么办呢?

也不知站了多久,突然听到有人叫他的名字,他扭头看过去,就看到小咪站在他身边,微笑着看着他。

"啊……你还在吗?一直在等我?"苏锦黎有点诧异。

"不是,尤姐让我回来找你,我就又过来了。"

"找我?"

"嗯。"小咪微笑着点了点头,"对呀,尤姐也是后来才想起来,你身无分文就走了,她让我给你送点钱,她说你知道密码。"

"啊……谢谢。"苏锦黎立即伸手接过了小咪递来的卡。

"尤姐还说,如果你傻乎乎的混不下去了,就让我送你回山上去。你不适合出来,还是在山上安全。"

尤拉的性格,好像真的是能说出这样话的人。

苏锦黎不好意思地笑了笑,其实他刚才真的差点就有了回山上的念头。

就在两个人说话的工夫,突然有一名个子不高、身材圆润的男人走过来,笑呵呵地问苏锦黎:"帅哥,你是木子桃公司的艺人吗?"

苏锦黎立即摇了摇头:"我……我面试没通过。"

男人听了之后眼睛一亮,立即跟苏锦黎热情地握手:"你好,我是孤屿工作室的王牌经纪人,远远地就觉得你的形象非常不错,不知道您有没有兴趣来我们工作室做艺人?"

小咪做助理也有两年了,立即看了出来,凑到了苏锦黎身边,小声说:"他们就是小型工作室出来狩猎的,今天木子桃娱乐公司有大型的面试,他们在门口徘徊捡漏。你看他,后背都是汗,估计这么久了一个人也没拉到。他们这些工作室都是招不到人，随时都有可能黄的小作坊，大家都不愿意去。"

"呃……哦哦哦。"苏锦黎愣愣地点头。

矮胖的男人还在继续介绍："你只要来我们工作室，就会是我们公司的一哥，是我们重点培养的对象。"

"你们公司有多少艺人？"小咪问。

"我们的确是刚刚成立，如果不嫌弃的话，我们去工作室详细谈？"矮胖的男人避重就轻地回答。

小咪是一名二十岁出头，外形还算不错的女生，被矮胖的男人默认为是苏锦黎的女朋友，或者是同学之类的人，所以也没有怠慢，有问必答。

小咪又大致问了几个问题后，扭头看向苏锦黎，问："你感兴趣吗？"

其实听说供吃供住，提供培训，还有固定工资他就有点心动了。

于是跟小咪小声商量了一会儿，他们俩上了矮胖男人的面包车，小咪打算亲自跟着苏锦黎一起过去，帮忙把把关。

车子行驶了将近40分钟才到地方。

小咪盯着车窗外，看着车子行驶出了市区，差点以为他们被绑架了。就在要拿出手机报警的边缘，他们终于到了地方。

这里临近四环的一个地方，属于正在开发的地带，附近大多是正在施工的楼盘，附近的饭店都很少。他们的工作室，在这样的环境衬托下，倒是要比周围的建筑好一些。

门脸挂着的是一个大大的牌匾，写着工作室的名字。走进去后，小咪忍不住感叹了一句："居然有一种走进了美容店的感觉。"

"这里原来是一个美容医院，黄了之后被我们接手了，很多地方还不完善，装修工作也没全部完成。"矮胖的男人从口袋里取出手帕来，擦了擦额头的汗，引着他们两个人去了会议室。

坐下之后，矮胖的男人开始介绍他们公司。

他们公司是在最近影视行业兴起时，一位在大型公司的高层领导单飞之后开办的。

这家工作室，今年年初才成立。

他们公司目前的主要成员都是音乐人、广告人和媒体人。虽然有进军影视，购买 IP 拍摄网剧的想法，却也没开始施行。

工作室成立了几个月了，他们刚刚开始寻找艺人。

矮胖的男人自我介绍，说自己名叫侯勇，原本是华森娱乐的经纪人，跳槽到了这里。

"华森？娱乐公司的三大巨头之一，你怎么来这里了？"小咪忍不住问道。

侯勇干笑了一声，迟疑了一会儿，没解释，只是继续说下去了。

苏锦黎却能看到，侯勇的身边环绕着暗黑色的雾气，这证明侯勇霉运缠身，倒是不比尤拉轻多少，估计也是一个有故事的经纪人。

"我们的确是新公司，却也有自己的奋斗目标。并且，我们的团队很年轻，能够抓住年轻人的喜好。"侯勇继续介绍。

"嗯，说自己团队年轻，就是公司没成立多久。跟员工谈理想，就是不打算涨工资，这些都是套路，我们直接说待遇吧。"小咪倒是不客气，她可是八百个不愿意，不想苏锦黎签约这里。

侯勇又擦了擦汗，继续介绍起来。

工作室的确刚刚成立，没有实力，但是也有理想，想要长期办下去。

如果苏锦黎跟他们签约，就会是工作室第一批艺人，他可以用全身的肥肉保证，他会认真对待签约的艺人。

见小咪总是在犹豫，他还做了让步，愿意跟苏锦黎签短期合约。合约为一年，一年后，苏锦黎觉得可以就续约，不可以就随时离开。

这回，小咪终于不再说什么了，只是拿来侯勇递来的合同，一条一条地帮忙研究，还时不时发消息，询问自己的朋友，每一条有没有什么问题。

后期还跟侯勇谈了分成问题。

或许是觉得这一年里，苏锦黎赚不到什么钱，所以侯勇做的让步很大，只要他们前期培养的费用回本后，他们只收苏锦黎 2 成收入。

苏锦黎跟小咪小声商量后，直接同意了，跟侯勇签约了合同。

苏锦黎的想法很简单，他刚刚下山，什么都不懂，来这家工作室能得到培训，顺便接触一下社会，学习一下也挺好的。

这里包吃包住，每个月还会发给他固定工资，足够他生活。

合同只有一年，一年后苏锦黎有什么其他的想法了，也可以再做打算。

苏锦黎签约完成后，侯勇终于轻松地微笑起来，走过来再次跟苏锦黎握手。

他对侯勇也是感谢的，自然也表现得客气。

两个人握手的瞬间，侯勇周身黑色的雾气，奇迹般地散了许多。

小咪对侯勇提的第一个要求，就是要他们给苏锦黎配备一个通信设备，也就是手机。

这一个条件侯勇还得打电话，跟上级申请一下，等了一个多小时，侯勇才带着他们去了附近的店里。

紧接着，苏锦黎就一脸神奇，小咪一脸无奈地看着侯勇进了附近一家充值电话费的店里，挑选柜台里的手机。

工作室给侯勇一千元钱，让侯勇买一部手机。

侯勇挑来挑去，选了充值1001元话费送手机的那个活动的手机，给了苏锦黎。

小咪拿到苏锦黎手机号之后，还叹了一口气，抬手拍了拍苏锦黎的肩膀，觉得苏锦黎简直就是一脚踏进了贫民窟里。

苏锦黎倒是不在意，拿着手机对侯勇万般感谢，态度诚恳。

侯勇其实也有点不好意思，不过苏锦黎这种似乎"很好养"的态度，让侯勇十分感动，他一再跟苏锦黎保证："等以后我们发展起来了，我一定给你配一部好的手机。"

"已经很好了，谢谢侯哥。"苏锦黎发自肺腑地感谢。

"呃……叫我勇哥吧。"

小咪在旁边"扑哧"一声笑了出来，拿着苏锦黎的手机，帮苏锦黎注册VX号，顺便加了好友。

"以后有什么不懂的可以问我，着急了可以打电话，如果我没接，多半是在处理尤姐的事情。你也知道，她最近有不少事情。"

苏锦黎理解地点头，对小咪也充满了感激："已经十分感谢你了。"

他跟小咪、尤姐也只是有一面之缘，这两个人愿意这么帮他，他已经十分感谢了，于是抬手揉了揉小咪的头："善良的女孩子是会有好运的。"

其实他并没有什么其他的想法，在他这里，抚摸对方的头，是送去来自锦鲤精的祝福，会给被祝福的人带来好运。

小咪却一瞬间红了脸颊，原本雷厉风行的女孩子，一瞬间手足无措起来，跟苏锦黎解释："我……我只是听尤姐的吩咐，你感谢尤姐吧，她虽然嘴巴很坏，但是人很好。"

"嗯嗯，你们两个人都是好人。"

"什么呀……"小咪有点不好意思，笑了笑后提醒苏锦黎，"我看到合同上有一条，如果你想解约，必须提前三个月以书面形式通知他们，提出解约，不然会自动续约一年，并且是无限期的。你不主动提的话会一年一年自动续约到你终老。"

"哦，我会注意的。"

小咪觉得，自己也只是一个小助理，帮助不了苏锦黎什么了，于是没再停留，打车离开。

苏锦黎目送小咪离开，之后跟着侯勇回到工作室。

"你都没有行李的吗？"侯勇带着苏锦黎到了工作室的宿舍，疑惑地问道。

苏锦黎将自己想投奔哥哥，结果地址丢失的事情，还有不能回家的原因告诉了侯勇。

侯勇一听，如果回山里苏锦黎就不一定能再出来了，立即表示："别回去了，我争取帮你问问你哥哥的事情，你先在这里住着，我一会儿去跟公司申报一下你日常的费用。"

工作室的宿舍也十分简陋。

宿舍在整栋楼的最顶层，他们的宿舍位于阴面朝向，房间不大，里面只有一张床、一个沙发，还有一个落地的衣柜。

苏锦黎坐在床上的瞬间，就听到"吱嘎"一声。

"卫生间跟浴室都是公用的，在走廊中间，洗衣房就在卫生间旁边，衣服可以晾在那里，也可以拿回来晾，随便搭在哪里。"侯勇站在门口跟苏锦黎介绍。

"好的。"苏锦黎觉得，有一个能住的地方就可以了，所以一点也不挑。

"你的日用品跟换洗的衣服是个问题，一会儿我去给你买。"

"嗯，好的。"

侯勇走到苏锦黎的面前，近距离看着苏锦黎的脸。

苏锦黎被看得有点紧张，下意识屏住呼吸。

侯勇看到苏锦黎之后，想法非常简单：苏锦黎很省钱。

苏锦黎的皮肤非常好，就连毛孔都不太明显，一个黑头都没有，不需要前期的皮肤处理了。外加苏锦黎天生丽质，不用打针不用整形，这就节省了一大笔。

还有，苏锦黎性格看起来也很好，这样的性格进入娱乐圈也省心，估计会省下不少公关费用。

"硬件条件不错，我去给你买日用品。"侯勇说完，乐呵呵地出去了。

苏锦黎在工作室的第一周，一直在无所事事。

他偶尔会去其他部门看看，帮着换一桶水。或者是到音乐部门跟着听歌，看他们研究最近的流行歌曲，还顺便摸了几次乐器。

他发现了，他的确是公司里的一哥，因为公司目前只签约了他一个艺人。

公司其他的员工对于侯勇居然能骗来这么帅的小孩，还表示了惊讶。平日里对苏锦黎也颇为照顾，生怕这位难得的艺人突然跑了。

他们打算用真情，留下苏锦黎。

侯勇跟公司申请的前期培养的费用，在一周后才审批下来。

侯勇拿着钱，先是兴致勃勃地去询问聘用舞蹈老师、声乐老师的费用，之后又垂头丧气地回来了。

下午，他开着公司的面包车，带着苏锦黎去了一家舞蹈培训的机构，给苏锦黎报了一个街舞班，还有一个形体班。

聘请私教太贵了，公司负担不起，外加工作室只有苏锦黎一个艺人，不太划算。

如果有十个艺人共用老师，招聘比较合适。

但是只有一个人，还是去报班吧，让苏锦黎跟着随便学学，等以后来了其他的艺人时，再好好培养苏锦黎。

苏锦黎依旧一句怨言都没有，神情里也没有半点嫌弃的意思，很快接受了，进入教室里学习的时候也特别认真。

越是这样，侯勇就越觉得自己愧对于苏锦黎，感动之余，会在自己的VX群里猛夸自己的艺人，觉得自己简直是碰到了天使。

到了晚上回到寝室，苏锦黎突然找到侯勇，客客气气地问他："勇哥，你能教我打字吗？"

"打字都不会吗？"侯勇放下手里的宣传画册，接过苏锦黎手里的手机，点开后，说道，"用这个，点一下，汉语拼音就行了。"

"我不会拼音……"

侯勇原本还在按键盘，听到这句话诧异地抬头。

当初签约太匆忙，没问过苏锦黎的学历，听到这个不由得有点慌，问："你什么学历？"

"我没上过学。"

侯勇震惊得一句话也说不出来。

他签约了一个文盲吗？

这……这以后会是很大的问题吧？

"你……你识字吗？"侯勇问。

苏锦黎点了点头："汉字都认识。"

"为什么没上学？"

"我属于在私塾学习。"

侯勇在房间里找了一个本子还有笔，递给他说道："你写个字我看看。"

"这种笔用着不习惯……"苏锦黎接过笔，在本子上写了一首词。

东风夜放花千树，

更吹落，星如雨。

宝马雕车香满路。

凤箫声动，玉壶光转，

……

侯勇拿来看了一眼,发现苏锦黎的字写得非常好看,属于漂亮的正楷,笔锋有力,带着一股子磅礴的气势。

一首词,侯勇读完都没想起来作者是谁,突然发现自己其实更文盲。

会古诗词,应该不会文盲得太厉害吧?

"你会写字,为什么不会汉语拼音?"侯勇问他。

苏锦黎跟着学的私塾从宋代开始,鱼塘在学堂的窗外,能够听到先生的教书声。

那个时候没有谁教汉语拼音,所以苏锦黎也不会。

"先生没教……"

"你平时用什么笔?"侯勇又问。

"毛笔。"

"看来是很传统的私塾啊,你们还学了什么?"

"我还会国画,真要说的话,我还略通音律。"在苏锦黎的概念里,这些乐器都只属于兴趣爱好,甚至不觉得可以作为才艺展示,以至于上次被提问,他也没说。

侯勇听完立即眼前一亮,问:"你会什么乐器?"

"琵琶。"

"这个……"琵琶是不错,但是一个男生弹琵琶……

"还有古筝。"

"国粹很好。"

"吹箫可以吗?"

"嗯,吹箫还不错。"侯勇想着,苏锦黎也不算是文盲,到时候给苏锦黎的人设,就是这种复古风,也蛮好的。

正好苏锦黎的气质就是儒雅、斯文,面容也干净,会给人一种如玉公子般的感觉。

"你唱歌可以吗?"侯勇又问。

"是公司里哥哥们放的歌吗?"

"对,你前几天跟着听了吧?"

"嗯,听了,我唱给你听。"

苏锦黎清了清嗓子,然后开始唱歌。

他的唱歌,跟一般人的唱歌不太一样,因为他不知道别人是怎么唱歌的,所以是从前奏开始哼。

他就像身体里放了一个CD机一样,居然连前奏的伴奏音乐都能模仿出来,侯勇听到的瞬间就傻了眼。

最让侯勇惊讶的是,苏锦黎真的开始唱的时候,声音居然是唱歌词的同时,还带着伴奏的声音。

听了一会儿,侯勇才发现,苏锦黎不是在唱歌,他是在模仿声音。

苏锦黎就像聪明的鸟类一样,将自己的听到的声音模仿出来,只不过要更高级一些。

这不是唱歌,这是口技。

还是变态级别的。

侯勇听到一半就站起身来,让苏锦黎暂停,紧接着到走廊里大喊:"德哥,德哥,你来一下。"

德哥是公司里的音乐人,也算是有点道行,只不过年纪大了,不愿意太累了,所以来了这家工作室养老。

结果,工作室依旧要加班,他今天就没回家,在宿舍里住了。

听到侯勇的声音,有点不爽地走出寝室的门,问:"你叫魂呢?"

"你来听听小锦鲤唱歌。"侯勇直接拽着德哥往寝室里走。

"你说你长得挺稳重的,怎么人一点也不稳重呢,再说了,小锦鲤这个外号什么时候起的?"

德哥不情不愿地进了苏锦黎的房间,还挠了挠头,示意:"你唱吧。"

于是苏锦黎又哼唱了一遍,德哥也傻了。

"这算是……天才吗?"侯勇问德哥。

德哥摇了摇头,回答:"不,是怪物。"

苏锦黎被他们的样子吓到了,赶紧问:"我……我唱得不好吗?"

"好,很好,但是……"德哥有点语无伦次了。

"小锦鲤是私塾教的,你还记不记得一篇课文,就是说口技的,是不是这就是口技了？这是绝技了。"

德哥本来是打算休息一会儿继续回去加班的，结果来了兴致，问苏锦黎："那你会正常的唱歌吗？"

苏锦黎问："怎么算是正常的唱歌？"

德哥想了想，下来取了设备，给苏锦黎播放清唱版的歌，同时给了苏锦黎歌词："你别唱伴奏，只是唱歌，别学他的声音，用你自己的声音唱，就是按照他的旋律唱出这些歌词来。"

苏锦黎拿着歌词点头，听了一遍之后，看着歌词唱了一遍。

唱完之后，侯勇都要哭了。

他当初单纯地觉得苏锦黎长得不错，站在广场上那么多人，一眼就看到了苏锦黎，帅到让人无法忽视。

没想到，唱歌居然也这么好听。

德哥听完，要比侯勇淡定不少，只是给了苏锦黎指点。

比如哪些地方可以用假音唱，还有就是气息的控制，教了苏锦黎一些唱歌的技巧。

苏锦黎唱的第三遍，就已经赶上原唱了。

甚至要更好听。

德哥在音乐方面也算是有些研究了，听到苏锦黎唱的歌，还是忍不住赞叹了半天："不错，不错，有天赋，一教就会。"

说着，还找了另外一首比较有难度的歌，让苏锦黎继续学习。

这回只用了两遍。

第一遍，是德哥听苏锦黎唱歌，之后指出了问题所在。

第二遍，苏锦黎就已经唱得近乎完美。

"就这嗓子，木子桃怎么可能让你捡漏了？"德哥忍不住问侯勇。

"我当时不会唱歌，就没唱。"苏锦黎替侯勇回答。

"你一唱歌，估计直接被签了。"德哥是这样评价的。

侯勇怕苏锦黎想再去木子桃，于是快速转移话题，问苏锦黎："那你能模仿别人的声音说话吗？"

"那你能模仿别人的声音说话吗？"苏锦黎重复了侯勇的话，并且用了侯勇的声音和语气。

或者说,只是将之前的声音复刻下来。

每个人的声线都有些不同,就算声音还有着苏锦黎自己的特点,但是也学得很像了。

"牛……"德哥感叹道。

"小锦鲤以后的台词功底应该会不错吧。"

"他只是很擅长模仿,真的自己说台词,还是得看他的水平。"

侯勇现在对苏锦黎有一种近乎盲目的信任,总觉得苏锦黎肯定可以。

他现在看苏锦黎的眼神,根本不是在看自己手底下新签约的艺人,而是一个未来的巨星。

"你能红!"侯勇说道。

德哥跟着点头:"你的口技这一点,可以做一个特长卖点宣传,一般的艺人不会,不过也只能是一个个人才艺,不可能靠这个吃饭。你唱歌还有点天赋,培养一下,可以成为一位不错的歌手,跳舞怎么样?"

"在学。"苏锦黎回答。

"没底子的吗?"德哥微微蹙眉,像苏锦黎现在的年纪,想再抻开韧带就有点难了。

"我学过一点功夫。"苏锦黎回答。

"中国功夫吗?"侯勇问。

苏锦黎点头。

德哥听完,立即看向侯勇:"可以啊,捡到宝贝了。"

侯勇也特别兴奋地点头:"我觉得,可以申请更多经费了。"

"在我们这里委屈了。"德哥说了真话。

侯勇有点怕苏锦黎有什么情绪,偷偷看了苏锦黎一眼,随后说道:"小锦鲤,你别怕,我肯定会拼尽全力带你的。"

"我们小猴子有实力。"德哥也跟着说道,"要不是那个女疯子,现在在华森也能领潜力艺人了。"

提起这个,侯勇的表情又苦涩起来,他摆了摆手,让德哥别再提了。

苏锦黎每天都要去培训班学习舞蹈、上形体课。

这家训练室还附带健身房，苏锦黎在学习完毕之后，还会在健身房里留下健身。

侯勇为了给公司省水，每次都是让苏锦黎带着洗漱用品，在健身房洗漱完毕后再回去。好在浴室里都是单间，他可以等皮肤上的水全部干了才出去。

于是，苏锦黎每天骑着公司给他配的自行车，骑20分钟到培训班。在培训班里待到下午，再自己骑着自行车回去。

偶尔，他还会去木子桃娱乐公司的门口徘徊，想要碰碰运气，看看能不能偶遇哥哥。

这天，苏锦黎回到公司，侯勇就拿着一份文件跟苏锦黎嘚瑟。

"我跟公司申请了，外加德哥帮你说话，让你每个月的工资涨了五百块钱，给你的投资款，也每个月涨了一千块钱，厉害不厉害？"侯勇说的时候，高兴得像要过年的孩子。

"这些钱能做什么呢？"苏锦黎对金钱没什么概念。

"啊……五百块钱，咱俩一起可以多吃三顿火锅。"

苏锦黎这回才有了数，兴奋地感叹："勇哥，超级棒！"

"是吧！"

两个人惊呼的声音传到了其他工作人员的耳朵里，不少人都对他们投去了同情的目光。

这可能是最惨的艺人了，没有之一。

苏锦黎回到房间取出手机来，打算把自己涨了工资的好消息告诉小咪。

他的VX里目前只有小咪、德哥、侯勇。打开列表后，看到小咪居然主动发来了消息，属于一条留言：嗨！尤姐想约你吃饭。

他立即用手写输入法回复：我涨工资了，我请你们吧。

小咪：我的天啊，你的那点工资省着点花吧。

苏锦黎：可以吃三顿火锅！

小咪：……

苏锦黎：我很开心。

小咪：不用，我一会儿开车去接你，尤姐转运了，想在去剧组前跟你见一面。

苏锦黎：她人好，转运是正常的。

小咪：来吧，难得尤姐心情好。

苏锦黎：好。

放下手机，就看到侯勇捧着盒子进了他的房间，兴奋地说道："我用新批下来的经费，给你买了一盒面膜，要不要试试看？"

苏锦黎也觉得新鲜，让侯勇帮忙敷上后，就看到侯勇一直眼巴巴地看着他。

"勇哥，你还有事吗？"他问。

"你那个面膜 15 分钟后就可以取下来，到时候我还可以继续用。"

"都干了吧？"

"袋子里有水，挤到脸上就行。"

"你敷一张新的吧。"

"不用，我就是不想浪费。"

苏锦黎被吓得不轻。

这家公司，穷得毫不遮掩。

Chapter 02

晚上，是侯勇开车送苏锦黎到达饭店的。

这家饭店在本市颇为出名，都是一些有身份的人才能够在这里订到位置，并且安保水平不错，还能够保证隐私。

以至于，来这里吃饭聚餐的有不少都是名人。

有人约苏锦黎在这里吃饭，侯勇还是暗自惊讶了一会儿的，不过并没有多问。苏锦黎不跟他隐瞒，他就跟着过去。苏锦黎不想说的，他也没必要刨根问底，尊重艺人的一些隐私也是必要的。

苏锦黎现在没红，不留下什么黑历史就行，其他的完全不用在意，随便去哪里都行。

到达饭店，侯勇带着苏锦黎进入包间，进去看到尤拉之后侯勇的脚步一顿。

好在侯勇还算是机灵，很快就调整好表情，跟尤拉问好。

"你就是把孩子骗过去的经纪人？"尤拉说话特别不客气，直截了当地问了这个问题。

如果是圈里人，都知道这些是怎么回事，侯勇也不好意思在尤拉面前，再说出他们有梦想的那一套，于是笑眯眯地客套了几句。

小咪跟尤拉对视了之后，主动站起身来，对侯勇说："侯哥，我们去点菜吧。"

"哦……哦……"侯勇立即跟着出去了，虽然也有点迟疑，依旧一句没多问。

苏锦黎坐下之后，就开始期待上菜了，他反而是最悠闲的一个。

等小咪出去后，苏锦黎从口袋里取出卡来，放在桌面上："我最近都没花钱，所以卡里的钱我没动。"

尤拉看着卡，并没有要拿回去的意思。

"你说的一小周天是什么意思？"尤拉突然提起了这件事情，问苏锦黎。

"哦，就是地球自转一周。"

"就是一天时间？"

"嗯。"

尤拉点了点头，从面前拿起矿泉水喝了一口后，问："你当时为什么说，我会转运？"

"因为你人好啊。"

"别打马虎眼，你是不是懂玄学什么的？"尤拉也算是问得直截了当。这些天里，尤拉一直在想这些事情。

回忆她这几天离奇的经历，再反复琢磨苏锦黎的话，渐渐品出了些许不对。

苏锦黎是怎么知道她能转运的？真的只是碰巧？

苏锦黎点了点头："我爷爷精通玄学。"

"他老人家怎么说？"尤拉见真是这么回事，马上追问。

"他说我此次出行凶多吉少。不过，我会遇到贵人，凡事都可以逢凶化吉。"

"贵人？"尤拉微微蹙眉，心中甚至在想，这个贵人会不会是自己，还是说，侯勇也是苏锦黎的贵人之一？她又问，"还有吗？"

苏锦黎也没有什么隐瞒的，直接回答了："不过我爷爷说，我遇到的贵人，不是一开始就是贵人，是需要我帮助后才能成为贵人。"

尤拉听到这里，眉头一挑，越发觉得有意思了，继续追问："还有吗？"

"没了。"

尤拉原本不信这些。

但是进入娱乐圈里后，就渐渐地信了一些玄学之说。

在遇到苏锦黎后，她的负面新闻就奇迹般地一夜之间消失了。

她原本以为，是前夫在酝酿什么更大的阴谋，没承想，居然不是前夫主动删除的。

在那些消息被删除之后，前夫那边的人还气急败坏地找过她一次，告诉她，别以为消息删了她就没事了。

"上次我们救的那位老爷子，你还记得吗？"尤拉不再询问苏锦黎算卦的事情，而是打算说自己最近遇到的事情了。

"他康复了吗？"

"具体情况我不知道，但是他身边的人找到我了，跟我说明了一些事情。"

苏锦黎认认真真地听了起来："你继续说。"

尤拉也就说了下去："在我们救了人离开医院之后，老爷子的家人找到了他，并且帮他办理的转院。他的家人通过警方登记找到了我，他们说，老爷子的事情不能宣扬，需要封锁消息，以至于我因为这件事情，负面新闻也跟着消失了。"

苏锦黎听完点了点头，特别真诚地表示："我没懂。"

尤拉抬手揉了揉自己的额头。

"我之前负面新闻缠身，因为老爷子家里要封锁他出事的消息，我又是救他的人，顺便将我的负面新闻全部删除了，这回你懂了吗？"尤拉问。

"懂了点。"

"嗯，他们还将我们垫付的医药费都给我了，还问我有没有什么需要他们帮忙的。我当时也只是试探性地提了一下，能不能帮我得到我一直想要的角色。结果他们真的争取到了。"

"那很好啊，我就说好人有好报吧！"

然而尤拉却一直沉着脸，摇了摇头。

"我怕要封锁消息的人，有可能是想要伤害老爷子的人……我当时实在是太心动了，直接答应了下来，还签了保密协议。但是现在仔细想想，我每天都在坐立不安。"

苏锦黎看出了尤拉的烦恼，于是说道："尤姐，你该这样想，你是碰到了一起交通事故，你救了人，将人送到了医院。家属为了表达感谢，将垫付的医药费返还给你，还给了你感谢的重礼。"

"嗯，这个我也想过。"

"你就算怀疑事情没那么简单，你也无能为力啊。而且，你本来就是一个局外人。再说了，我们当初报警了，警察是代表正义的，他们已经知道了车祸的离奇，那些想害老大爷的人，也不敢再轻易动手了，如果真的再出什么事情，一定会被怀疑。"

尤拉听完，忍不住多看了苏锦黎一眼："我一直以为你傻。"

她哪里会想不明白，只是心里一直有点不舒服罢了。她跟别人不能说，但是跟苏锦黎共同经历了这件事，就只能跟苏锦黎说真话了。

"真那么傻也不敢下山啊，我就是知道的东西少一点而已，等以后我什么都知道了，就不会这样了。"

"总而言之，就是没见识。"

"也……可以这么说吧。"苏锦黎不好意思地笑了笑。

尤拉的心情突然舒畅了许多，跟苏锦黎聊起了自己的新戏。

之前，尤拉就在争取这个角色，虽然不是主角，却也是主要的配角，是一部戏的女二号。

在戏里，女二号几乎就是一个花瓶一样的女生，是男主角的未婚妻，性格泼辣，却也敢爱敢恨。后期对男三有了好感，终于放弃了男主角，跟男三号在一起。

主角都是一线明星，导演也是知名导演，投资方也是各种给力。

尤拉继续说道："这个角色初期有点招人恨，但是后期会洗白，真的看完全部还有那么点吸粉。像我这个年纪还黑料缠身，能接到这样的角色已经非常不错了。"

"尤姐很漂亮啊！"

"漂亮也不顶饭吃。"

"但是饭天天都吃，像你这么漂亮的人可不是天天都能见到。"

尤拉被苏锦黎哄开心了，问他："现在不跟我您您的了？"

"那是刚见面，客气嘛。"

"嗯，还是这样聊天舒服。"

两个人又聊了一会儿，突然听到了房间外有争吵的声音。

尤拉听了一会儿，听出了声音的主人是谁，脸色阴沉下来。

这时，外面的人已经破门而入。

首先进来的是一个男生，看起来二十多岁，脸细长，头发都用发蜡抓得立了起来，身上穿了一身运动品牌。

他进来之后挡着门,让另外一名女人进来。

女人看起来也是二十多岁,气质盛气凌人,看人的时候下巴微扬。进来之后先是扫了苏锦黎一眼,紧接着就阴阳怪气地"哟"了一声。

尤拉看着这名女人,扯着嘴角冷笑,接着语气不善地问:"怎么,有事吗?"

表面镇定,实际上已经暗暗地握紧了拳头。

"没什么事儿,就是看到你的小助理了,想着你恐怕也在这里,想来跟你打个招呼,没想到打扰到你约会了。"女人用让人浑身不舒服的语气,嘲讽道。

尤拉似乎觉得跟她说话很没意思,只是挂着下巴,懒得回答。

实际上,经历了前阵子的事情,她已经没了最开始的战斗力。再加上她最近好不容易接了新戏,不想再闹出什么新闻来,影响了角色。

"尤姐只是在跟晚辈见面,讨论新戏,希望您不要扭曲他们两个人的关系。"小咪在门口实在是拦不住他们一行人,只能努力帮尤拉辩解,可是门外依旧有一名身材肥胖的女人一直拉着她。

"说戏需要一男一女单独在一起,搞得神神秘秘的?"

"并不是谁都会因戏生爱。"

小咪这句话,其实是在嘲讽这个女人。

果然,一下子惹怒了这个女人,她朗声骂道:"你算个什么东西,有什么资格跟我说话?"

"娜姐!"侯勇在这个时候快步走过来,想要帮忙阻拦一下,"您消消气,是我带着艺人来见尤姐,的确是希望尤姐帮忙牵线搭桥,让我的艺人有上戏的机会。"

娜姐看到侯勇,似乎还努力回忆了一下,才又觉得场面变得有趣了:"你不是走了吗?怎么又开始带艺人了?"

"嗯……是啊。"侯勇依旧在笑着回答,似乎早就习惯这种事情了。

"真是什么锅配什么盖,你带的垃圾艺人,居然需要她来牵线搭桥。"娜姐气起来,连侯勇跟苏锦黎也一起骂了。

尤拉终于有点听不下去了,忍不住问:"你怎么样才肯滚?"

"呵,你之前不是很厉害吗?怎么?怕了?"

"没看开始上菜了吗,你再不走,菜都要凉了。"

娜姐扭头看了看,果然有服务生被她堵在了门外,似乎是要上菜。她伸手从送餐车上拿了一份菜,走进去直接朝尤拉扬过去:"那你趁热吃啊!"

苏锦黎一直都在包间里,不明白是什么情况,并没有插话,不过气氛不对他还是注意到了。

他见到娜姐初期的动作,就有了防备,在娜姐扬菜的同时,挡在了尤拉的身前,让菜都撒在了自己身上。

还好不是汤……

"还英雄救美呢……"娜姐再次开启了嘲讽模式。

尤拉气得拍案而起,还没等说话,就被一位刚刚走过来的人打断了。

"我说你们餐厅怎么回事?不是号称最高档的服务吗?怎么有人带宠物进来了?"说话的是一个男生,声音属于典型的少爷音,语气里也带着玩世不恭。

他晃晃悠悠地走过来,朝屋子里看了一眼,紧接着就笑了:"哦,不是狗叫啊。"

娜姐也看到了这个男生,立即质问:"安子含,你说谁呢?"

"谁没事瞎嚷嚷我说谁呗,我难得心情好来这里吃个饭,就听你在这里吵吵个没完没了,烦不烦?"

安子含说话的时候带着点自己的口音,这种口音更增添了安子含的那股子放荡不羁的劲儿。

苏锦黎抖落了自己衣服上沾的菜,抬头的时候,就看到门口站着一个阳气充足的男生,吓得险些坐到地面上。

安子含是混血儿,面部线条流畅,轮廓清晰,高挺的鼻梁算是脸上的最大特点。他的脸很小,配上高大的身材,显得这个人的身体比例极好。

偏偏这么好的身材,却穿着夸张的衣服,松垮垮的衣服上面有亮片组成的红唇印,周围都是线条的画,是一些夸张表情的线稿。下身穿着一个破洞裤,是十分标准的破洞裤,如果不是有点裤子连着点裤腿,这条裤子也就一裤衩。

鞋子还算正常,是一双蓝色的运动鞋,懂鞋的人估计会很喜欢,知道那是限量款,不懂的人也只是觉得鞋子很好看。

"你这个人怎么这么不知廉耻呢?"娜姐被安子含问完,气得整个人都在发抖。

"哎哟喂,被您这么一说,我还真觉得我这个人纯洁到一定份儿上了,我是干不出来您能干出来的那些事儿。"

娜姐还想跟安子含再骂几句,却被身边穿运动服的男生拦住了:"娜姐,咱们别跟他一般见识,谁不知道他见谁咬谁?"

"你可真称职,带着你家主子滚吧。"安子含摆了摆手,示意这几个人赶紧滚,紧接着就大摇大摆地进了苏锦黎所在的包间。

娜姐还真走了,似乎也知道跟安子含斗起来,肯定只有吃亏的份。

"谢谢你了。"尤拉对安子含说道。

"谢我什么啊,我就一吃瓜群众。"安子含笑呵呵地走进来,左右看了看,接着又问,"你们这屋里有什么味啊,一开门我就闻着了。"

"没什么味啊。"尤拉看了一眼一点一点往后退的苏锦黎回答。

"有味,特别香,就是一闻就觉得挺有食欲的味。"安子含说着,顺着味道就到了苏锦黎的身前,凑过去闻了闻苏锦黎的身上,感叹道,"对,就这个味。"

"我……我身上没有味道……"苏锦黎吓得都磕巴了。

"你身上这道菜叫什么?"

这个时候,门口的服务生战战兢兢地报了个菜名。

安子含听了之后点了点头,说道:"给我那屋上一道这个菜。"

说完打算离开。

"安子含!"一个声音在走廊里响起,吓得安子含下意识地一缩脖子。

紧接着,就看到一名高大的男子走进来,看到屋子里的狼藉,直接到了安子含的身前,质问道:"你干什么来了?又惹事是不是?"

"没有,我刚才路过,顺便做了一件好事!"安子含赶忙解释。

安子晏并不相信自己的弟弟,伸手拎起了安子含的衣领:"你长这么大干过什么好事,你自己能说出来不?用不用我开个电话会议,给你集思广益一下?"

安子含见到安子晏就缩成一团,扭头对尤拉说:"你说,我是不是帮你了?"

尤拉站在旁边跟着帮忙解释:"他的确是来帮我解围了。"

安子晏松开了安子含,看向尤拉的同时,目光扫过苏锦黎,稍微有点惊讶,却也没说什么。

"见笑了。"安子晏带着安子含离开,还对尤拉点头示意了一下。

尤拉目送安子晏离开,紧接着就忍不住蹙眉,觉得奇怪。

她之前对安子晏的印象一直不太好,为什么在安子晏这样随意地进来一瞬间,就对安子晏产生了些许心动的感觉?

好在,在安子晏离开后,她便觉得好多了。

娱乐圈关于安子晏的传闻……是真的?

另外一边,苏锦黎终于松了一口气,看着两个阳气男出现在面前,他还以为世界末日要来了。

幸好他们直接离开了。

安子含吃了一口新送来的菜,又凑过去闻了闻,突然纳闷起来:"闻着也不香啊,吃着也不好吃。"

"你希望秋葵有什么香味?"安子晏忍不住问。

安子含立即给安子晏夹菜:"哥,你多吃点,听说秋葵补肾。"

"滚蛋!"

"别啊,你得补补……"

话音未落,就听到包间里,传出了安子含鬼哭狼嚎的声音。

在吴娜走后,尤拉的情绪一直不对劲。

本来她难得转运,约苏锦黎一起吃饭,聊天后她的心情已经好了一些。结果娜姐出现了,好心情全部都毁了。

小咪也看出了气氛的不对,试图劝解尤拉:"尤姐,你别太在意,之后你拍了这部大制作,肯定会绝地翻身的。之后你不用在乎那个吴娜。"

尤拉没回答她,只是看向侯勇:"怎么,你也认识吴娜?"

侯勇此时的微笑已经不那么自然了,从口袋里取出手绢来擦了擦额头的汗,回答:"我以前也是华森的经纪人,当时带的是乔琳儿。"

"哦，那个挺漂亮的女孩子？"

"嗯。"

"我听说过。"尤拉回答完，就示意苏锦黎，"你可以吃了。"

"哦，好。"苏锦黎一直在听他们说话，不敢首先动筷子。结果一桌子人似乎都没有开吃的想法，他只能盯着菜一直等待。

他闷头吃饭，其他人则继续聊天。

小咪也觉得好奇，问侯勇："你当时不会是因为吴娜离开华森的吧？"

"嗯，当时我以为做得足够周全客气了，没想到还是惹怒了吴娜。"

"她就一个炮仗，一点就着火，也不是针对你，而是想给乔琳儿添堵。"小咪对吴娜的印象简直差到极点，"当小三还有理了，就没见过这么嚣张的小三。"

很多人都不知道吴娜做小三的事情。

尤拉跟小咪算是直接经历了整件事情的人，知道也不奇怪。

侯勇是华森的老人，能听说一点小道消息也正常。

所以只有苏锦黎不知道事情的真相，然而他听到了之后一点也不震惊，因为他都不知道"小三"是什么意思。

尤拉盯着苏锦黎看了一会儿，看到苏锦黎吃得那么香，突然也觉得有了食欲，竟然神奇地觉得心情好了许多，笑眯眯地继续吃饭。

在即将分开的时候，尤拉又将卡给了苏锦黎："你刚刚工作肯定会经济紧张，这张卡你留着，里面的钱不多，不过也有十几万，需要的时候你可以拿来用。"

苏锦黎连连摇头："不用的。"

尤拉走到了苏锦黎的身边，小声跟他单独说了起来。

"其实我也想过，如果不是你，我说不定已经跳下去自杀，或者被车撞了。因为你，我能活下来，并且拿到了这个角色，有了翻身的机会，需要感谢你才对。其实他们那些人可以给你提供一夜爆红的机会，然而我却用了，换来了这个角色，我……"

"如果我是你，我也会这么选择的。"

尤拉看着苏锦黎半晌，突然产生了一点喜爱的心情，完全是一名长辈，看着一名晚辈的那种疼惜感："你这么佛系以后会不会被欺负？娱乐圈不适合你这种纯净的孩子，进来可惜了。"

"我现在就是想混口饭吃，在一个圈子里，能方便我找到我哥哥。等我找到哥哥了，再说以后的事情。"

尤拉拿出手机来，跟苏锦黎互相添加了好友，临走的时候还摸了摸苏锦黎的头。

尤拉是选美比赛的冠军，身高有178厘米，加上高跟鞋，站在苏锦黎的面前并没有矮多少，这样揉苏锦黎的头也挺自然的。

"有什么事就跟我说，我尽可能帮你，毕竟我是你的贵人。"这是他们之前聊天的梗，尤拉用开玩笑的语气说了出来。

苏锦黎听完"嘿嘿"地笑了几声，也点了点头："嗯！"

"你再看看我。"尤拉突然退后一步，给苏锦黎看。

"嗯，我看着你呢。"苏锦黎抬手，指了指自己的眼睛，接着指向尤拉。

"你说，我这部剧播出之后，会火吗？"

"会！"苏锦黎毫不犹豫地回答。

"借你吉言了。"尤拉的心情再次好了起来，又问苏锦黎，"有机会的话，能请你爷爷给我算一卦吗？"

这件事情苏锦黎就觉得有点为难了："有点难，我爷爷不太喜欢跟外界的人来往。"

尤拉也不强求，只是点了点头，紧接着就跟苏锦黎说再见了："我这两天就会进组了，提前过去熟悉一下环境。"

"嗯，好。"

"希望我回来的时候，你已经火了。"尤拉说。

"希望你回来的时候，你已经火了。"苏锦黎微笑着跟着说道。

尤拉发现，她真是越来越喜欢这个小弟弟了，又一次揉了揉苏锦黎的头，接着离开。

回去的路上，侯勇才开始试探性地询问苏锦黎怎么认识尤拉的。

尤拉跟他叮嘱过，不能说他们一起救人的事情，于是他思考了一下才回答:"偶遇吧。"

"你们俩之间……"

"怎么了?"

跟苏锦黎说话不能拐弯抹角,于是侯勇只能直接问:"你们不是恋爱关系吧?"

侯勇觉得,他得做一个心理准备,自己带的艺人,跟正在风口浪尖上的艺人有牵扯,他还是得做个预防。

苏锦黎觉得很奇怪:"没有啊,我们是才加的VX好友。"

"哦,那你恋爱过吗?"侯勇又问。

苏锦黎摇了摇头:"别提了,我们山里都是公的,我跟谁谈恋爱啊。"

"那么偏僻?"

"是啊……"

"要是这样,你真出道了绯闻也会很少,我跟你说说尤拉的事情,你从她的事情了解一些关于娱乐圈的事情。等以后真进入这个圈子了,你也要有心理准备。"侯勇一边开车,一边说了关于尤拉的事情。

尤拉跟吴娜闹翻的初期,侯勇还在华森。

后来,侯勇因为维护乔琳儿做了牺牲品,被赶出了华森,被德哥带着来了孤屿工作室。

因为侯勇被吴娜害得丢了很好的工作,华森看不上吴娜的人,时常私底下跟他吐槽一些事情,让侯勇也知道了事情的全部。

尤拉跟她的前夫付阳泽其实在去年就已经确定离婚了。

尤拉年轻的时候非常漂亮,是选美比赛的冠军,个子高、身材好、长相在当时也是数一数二。现在不少人提起尤拉,第一个想到的还是:漂亮、九头身。

甚至在尤拉被负面新闻吞没的时期,依旧有粉丝这样说:因为尤拉在我心中一直是女神,所以就算知道这些消息,依旧没办法攻击她。

尤拉的前夫付阳泽是一名富商,在尤拉的黄金时期恋爱,她选择了结婚。婚后她一直很内敛,做了一位很好的夫人,也很少抛头露面了。

结果,前夫突然提出离婚,因为有婚前财产鉴定书,似乎在之前就有运作过,真分给尤拉的东西非常少。原本事情这样就结束了,结果尤拉在离婚后得知，其实是付阳泽有了小三才会跟她离婚。

小三就是吴娜。

尤拉的性格很刚烈，直接带着记者当面去找吴娜对峙，并且在记者的面前给了吴娜一巴掌，说吴娜是小三。

吴娜就此恼羞成怒，对尤拉记恨在心。

后期的发展，并不像尤拉想的那样。

估计尤拉以为找到了记者，曝光了吴娜是小三，吴娜会就此沉寂一段时间。

没想到，吴娜竟然买通了记者，封锁了尤拉找过她的消息。紧接着，铺天盖地出来的新闻，都是关于尤拉的。如尤拉婚前应酬的相片，被故意变得模糊一些发出来，说尤拉在婚内乱搞，因此付阳泽愤怒离婚。

付阳泽方面，也在采访中谈及尤拉婚内出轨的消息，表示十分难过，甚至乱说尤拉用他的钱去养小鲜肉，让他十分气愤。

颠倒黑白，不过如此。

付阳泽本就财大气粗，消息铺天盖地而来。

吴娜是华森公司高层的侄女，不仅有人脉关系，手底下还有专业的炒作团队，让尤拉根本无法辩解，无论她说什么都没有人相信。这两位在一起黑尤拉，甚至没有人敢站出来帮尤拉说话。

"尤拉也就只有漂亮了，她什么背景都没有，这些年积累的人脉关系，也都是跟付阳泽有关的。前夫翻脸不认人，小三又像一个疯子，尤拉的处境的确不太好。"侯勇这样评价。

"的确很气人，那两个人怎么可以这么坏？"苏锦黎问的时候小脸都皱在了一起，显然是这件事情的发展颠覆了他的三观。

"所以是你太善良了，因为自己是善良的人，所以无法想象别人有多么的恶劣。"

苏锦黎听完沉默了很久，心里跟着不舒服起来。

车窗外的景物飞速地被甩到身后，他也没有心情仔细去看了，而是低头想了想后感叹："尤姐人很好，其实很善良，不该承受这些事情。不过，她也的确是冲动了。"

"嗯,明明错不在她,就更让人心疼了。"侯勇说的时候,还在叹气。

"那你呢,你跟吴娜是怎么回事?"苏锦黎又问侯勇。

"华森属于一个大型的集团,有很多股东,还有两位董事长,毕竟当初是合作办的公司。吴娜是其中一名董事长的侄女,所以在公司里还是挺被捧的。我是华森艺人里乔琳儿的经纪人。"

"嗯,然后呢?"

"乔琳儿长得挺漂亮的,性格也软,也是一个努力的新人。结果,公司另外一位董事长的亲儿子看上她了,对她颇为照顾,为了讨好她,还帮她抢了吴娜看中的角色。"

"然后吴娜就生气了?"

"吴娜跟这位公子哥有过那么点暧昧的事情,不过最后还是分开了。后来吴娜看上了付阳泽,比那位公子哥靠谱多了,毕竟是事业成功的男人。结果公子哥翻脸不认人,抢了她的角色,吴娜跟公子哥闹了一场,之后又开始找乔琳儿的麻烦。"

苏锦黎万分不解:"这……有必要吗,她不是已经有男朋友了吗?"

"所以说吴娜就是被捧习惯了,稍微有人触犯了她,她一定会暴怒。"

"你是因为这个被开除的?"

"后来闹大了,董事长都问了这件事情,似乎想雪藏乔琳儿,我不想她一个好好的女孩子在最好的时期被雪藏,就说是我求公子哥要来的角色,跟乔琳儿没关系。"

苏锦黎这回算是知道了侯勇被开除的原因,接着问:"乔琳儿一定很感谢你吧?"

侯勇被问到这个问题后,沉默了一会儿,才回答:"她……"

之后没再说下去了。

苏锦黎意识到自己问错了问题,立即安慰侯勇:"勇哥,没事,你以后有我呢,我肯定让你翻身。"

"你以后肯定能红!"侯勇说起苏锦黎瞬间兴奋起来,为了给自己打气,还按了两下车喇叭。

"我会努力的。"苏锦黎拍了拍自己的胸脯。

| 048 | 锦鲤要出道

四个月后。

张鹤鸣回到公司，走进办公室里将文件夹摔在了桌面上。

他之前去过木子桃娱乐公司，让他没想到的是，木子桃娱乐公司也拒绝了他的邀请。

他是一名制作人，主要从事真人秀类节目制作，这一次策划的是一档选拔类节目。

他对这个节目信心满满。

然而，很多人不看好这档节目。

不被看好，就没接到大型的投资，没有资金就没大制作，评委也没能请到咖位足够的专业艺人。

什么都没有，就连娱乐公司都不愿意推送他们的练习生过来，宁愿用其他的方式送艺人出道。

张鹤鸣去过几家娱乐公司，大公司对其不感兴趣，小公司倒是很积极，会主动联系他。

但是张鹤鸣也知道，优秀的练习生大多在大公司里，被大公司淘汰的，才会分到小公司去。

能进大公司的，除了有后台的，其他都是有一定道理的。

他对木子桃娱乐感兴趣，其实是想让木子桃能够派安子含参加这个选拔节目。

安子含居然要进入娱乐圈，这是一件备受关注的事情。他的身上自带光环，不少关心安子晏的人，也都会对安子含感到好奇。

再加上安子含之前虽然不在娱乐圈，但是新闻没断过。

然而，他还是碰了壁，木子桃娱乐似乎并不感兴趣，这让他十分沮丧。

这个时候，张鹤鸣的手机响起了提示音，他拿起手机看了一眼，忍不住叹气。

侯勇：你在公司吗？我到你公司楼下了。

侯胖子又来了。

张鹤鸣跟侯勇是老同学，其实很多人在落魄后不愿意碰到熟人，不想被人看到自己落魄的样子。但是侯勇为了自己带的那名艺人真是豁出去了，他丢下面子，缠着张鹤鸣有两个星期了，根本没有放弃的意思。

张鹤鸣想了想，还是回复：你手底下的艺人，相片给我发一张。

其实之前侯勇送来过一份简历，但是张鹤鸣没看，总觉得侯勇的那个小破工作室，能签约的新人说不定都不如入了海选的素人。

收到侯勇发来的相片后，侯勇还补充了一句：纯天然，没整过，图片也没P过。

张鹤鸣点开相片，放大后看了一眼，就突然坐直了身体。

又仔细看了一会儿相片，终于退出接着打字回复：我在公司，你上来吧。

苏锦黎在从培训班出来后，再次骑车到了木子桃娱乐公司的楼下，用双腿撑着地来固定自行车，接着从口袋里取出零食袋撕开，刚吃没几口，就有人快步走向了他。

过来的人是常思音，刚走过来，就拉着苏锦黎往角落阴凉处去，同时说："你跟我过来一下，我有话跟你说。"

苏锦黎立即骑着自行车，慢慢悠悠地跟着常思音移动，到了角落的位置停下，疑惑地问："怎么了？"

常思音在上次面试的时候通过了，现在已经成了木子桃公司的练习生之一。

苏锦黎时常过来，但是每次来的时间都不固定。那时常思音一般都在练习，两个人见面的次数并不多，上次还是匆匆加了VX好友，就没再联系过了。

相比较而言，同样是练习生，苏锦黎的时间就要松散很多了，就像无所事事的无业游民。

常思音的表情有点不太好看，吞吞吐吐了半天，才跟苏锦黎说道："你以后别再过来了。"

"我来这里，给这里的治安带来麻烦了吗？"苏锦黎还有点弄不明白是怎么回事。

常思音气得直跺脚，不过还是说了到底是怎么一回事。

"你经常来我们公司门口徘徊,被许多人都看到了。你还记不记得我们面试的时候,有一名男老师叫胡海高?"

"嗯,记得,他还批评过我。"苏锦黎回答得坦然。

"他经常看到你,今天给我们上课的时候还说起了你。"

"说我什么?"

"他说……有些人就是会痴心妄想,不努力练习,光想着能够靠一张脸就能进入娱乐圈。还说,上次面试的时候,就有这么一名练习生,还说了你的名字,说你什么都不会,态度也不端正就来面试,结果被赶走了还不甘心。"

"我……"苏锦黎觉得有点无奈。

"他在课上提起了你,说经常看到你在门口徘徊,但是不会对你有任何的怜悯之心。他还警告我们,如果不努力,就会像你一样无所事事,只能仰望着别人。并且表示,我们现在的机会来之不易,你这样的人一直在憧憬我们的生活,让我们珍惜,努力练习,我听到的时候都要气死了。"

"我只是来找人的……"苏锦黎弱弱地替自己解释。

"你要找谁啊?"

"找我哥哥。"

"叫什么,哪个部门的?"

"不知道……"

"啊?"

常思音还没来得及问清楚是怎么回事,就又有几个人走了过来,看到苏锦黎就笑了:"没事总骑个自行车过来在我们公司门口徘徊,像个痴汉似的男生就是他吧,怎么,常哥你认识?"

在练习生里,常思音这种大学毕业的算是大龄了,在这批练习生里大家都叫他哥。

走过来的也是两个年轻的男孩子。

他们两个人看到苏锦黎的时候,脸上都是嘲讽的味道,弄得常思音也有点不自在。

"他是我的朋友,来找我的。"常思音沉着声音回答。

"我看到他很多次了,也没见常哥每次都出来见他,难不成他是常哥的粉丝?"

常思音听到这个理论觉得很无语,问:"你瞎说什么,难得放一次假,你出去逛逛街不好吗?"

"行,既然常哥说了。"其中一个男生已经有了离开的想法。

一直没说话的男生一直盯着苏锦黎看,突然开口问道:"帅哥,要跟我们合个影吗?以后恐怕就没机会了,毕竟我们有可能会红,然而你连个机会都没有。"

常思音也是有着音乐梦想的人,然而他似乎运气总是不好,每次都会落选,或者是被别人抢走了机会。

这次好不容易进入了木子桃,他心存感激,也知道有梦想的人被这样说会有多难过,立即觉得这两个人有些过分了。

落井下石?

痛打落水狗?

只是一个练习生,还没出道呢,就已经这么嚣张了吗?

"别太过分了!"常思音几乎是咬着牙警告这两个人。

苏锦黎垂着眼眸,心情沮丧了一阵子,才抬头看向他们两个人,回答:"嗯,合个影吧,以后你们不一定有机会能站在我身边了。"

"哈?"提出合影的男生听完,立即夸张地大笑起来,问,"谁给你的勇气这么说话?"

"那又是谁给的你勇气呢?"苏锦黎微微蹙眉问。

苏锦黎脾气挺好的。

但是不证明他没有脾气。

被人惹到面前来了,他也不会一直佛系下去,该反驳就反驳,总之不会让自己太受委屈。

原本是有怒气的,结果看到一个小太阳一样的男生探头探脑地看向他们,他突然闭了嘴,有点想躲开。

可是安子含不知道苏锦黎怕他,只是双手插进口袋里,走到了他们身边,问:"干吗呢?"

安子含跟他们几个都是同批的练习生,也算是认识,所以搭话也很自然。

两个男生用夸张的语气,跟安子含介绍苏锦黎,说苏锦黎就是胡海高提起的男生。

他们都知道安子含的性格,觉得安子含来了,肯定会有好戏看。

安子含"哦"了一声,从口袋里拿出烟盒来,探头探脑地左右看,没看到记者,然后叼着一根点燃了问:"这么想出道啊?实在不行我送你去世家传奇,比木子桃这小破地方强多了。"

安子含说完,场面一静。

世家传奇,是安子含自己家开的娱乐公司,何止比木子桃牛?娱乐圈三大巨头公司不是闹着玩的。

安子含到了这里,没数落苏锦黎,反而提起了这个,气氛尴尬得有点可笑。

"不用了,我已经有公司了。"苏锦黎回答。

"哪啊?"

"孤屿工作室。"

安子含想了想,觉得自己没听过这个工作室,接着问:"哪个大佬开的?还是明星自己的工作室啊?"

"都不是。"

"你不会是被骗了吧?好多工作室瞎签人,就等哪个碰大运小红了,然后被公司收购过去。红不了,就继续挺着。"

苏锦黎不太想跟安子含多聊,多说一句话,他的心跳就要多跳几次。

安子含吸完一根烟,看到苏锦黎已经挪着自行车想要离开了。

他没放过苏锦黎,而是走过去,到了苏锦黎身边闻了闻之后问:"你身上怎么总有股香味?"

"我……我一点也不香。"

他伸手,握住了苏锦黎的手腕,抬起来闻了闻苏锦黎的手臂:"不会吧?真香,你这是往身上涂奶油了吗?"

"没……"苏锦黎猛地甩开了安子含的手。

安子含愣了一下,反应了一会儿才醒悟过来,解释:"别误会,我对你没兴趣。"

好像哪里……不太对。

"实在是向往娱乐圈，所以有病乱投医，随便找一个工作室就签约了？你这样能出道就奇了怪了，就等着合同到期，你都成老头子了还在混群众演员吧！"之前数落过苏锦黎的男生，再次开口。

"嘿！你这小嘴挺利索啊，你当个什么练习生啊，你怎么不去说相声？"

这回，那两个男生不说话了。

他们甚至想不明白，安子含这个看谁都不爽的人，怎么就看苏锦黎很爽的样子？不帮着数落，反而帮苏锦黎说话。

安子含的脑回路果然跟正常人不一样。

两个男生也没再自讨没趣，打了马虎眼离开。

等他们离开，苏锦黎小声地说了一句："谢谢你们俩。"

常思音摇了摇头，接着说："以后这件事情肯定会在公司内部传出去，到时候大家都会议论你，对你以后入圈也有影响，你还是……别来了，以后我们VX联系，我帮你找人。"

"嗯，好。"

安子含本来打算离开的，想了想又回头问苏锦黎："你们那个工作室，有工作安排给你吗？"

"嗯，过阵子会参加一个选拔节目。"

"叫什么？"

"《全民明星》"

"哦……"安子含随意应了一句，就离开了。

苏锦黎回到公司情绪并不好。

他是天生的笑眼，平时也特别爱笑，今天因为心情不太好，所以回来后一直闷闷不乐，很多人一眼就能够发现。

侯勇放下手里的汉堡，跟着苏锦黎上了楼，问他："怎么，要参加选拔心里紧张吗？"

"我在想，我是不是不够努力。"苏锦黎回答。

"也是我们这里条件艰苦，平时只能德哥训练你唱唱歌，舞蹈室里的镜子还没来安装，你都没法训练。"

"我之前的态度一直不算端正，只想着这一年里熟悉环境，顺便学习点东西就可以了，所以一直没有尽全力。现在想想，我真的是在浪费时间。"

"你已经很努力了。"

"不，勇哥，回来的路上我想了很多，的确是我自己做得不够好。一直追求梦想的人都要比我努力，我却只是想混吃等死。我应该更努力一些，让自己变得更优秀，为了你，也是为了我自己，不然我为什么要下山呢。等找到我哥哥的时候，也能让他看到我更好的样子。"

侯勇不知道苏锦黎经历了什么，只是觉得苏锦黎现在的心态其实是正确的。他拍了拍苏锦黎的肩膀，说道："我明天就让工人将舞蹈室里的镜子安上，顺便找来编舞老师，帮你编舞，准备比赛。"

"距离比赛还有多久？"

"一个半月。"

"其实我可以自己编舞。"

"啊？"

"我想试试。"苏锦黎回答的时候，坚韧的眼神让侯勇再没说什么，只是跟着点头。

安子含一上午都坐在张古词的办公室里闹罢工。

张古词目前还不算是安子含的经纪人，然而安子含就盯上他了，默认为他已经是组合的成员了，组合以后就是张古词带，所以有事没事的就喜欢来找张古词。

张古词拿安子含没办法，看剧本的间隙，抬头看向安子含问："要不给你安排个戏，你去演？"

"我自己也知道我斤两不够，就不去丢人了。"安子含回答。

"那你就去练习啊。"

"累。"

张古词无语了，干脆直接问安子含："那你想怎么样？"

"老这么枯燥的练习没有意思啊。"

"你想怎么有意思?"

"啊……给我安排到女生的练习室里。"

张古词干脆没说话,冷哼了一声,就继续看剧本了。

安子含等了一会儿,站起身来打算到张古词身边继续磨,走过去就看到一个文档,拿起来看了看后,丢给了张古词:"让我去参加这个吧。"

张古词拿来文档看了一眼,是《全民明星》的节目策划,随便翻了翻后,又看向安子含:"那你就去吧,刷个脸熟,到一半的时候回来就行。"

"就我一个人去?"

"你还想让谁去?"

"同批都去呗,我难得跟几个人混熟。"

"我听说你们在寝室里还打过一架。"

"没有,我打他们,他们没敢还手。"

张古词无语了,这货怎么就说得这么理直气壮呢?

不过最后他还是同意了,顺便再派几个在他看来潜力一般的练习生,过去陪着安子含一起胡闹。

正好这个节目封闭式训练,让安子含赶紧滚,他也眼不见心不烦。

孤屿工作室有很多空的房间。

他们是租了这栋三层的小楼做自己的工作室,办公区大多是在一楼跟二楼,三楼做了员工宿舍。苏锦黎是最后来公司的,也没分到好的房间。

听说还有地下室,不过只有一间不大的房间,平时都是堆放杂物的。

在之前,工作室为了培训艺人做了区域规划,所以有空出来一些房间,留给艺人们做培训用。

这栋楼的楼梯在楼体的中间,二楼左边是音乐部门,右边就是留下来的空房间,侯勇的办公室也在这边。练舞室因为是砸了墙壁,将两个房间合并后装修的,所以需要的时间多一些。

不过,几个月都没完成,也是因为工作室经费不足。据说,工作室砸墙后不愿意雇力工，都是员工将碎石搬出去的。

用了好阵子，才把这个房间修整完毕，今天就要安装镜子了。

侯勇申请的是整个教室的镜子。

然而，工作室只批下来一面墙的镜子，侯勇咬咬牙也同意了，不过又申请了一个音响。

没过多久，音乐部门就搬来了一个旧的。

侯勇看到舞蹈室的设备，气得直用脑袋撞墙。

德哥看到了，忍不住提醒："这个房间里的乳胶漆是后刷的，最开始打算安镜子，选的乳胶漆不怎么样，你这么撞掉渣。"

"我就是心疼我们家小锦鲤。"

"没事，放心吧，入海选是没问题了。"

侯勇听到德哥这么说，才觉得心情好一点。

德哥也是在华森干过的人，有些眼界，知道苏锦黎现在的水平得到前几名有点困难，但是进海选不难。

而且，苏锦黎长得好看，有眼缘，只要镜头给得不是太少，就有可能得到不少网络投票。

过来给他们安装镜子的，是一位三十来岁的男人，身材魁梧健硕，面容不善，还留有胡子，有种型男的感觉。可惜穿得太邋遢，并不会显得很帅。

侯勇告诉了他是哪面墙壁需要安装镜子，工人大哥脱掉了外套，里面只有一件老头衫，身材更加明显了，还有就是霸占了两条手臂的花臂文身。

侯勇都有点不敢指挥他了，便匆匆离开了。

苏锦黎回到工作室的时候听说要安镜子，兴致勃勃地去了舞蹈室，进去时已经安好了两面镜子，工人大哥正在安装另外一面镜子。

他看了一圈之后，主动问工人大哥："大哥，我可以放音乐吗？"

"嗯，你随意。"工人大哥倒是不在意，擦了擦额头的汗，继续工作了。

他找出了自己的伴奏音乐，站在镜子前跟着音乐找感觉，没一会儿就跟着音乐跳了起来。

他的身体素质跟其他的人比起来要差一些，好在他在山上的时候经常锻炼身体，又从小练习武术，所以学起舞蹈来也不会那么吃力。

第二章 | 057

在培训班跟着学了四个多月,他已经能够跳完整舞蹈了。

工人大哥还回头看了苏锦黎几眼,很快又继续工作了。

又安装完成一面镜子,工人大哥走过来,抬头盯着之前安装的镜子看,觉得镜面有些倾斜,抬手按了按,又往后退了几步,似乎觉得哪里有问题。

结果就在这个时候镜子突然塌下来,朝苏锦黎的位置砸过去。

工人大哥几乎没有犹豫,走到了苏锦黎身前,抬起手臂挡了一下,镜子砸在了他的手臂上,碎裂崩开。

苏锦黎也被吓了一跳,反应过来后,第一件事就是看看工人大哥有没有事。

工人大哥的手臂没有事情,然而镜子碰到他的手臂后碎了,掉到了他的脚踝跟脚面上,他穿的是人字拖,划出了口子。

侯勇听到了声音快速跑了过来,看到这个场面吓坏了,赶紧问苏锦黎:"你有没有事?"

"没事,大哥帮我挡住了。"苏锦黎回答。

侯勇松了一口气,不过还是看向工人大哥。

侯勇护犊子,见苏锦黎差点遇到危险,便质问:"你怎么安装的镜子,这以后砸了人谁承担责任?"

工人大哥原本在看自己的脚,被问了之后直接抬手指了指墙面:"你自己看看你们公司的墙面,豆腐渣工程,钉进去之后根本固定不住,水泥面都松下来了,还买了质量最差的镜子。"

侯勇也说不出话来了,他也看到了墙面是什么情况。

"勇哥,别说这个了,大哥受伤了。"苏锦黎扶着工人大哥,让他去自己的房间里。

他找出云南白药来,撒在了工人大哥的伤口上,接着用纱布进行简单的包扎。

"我先帮你处理一下伤口,这里的东西不多,你回去之后,再去医院看看。"苏锦黎帮工人大哥包完伤口后,嘱咐道。

"都是小伤,没事。"工人大哥回答。

镜子没再继续安装了,而是进行了交涉。

孤屿工作室的人去查看了现场的情况，镜子的厂家也在协商，看看这件事情谁来负责任。

工人大哥一瘸一拐地出了苏锦黎的房间，到楼梯的位置吸烟，时不时打电话跟厂家的领导解释情况。

苏锦黎下楼的时候，刚巧听到了工人大哥说的话："发现墙面有问题依旧继续安装，是我没在之前跟他们协商，但是这就要我承担损失，是不是说不过去？我来安装这么几面镜子，才四十块钱提成……你也知道我家里的情况，我妈治病需要钱……嗯，嗯……"

工人大哥回头的工夫，看到了苏锦黎，立即往另外一个方向走了走。

苏锦黎起初还以为是他不想自己听到他打电话，故意避开，所以有点不好意思。

结果就看到工人大哥到垃圾桶边掐了只抽了一半的烟，又走了回来，并且挂断了电话。

"你没伤着吧？"工人大哥问他。

"我没事。"

"你是这个公司里的明星吧？唱歌的？我看你长得不错。"

"我还没出道呢。"

"我看你们公司连个吸烟室都没有，就在这抽了，下回碰到烟鬼躲远点，吸二手烟对你们这些唱歌的嗓子不好。"

苏锦黎看着工人大哥，迟疑了一会儿，才问："大哥，你是遇到困难了吗？"

工人大哥听完，似乎觉得面子上有点挂不住，却也没瞒着，很快就笑了："这件事本来就是双方都有责任，我也有过错，要不是我真的是手头上有点紧，我也不愿意计较这个。"

苏锦黎点了点头，从口袋里摸出尤拉给他的卡来，递给了工人大哥："大哥，这卡里有十几万，您要是真缺钱，就拿去用吧。"

工人大哥被苏锦黎这一出给弄愣了，还以为苏锦黎在开玩笑，立即摆了摆手："不至于，咱俩也不认识，你借我钱算怎么回事？"

"刚才你如果不帮我挡一下，估计受伤的就是我了。我过阵子有比赛，受伤了恐怕就耽误了。"

"那也不至于给我钱。"

"借你的,你得还的,你先解决燃眉之急,之后再还给我。"苏锦黎说得特别认真。

工人大哥倒是被苏锦黎给弄蒙了,干笑了几声,说道:"我还真是头回遇到这种事情,老弟,你怎么就敢相信我真的能还你钱?我要是拿着你的钱走了,你想找都找不到我。"

苏锦黎跟长期混在这个社会上的孩子不一样,他依旧相信好人多。

而且,他也不是盲目信任。

他感受得出这个大哥是好人。

就像尤拉、小咪、侯勇一样,在他看来,大哥也是一个善良的人。如果工人大哥没出于本能地帮他挡住,如果工人大哥没有避开他吸烟,外加没有回避自己的错误,他估计也不会这么做。

他有能力帮助一个人,那就去帮,这对于一个精灵来说,也是积德行善,积累道行。

他下山,想要享受城里的生活,也要相应地做出一些帮助人间的事情,他们才能够更好地生存。凡事讲究因果轮回,今天他播下一个善,来日也会收获更多的美好。

他坚信,世间还是正能量比较多。

工人大哥的笑容慢慢收回去了,也跟着严肃地看向苏锦黎,迟疑了一瞬间朝苏锦黎走过去,想要抬手接过去卡,却又陷入了纠结的状态。

不过最后,他还是伸手拿走了卡,同时对苏锦黎说:"我们加个VX好友吧。"

"嗯,好。"

"他们都叫我浩子,我看你岁数不大,你就叫我浩哥吧。"

苏锦黎加了浩哥的VX号,紧接着就听到浩哥用有些哽咽的腔调说道:"其实我哥们儿不少,就是我好面子,不好意思跟他们开口。我妈老早就让我做个好人,别跟他们混,等我妈病了我才肯听话,找个工作干着,可是……正经干活真累……"

苏锦黎抬手,揉了揉浩哥的头:"善良的人,是会有好运的。"

浩哥几乎是瞬间就没了感动，往后一步，躲开了："别整这套，怪肉麻的……"

苏锦黎看到自己的祝福只送成功一半，也没再坚持。

最后这件事，孤屿工作室跟厂家各承担一半的损失，厂家跟浩哥也是各承担四分之一，这件事就算是解决了。

其他的几面镜子也被卸下来了，放在了一边，不敢再继续安装了。

工作室打算过阵子再找人过来，加固一下墙面。

苏锦黎没地方练习了，就自己戴着一副运动耳机，到一楼对着会议室门口的玻璃练习。大玻璃能够映出些轮廓来，虽然看不清楚细节，但是能够看清楚动作就可以了。

偶尔有其他的同事走过去，还不忘记到苏锦黎的面前，对他亮出一个大拇指来，表示对他的赞扬。苏锦黎也会回给他们一个大大的微笑。

私底下，大家都说苏锦黎是个暖男，因为看到他的微笑，会觉得心里暖融融的。

浩哥在第五天后又来了一趟孤屿工作室，给苏锦黎送卡，并且给了苏锦黎一张按着红色手印的欠条，特别豪放，整个手都印上去了，几行字就跟陪衬似的。

"一共取了九万七千块钱，把欠着医院的钱还了，之后的钱我自己能赚。欠条你拿好了，等我还完钱了，你把欠条撕了就行。"浩哥这样说道。

"嗯，行。"

距离真人秀开始的时间越来越近，苏锦黎越来越不敢怠慢，每天早上5点就起床。

打坐吐纳一个小时后，就开始了一天的练习，到晚上10点钟，会回房间休息。

他的作息规律全部都是跟爷爷学习的，所以都是老一派的养生时间表。

他已经习惯了这段日子，每天晚上会收到浩哥发来的转账，每天80至240元不等，都是他当天的提成，日结。据说，他每个月还有固定工资，这些钱留下来生活。

在即将参加比赛前,浩哥还把苏锦黎、侯勇叫出去一起去撸串。

在浩哥的生活里,路边摊、小烧烤、一箱啤酒随便喝就是他的待客之道,只要小酒一喝,就能跟你聊一晚上。

天南海北,四海为家。哥很可以,有事您说话。

苏锦黎没喝过啤酒,只觉得这是一种口味别致的饮料,喝了半天也没有醉意。

他觉得浩哥说话很有意思,津津有味地听浩哥吹牛,觉得浩哥吹牛的时候,词儿都特别新奇。

侯勇的酒量不行,喝了两瓶就开始抱着酒瓶哭,说自己的不容易。

他们坐在路边吃了一会儿,周围的人都不敢大声说话,实在是浩哥说到兴头上,扯着半截袖的袖子,全部撸到了肩膀的位置,露出了花臂来,太过于吓人。

苏锦黎就算如何看着面善,也拯救不了浩哥散发的危险感。

浩哥碰到苏锦黎,就觉得罕逢敌手了。

两个人一起对着喝,一人喝半箱,浩哥都有点扛不住了,苏锦黎依旧笑呵呵地看着他们,浩哥只能认输。

其实 6 瓶不是浩哥的量,但是再喝他就蒙了,一怕苏锦黎抢着结账了,二怕回家不能照顾他妈。

苏锦黎有点不好意思,于是指着对面露天广场唱歌的地方,对浩哥说:"浩哥,我唱首歌给你打打气吧。"

露天广场那里有人放着音响,给二十块钱,就能当众唱一首歌,唱得好了,周围的观众还会给点小费,说不定能反赚回来。

苏锦黎去了那里,在电脑上找了一会儿歌,发现这些歌单都是一些老歌,他也只听过几首。

于是他选择了其中一首《倔强》。

他刚一开嗓,就吸引了周围很多人。

当大家看过去,看到唱歌少年的长相后,就更加疯狂了。

长得好看,唱歌好听,这种唱歌的画面让人移不开眼睛。

之前吃饭的时候,就有几个女生觉得苏锦黎帅,偷偷看了好几眼。

在苏锦黎过去点歌的时候，就用手机偷偷录像了。

等注意到也有其他人在录像后，她们几个录得更加明目张胆了。

苏锦黎前面不远处，开始有人拿出钱来给苏锦黎，从最开始的一元钱硬币，到后面出现了五十元、一百元。

小盒子里的钱越来越多，还有了尖叫声。

浩哥原本还在起哄，细细地品了品歌词，再听到苏锦黎深情的演唱，一个好面子的人，竟然被感动了。

他没忍住，捂住眼睛哭了。

侯勇原本就在哭，现在哭得更凶了，还跟浩哥说："浩哥，我们小锦鲤唱歌是不是好听？"

"好听，天王巨星似的，不愧是我老弟。"浩哥一抹眼泪，跟着猛吹。

苏锦黎深情款款地唱完一首歌，就准备离开，却被摊主叫住了，告诉他这些钱他可以带走。

苏锦黎不知道有这个规矩，还愣了愣。

周围还有人喊着，让苏锦黎再来一首的。

苏锦黎只是对他们微笑，却没答应，说了一句："等一下。"

接着，他拿着钱去了附近的店里，没一会儿搬出两箱汽水来："我请大家喝汽水。"

大家立即奔过来，纷纷将汽水拿走。

在录像的几个女生没能拿到饮料，壮着胆子跟苏锦黎搭话，用撒娇的语气说："帅哥，我们没拿到饮料！"

"那我再给你们买一瓶？"苏锦黎有点不好意思地问。

"不用，你可以让我捏一下脸吗？"

"啊？"为什么要捏脸？

苏锦黎还没反应过来，就被女生掐了一下脸颊，紧接着三个女生落荒而逃。

他愣愣地站在原处，半天没反应过来。

一边的浩哥看到了，喊了一声："你小子被女生调戏了！"

苏锦黎这才回过神来，有点不好意思地捂着脸，羞涩地笑了。

第二章 | 063

Chapter 03

参加比赛的当天。

苏锦黎是从比赛场地附近的旅馆里出来的。

他的工作室距离比赛场地有些距离,侯勇怕耽误比赛,提前一天带着苏锦黎来了这里。

侯勇还利用跟张鹤鸣的老同学关系,软磨硬泡后,得到了许可,他们可以提前过去,让剧组的化妆师帮苏锦黎化妆。

苏锦黎扯着身上的衣衫,小心翼翼地往场地走,生怕脏了衣服。

他的衣服是古装,白色跟接近薄荷绿色颜色相间,袖口与领口都有着精致的金丝线刺绣,走起路来,也算是衣袂飘飘。

到了场地,只有一些工作人员在准备现场,侯勇打了几个电话后,找到了化妆师。

化妆师原本坐在椅子上发消息,看到苏锦黎的衣摆,就被吸引了目光,抬头朝苏锦黎看了看,不由得愣了神。

反应过来后,立即站起身来,对苏锦黎说:"好帅啊你。"

苏锦黎微笑着回应。

化妆师应该是……男生,然而穿得有点……像个女生,花枝招展的。说话的时候也故意细着嗓子,让苏锦黎觉得有点新奇,倒也不反感。

苏锦黎坐下后,化妆师看着他问:"没有假发啊?"

苏锦黎摇了摇头,回答:"没准备。"

"发型我怎么给你弄呢?"化妆师说的时候,还摸了苏锦黎的脸两把,"皮肤真好,平时都涂什么啊?"

"大宝。"

"呃……"

"勇哥用剩了半瓶,给我的。"

"底子好，也得防晒啊，你知不知道紫外线就是我们美丽的杀手？"化妆师说话的同时，还拍了拍自己的脸颊，对苏锦黎眨了眨眼。

"嗯，记住了。"

化妆师也没多废话，在帮苏锦黎整理发型的时候，跟他自我介绍："我叫波波。"

"你好，我叫苏锦黎。"

波波帮苏锦黎设计发型的时候，还是颇为苦恼的，为此还让苏锦黎站起来了三次，仔细看看苏锦黎的服装，还问苏锦黎唱的是什么歌。

后期就是苏锦黎一边哼歌，波波一边帮苏锦黎做造型。

波波觉得好听，还拿出手机来录了音。

"你要是去做直播，能火，没调音声音就这么好听。"波波按了停止键后，对苏锦黎说。

"谢谢波波老师。"

波波老师是个颜控，碰到长得好看的人就喜欢多聊几句，所以还在同时嘱咐了苏锦黎几句："你啊，一会儿进组了就好好表现，说不定多少双眼睛看着你呢。"

"嗯，好。"

"希望你不笨。"

做完造型，苏锦黎看着镜子里的自己，的确有不少变化，似乎更精致了一些，气质也跟着一变。

波波给他的头发全部拢到了头顶固定，还故意做得蓬松一些，扎了一个小揪揪。

接着找来跟他发色接近的假发，套在了丸子头的上面。

还现场做手工，做出了一个发冠来，给他戴上了，看起来就像真的是长发一样。

他脸小，还白净，眉眼秀气且精致，这样将脸全部露出来，五官更加清晰地呈现在众人的眼前。

妆容上，波波并没有化浓眉大眼的妆。

苏锦黎本来就是干净的少年风格，波波给他的设计，是儒雅的公子形象。

妆容出来，带了几分书生的儒雅，还有些忧郁似的。

"记得，微微眯起眼睛来。"波波拿着手机，对苏锦黎拍了一张相片，说道。

"为什么？"

"会显得很腹黑，你知不知道，眯眯眼会给人一种深不可测的感觉？你的眼角本来就下垂，是笑眼，微眯效果更好。"

"腹黑是什么意思？"

"就是显得你很聪明。"

苏锦黎似懂非懂，不过还是点了点头："波波老师你太厉害了。"

"造型不错吧？"

"嗯，看着真跟长头发似的。"

"只有这个？"波波的表情垮了下来。

"不止！还会做发冠。"

波波摆了摆手，对他说："行了行了，你去参加比赛吧。"

"嗯！谢谢波波老师。"

说完，就高高兴兴地走了。

波波老师掐着腰看着他离开，忍不住笑了，嘟囔了一句："傻乎乎的，还挺可爱的。"

进入准备的大厅，侯勇就不能跟着苏锦黎了。

他一个人在门口做登记，然后走进通道，左右看了看，忍不住长大了嘴巴。

在他看来挺可惜的。

这个走廊装修得很豪华，地面是长长的灯光通道，还有三角形的灯光指示行走的方向。

可惜的是，这走廊里这么多面镜子，没有一个是整面的，都是三角形的碎片，贴在了墙壁上，是镜子碎了，干脆做墙面装饰了吗？

他们工作室也可以这么做啊。

走到了走廊的拐角处，遇到了一个台子，两边是大大的镜子，终于是整面的镜子了。

镜子上写着一句话：请写出你自己的号码牌。

下面还有括号写着提示：（登记号码、名字，其他可以随意发挥哦。）

他看着台子上的东西，惊喜地看到了毛笔，于是打开砚台，整理好袖子后磨墨，接着执笔，在卡片上写下了自己的数字跟名字：贰拾三苏锦黎。

写好号码牌后，他拿起来，继续朝里面走，这时有工作人员出来提醒他：“后面是胶，撕开能贴在身上。”

"墨水还没干，可以等会儿贴吗？"

"哦，可以的。"

他继续走进去，搞不明白走廊为什么要搞这么长，走了好久才到了门口，于是敲了敲门后，走了进去。

走进去，他第一眼看见的，就是整个屋子的镜子。

震惊了片刻后，就发现房间里还有其他的人，都朝他看过来，他立即朝那些人微微鞠躬，点头示意。

在座的这些人有男有女，有人也对他回应了，也有人对他并不理会。

苏锦黎是23号，前面就是22个人在房间里等待。

有人戴着耳机听歌，有人对着镜子练习自己的舞蹈，也有人坐在一起聊天。

苏锦黎听力好，进来后找了一个角落的位置坐下，就听到有人在议论他。

"穿着古装来的，好隆重啊。"

"估计是唱古风歌吧，好特别啊，整个房间里就数他最特别了。"

"不过长得真好看，好帅啊……"

苏锦黎拿着自己的号码牌，等墨迹干了，才将号码牌贴在了身上。

坐下来无聊地等待的时候，他突然想起了波波的话来，忍不住朝四周的镜子看过去，又抬头看了看，没发现什么特别的。

他在来之前，侯勇和德哥跟他科普过什么是摄像机、什么是话筒等知识。

苏锦黎在房间里没看到摄像机，却看到了房间里驾着一些设备，不过都用布盖着，估计是存放在这里的。

陆陆续续的，有更多人走进来，休息室里渐渐不再安静了。

休息室足够大，一共放了60个椅子。

进入的顺序似乎是按照他们来到现场的先后顺序来的，苏锦黎虽然到得早，却因为化妆耽误了，进场的时候，是 23 号。

后面进来的人渐渐多了起来，各种类型都有，大家有的会互相看看，有的则是专注于自己的世界。

这个时候，又有人打开门，气势汹汹地走进来。

休息室里突然骚动起来，有人小声议论："是安子含吧？"

"安子含是谁？"

"安子晏的弟弟啊。"

"我的天，这种大佬家的孩子，来跟我们抢名额干什么啊？"

安子含走进来后，左右看了看，一眼就看到了穿古装的苏锦黎，很快就笑了，朝苏锦黎走过来，主动问："你这造型挺不错啊。"

"锦黎你也在啊！"常思音看到苏锦黎也很激动，跟着走了过来。

苏锦黎立即起身，跟他们打招呼。

再抬头，就看到之前数落过自己的男生其中一个也在他们身后，别扭着没有过来。

安子含大咧咧地坐在了苏锦黎的身边，手臂搭在苏锦黎椅子的椅背上，不爽地感叹起来："一个走廊跟马拉松似的，显摆自己场地大呢？"

苏锦黎本来就怕安子含身上的阳气，安子含还这个姿势，让苏锦黎不自在得浑身难受，坐姿干脆扭着，尽可能远离安子含。

"走廊里的灯挺好看的。"苏锦黎只能强行尬聊。

"那我扣下来两个送你？"

"不不不……不用。"这个人怎么这么自来熟呢。

常思音见苏锦黎身边没有椅子了，只能坐在安子含的身边，探头问苏锦黎："锦黎，你穿古装还蛮好看的。"

"你们的衣服也好看。"

"公司给定做的。"

"真好啊……"苏锦黎羡慕起来，他的衣服是自己定做的，花的是尤拉卡里的钱。

安子含看了一眼苏锦黎的数字："23 号？那挺早就得入场了。"

"嗯，是啊。"

"我 56 号,估计得坐到最后,不知道这中午给提供饭盒不?"

苏锦黎摇了摇头,他连早饭都没吃,想起来就觉得委屈。

安子含他们进来之后,已经算是非常靠后了,最后一名男生进入后,门正式关闭。

紧接着,正对面出现了一个大屏幕,是从墙壁的缝隙里降下来的,悬挂在半空中,在场每个人都能看清。

苏锦黎深山里出来的,没见识,看到大屏幕落下的时候,还真震惊了一瞬间,眼睛都睁得溜圆。

不过他很快就淡定了下来,因为大屏幕启动,开始播放画面,他开始认认真真观看了。

最先播放的,是他们这个节目的宣传短视频,就像幻灯片一样,只坚持了不到一分钟。

经费有限……做得还真就不怎么样,足够让在场 60 名年轻人安静下来的。

这个宣传视频,有冷场奇效。

安静下来后,大屏幕播放了舞台的画面。

第一个从走廊里走出来的,是一名男士,看起来个子不算太高,身材中等,走路的时候颇有气势。刚刚走出来,就有人惊呼了一声:"韩凯老师!"

苏锦黎不认识这些明星,只是沉默地看着,紧接着就听到不远处有人议论:"韩凯是谁啊?"

原来不止他一个人不认识。

跟安子含一同过来的,同公司的一个男生也跟着问了一句:"他是老前辈吗?"

这个问法也算是客气了。

"他啊。"安子含看着大屏幕,想了想之后回答,"唱歌的,你爸的那一辈估计有部分人喜欢他。但是吧……他唱的是民谣,比较小众,一直没火起来。毕竟你爸的那一辈,更喜欢能跳广场舞的歌。"

"哦……"男生应了一句。

"实力派,有点底子。"安子含这样点评完,本来已经可以收场了,偏偏还要加一句,"长得也实力派,就这络腮胡子,看着就像个唱摇滚的,你唱民谣你收敛点啊,看着他就有种吃了黑胡椒的感觉。"

常思音原本还在点头,听到安子含这种点评,没忍住"扑哧"一声笑了。

紧接着,进来的是一名女孩子,出来的时候就能看出来身材不错,人还没走出来,安子含就认出来了:"藏艾。"

过会儿走出来的,真的是藏艾。

"厉害啊!"常思音跟着感叹了一句。

"看身材就能看出来。"安子含回答,扭头看向苏锦黎,见苏锦黎还是不认识似的,于是介绍,"她是一个女歌手吧,原本是一个女子组合的,现在单飞了。长得漂亮,身材好。"

常思音似乎是看到了女神,兴奋得不行,跟着补充:"唱歌也好听,跳舞也棒。"

安子含就是个嘴欠的人,立即问:"这么漂亮的女生在你眼前晃来晃去,你还能看着别的呢?"

"肯定会看到啊,才华是遮挡不住的。"

"我看不到,她在我的概念里就是:漂亮,哎呀真漂亮。然后一首歌结束了,她蹦跶完了,之前她干什么了我都没记住。"

"她是我女神。"常思音回答。

安子含觉得有意思,笑了笑接道:"我记住她是因为她的名字,出道居然不改名,也是霸气。听说她那个组合,之前也因为她,被称呼为'杀马特'家族。"

苏锦黎愣愣地看着他们解说,就觉得自己是一个局外人。

接着看向大屏幕,就觉得这个女生,其实不如尤拉姐身材好,毕竟尤拉穿礼服的样子,他可是记忆犹新的。

他自己并不知道,是他刚到世间,就碰到了选美比赛的冠军,紧接着就去了木子桃公司参加应聘,见了一群要当明星的人。

起点太高,以至于眼光也特别高了。

之后又出来了两个人,同样是一男一女。

女士名叫萧玉和,也是一名实力派的歌手。就是歌红,堪称KTV必点曲目,然而,人不红,主要是外形不是太好。

男士名叫顾桔，安子含都没说出来他是谁，看着跟他们差不多大似的。后来在节目里自我介绍，才知道，他是一个刚刚出道的组合成员之一。

四个评委老师已经出来了。

四个人里，只有藏艾算是比较出名，其他的几位，过气的过气，没红起来的没红起来，团队看起来真的让人失望。

这时又有一个人从通道里走出来，身材高大，仅仅看轮廓就知道，他的身材极好，就好像一名模特。

"不是吧……"安子含看到身影忍不住嘟囔了一句。

等看到安子晏真的从里面出来了，安子含立即在其他人的欢呼声中，翻了一个巨大的白眼。

"他一个演戏的，来这里添什么乱啊？他来了这个节目还能看吗？"安子含看完，就忍不住评价道。

苏锦黎看到安子晏也出现了，就已经进入了心灰意冷的状态，脸色都苍白了几分。

这个节目没法参加了，两个阳气男，他要怎么坚持下去？

"他不是你哥吗？"常思音看到安子晏就两眼放光，那可是流量小鲜肉欸，有他在，收视率有保证了吧？

"是我哥，但是他跟这种节目不沾边吧？他根本不会跳舞，难得在一个跨年晚会上唱了一首歌，还假唱，他也好意思来？"

最亲的弟弟，卖最狠的料。

紧接着，就听到安子晏拿着话筒，进行自我介绍："大家好，我是安子晏，今天来这个节目很忐忑，毕竟还是第一次跨界做主持人。"

安子含听完，才少了几分嫌弃："哦……主持人啊……"

这个时候，录制那边，几位评委已经入座，安子晏跟站在台上的安子晏聊起了天，也算是节目初期的破冰环节。

紧接着，藏艾就主动问安子晏："我看了参加节目的名单，参赛选手是由40名练习生和20名参加海选的素人组成的。其中有一名选手很特别。"

韩凯："没错，我也注意到了。"

安子晏站在台上，听到之后笑了笑，也不避讳，直接问："说的可能是我们家的家丑吧?"

"家丑?"韩凯奇怪地问。

"就是家丑不可外扬的那种家丑。"

这明显是一句玩笑话,安子含听完气得直喘粗气,刚想骂几句,就听到一直沉默的苏锦黎说了一句话:"这句话不是用来形容人的。"

安子含侧头看向苏锦黎,"噗"地笑了。

"你看过《五灯会元》吗?"苏锦黎问。

"是……什么?"

"这句话的出处。"

"哦……"安子含发现,他和苏锦黎聊不来。

这个时候,就听到安子晏说:"不过既然他已经来了,就让他第一个来表演吧。"

安子含听完整个人都傻了,惊呼了一声:"不是按照序号来啊?"

安子晏是动真格的,后台已经有工作人员来找到安子含他们,让他们首先出场了。

安子含赶紧站起身来,一边整理自己的衣服一边说:"这是亲哥吗,我的天?"

苏锦黎却松了一口气,微笑着对安子含挥了挥手,有种你终于要走了的愉悦。

安子含看到苏锦黎的笑脸,有一瞬间的愣神,他还是第一次看到苏锦黎对自己微笑。

不过,要去参加比赛,安子含也没多留,快步去了出口。

不久后,安子含的组合就出现在了台上,安子晏站在他们一侧,让他们进行自我介绍。

"你们是以组合的形式表演吗?"安子晏问他们。

几个人互相看了一眼之后,还是由安子含回答的:"其实就是临时搭伙。"

"是因为公司知道你一个人上来肯定会出丑,才这么安排的吗?"

安子含听完有点想笑,却强忍着,反问:"你能少说两句吗?"

"怎么跟哥哥说话呢?"

"我就不信你能在台上揍我一顿。"

藏艾听着他们说话，觉得特别有意思，于是问："安子含，在家里你哥哥会揍你吗？"

"经常。"安子含拿着话筒，就像打开了话匣子，吐槽起了安子晏的恶行，"小时候，我们俩在家里玩，弄坏了我爸的一个古董花瓶，我们俩都觉得爸肯定要生气，商量好了一起承担。结果我爸的车刚开进院子，我哥就开始揍我屁股，我爸进门后看到了心疼了，就说，'行了儿子，你别累坏了。'然后从我哥手里接过我，接着揍，我哥就没事了。"

四个评委老师听完，全部笑翻了。

安子晏也是无奈地好半天没接上话来，跟着尴尬地笑。

只有苏锦黎听得特别认真，小声感叹了一句："嗯，真坏。"

他哥哥就不这样，他哥哥特别护着他。

四位评委老师，会在这一组选手表演完之后，给予打分。接着取打分的平均数，成为这名选手的最终分数。

拿到分数后，他们会按照分数的排名，最终进行分组。

安子含、常思音这个组合一共四个人，是在一个多月前临时组建的组合，配合方面不算是特别整齐，但是底子都在，表现也可圈可点。

别看安子含平时没有正经的模样，但是在唱歌、跳舞方面，还是有点天赋的，外加也是从小学习，在整个组合里，都是最出挑的存在。

四位评委进行点评的时候，都对安子含进行了表扬。安子晏在旁边接两句话，愉快地宣布了最终得分。

安子含 87 分。

常思音 74 分。

对苏锦黎很是鄙视的乔诺 65 分。

最后一名队员 63 分。

全部勉强及格。

之后，就是 58 号来表演节目了，其实也没在苏锦黎的前面加几个人。

第三章 | 073

不过，每个选手上来后，都会先自我介绍，然后在导师询问问题后开始表演节目，表演完后导师再进行评分，快到苏锦黎的时候已经接近中午了。

真的到苏锦黎上场的时候，他还是有点紧张的，不知道自己只学了半年的东西，能不能拿出手。

侯勇跟德哥都夸奖，是因为他们都是公司的人，别人会怎么看呢？

之前选手的表演他都看到了，突然就发觉了自己的不足，还是有一定差距的。他紧张于第一次上场表演，还有就是前面的演出给他的压力。

另一方面，是害怕安子晏。

他真的很害怕这兄弟二人，不知道他们俩爱不爱吃鱼？

他穿过通道，走到场上后，引起了全部评委的注意。

安子晏看到他并不觉得惊讶，只是觉得苏锦黎这身行头，会让他觉得眼前一亮。

上场前，就有人递给了苏锦黎话筒，小声告诉他话筒已经开了，他走上场，就听到安子晏问他："你这身衣服倒是很有意思，让人一下子就记住了。"

苏锦黎拿着话筒，警惕地看着他，半晌才回答了一个"嗯"字。

安子晏做主持人没有经验，所以这种场面下，一般已经不知道该如何接话了。

不过他看着苏锦黎，就莫名地觉得有意思，于是接着问："你为什么会选择穿这样一身衣服来参加比赛？"

苏锦黎老老实实地回答："比较符合我歌的风格，而且……我的经纪人也有这方面的想法。"

"具体是什么想法呢？"

苏锦黎羞涩地笑了笑，回答："呃……我的经纪人让我在一开始就把人设立稳了。"

安子晏没想到苏锦黎连这个都敢说，还真惊讶了一瞬间，不知道这是一个梗，还是这个孩子真的很单纯。

他朝苏锦黎走近一步，问："那你的人设目标是什么样的？"

苏锦黎怕他，于是下意识地往后退了一步说道："就是温文尔雅、文质彬彬，特别帅的那种复古型男生。"

安子晏就好像在跟他较劲似的，又追了一步问："那你觉得你的人设立稳了吗？"

"只立住了一部分。"

"哪一部分？"

"特别帅的男生。"苏锦黎回答，自己把自己羞得耳朵通红。

安子晏听完，直接被逗笑了，好半天停不下来。

几位评委也笑得前仰后合，只当刚才是一个幽默的梗。

安子含坐在观众席，听完忍不住大笑："这小子有点意思啊。"

常思音也跟着点了点头，因为知道这里有镜头了，表现有点拘谨："我觉得他的人设应该是呆萌。"

藏艾拿着苏锦黎的档案看，问："你做练习生多久了？"

"不到半年的时间。"

"时间不长，之前学过吗？"

苏锦黎摇了摇头。

"怎么想到这么早就来参加比赛，我看你的档案也只有十八岁，其实可以再等等。"藏艾继续问。

"其实我的公司从成立到现在，一直都是亏损的状态，他们希望我能出来拯救一下公司的情况。"

"这么惨？那平时练习什么的呢？"

"就是我骑车去附近的培训班，跟着其他学生一起学。不过他们都不是练习生，有好几个就是去减肥的。"

藏艾听完，觉得十分不可思议，整个人都陷入了呆滞的状态。

安子晏也忍不住问："公司也没包装你吗？"

"什么算是包装？"

"比如语言、行为的培训，形象方面的包装，还有就是维护你的社交账号，写你的宣传稿，给你拍摄一些相片。"安子晏回答的时候，还在朝苏锦黎走，想要站在他的旁边，镜头里看着才更好看。

结果，苏锦黎又躲开了，想了想后回答："我的经纪人有给我买过面膜。"

安子晏看着苏锦黎，伸手握住了苏锦黎的手腕，拽着苏锦黎回到了台中间，说道："别躲了，再躲都到台下了，你怕我什么？"

"没！您……您特别和蔼。"苏锦黎立即否认了，然而却十分想抽回手腕。

和蔼……

安子晏也没再纠缠他，拉到了台中间就松开了手。

这时，韩凯说起了自己年轻的时候，也从来没练习过，只是因为自己热爱，到处奔波追寻梦想。

藏艾点头："其实他这样对于素人来说很正常，我只是没想到公司派来的练习生，居然也是这样的……毫无专业包装过。"

的确，如果包装过，在回答问题的时候，是不会说出这些话的。

苏锦黎简直是有什么说什么，直白得让他们都觉得苏锦黎很有趣。

也可能在很多人看来，有点傻。

说了一会儿，他们就示意苏锦黎可以开始他的表演了。其实大家都准备好了，看一场闹剧一样的表演。毕竟通过刚才的问答，他们对苏锦黎公司的定位就是不专业，对苏锦黎的印象也是没怎么培养过。

然而开始表演后，评委们都震惊了。

苏锦黎的声音很干净，在唱歌的时候甚至十分轻灵。被天使吻过的声音，似乎可以唱到灵魂的深处，震撼心灵。

一首古风歌曲，用美妙的声音唱出来，苏锦黎的舞蹈不算难，亮点是在半途突然从袖子里抽出一把扇子来，伴着扇子跳舞。舞蹈融入了太极扇，刚柔并济，动作行云流水，衣袂飘飘中带着一丝洒脱。

他的动作力度是够的，大开大合，又能够掌握身体的平衡，可以看出他有武术的底子。尤其是结尾，几个空翻，让观众席上的几名学员都鼓起掌来。

少侠果然身手不凡。

安子晏站在台边，有些不舒服地捏了捏自己的鼻子，总觉得台上有一种味道。

还有就是苏锦黎的表演，让他移不开眼睛，一直盯着苏锦黎看。

苏锦黎的动作流畅好看，结尾时对着评委席抱拳，又带了点英气。

常思音心里是暗暗惊讶的，他一直以为，苏锦黎是真的能力不行，才会被木子桃淘汰。就像胡老师说的，苏锦黎都不敢开口唱歌。

然而，这次苏锦黎刚刚开口他们就被震惊到了。苏锦黎唱歌真的非常好听，这让苏锦黎没能进木子桃，都变得匪夷所思了。

"他是因为什么没通过木子桃的面试？公司里的老师们集体眼瞎了吗？"安子晏问道。

常思音汗颜……

他不仅仅是卖哥哥啊，而且卖公司也是一把好手。

结束了一会，安子晏才回过神来，重新走上台，韩凯已经问了苏锦黎问题："我想听你唱一首抒情歌曲，听一听其他风格的歌，能唱吗？"

苏锦黎还是学了几首歌的，于是清唱了德哥最开始给他放过的歌，评委们听完频频点头。

藏艾是舞蹈类的评委，又问："会跳其他的舞吗？"

苏锦黎点了点头，紧接着小心翼翼地问："我能脱掉外套吗？"

"古装太热了？"安子晏问。

"今天早上觉得冷穿了秋裤，现在有点热了。"苏锦黎如实回答。

这回，又把所有人逗笑了。

"脱吧。"安子晏说着走过来，帮着苏锦黎脱衣服，然后接走苏锦黎的外套，表现得十分贴心，一点架子都没有。

苏锦黎的外套有两层，里面就是一件白色的无袖上衣了，下身则是宽松的裤子。

安子晏站在他身边，拿着他的外套，往后让了几步后打了一个手响："Music."

苏锦黎听不懂英文，但是能够听到音乐，之前在培训班也跟着老师学过一阵子街舞。

在音乐响起后，随着音乐的节拍表演了一段即兴街舞。

放的音乐是《Shudder》，首先是这首歌的前 20 秒，紧接着进度条快速拉了过去，从 2：32 继续。

苏锦黎也配合着音乐，跳了一段 Popping，中间就算快进了也做到了

第三章 | 077

无缝衔接，随机应变的能力很强，引来了一阵掌声。这种舞跟苏锦黎最开始的太极扇有很大的不同，是一种肌肉快速地收缩、放松的技巧运用，让身体产生出在震动的姿态。

苏锦黎刚刚学了半年，却已跳得有模有样了。

"哇哦！"藏艾忍不住鼓了鼓掌，"帅帅帅。"

连续夸了三个字后，就低头写了分数。

"这么快就决定好了？"安子晏看完藏艾的动作，忍不住问。

"对，已经可以了。"

安子晏扭头看向苏锦黎，将衣服递回去，接着问："还有其他的特长吗？"

"有，不过经纪人告诉我说，那个要留在要被淘汰的时候保命用。"

"我有点好奇，如果你不表演就淘汰你呢？"

"我看过赛制，这一轮没有淘汰。"

安子晏见骗不过，于是又问："还有什么其他的吗？"

他突然想到，他说起自己会乐器的时候，侯勇表扬过他，于是回答："我会吹箫。"

安子晏歪着嘴角笑了一下。

几位老师卖了下关子，最后发布了苏锦黎的分数：91分。

目前场上最高分。

苏锦黎行礼后，朝观众席走，就看到安子含在对他招手。

他不想坐在安子含旁边，可是……他现在如果不过去，安子含会很尴尬吧？

于是他对安子含也挥了挥手，接着坐在了角落。

安子含见苏锦黎并没有过来，也不在意，直接走了过去，坐在了苏锦黎的身边，笑眯眯地问："你外套能借我穿穿不？"

苏锦黎无奈了，只能递给他，安子含美滋滋地穿上了，不过显然不会穿，苏锦黎小声提醒："反了，应该是这边在上面。"

"还有正反？"

"嗯。"苏锦黎伸手帮安子含整理了一下。

安子含穿好了古装，问苏锦黎："好不好看？"

"嗯，绿油油的，挺帅的。"

"真不像是夸奖。"

不久后，台上又来了一名选手，可以说是技压群雄。

"波若菠萝公司的，确实有点实力。"安子含看完表演后，托着下巴点评了一句。

"波若菠萝？"苏锦黎重复了一句。

"嗯，三大公司之一。"

苏锦黎沉默了。

他发现，原来不止木子桃公司的名字里带水果，还有这家波若菠萝。

他仔细回忆了一下，发现……好像哥哥的公司，是波若菠萝这个名字。

他之前都蹲错公司了。

怎么能蠢成这样？

波若菠萝的乌羽最后得分94分，超过了苏锦黎。

苏锦黎依旧沉浸在绝望中，所以没有什么表情，也没有注意到摄影师特意照了他一个面部特写。

"这个名字起的，乌羽，也真够无语的。"安子含笑了笑说道。

"跳舞好好看……"苏锦黎终于回过神来，感叹了一句。

"也就是还行。"安子含撇了撇嘴。

"长得也好看。"

"也就是还行。"

等乌羽上了观众席，苏锦黎就感叹不出来了。

又一个阳气充足的男生！只是没有安氏兄弟可怕罢了。

所有的节目都表演完毕，已经到了晚上，在场所有人都没有中途休息过。

据听说，这第一轮的表演，就会播放两期。

等全部参赛选手都落座后，安子晏拿着话筒做最后的总结，在结尾，公布了一件让所有人震惊的事情。

"在座的各位恐怕不知道，在你们入场的时候，就有很多的镜头对准了你们。"

听到这句话,在座很多人都觉得莫名其妙。

"在进场后,走廊里,还有休息室里的镜子,都是单面透视镜,在镜子的后面隐藏着镜头。你们一进场,就有镜头记录着你们的一言一行。"安子晏拿着话筒说话的时候,似乎还特意看了安子含一眼。

安子含震惊得表情都木了,想骂脏话却忍住了。

苏锦黎突然明白,波波暗示他的意思了。

安子晏:"我们这个节目要选的是全民优质偶像。无论你们是在台上,还是在幕后,都要是一个优秀、有礼貌的人。观众们会通过镜头,看到在之前,不加掩饰的你,你的人设是否始终如一?"

全场哗然。

紧接着,就听到安子晏最后问他们:"全民综合考验第一关,你通过了吗?"

之后,安子晏又对着镜头说了下面的话:"屏幕前的各位观众,通过对这些选手的观察,估计你们心里,已经有了你们的想法。如果在座的这些年轻人里,有你喜欢的选手,可以拿出手机进行投票。"

"哥!"结束初选的录制后,安子含就像个弹簧一样蹦了起来,追着安子晏就走了,堪称"嗖"的一声。

最先离场的是评委和主持人,紧接着才是选手。选手们要按照顺序退场,这回这些人知道有镜头了,开始收敛起来,出场也不着急。

苏锦黎为了离安子含远点,选择了角落,刚巧是出口的位置,他只能跟着安子含离开了现场。

走出去,安子含就像一只蹦蹦跳跳的兔子,狂奔着追着安子晏,嘴里念叨着:"哥!哥!救我,救我啊哥哥。"

"现在想起来我是你哥了?"安子晏回答得特别不走心。

"一直都是,我最亲爱的哥哥!"安子含都开始撒娇了。

安子晏白了安子含一眼,问:"恶心不恶心?"

"救我啊……不能播啊,不然我就完蛋了。"

"没得商量，你也是要进娱乐圈的人了，一言一行都被盯着，看你以后注不注意。"

"也不能刚开始就这样啊。"

安子晏甩开安子含，继续大步流星地离开。

安子含继续追，喊了一句："我说你假唱的事了。"

安子晏听完，气得鼻子都歪了。

上次假唱的一共是6个人唱一首歌，他总共没几句歌词。几个人站在一排，他们5个都假唱，难不成他真唱？

结果假唱的事曝光了，他被骂得最狠，公关都有点挡不住。想起这件事他就气，回头就骂了一句："你……"

苏锦黎一直跟在他们后面走着，安子晏突然生气，周身阳气大盛，猛地面目狰狞地回过头来，吓得苏锦黎身体一颤，险些跌倒，好在扶住了墙。

他扶着墙缓了一会儿神，心脏还在"扑腾扑腾"地乱跳。

他差点以为安子晏要用阳气把他红烧了。

红烧锦鲤不好吃……

"你看看你把人家小朋友吓的。"安子含指着苏锦黎问安子晏。

安子晏也没想到苏锦黎居然会这么怕他，结合前几次他遇到苏锦黎时的状态，安子晏总算是确定了，这小子似乎很怕跟他接近。

为了试探，安子晏特意走过去问苏锦黎："你没事吧？"

苏锦黎几乎是蹭着墙壁往后躲，磕磕巴巴地说："没事……您……您先走吧……"

"真没事？"安子晏又问。

安子晏身高193厘米，要比苏锦黎高出9厘米来，并且比苏锦黎"膨胀"后的身材还要健美一些。

这样站着苏锦黎身前，带着一种压迫感。苏锦黎只觉得让他浑身紧绷的阳气扑面而来，更加难受了。

相比较安子含，他更怕安子晏。

安子含看起来干净一些，是一个骨子里善良的人，坐在一起还能忍受。

但是安子晏不是。

安子晏并不是一个好人。

"没事……"苏锦黎回答后，绕开了他们继续前行。

安子晏看着苏锦黎离开，又走到了安子含的身边，抬手用食指推了推安子含的头。毕竟是兄弟，安子含知道这个举动的意思，没忍住，扬起嘴角笑了笑。

不过，他突然戏精附身，非要继续演："你不帮我删，我以后就天天说你黑料。"接着甩袖离去。

安子晏无奈看着安子含离开，接着跟几位评委聊天："你们有兄弟姐妹吗？"

"没有。"藏艾回答。

"我现在的涵养，都是通过安子含锻炼出来的。"

安子晏坐在剪辑室里，盯着3台电脑同时看，身后站了一排的剪辑师一句话都不敢说。

其实安子晏根本没有时间接这个选拔节目，只是听说安子含要参加，便拿来节目策划案看了看，看到第一个环节就心中意识到了不好。

如果真是这样拍摄，安子含说不定第一期就会在镜头前跟其他的选手吵起来。

他需要派人来到节目组，掌握绝对的主动权，可以控制安子含的镜头数量，还能保证不利于安子含的东西不会播出去。

然而，突然决定接这个选拔的主持，是因为另外一个人。

苏锦黎。

他看着选手档案，页面停留在苏锦黎这一页很久。

其实他们两个人只见了两面而已，他却莫名其妙地对苏锦黎念念不忘。看到苏锦黎也会来参加，他居然真的接了这个活。

他的体质很特殊。

很多人都会不受控制地想要接近他，偏偏只有苏锦黎想要远离他，他觉得这个男孩可能是一个突破口。

他自己并不知晓什么是阳气男，只是从小就有一个困扰，经常有人靠近他之后会莫名其妙地对他产生好感，甚至纠缠不清。

长大后，安子晏渐渐习惯了这种奇怪的现象，甚至加以利用，从而得到自己想要的东西。还有就是不许任何人轻易近身，跟粉丝的见面会都很少。

只要不近距离接触，也不会太严重。

他知道自己会这样，所以在弟弟很小的时候就加以防范，将安子含保护得很好。结果让安子含的性格成了现在这个样子，天不怕地不怕。

全世界谁也不可以欺负他弟弟。

但是他自己很喜欢欺负弟弟。

这是一种恶趣味。

安排弟弟进入木子桃公司的那天，他偶遇了苏锦黎。苏锦黎是第一个看到他，就会吓得想要躲闪的人。

苏锦黎越躲着他，怕他，他越忍不住想研究苏锦黎。

或许可以从苏锦黎这里寻找到不用这么烦恼的方法？

江平秋看完这些视频，托着下巴思考了一会儿，接着看向剪辑师们。

剪辑师们立刻懂了意思，利索地滚了。

"子含入场晚，表现也算是正常，而且他的这些吐槽看起来还挺有意思的，没必要删。"安子晏拖拽了一下进度条，又重新看了一遍。

"踢门的部分删掉。"江平秋指了指其中一个部分。

"嗯。"

安子晏又放了一会儿，指着其中一段说道："这里这几个人，私底下议论子含的部分保留，再把子含表演结束后，他们惊讶的样子放上，会有一种被打脸了的效果。还有这几个人，似乎也夸子含了。"

安子晏踩了一下地面，让转椅更靠近另外一台电脑，播放安子含唱歌时，其他人的视频。

紧接着就听到苏锦黎在安子含吐槽完自己后，说了一句："真坏。"

安子晏抿着嘴唇忍笑，把苏锦黎这一瞬间认真的表情翻来覆去看了5次，才指着屏幕对江平秋说："你觉不觉得他挺有意思？"

"嗯，二少似乎也很喜欢他。"

"子含是个颜控。"

安子晏又看了一会儿视频后,对江平秋说:"顺便多给他几个镜头吧,长得好看,能吸引一些颜控过来围观节目。子含第一个节目,数据别太丢人。"

"嗯,好。其实有您在,收视率是可以保证的。"江平秋听完点了点头,"那波若菠萝的练习生呢?"

"把这家公司的练习生请来不容易,节目组不可能不给那个孩子镜头的,我们打压也没用。"

乌羽。

安子晏看着屏幕里表情冷漠的少年,不知道这位究竟是被波若菠萝捧的,还是被放弃的。

他们通过了初选,各自休息一个晚上后,第二天会统一回到这里,然后一起去训练营。

苏锦黎出去后,就被侯勇拥抱了。

侯勇个子不高,抱着苏锦黎的时候反而显得侯勇身材娇小可爱了。

"不错不错,全场第四名,男子组第二名。"侯勇激动地拍了拍苏锦黎的后背,接着松开了苏锦黎,问,"饿了吗?"

"饿……"苏锦黎都要饿成一条咸鱼了。

"想吃什么?"

"火锅。"

人间美味——火锅。

苏锦黎通常会点牛羊肉以及蔬菜盘,从来不会点鱼虾之类的丸子,因为苏锦黎不吃鱼,海鲜类的东西都不吃。

唯一吃的东西是:海带。

"你之后要搬到他们安排的地方去住,进行集训,我去给你买点日用品,还有一些必需品,你先吃,我等会儿就回来。"侯勇帮苏锦黎点完菜,就风风火火地又出门了。

这回侯勇十分大方,给苏锦黎买的东西也不会少。因为苏锦黎恐怕会在训练营待一阵子,这期间报班的费用都节省了,可以花在这里。

外加第一次上节目,经费给得也多了点。

苏锦黎自己吃了一会儿后,看到迎面走过来一个男生,直接坐在了他的面前。

他惊讶得嘴里的食物都忘记咀嚼了。

乌羽看着苏锦黎惊讶的模样,解释道:"一个人吃火锅会显得很可怜,我不想他们在我对面放毛绒玩具。"

"哦……"苏锦黎把嘴里的食物吞咽下去后回答。

乌羽叫来服务生,一脸冷漠地点了他自己要吃的东西,又让服务生换来鸳鸯锅,却两边都是清汤。他们需要唱歌,过阵子还要录节目,不能吃辣的。

乌羽跟苏锦黎面对面,各吃各的。

乌羽身上的阳气充足,倒也没有到安氏兄弟那么恐怖的程度,只有靠近了,才会有一些不舒服。苏锦黎努力调整自己的状态,才镇定下来,就当乌羽只是平常人。

"你跟安家的人很熟?"乌羽突然看向苏锦黎,问。

显然乌羽也早就注意到了苏锦黎,还注意到苏锦黎一直跟安子含坐在一起。

"不……安子含比较自来熟。"

"我知道的安子含,好像不是什么好性格。"

"我也不知道。"

乌羽又看了苏锦黎几眼,问:"你怕我?"

"没……没有!"苏锦黎态度强硬地回答,然而口吃出卖了他。

"我很凶吗?"

"并不是……我就是……就是慢热。"

乌羽点了点头,紧接着说:"我比你大两岁,今年20,你可以叫我哥。"

"哦……"

"我初期也没经过什么培训,都是这两年学习的。"

"哇,真的?我觉得你超厉害!"

乌羽咀嚼着东西,抬眼看了苏锦黎,发现他的崇拜似乎是真的,忍不住笑了笑:"我倒是觉得你比我厉害。"

"没有,我很多东西都不会,今天是比较幸运,放的歌刚巧是我能跳的,不然就完蛋了。"

"等到了培训营,我们俩应该是在一个寝室。"乌羽又说了其他的事情。

"啊?"

"寝室是按照排名分的,我是第一,你是第二。安子含也会跟我们一个寝室,他是男子组第四。"

苏锦黎眼睛都直了。

这个训练营还能混下去吗?

侯勇没能进入现场,也看不到后期剪辑,根本不知道苏锦黎在参加比赛的时候都说了些什么。

所以,他还是在乐此不疲地帮苏锦黎立人设。

以至于苏锦黎今天的衣服,就是复古款的格子裤,灰色的衬衫配着褐色的纹理马甲,头顶还带了一个格子的鸭舌帽。

苏锦黎没有近视,侯勇还是给苏锦黎戴了一副复古款的圆框眼镜,眼镜带着链子,搭在了脖子上。这样穿起来,还真显出了几分斯文。

苏锦黎拖着行李箱,到了拍摄基地,紧接着节目组安排大巴车,将他们带去训练营。

苏锦黎注意到,是练习生的身边都跟着一个小团队,其中安子含的团队最夸张,居然还有私人化妆师,在安子含上车前还在给安子含补妆。

素人参赛选手,也有自己的家人陪同。

只有乌羽一个人形单影只。

之前吃火锅的时候就是,为了不显得孤单,坐在了跟他根本不熟的苏锦黎面前。这回也是,一个人拖着行李过来,然后一个人直接上了车。

波若菠萝不是大公司吗,为什么乌羽身边连个助理或者经纪人都没有?

上车后,苏锦黎迟疑了一下坐在了乌羽的身边。

乌羽侧头看了他一眼,觉得奇怪:"怎么没跟你的朋友坐在一起?"

"他们正好四个人。"苏锦黎知道,他说的是常思音他们。

"面和心不和。"

"常思音人很好的。"苏锦黎跟乌羽说。

"一个人也代表不了一个组合,不过,他们的组合表演完那么一回就散了。"

"嗯……"苏锦黎不知道该说什么了。

两个人坐在车上,乌羽打开自己的行李取出了耳机打算戴上,扭头看向苏锦黎,问:"要听歌吗?"

"嗯。"苏锦黎点了点头。

乌羽给了苏锦黎一个耳机,主动插进了苏锦黎的耳朵里,接着播放手机里的音乐。

苏锦黎挺羡慕乌羽可以用手机听歌的。

他有手机,可惜手机内存不够,相片都得拍几张之后就删除,下载几个 APP 之后,手机就卡卡的了。

"这首歌好好听。"苏锦黎听到了一首旋律他很喜欢的歌,立即兴奋地对乌羽说。

乌羽看了看左右,接着提醒:"你不用说得那么大声,我听得见。"

"哦。"

苏锦黎尴尬地轻咳了一声,问了他很感兴趣的话题:"你的公司员工多吗?"

"对外宣传五千。"

"对内呢?"

"流动性很大,而且部门很多,很多助理还没转正就被艺人嫌弃了,所以这个真说不好。"

苏锦黎低着头,想象着自己在五千人里找到哥哥的可能性。实在不行等综艺结束之后,他就回山上找爷爷问一问吧,然后再软磨硬泡着下山。

现在的情况,真的很让人心灰意冷。

到达训练营,果然跟乌羽说得一样,是按照排名分寝室。

参加比赛的选手,进入训练营后,就不再分为练习生跟素人了,大家都会住在一起。所有的参赛选手里,男选手要多于女选手。

男选手 36 人,女选手 24 人。

训练营的房间,是属于酒店一样的地方,走廊是"回"字形。

男女生并没有分开,都住在一层,只是女生住的房间,大多是在走廊里面,男生的在外面。

苏锦黎的房间是501房间,就像与世隔绝了一样。

从电梯走出来,往左走是大部队的房间,往右侧走一段,里面只有一个房间,就是501。

让苏锦黎喜欢的是门对面有一面金色的镜面墙壁,他可以在走廊里练习。

他站在镜子前欣喜的工夫,乌羽已经进了寝室,苏锦黎赶紧跟着进去了。

他从来没有住过集体寝室,进来后觉得很新奇,看着房间还有上下铺的床铺,特意看了看上面。

"你们好。"另外一名室友已经在寝室里了,看到他们之后跟他们问好。

这名室友是第三名范千霆,是一名说唱型的男生,长得不算多帅,但是带着点痞气,有种坏男孩的感觉。

范千霆也算是自来熟的性格,会主动跟他们说话,说话的时候自带1.5倍速,一不留神,范千霆前一句话就说完了,苏锦黎还没回过神来。

乌羽指着床铺,问:"你们想怎么分配?"

"我都随意。"范千霆回答。

苏锦黎有点恐高,所以不太想住在上面,于是回答:"我可以住在下面吗,我有点恐高。"

"我习惯倒头就睡,下面比较方便。"乌羽回答。

"行。"范千霆开始收拾上面的床铺。

安子含姗姗来迟,进门就开始骂:"我绕着走廊整整走了一圈,都跑女生那边去了,结果发现寝室在这呢,还被数落了几句臭流氓。我就不懂了,我真流氓,会在刚进寝室的时候去吗,肯定是晚上夜袭啊!"

苏锦黎没答话,低下头认认真真地收拾床铺,生怕安子含注意到他。

安子含拿着行李箱,看着他们几个行动,只有范千霆回答了他:"那边是502,这边就是501了呗。"

"我当这边是消防通道呢。"安子含说完,不客气地又补充了一句,"欸,我要住下铺,我个子高,住在上面不行。"

这句是说给苏锦黎跟乌羽听的。

苏锦黎立即停下来，可怜巴巴地看着安子含，犹豫要不要让给安子含。

乌羽没理安子含，继续收拾。

"报身高吧，我 187 厘米。"安子含主动说了身高。

"我……184 厘米。"苏锦黎回答。

"我 181 厘米。"乌羽回答。

安子含听完歪嘴一笑，指了指上铺："矮子，你上去。"

乌羽把手里的东西一丢，回头瞪了安子含一眼。

安子含最不怕这种场面了，还在笑嘻嘻地看着乌羽，一副你能把我怎么样的态度。

"我上去吧。"苏锦黎怕他们打起来，主动做了让步。

"你不是恐高吗？"乌羽问苏锦黎。

"那应该挺刺激的，人生就是要勇于冒险。"

"算了，你住下铺吧，我……"

苏锦黎手脚麻利地拿起了自己东西，往上铺扔："没事没事，我住那里就行。"

安子含也不客气，直接坐在了下铺，用手撑着身子跷起二郎腿，看着环境嘟囔："这房间小得跟骨灰盒似的，怎么住人？"

"房间里有摄像头。"乌羽说道。

安子含吓得立即没了声音，在房间里找了好几个来回，也没看到摄像头，这才又去问乌羽："哪有摄像头了？"

"我就是想让你闭嘴。"

"欸！"安子含撸起袖子朝乌羽走过去。

说时迟那时快，苏锦黎赶紧掏出自己压箱底的零食，问他们："你们吃方便面吗？"

场面一静。

范千霆原本趴在上铺想要看热闹的，看到苏锦黎劝架时慌张的样子，"扑哧"一声被逗笑了。

乌羽不再理会，继续收拾东西。

安子含也没再纠缠,行李箱一扔到处参观了,还去浴室里看了看设备,又打开柜子,拍了拍其中一个说:"这个我的了。"

没人理他。

"这个是苏锦黎的。"安子含还顺便帮苏锦黎占了另外一个上面的柜子。

乌羽回头看了安子含一眼:"住着下铺,偏去占上铺的柜子。"

"我素质低啊。"安子含回答得理直气壮。

"小学生吧?这么幼稚。"

"管得着吗?"

苏锦黎撕开袋子,取出一块小圆饼的方便面,塞进了安子含的嘴里。

安子含下意识地嚼了,问:"你也想我闭嘴?"

"的确是你……不太对……"

安子含看着苏锦黎,撇了撇嘴,没再说什么,只是把自己的行李箱扔进了下面的一个柜子,算是妥协了。

这个场面如果是在熟悉安子含的人面前发生,估计这些人都会惊讶,向来不受管束的安子含,居然乖乖听话了。

真是神奇。

乌羽没再说什么,这场战争就这样结束了。

苏锦黎还想继续看看门口的大镜子,他的公司穷到镜子安装一直不顺利,一个装饰墙面的暗金色镜子都让他喜欢得不行,于是又到镜子前晃悠。

在苏锦黎出门后,范千霆探头看了看门口,忍不住嘟囔了一句:"在比赛的时候,我还觉得他是装的呢,没想到私底下也这样。"

"装什么啊,因为没通过木子桃的审核,天天去木子桃门口晃悠,看着怪可怜的。"安子含回答,依旧没有收拾床铺。

"他挺厉害啊,怎么没过木子桃呢?"

"不知道,我也纳闷。"

"你们觉不觉得他长得有点像波若菠萝的沈城?"

安子含原本还挺惬意的,听完就不乐意了,直接反驳了回去:"苏锦黎比那个假笑脸强多了,不是天生笑眼就都是一个系列的。"

"像不像先不说,世家传奇跟波若菠萝不和,我今天算是确认了。"

范千霆回答。

乌羽跟安子含互看了一眼,同时冷哼了一声。

沈城,波若菠萝的一哥,史上最年轻的影帝。

沈城拿影帝的时候才13岁,一个少年独挑大梁,扮演一名少年英雄,在电影里演技精湛,让很多老戏骨都赞不绝口,说沈城是一个好苗子。

事实证明,他们的看法是对的。

之后的几年,沈城的事业一直顺风顺水,他为人低调,且做了很多善事,成了娱乐圈难得的无黑点男艺人。

波若菠萝跟世家传奇两家娱乐公司,向来不和,是摆在明面上的竞争关系。

安子晏跟沈城每次同框,都会展现出商业化的微笑,以及眼底遮掩不住的杀气。

谁也不服谁,谁也看不顺眼谁。

说不定哪天就会斗起来。

Chapter 04

苏锦黎捧着方便面袋子,在镜子前晃悠的时候,常思音走了过来,问他:"锦黎,子含在寝室吗?"

"嗯,在呢。"

他跟着常思音一起进了寝室,紧接着就看到常思音特别自然地打开了安子含的行李箱密码,然后拿出东西来帮安子含整理床铺。

显然,常思音经常干这件事情。

安子含就跟早就习惯了似的,站在旁边看,还到苏锦黎的身边抓了一把方便面吃。

"这是自带老妈子?"范千霆忍不住问了一句。

"唉……"常思音叹了一口气,"我在家里就经常照顾妹妹,所以都习惯了,再加上安子含什么都不会。"

"就像一个痴呆的孩子。"乌羽靠在床上,手里捧着一本书正在看,在这时插了一句嘴。

"痴呆打死人不犯法我告诉你!"安子含指着乌羽,开始随口胡诌。

"有没有点常识?"

"没有,我痴呆。"

常思音帮安子含整理床的途中,抬起头来看了看他们俩,又回头看向苏锦黎,问:"你们寝室的氛围这么火爆?"

"呃……你们寝室怎么样?"

"都挺好的,室友还带了特产分给我们。"

安子含就好像得到了灵感,蹲下身翻自己的行李箱,翻出了一个平板电脑丢给了苏锦黎:"送你了。"

"这个是……你们那里的特产吗?"苏锦黎捧着平板电脑,诧异地问。

"不,别的东西真没法送了,我有一包没开封的内裤你要不要?"安子含还在行李箱里翻找。

乌羽扯着嘴角冷笑了一声,估计是在嘲笑安子含的幼稚。

"我不要了……"苏锦黎递还回去。

刚巧这个时候,节目组的人招呼他们去录视频,苏锦黎赶紧欢快地走了。

他现在觉得,只要在寝室少待一会儿就是幸福的。

需要录的是个人单独的视频。

他们四个人被安排在一个小房间里,房间里的背景墙是这个选拔节目的 LOGO。

乌羽被补了妆,是第一个进去录制的,毕竟是全场最高分。

其他三个人被安排在外间化妆,等下要拍摄他们的个人海报,以及拍摄出来做投票用的头像,还是蛮重要的。

乌羽出来时,苏锦黎还在吃方便面,他生怕碰到口红,吃的时候嘴张得老大,就像需要喂食的小鸟。

"这么好吃?"说着,乌羽伸手在苏锦黎的袋子里抓了几块。

"不是,如果不吃完,存放不好就软了。到里面是做什么?难吗?"苏锦黎指了指小房间。

安子含跟范千霆去拍摄相片了,他被安排在这里等。

"就是他们问你问题,你跟着回答就好,表现自然点就可以。还有就是录一个单独拉票的小视频。"乌羽回答。

"刚才安子含分析,轮到后面几组估计会很晚了。"

"明天练习的途中单独叫出来录呗,反正我们一直都在这里。"

"也是。"

工作人员来叫苏锦黎后,他将方便面给了乌羽,乌羽帮他擦掉嘴角沾着的东西后,起身跟着去了录制的房间。

坐下后,工作人员拿着本子,问他:"你有没有印象比较深刻的表演?可以点评一下他们的表现。"

"嗯,有啊。"

紧接着,苏锦黎就打开了话匣子,可是说了半天,都是哪个选手唱得好好听，哪个选手跳舞好好看，没了。

一点可以拿来放的梗都没有。

工作人员开始跟苏锦黎讲解："你可以看一下这些视频，想象你现在就在现场，对他们的一些表现进行点评，还可以有一些有趣的表情啊、总结什么的。你这样每个人都夸，到最后可能连你一个镜头都没有。"

早在苏锦黎来之前，侯勇就给他科普了镜头的重要性。

只有他有镜头了，观众们才能注意到他，才能吸引粉丝喜欢他。

只有被喜欢了，他才能顺利地出道，帮助公司走出困境。

苏锦黎开始冥思苦想，工作人员再次提示："批评他们也行。"

"乌羽吧，在被采访的时候，还是一张很严肃的脸，话也不太多，我还以为他会唱很酷的歌。没想到表演以后，中间有一段这个动作，还配合了一个噘嘴的表情，我觉得好可爱。"

说着还站起身来，学了一下乌羽的动作跟表情。

又录了一会儿后他们放弃了，只是让苏锦黎录一段单独的拉票视频。

苏锦黎对着镜头，突然微笑，笑容自然且灿烂，让不少工作人员都感叹起了他的颜值。

"善良的人给小锦鲤投票，是会有好运的哦！"苏锦黎回答完，突然想起了什么，抬手捏了一下自己的脸。

上次有女生调戏他的时候，就被捏了脸颊，是不是证明现在的人喜欢这个？

想了想，又觉得视频恐怕太短了，于是双手抬起来，在身体两侧分别做海浪的动作，接着故意抖着声音说："水逆退散。"

最后转了一个身，摆了一个街舞造型，结尾。

出去后，还要拍摄相片，苏锦黎依旧是对着镜头，露出灿烂的微笑。

之后摄影师会指挥，让他变化姿势跟表情，见他实在是不会配合，还找来了之前安子含拍摄的相片给他看。

别看安子含的性格最让他们头疼，在其他方面，却是节目组最喜欢的。

比如，安子含在录单独视频，采访他看法的时候简直是侃侃而谈，并且各种梗接连不断。

表情也特别有趣，随便截图，都能做颜表情。

拍摄相片也是这样，他的镜头感很强，几乎不需要指挥，就会自己变换动作、表情。并且知道自己的哪个角度比较好看，一直亮出那个角度。

苏锦黎又佩服了安子含几分。

苏锦黎模仿能力还是有的，看了安子含的相片找到感觉，跟着模仿了几个表情跟动作，立即换了一种风格。

安子含那边全部结束了，回来看苏锦黎拍摄，一看就乐了。

"你怎么傻乎乎的呢，我的衣服摆这个姿势还行，你就有点怪了。"安子含说完，过来帮苏锦黎调整姿势，顺便整理了一下衣服，"继续。"

相片全部拍摄完毕，苏锦黎到一边看了看成片，选择几张做自己的宣传海报，还有就是选一张做投票的头像。

"头像选择笑的吧。"安子含看了几张之后给出意见来，"你的风格就是这样，会让人一下子记住，这个头像比较重要，有些人瞎选就是看脸乱投。"

"嗯嗯，好的。"

乌羽完成了所有的拍摄后，到他们这边一起看，他指着屏幕说："选这张吧，看得清楚五官。"

"他还是选择笑的比较好。"

"他本来就是笑眼，这样笑的话就看不出来了，选这个比较好。"

苏锦黎绝望了，好像选错了，就会得罪一个人似的。

他们俩看对方不顺眼，别用他开掐啊……

"我……选这个！"苏锦黎指了非两人选择的那张。

微微低下头朝前看，单手推眼镜的一张。

"这个撞造型的太多了。"安子含立即摇了摇头。

"没错。"乌羽也跟着说道。

这两个人倒是意见统一了。

最后还是摄影老师帮苏锦黎选的，苏锦黎终于得救了，到一边去休息了。然而到食堂吃饭时，左边坐着乌羽，右边坐着安子含，真的是人间地狱。范千霆就坐在苏锦黎的对面，因为想笑，吃饭的途中直喷饭粒，画面看起来特别恶心。

第二天就开始上课了，所有的选手分为3组进行分别的培训。

苏锦黎寝室的人全部都在A组，常思音比较幸运，是A组最后一名。

A组有9名男生，11名女生。

大家在训练室里席地而坐，苏锦黎的左边是乌羽，右边是安子含，他真的觉得这个训练营不好混。

两个阳气充足的男人似乎跟他死磕上了，总是跟他形影不离，一左一右，还总是对着干，他真的是毫无办法。

在训练室里等了20分钟后，终于有人推门走进来，进来的人是韩凯。

韩凯进来后，直接宣布了比赛规则。

比赛第二轮，会以抽签的形式进行分组，4个人一组，组成5个队伍。

这一次的比赛，是由评委老师对每个人的表现进行打分，每个组里分数最低的一名成员，将被淘汰，进入待定区。

进入待定区，只有开通投票平台后，得到票数前五名的选手可以留下，其他选手将不会再有复活的机会。

他们是A组，组内都是初赛表现最好的选手。

也就是说，他们会抽到的对手也是最厉害的。并不是进入45人名单就会完全没事。投票平台开始后，45人里，投票最少的5人会被淘汰。

也就是跟待定区投票最高的5人进行互换。

这一轮，将会直接淘汰60人中的15人。

规则刚刚宣布完，就有人哀号了一声："不要抽到乌羽啊……"

"我突然好难受，我为什么要在A组，这里好可怕！"

韩凯听完突然严肃下来："其实你们在A组，也不是说明你们就是最优秀的，他们在别的组就是差的。只是他们第一轮的发挥，给了我们第一印象，如果因为紧张失误了呢？所以，这并不是你们能够掉以轻心的理由。"

"有点意思。"安子含扬起嘴角笑了笑，扭头问苏锦黎，"你最不想和谁一组？"

"只要别跟你们几个在一组就好。"苏锦黎回答。

"我倒是期待跟某人一组,然后亲自干掉。"安子含瞥了乌羽一眼。

乌羽扯着嘴角冷笑,没回答。

韩凯老师那里有五首歌的歌名,他们需要到盒子里去抽签,抽到一首歌的人,自动成为一队。

苏锦黎深呼吸后,去抽了歌名,打开后看到歌名《新不了情》。

一首经典的歌曲。

他拿着歌名,回到原来的位置坐下,探头看了一会儿,看到乌羽、安子含、常思音都不是他的这首歌。

他们几个人里,只有乌羽跟常思音碰到了一组,常思音似乎有点绝望。

原本他是松了一口气的,结果韩凯刚刚给他们上课,他的心就沉了下来。

韩凯让几个组的成员一起唱一遍他们抽到的歌,找一下感觉。

轮到苏锦黎这组的成员唱歌后,韩凯只点了苏锦黎的名字:"苏锦黎,你的问题很大啊。"

"啊?"苏锦黎愣了一下。

"其实在初选的时候我就注意到了,你唱情歌的时候,没有情感,只是干巴巴地按照旋律将一首歌的歌词唱出来了。"韩凯继续指点。

苏锦黎有点慌,小心翼翼地问:"这样不对吗?"

"你唱歌的时候根本没有投入进去,你抽的这首歌又是一首非常考验情感的歌。别人都在悲伤,用情至深,你就像个渣男一样,根本没有认真对待这份感情。"

苏锦黎抿着嘴唇,心中忐忑起来。

"你谈过恋爱吗?"韩凯试图让苏锦黎代入情绪。

苏锦黎摇了摇头:"没有。"

"那有没有过暗恋的人?"

"也没有。"

"这个可以不用害羞,别在意偶像包袱,会对谁有好感很正常。"

苏锦黎再次摇头:"真的没有。"

"那有人追求过你吗?"

苏锦黎被问得几乎绝望了:"韩老师,您问的这些问题真的太让人难过了……"

"你这么帅,都没有人追求过你吗?"韩凯特别惊讶地问苏锦黎。

苏锦黎苦着一张脸,委屈兮兮地说:"对啊,其实我特别想谈恋爱。"

"为什么,是因为没谈过想试试?"

"不是,就是感觉,不谈恋爱,不多吃好吃的,我做人干吗啊?"

苏锦黎回答完,其他旁听的学生笑成一片。

安子含最夸张,"咯咯咯"地笑得左右乱晃,最后干脆在地板上躺下,身体还在一颤一颤地"咯咯咯",看样子就像需要抢救似的。

"那你有没有特别思念的人?"韩凯还是坚持,希望苏锦黎能够代入感情。

"有,我的哥哥。"

"很久没看到哥哥了?"

"嗯,我很早以前就和哥哥分开了,我这次想出来闯荡,就是想来找哥哥的,但是,因为很多原因,至今还没找到他。"

韩凯不能在这个方面跟苏锦黎聊太久,毕竟后面还有其他的学生要教。

于是,只是告诉他:"那就代入对你哥哥的思念,想想你一直很想念一个人,因为某种原因,你们再也不能见面了。你们明明可以做很好的兄弟,偏偏一直被耽误,你会不会不甘心?"

苏锦黎点了点头:"会。"

"心里会不会难受?纠结?思念?"

"嗯。"

"不能在一起,他还偶尔出现,甚至在你的视野里出现,叫别人弟弟,对别人好,你会不会心情有波动?"

苏锦黎突然愣了一下,仔细想了想,回答:"会哭的。"

"好好去体会。"

苏锦黎又低下头,去看手里的歌词,在其他的组唱歌时,试着代入感情去唱这首歌。

为了不打扰别人,他特意到了角落里,一个人小声哼哼。

安子含到了他的身边,蹲在他身侧,拍了拍他肩膀,说道:"没事,以后我就是你哥。"

"你别捣乱啊,我刚代入感情。"

"嘿,你小子还不领情?"

"你多大?"苏锦黎问。

"比你大一岁。"

"安哥。"苏锦黎特别乖地叫了一声,纯属是因为礼貌。

安子含被叫得浑身舒坦,笑眯眯地点头,接着拍了拍苏锦黎的头:"乖弟弟。"

到了训练的后期苏锦黎发现,他选的这首歌是 A 组里比较简单的了。

乌羽、常思安抽了需要飙高音的歌,好几次唱破音,一边喝水,一边找韩凯询问控制的方法。

安子含的歌需要边唱边跳,在苏锦黎哼歌的时候,安子含还要去跟舞蹈老师学习舞蹈。

范千霆最惨,一个擅长说唱的人抽了一首抒情歌,唱着唱着就变了调,于是开始研究能不能改编。

他的这首歌,只需要 4 个人坐在椅子上,安静地唱歌就行了。

据说,他们唱歌的时候舞台灯光会变暗,只照到他们几个。旁边的乐队,会给昏暗的灯光,只能看清轮廓,真的只有他们几个在唱歌而已。

这首歌需要准备的时间是一个星期,他们几个人分了词之后,苏锦黎开始对着镜子唱歌。

到了中午休息,苏锦黎觉得嗓子有点不舒服,在训练室里席地而坐,虚脱似的休息。

乌羽跟着坐在了他身边,从自己的包里掏出润喉糖来,挤出来了一粒给苏锦黎。

安子含也在这时过来找苏锦黎,到了他们身前还在跳动作。

乌羽一抬头,就看到安子含在他面前晃来晃去,不爽地问:"你能不能别对着我的面门晃胯?"

乌羽说完，安子含还变本加厉了，把外套一搭，挂在手臂上露出肩膀来，专门对着乌羽晃扭来扭去。

安子含又是那种有点小性感的男生，做这样的舞蹈动作，还挺有冲击性的。

乌羽蹙着眉头看完，抬脚就要朝安子含踢过去。

安子含快速躲开了，顺势坐在了苏锦黎对面，眼巴巴地看着乌羽手里的润喉糖。其实乌羽特别不想给，不想在镜头前闹得太不愉快，最后还是无奈地给了安子含一颗。

结果安子含不领情，吃了之后就感叹："真难吃。"

"难吃就吐了。"

安子含没吐，嚼碎了，吞了。

常思音垂头丧气地坐在了乌羽的对面，小声嘟囔："这回的这些歌都是经典类的，倒是也会唱。但是一想到要参加比赛，不是平时的场合了，就有点紧张，唱着唱着，突然就觉得好像不是那个调了，而且高音部分也是在干号。"

乌羽点了点头，挪了一个位置，坐在了常思音的正对面，说道："你再唱一遍你的部分，我听听。"

安子含看了忍不住问："你们俩不是对手吗？"

"对手又怎么样？我只是希望我们这首歌的表现更好一点。"

安子含也跟着调整了一个姿势，指了指自己的耳朵对常思音说："来，也唱给我听。"

常思音立即轻哼了一遍，苏锦黎听完就鼓起掌来："好听。"

乌羽则是摇了摇头："你唱到后面就没后劲了，你肺活量是不是不行？"

"不是很好。"

乌羽其实也算是看出来了，木子桃这个组合里，也就安子含的实力强一些，其他的人都是过来陪着安子含的。常思音资质一般，长相端正，却没有其他的闪光点。

唱歌不错，却也没非常好。

跳舞的力度有了，舞蹈的后半段就有点喘了，错了几个节拍。性格上也有点太好说话了，没有性格特点。

"腹式呼吸法知道吧？"乌羽起身，伸手按住了常思音的肚子，让常思音跟着他的节奏呼吸。

苏锦黎发现，乌羽教的方法，跟他从小就开始坚持的吐纳有些接近。

"声靠气传。"乌羽继续指导，"这是很浅显易懂的，你应该知道吧？"

常思音点了点头。

苏锦黎跟着呼吸一会儿后，拿来了常思音的歌词，哼哼了两声之后，唱了常思音的部分。

在高音部分控制得非常好，并且游刃有余。

唱完后惊喜地抬起头说："我发现这种呼吸方法我也会欸！"

结果就看到了三张齐刷刷的震惊脸，一直埋伏在练习室的摄像师，还过来给了他们几个一个特写镜头。

"怎么了？"苏锦黎觉得很奇怪。

"你会海豚音吗？"安子含下意识地问。

"公司的哥哥教过我，是不是就是这种？"苏锦黎清了清嗓子后，开始飙起了海豚音。

清澈的声音，没有一丝杂质。

并不是苍白的干号，而是用好听的声音，唱出了天籁般的旋律。从高音，又降了下来，接着低声吟唱。

没有一句歌词，旋律都很陌生，偏偏特别的好听。

"好听。"安子含第一个感叹起来，"你这首歌叫什么啊？"

"没什么歌，我就是自己编的调子，用来每天早上开嗓的。"

"自己编的？你是不是有作词作曲的天赋？"

"上一次的表演，编舞是我自己。"

常思音则是惊讶得表情都没有了，不过很快就松了一口气："幸好没跟你抽到一组，不然我的自信心都要崩塌了。"

"可是我觉得你唱得很好听啊。"

苏锦黎不是那种会在摄像机前就故意摆出另外一张面孔的人，他这时的夸奖都是认真的，看着常思音的眼神都特别真挚。

"我……总是觉得我实力好像还不够。"常思音唉声叹气了一句。

苏锦黎伸出手,在常思音的头顶揉了揉:"善良的人是会有好运的。"

"我这算是收到了锦鲤的祝福吗?"常思音开玩笑地说道,现在大家都知道苏锦黎的名字谐音是锦鲤。

"啊,你怎么知道?"

"你还真承认啊?"常思音终于好了一些。

苏锦黎回到寝室,发现寝室里一个人都没有,终于松了一口气,从自己的箱子里取出换洗的衣物来,打算去洗个澡。

这时,安子含突然从门口走进来,看到苏锦黎要洗澡,立即问:"一起洗啊?"

"啊?!"

"我们东北澡堂子都是开放式的,大家都一起洗。"安子含回答。

"你还去澡堂子?"

"肯定的啊,我住校生。"安子含说完,就快速地收拾东西,打算跟苏锦黎一起洗澡。

苏锦黎把头摇得像个拨浪鼓,连连拒绝:"别了吧。"

他没想到安子含都跟回来了,就像一个跟屁虫。

"行了行了,瞅你那样,你自己洗去吧,我在寝室里待会儿。"安子含坐在寝室的椅子上,暂时休息一下。

苏锦黎赶紧进了浴室,将门锁紧了,站在浴室里洗澡。

正愉快地刷着鱼鳞,安子含突然在门口敲门了,对着浴室里面喊:"苏弟弟,你再唱一遍你的海豚音。"

苏锦黎整个人都提高了警惕,问:"能等我出去再唱吗?"

"不能,你现在不唱,我就踹门进去。"

苏锦黎没办法,关了水哼唱自己练嗓的调子。

结果哼唱完了,安子含还是不满意:"你再唱首歌听听。"

"你干吗啊?"苏锦黎都无奈了。

"就是想听。"

苏锦黎没办法,就又唱了一遍《新不了情》。

安子含拿着视频，对着视频通话里的安子晏说："怎么样，我新弟弟唱歌是不是不错？"

安子晏还是戏里的扮相，穿着一身特警的服装，脸颊上还有点血，造型看上去很爷们儿，安子含看着还挺顺眼的。

"嗯，行，就是我把手机的声音开到最大了，你说话声就小点。"安子晏靠着椅子，手里拿着剧本继续看，只是戴着耳机跟自己的弟弟聊天而已。

"训练太累了，烦死我了。"安子含终于放过了苏锦黎，再次坐回到了椅子上，小声地说。

"你不是自己想去的吗？"

"我就想一直比啊比的，谁知道不是自选曲目啊，还是得练习。"

安子晏随便看了看安子含，想看看自己的弟弟瘦没瘦，就看到视频后面有一个东西，在空中飞了过去，立即蹙眉。

安子含一直背对着，并没有看到，所以根本没在意。

安子晏整个人都不好了。

"你……寝室……"安子晏欲言又止。

"怎么了？"

"还有别人在吗？"

"就我新弟弟一个啊。"

"……"

苏锦黎发现自己居然忘记拿内裤了，内裤都放在了床铺上，他又不能出去，只能将门开了一条缝，趁安子含没注意，将内裤取了过来。

拿到内裤之后，安子含用浴巾擦干净全身，还吹干了头发，确定身上没有鱼鳞了，才穿上衣服出去。

安子含回过头，就看到苏锦黎出来了，忍不住问："你怎么翻来覆去就这么两件衣服？"

"我……经纪人没给我买太多。"

安子含起身，在自己的行李箱里拿出了一套衣服，丢给了苏锦黎："我的衣服你应该都能穿，你穿吧。"

"不用……"

"穿着吧,过两天我家里还给我送衣服过来,我一身都是汗,洗澡去了。"安子含说完,就进了浴室。

然而……视频没关,手机还放在懒人手机架上。

苏锦黎 VX 没有几个朋友,根本不会视频通话,也不知道这回事。在安子含进去之后,坦然地站在寝室里换衣服。

上衣跟裤子都脱掉了之后,他拿起安子含的衣服,来回看哪边是正面,以及背带裤该怎么穿。

安子晏看着视频里的画面,有点不知道自己该不该继续看。

安子晏承受着内心道德底线的批评,并经历了一场严峻的内心挣扎,还是目不转睛地看完了苏锦黎换衣服。

小伙子身材不错。

安子含的品位不太对,所以买的衣服都不太对。

苏锦黎穿着的,就是一条非常亮眼的柠檬黄的背带裤,裤腿特别肥大,走起路来一荡一荡的。

上身是一件白色跟柠檬黄相隔的条纹 T 恤,心口的位置有着一个香蕉的刺绣。

他穿上以后,觉得自己简直就是一个刺眼睛的存在。

他在寝室里晃了晃之后也没多在意,而是坐在了椅子上,继续唱歌。

依旧是《新不了情》。

安子晏低下头看了一会儿剧本,又抬眼看了看视频里认真唱歌的苏锦黎。

耳机里是苏锦黎清唱的声音,视频里是苏锦黎清秀的脸颊,似乎是唱得动了情,眉头微蹙,竟然让安子晏都点感动了。

不该让这个少年伤心难过的,应该保护起来。

结果苏锦黎刚刚唱完便突然起身,在自己的柜子里取出零食来吃,吃完一袋接着一袋,让安子晏觉得自己简直是看了一个吃播。

苏锦黎似乎有点着急,所以吃得狼吞虎咽的,他脸颊鼓鼓的,努力咀嚼,然后咽下去。

其实他是想在安子含洗完之后,再跟安子含一起去练习室,那里不许吃零食。

安子含出来以后,看到苏锦黎就说了一句:"你穿这身挺显白啊。"

"有点太亮了。"

"今天,你就是《全民明星》里,最亮的仔。"

苏锦黎抬头看向安子含,扬起嘴角笑了一下。

安子晏的心口突然一颤,这个少年的笑容,可以直戳人心。

"我觉得我们寝室里有点不对劲。"安子含伸手取下手机,当自己哥哥早就不再看了,直接关了视频,对苏锦黎说。

"什么啊?"

"浴室里总有一股味。"

"……"

浴室总有味,被安子含定义为501灵异事件,并且神经质地召集了501全部的成员来调查这件事情。

安子含跟范千霆说完,范千霆也立即响应了,说自己也注意到了,最开始还当是这里的住宿条件差,怕显得自己矫情,就没提起过。

后来他发现,周围都没有能做菜的地方,怎么会有味呢?还是开了风扇也半天不散的味道。

乌羽觉得无趣,却也跟着安子含他们几个,一起爬楼梯去了六楼。

苏锦黎心虚得直打嗝,一直"咯咯"地跟着他们。

一起到了六楼,几个人探头探脑地看,想要看看楼上有没有人养鱼。结果他们惊讶地发现,六楼的601居然是设备室!

安子含吓得说话都不成调了,指着房顶问:"我们要不要再去楼顶看看,是不是楼上有蓄水池?"

"反正来都来了。"范千霆好像胆子挺大的,首先带着他们上了顶楼。

楼顶是个大露台,上面还在晾床单,都是他们这些寝室里换下来的。他们在上面晃了一圈,什么都没发现,最后又下了楼。

第四章 | 105

苏锦黎拍着自己的胸脯，试了憋气的方法，也没让打嗝停止。

乌羽站在他身边，小声问："用不用喝点水？"

"啊……不要提水。"

"害怕？"

"嗯，没有水就不会有鱼了。"

乌羽撇了撇嘴，对苏锦黎说："别听他们俩瞎扯，寝室的水是干净的，我试过。"

"试过？"

"就是接水到盆里，端出去之后再闻，是没有鱼腥味的。"

什么时候这么做的？

原来乌羽也注意到了？

回到寝室，安子含敷着面膜，掐着腰，拿腔拿调地说了起来："我觉得我们寝室有问题，我去常思音他们寝室看过了，根本没有这些古怪的味道。"

"会不会是水管子里死过鱼，一直卡在里面？"范千霆问。

乌羽又说了自己做过实验的事情，他们就沉默了。

安子含拿着面膜，拿水烫了一下后递给苏锦黎一张："这个面膜效果挺好的，你试试。"

苏锦黎依旧沉浸在心虚之中，摇了摇头说："不……不用了。"

乌羽觉得苏锦黎就是被安子含他们吓到了，于是制止他们："你们别吓唬苏锦黎了，他胆子小，洗澡次数还多，以后会害怕的。"

安子含大手一挥："苏弟弟，你别怕，哥以后保护你呢。"

"我们要不要请两张符啊？"范千霆开玩笑。

一直比较沉默的苏锦黎终于说话了："别，千万别。"

"为什么啊？"

"会……会影响风水，影响我们的运势。"

"你开玩笑呢？"安子含闹不明白了。

"我出去唱歌了！"苏锦黎立即起身，出了房间，去楼梯间里练习唱歌。

三十六计，走为上计。

安子含则是去了门口，对着门口的镜面墙壁跳舞，没再讨论这件事情。

| 106　锦鲤要出道

似乎每个选拔节目，都会有自己的主题曲。

《全民明星》也是一样。

他们也有了自己的主题曲，还需要所有选手在准备下一轮比赛的同时，学习他们的主题曲。

还有两天就要开始下一轮比赛了，结果在这个时候，给了他们主题曲的歌词，还有视频给他们看，让他们学习。

如果是学习很久就罢了，居然是让他们在第一轮比赛结束后的第二天，就要录制主题曲了。

三天后就是考核时间，那个时候，他们会对所有的选手进行考试，表现足够好的选手，就会有更多的镜头。

也就是，谁能在同时消化两首歌，就更有优势。

如果不幸成了待定组，主题曲 MV 里，出现的镜头数量多，说不定会拉回一些人气来。

最要命的是，这个主题曲还是要又唱又跳的。

安子含听到这个消息后就崩溃了，他不但要在这几天内跟同组的人练习好他们的舞蹈，还要在同时，抽空去学习主题曲的歌曲。

所有的选手在练习的期间，被一起叫去了最大的教室，是藏艾站在台上，教他们主题曲的动作。就像学生时代，教广播体操一样。

苏锦黎早就已经将歌词背下来了，看着台上藏艾的动作时，并没有动，而是一直看着，不像其他人一样跟着比画。

紧着，藏艾开始教第二遍。

苏锦黎这次才开始跟着跳，动作几乎没差了。

过目不忘，在这里用到了。

顾桔一直在场地边上看，看了一会儿后，突然把苏锦黎叫上了台。

苏锦黎突然上台，面对台下其他 59 名学员，还有点紧张，于是诧异地看着顾桔。

顾桔示意了一下，让藏艾跟苏锦黎一个面朝前，一个面朝后地跳舞。

音乐响起来后，台下其他的学员就看到，苏锦黎跟藏艾就好像一起练过很久了似的，一点不差地将整个舞蹈都跳了出来。

木子桃娱乐的乔诺看到苏锦黎学得这么快,不由得直咬嘴唇。

他可是数落过苏锦黎的,觉得苏锦黎只有长相而已,没想到学东西这么快,还跟前几名的选手混得这么好。

谁不知道跟着这几位在一起,肯定能混到不少镜头。

韩凯一直站在台边看着他们表演,忍不住感叹:"苏锦黎学习的速度很快。"

顾桔也跟着点了点头:"并且每个动作都做到位了,等一会儿我再去纠正他几个小细节,应该就没问题了。我觉得,可以给他 MV 的 C 位。"

"可是他在跳舞的时候,面无表情。"

"这的确是一个问题,他的舞台表现能力太差。"

"再看看吧。"

他们一同练习了五次之后,队伍就解散了。

安子含回去的时候问苏锦黎:"你跟他们学过吗?"

"没有啊,我就是现学的。"

"挺牛啊,不过你的表情不够炸,就是舞台的感染能力几乎等同于 0。"

"我不太会这个。"

安子含拉着苏锦黎进入练习室,往后一退,跳起了他比赛时需要跳的舞,并且在同时清唱歌词。

他的表情跟舞台表现能力,恐怕是所有选手里数一数二的。

他在生活里够疯,到舞台上更疯,就像终于挣脱了铁链了一样,整个人都野了起来。

"Because... I don't want to do this any longer, I don't want you, there's nothing left to say. Hush hush. Hush hush. I've already spoken. Our love is broken. Baby hush hush..."

安子含唱着苏锦黎一句都听不懂的歌词,他只能听旋律。

看着安子含对着他一个人单独跳舞,好几次被安子含的气势弄得下意识后退,想给安子含让开场地。

这种气势真的炸。

训练室里突然乱了起来,刚刚进来不久的人,又纷纷离开了训练室。

"沈城居然来了！"有人惊呼了一声。

"他来当评委吗？"

"不是，是来找乌羽的。"

接着，围观的人更多了，可惜他们好像都没看到沈城本人。

苏锦黎扭头看过去，却被安子含拽了回来，对他说："你再跳一遍给我看。"

"那边怎么了？"

"哦，来了个小明星，你过去也看不到，那家伙最喜欢搞神秘。"

果然，之前出练习室的人都被赶了回来。

苏锦黎想到是波若菠萝公司的人，有点不死心，到门口探头探脑地看了看，直接被顾桔赶了回去："苏锦黎，你的舞台表现能力有问题。"

"刚才子含在指点我了。"

"你再努努力，我也想帮你再争取一下，过来，我教你。"

乌羽走进三楼的会议室，左右看了看，这个破地方跟仓库似的，也就沈城能选择这种地方见面。

他进来后，沈城依旧坐在椅子上，面对着落地窗外的景色，没理他。

"有事？"乌羽问他。

"没有。"

"哈？"

"你爸让我来劝劝你，可我知道劝了也没用，我又不太能拒绝他，只能过来意思一下。"

乌羽冷笑了一声，问："怎么？需要我配合你在这个房间里多待一会儿，让他们告诉你的主子，你劝了我很久吗？"

"不好意思，我没空，我会在 10 分钟后离开。"

乌羽翻了一个白眼，坐在了椅子上，也不打算说话了。

沈城转过转椅来，看向乌羽，突然感叹："长高了。"

"我已经 20 岁了。"

"哦……"

"你也没必要没话找话。"

"想出道当艺人？"沈城单手拄着下巴，问乌羽，似乎觉得聊聊天总比尴尬地坐着强。

"你们不想我抛头露面，我知道。"

"其实你爸前阵子，想把你送到那个家族的老爷子那里去。"

乌羽微微蹙眉想了想，紧接着就暴怒而起："他不会想把我送去当继子吧？"

"反正你的身份也见不得光，不如就送到那边，万一老爷子看中你了，收了你呢。"

乌羽越来越愤怒了，直接站起身来想要砸东西，最后却忍住了。

那个家族的老爷子，中年丧子，晚年传出消息想要收一名继子，改为他的姓，可以继承他的家产。

"我倒是好奇，老爷子有什么要求，我爸会想到让我去。"乌羽又问。

"命硬吧。"沈城随意地说。

那么多人，不择手段地想要那个身份，命不够硬，估计是不行的。

"就这个？"

"不，就是让老爷子觉得，相处起来舒服就行。还有消息说，老爷子不喜欢艺人，所以你爸不想你出道。"

"哦……"乌羽随便答应了一声。

沈城站起身来，走到了乌羽身前，伸出手拍了拍乌羽的头："加油吧，我走了。"

乌羽沉默地回到练习室，心情差到了极点，却更加有斗志了，想要更加努力。

他一定要出道！

刚刚走进去没几步，苏锦黎就突然扑到了他身上，紧张兮兮地问："谁摸你的头了吗？"

"你怎么知道？"乌羽诧异地问。

"谁？！"

乌羽被苏锦黎这么紧张的样子弄愣了，下意识回答："沈城。"

"他在哪呢？"

"刚刚离开。"

苏锦黎没有犹豫，立即冲了出去。

苏锦黎跑出去的时候，沈城他们早就离开了，他连个汽车尾气都没看到。

如今沈城正当红，经常是来去一阵风，以此躲避记者和粉丝。

跟乌羽聊完，沈城直接快速离开，还带着一个小团队来护行，剧组的工作人员都没几个看到沈城本人的。乌羽又因为心情低落，在会议室里多坐了一会儿才回去，苏锦黎出来的时候，自然早就找不到人影了。

苏锦黎失落地回到训练室，就看到安子含在门口蹲着，看向他，问："怎么，你是沈城粉丝？"

显然，安子含看到他风风火火跑出去，没有一直追，故意在门口等他呢。

苏锦黎小声回答："也不是……就是想跟他确认一件事情。"

他现在没办法跟安子含说，他怀疑沈城是他的哥哥，毕竟没有确认，不能说这种话。

而且，沈城似乎很红，他也懂了一些事情，知道这样算是一种抱大腿的行为，如果不是就尴尬了。

"放弃吧，他那个人拽得要命，我跟他见过几面了，都没跟他说过一句话。"安子含对沈城的印象，真的不怎么样。

"他应该很温和吧？"

安子含听完冷哼了一声，笑道："温和是在镜头前，私底下人品不好。"

听到沈城被安子含这么说，苏锦黎有点不舒服，于是反驳："那是你不了解他。"

"瞧你这标准粉丝的口气，别再隐藏了行吗，小迷弟。"

苏锦黎也没再说什么，只是拿出手机来，搜索沈城的消息。

用手机搜索了后，就能看到沈城一系列的新闻跟相片。他点开相片看了一眼，看到沈城俊朗的面容，以及那一双笑眼，突然有点想哭。

他思念了哥哥很多年。

终于熬到他18岁了,他可以下山来找哥哥,拿到了地址,就迫不及待地出来了。

结果出来后,地址丢了,他在木子桃公司门口晃悠了半年,还被人数落。现在,一个人在人间闯荡,什么都不懂,经常闹笑话。

他特别想跟哥哥说,当练习生好累啊,他真的不会英语,他好多不懂的地方,现在都不怎么敢洗澡,他特别害怕。他有好多好多话想跟哥哥说,看到安子含跟安子晏的关系那么好,他真的很羡慕。

可是……

他怎么这么蠢啊……

苏锦黎蹲在走廊里,委屈地缩成一团,簌簌地掉眼泪。

安子含一下子就蒙了,回头看到有摄影师走过来,立即挡住了:"这个不用拍。"

摄影师还想执着,不过拗不过安子含,最后还是放弃了。

安子含最近可是沉浸在当哥哥的喜悦中,看到苏锦黎这样,忍不住安慰:"你别哭啊,不就是没见着吗,过两天我托人给你要一张签名?"

安子晏如果知道安子含去找沈城要签名,一准暴跳如雷,安子含说不定还会挨顿揍,但是现在毫无办法。

"你能联系到他本人吗?"苏锦黎试探性地问。

"我是世家传奇老总的儿子,跟波若菠萝是对头,上哪联系他去?估计被我联系了,沈城那边也会直接挂断电话。"

安子含说得也在理。

"那我去问问乌羽。"

苏锦黎擦了擦眼泪,回到练习室,就看到乌羽对着镜子,一边跳主题曲的舞,一边唱自己即将比赛的歌,看起来不伦不类,却意外的认真。

这劲头也是拼了。

苏锦黎有点不敢打扰,于是打算等晚上再问乌羽。

"沈城?"乌羽啃了一口苏锦黎请吃的雪糕后,微微蹙眉问。

苏锦黎认真地点了点头。

"你是他的小迷弟？"乌羽又问。

好像这个理由更能说服人，于是苏锦黎点了点头。

乌羽往休息的长椅上一靠，摇了摇头："我跟他根本不熟，只是一个公司的而已。他今天过来也不是看我，而是完成任务，慰问一下而已，之后我们估计依旧是陌生人。"

"那你能联系到他吗？给我一个联系方式就行了。"

"你恐怕不太了解沈城，他的微信好友人数不超过20个，一般人都不加，只有关系好到一定程度才行。想从沈城经纪人、助理那里联系沈城，直接被拒绝，问的余地都没有。"

乌羽说完从口袋里取出手机，想了想后打了一个电话，想要跟同公司的人要到沈城的联系方式。

答案是：沈城不喜欢被打扰，整个公司里知道沈城联系方式的，恐怕只有高层那几位。

乌羽放下手机，看到苏锦黎失落的样子，有点于心不忍。他自己也不知道为什么，见到苏锦黎就对苏锦黎印象特别好，想要亲近。

估计是觉得苏锦黎性格好？

乌羽吃完了整根雪糕，才鼓足勇气，给自己的父亲打了电话。

接通后，是父亲冷漠的声音。

乌羽一向不喜欢联系他，每次听到这种声音就心灰意冷，尤其是今天知道父亲居然要把他推出去，做其他家族的继子，就觉得自己在父亲的心里是一点重量都没有。

"我想问问你，有没有沈城的联系方式。"乌羽说道。

"你去参加一个破选拔节目，我就不再管你了，你还想跟沈城有点牵扯，让他给你拉票吗？"

"你……不想我跟他有联系？"

"自然。"

"哦。"乌羽的反应特别快，直接挂断了电话，跟苏锦黎说了一句"抱歉，我也无能为力"后，陷入了沉默。

第四章 | 113

沈城不是他父亲安排来劝他的,那为什么要过来告诉他这些事情?

是……怎么回事?

沈城好心来告诉他,他父亲的决定,是来挑拨离间的?

真是一个让人捉摸不透的人。

苏锦黎坐在乌羽的身边也陷入了沉默,完全是一种绝望的状态。

他终于知道爷爷为什么那么自信,觉得他很快就会回去了。

爷爷不想他出来,所以只给了他一个地址,让他自己去找哥哥。他对外界一无所知,兴奋感使然,直接出来了。

现在看来,爷爷是笃定他就算知道哥哥的地址,也找不到哥哥,真到了家庭住址附近,也会被当成是粉丝拦下来。哥哥不知道他下山了,也不会有所准备,根本不会注意周围的人。

真的很让人崩溃啊。

他怎么忘记了,爷爷可是一只老狐狸啊!

以后怎么办?

"你说……等我红了,是不是就有机会接近他了?"苏锦黎问乌羽。

"嗯,应该是吧,你就那么喜欢他?"

"我就是很想见见他。"

"其实见过心情反而会不好,他跟镜头前并不一样。"

已经第二个人这么说沈城了,苏锦黎侧头看向乌羽,有点疑惑。

他哥哥人很好的啊……

乌羽也在看他,看着苏锦黎失落得眼皮都有点下搭了,就更加舍不得了,思考着该如何劝他。

没想到这个时候,安子含走了过来,拿着手机,对着他们俩照了一张相:"你们俩这个深情对视的相片发出去,肯定就一热搜图。"

乌羽看到安子含就会秒变脸,一脸的不耐烦。

安子含也不在意,笑嘻嘻地站在他们对面问:"马上第二轮比赛了,紧张不紧张?"

"还好。"苏锦黎回答。

"肯定不会在第二轮就被淘汰。"乌羽自信满满。

"听说了吗？有人抗议他们私底下藏镜头暴露自己的隐私，去节目组抗议了。节目组一直没松口，那人干脆要退赛，只求节目组把镜头删了。"安子含八卦之心大起，聊起了这件事情。

"不是一直在闹吗？"苏锦黎也知道这件事情，只是没仔细问过。

"最新消息是，新来的替补练习生会是华森娱乐的，节目组就当之前根本没有那个人，补录一份第一轮比赛的视频，之后直接安排进那个退赛人的组里，顶替位置。"

"我们都练习这么久了，他突然来能行吗？"苏锦黎想了想，觉得这种事情很不可思议。

"怎么不行，华森娱乐的那位据说非常牛的。而且我们第二轮比赛的歌，都是一批老歌，张口就来，熟悉的人根本不用练。"

乌羽发现，安子含说话的时候，小眼神一个劲地瞅他。

那模样根本就是：华森也来牛人了，你怕了吧？

乌羽懒得理他，只是问："空降C组，会不会有点丢人？"

"丢什么人啊，这就需要演技了，你知道吗？"安子含回答得理直气壮。

乌羽点了点头："嗯，我懂了。"

苏锦黎莫名其妙地问："怎么就懂了呢，我没懂啊。"

"很简单啊，就是在录的时候让这个选手出个错，结果第一轮评分非常低，去了C组。之后逆袭上来，不就弥补了吗？那位选手也不丢人，还会因此吸引心疼他的粉丝。"

"还可以这样？这不是没有真实性了吗？"苏锦黎忍不住问。

"那怎么办？曝光之前那名选手在后台跟另外一个选手骂骂咧咧，互相看不顺眼，私底下数落对方的视频？那这个人真是没出道就一身黑了。"

苏锦黎跟着思考了好一会儿，不过还是没再说什么："那只能这样了。"

"不然呢。"安子含耸了耸肩。

三个人并肩往回走的工夫，安子含又去自动售货机前买水了。

安子含是个大水罐子，每天喝的水奇多，晚上都要买好几瓶。

乌羽对苏锦黎说："我请你喝饮料吧。"说完也跟着去了售货机前挑选。

苏锦黎站在不远处等着，突然过来了一个女孩子，一头乌黑的长发披散在肩上。似乎是努力练习过,上衣都湿答答地贴在了身上,显露出极好的身材。

腰间还系着一个外套,搭在了腿上。

她走过来,双手背在身后,问苏锦黎:"苏锦黎,我们能加一个 VX 好友吗?"

"哦,可以啊。"苏锦黎没多想,取出手机,跟女孩子加了 VX 好友。

"我叫张彩妮,你可以叫我小妮子。"

"嗯,我改备注……"苏锦黎在屏幕上一笔一画地写着文字。

"我觉得你唱歌特别好听,我是声控,特别喜欢你的声音。"

"是吗?谢谢啊。"

乌羽跟安子含在一边看着,安子含一脸的恨铁不成钢,问乌羽:"这小子是不是傻,那女孩明显对他有意思,他一点感觉都没有。"

乌羽也跟着点头:"这么轻易就加好友了?"

他们俩就像看着自己不争气儿子的父母,等女孩子走了才过来。

安子含揽着苏锦黎的肩膀:"你小子被女孩子勾搭了,怎么一点也没反应?"

"啊?不是加 VX 好友吗?"

"女孩子主动跟你要 VX,你还不明白什么意思?"

"她……她……对我有好感吗?"苏锦黎这才反应过来。

"对啊。"

苏锦黎的脸颊以肉眼可见的速度红了,且红得透透的。

安子含看着苏锦黎觉得有意思,还捏了捏苏锦黎的耳垂:"你脸红居然是粉红色的,你可真够白的。"

"我……我现在该怎么办……我要不要跟她说话?"苏锦黎已经紧张得语无伦次了。

乌羽本来心情不好,看到苏锦黎这副样子也被逗笑了。

"你是打算交往了?"安子含问。

"没有啊,没喜欢呢,我就是不知道该怎么办了。"

"那就高冷一点,越得不到的越有味道。"

"我不懂……"

安子含拍了拍苏锦黎的肩膀,几个人一边上楼,一边聊着安子含的感情经验。

走出电梯,刚走没几步就有几个在走廊里弹吉他的女生看到他们,主动打招呼。

安子含对她们飞了一个吻。

"你们都是长得好看的男生一起玩吗?"有一个女生问。

"我们仨一个寝室。"安子含回答。

"大明湖畔的范千霆呢?"

"他不爱跟我们在一起。"

苏锦黎回到寝室,紧张兮兮地拿着手机,看了看张采妮的相册。

张采妮属于御姐范,首轮比赛唱的是一首重金属摇滚,声音有点哑,却透着魅力。

相册里的相片,也大多是浓重的烟熏妆。在刚才跟苏锦黎要联系方式的时候是素颜,看起来蛮清纯的。

看了一会儿他回了神,看到了小咪发来的消息。

小咪:你说了我能转运的,为什么尤姐都转运了,我还没有?

苏锦黎:尤姐做了好事,转运快,你会慢一些。

小咪:我坚持买了一段日子的彩票了,我要放弃了。

苏锦黎翻了个身,躲在被子里继续打字:你能联系到沈城吗?

小咪:想听实话吗?

苏锦黎:嗯。

小咪:尤姐现在复出也就是三线艺人。沈城是超一线,尤姐都根本勾搭不到的人。

苏锦黎:这么难接近吗?

小咪:沈城啊!零绯闻男艺人,知道这意味着什么吗?他只要跟女性对视后,必定会先后退一步,是那种能跟你微笑问好,绝对不握手的人。

苏锦黎:他人很坏吗?

小咪:不坏啊,慈善大使,就是人不太好亲近,据说私底下说话特别狠,很毒。

苏锦黎：你知道什么能见到他的方法吗？

小咪：关注他行程，做疯狂粉丝，或者红了以后跟他合作。

他放下手机，在被窝里思考该如何做，安子含突然踩着自己的床，扶着苏锦黎身边的栏杆，对着他喊："别睡了，起来嗨！"

苏锦黎被吓得身体一颤，惶恐地回头看向他："你干吗？吓死我了！"

"新选手来了，你要不要去看看，刚刚到寝室。"

"我不去了，反正以后也能看到。"

安子含耐不住，跟范千霆一起去围观了。

新选手的到来，就跟学校里的插班生似的，会让人觉得新奇，尤其新选手还是华森娱乐的。

十五分钟后，他们俩回来了。

安子含回来关上门，就开始吐槽："这家伙怎么回事，过分热情了吧？"

"还老说我可爱，我一个大老爷们儿可爱什么啊？"范千霆也跟着抱怨。

苏锦黎在上铺探出头来问："怎么了？"

"新来的那个华森的选手，简直就一个假笑BOY，看谁都笑嘻嘻的，对我跟范千霆这叫一个热情，让我浑身不舒服。"安子含搓了搓自己手臂上的鸡皮疙瘩。

"性格友好还不好啊？"苏锦黎不解。

"不是，给我的感觉就是特别假，反正我不喜欢。"安子含回答完，走到了苏锦黎的身边，捏了捏苏锦黎的脸，"哥哥还是喜欢你这样的，单纯不做作。"

"你俩也恶心，这个比赛还有没有正常男人了？"范千霆躲得远远的。

"瞎说，我三个女朋友呢。"

"牛啊你。"

"心大，容天下。"安子含张开手臂，一副心怀天下的模样。

"渣男。"乌羽冷声说了一句。

后半夜，就在安子含跟乌羽的斗嘴中度过了。

第二天，是距离第二轮录制最后一天的排练时间。

这天安子晏来了。

苏锦黎在训练的间隙，就被安子含拉去看安子晏跟几位评委补录新选手的片段。他们两个人站在观众席楼梯旁边偷看，因为安子含身份的关系，并没有被阻拦。

安子晏表现得很自然，还会小声跟新选手说要选择哪个角度才不会穿帮。

苏锦黎也看到了华森的替补选手。

他叫周文渊，跟安子含一般大，都是19岁。

周文渊唱的是一首英文歌曲，旋律很好听，声音很有识别度。

"唱得不错啊。"安子含双手环胸小声嘟囔。

"嗯，而且眼神好棒。"苏锦黎跟着感叹。

"这就叫舞台表现能力，眼神杀，懂吗？"

"嗯嗯，在看呢。"

唱到中途，周文渊突然忘词，尴尬地看着周围，想要重新开始唱，却抢了节拍。

安子含看文，撇了撇嘴："演技不错啊，这小眼神，这个无助。"

之后就是评分了，果不其然，评委们都给了不高的分数，让他只能去到C组。

就算如此，周文渊也是含着眼泪，对所有人表示感谢。真别说，这委屈的小模样，还真是有几分让人觉得心疼。

"长得挺秀气，属于可爱的那一类。"安子含继续点评。

"是啊，感觉很亲切。"

"觉不觉得他是跟你一个类型的？你俩犯冲。"

"不会啊，我是复古风。"

安子含数落了一句："得了吧，你人设早就崩了。"

补录完毕，安子晏送走了话筒，稍微活动了一下身体。

这时周文渊走到安子晏的身边，小心翼翼地问："前辈，您觉得我刚才表现得可以吗？"

"嗯，戏挺足，瞬间泪目本领不错，有演戏的天赋。"

"哎呀,被偶像夸奖好开心。"周文渊展现出了一个大大的笑脸,整个人都散发着甜甜的味道。

"怎么,是我粉丝?"安子晏随口问,人已经往台边走了,他看到安子含在那里了。

"当然了,我是您铁粉,钱包里都是您的相片。"说着还摸了摸口袋,突然想起来,"抱歉,我上节目前忘记带来了。"

"嗯,无所谓,之后的比赛好好加油。"

没想到周文渊依旧继续跟着他,说着其他无关紧要的事情:"我在参加比赛之前,还在看您的电视剧呢,就是现在正在播的那部。"

说话间,已经到了安子含的身边,周文渊立即兴奋地问:"子含,你是来看我比赛的吗?"

安子晏随口问了一句:"你们俩很熟?"

"对啊,子含昨天晚上还特意去欢迎我了,我超级喜欢他,觉得他是真性情,特别可爱。"

安子晏点了点头,不想继续跟周文渊说什么了,只是提醒:"赶紧去训练吧,你的时间比较紧。"

"嗯,好,前辈您要记得我啊。"周文渊说完,双手举过头顶,用手臂比了一个心形,之后就离开了。

临走时,还对苏锦黎点了点头,微笑示意。

苏锦黎一直没说话,是因为吓的。

周文渊的周身阳气并不是很旺盛,但是靠近了后,苏锦黎看到了周文渊。

他感到有点害怕,觉得这个人不仅是浑浊的,而且是扭曲的。

周文渊走后,安子含拍了拍苏锦黎的肩膀:"哥,他是我新收的小弟。"

"嗯,知道。"安子晏只是随口应了一句,就带着他们往外走,"我让你江哥给你带了点东西,估计给你送到寝室去了。"

"要参观我寝室吗?"

"也行。"安子晏居然真的答应了。

"我……我回去练习了。"苏锦黎指了指练习室的方向说。

"一起过来吧，我给我弟弟的弟弟也带了礼物。"安子晏侧头看向苏锦黎，说道。

苏锦黎一直以为安子含是闹着玩的，结果他居然告诉了安子晏。

安子晏还当回事了，这次过来录节目，还给他带了礼物，这让苏锦黎根本没理由拒绝。

三个人一起回了寝室，看到寝室里多了两个大行李箱。

安子含打开箱子，看到一行李箱的衣服，全部都是新的，标签都没剪掉。他挨个打开看了看，忍不住抱怨："这些衣服太素了。"

"你上节目就穿得收敛点。"安子晏坐在椅子上，跷着二郎腿回答。

"你给我弟弟准备什么了？"安子含说完，打开了另外的一个行李箱，也是衣服，"在哪呢？"

安子晏起身，在衣服下层找出了一个盒子，递给了苏锦黎。

苏锦黎接过来，小声说了一句"谢谢"。

最近，他发现安子含跟乌羽都挺好相处的，已经不会太怕了。

但是，他还是怕安子晏。主要是安子晏不是什么好人，他怕坏人爱吃鱼。

打开盒子，就看到里面放着一套笔墨纸砚，苏锦黎惊讶得眼睛都睁圆了。

安子晏应该是专门做过功课，所以挑选的这套属于极品，一般的人怕是看不懂，文人雅客都知道这套笔墨纸砚的含金量。

安子晏看过苏锦黎入场时的视频，这一点已经暴露了。

安子含凑过来，微微蹙眉，问："这玩意有啥用啊？"

"人家挺喜欢的。"安子晏回答。

"谢谢，我非常喜欢。"苏锦黎兴奋地回答。

"看吧。"安子晏一副我就知道的样子。

紧接着，安子晏又翻出了几个盒子："新手机跟运动耳机，还有一个平板电脑，一个PSP，你们这些小男生喜欢的东西，拿去用吧，我看你手机挺破的。"

"我可以用手机听歌了吗？"苏锦黎兴奋地问，一双眼睛闪闪发光。

"嗯……"安子晏居然被问得有点心酸了。

安子含跟着苏锦黎一起打开盒子，看到耳机后安子含居然有点羡慕：

第四章 | 121

"最新款。"

"那给你用。"

"没事,你用吧,我家里有几十个呢,就是款式不一样而已。"安子含推了推,就跟安子晏聊起天来,"哥,MV 我要 C 位。"

安子晏一听就烦了:"滚,自己争取去,我又不是你爹。"

"你是我哥啊。"

"你叫我爸爸我管你。"

"你这叫什么理论?等你老了,我给你养老送终行不行?"

"我才比你大 4 岁。"安子晏说完,就要抬脚踹安子含。

安子含早就预料到了似的,躲在了苏锦黎的身后。

苏锦黎被当成挡箭牌,面对安子晏后,一副视死如归的表情对安子晏说:"别打架,文明社会,幸福你我他。"

安子含还不老实,在苏锦黎身后还继续嚷嚷:"你再这样,我就跟家里说,你小时候很多事都嫁祸给我了。"

"你少告状了?"

"你就是最讨人厌的那种哥哥。"

"你在学校惹事,都是我去摆平的,你的班主任隔三岔五就给我打电话,这些事你怎么不记得呢?"

"你个老男人,找不到对象,还得我给你介绍对象。结果你几句就谈掰了,你是不是脑子坏了?"

"我用得着你介绍一群网红给我?!"安子晏终于不再忍了,推开苏锦黎,当着苏锦黎的面就给了安子含好几脚。

苏锦黎看得心惊胆战的,内心暗暗决定,再也不羡慕这对兄弟了。

安子含叫得特别夸张,一个劲说自己被踢伤了,要去找常思音借医药箱。

苏锦黎赶紧说:"我去找他吧。"

"不用,你在这帮我收拾收拾衣服,我去训练室找去。"

安子含说完,腿脚利索地出了房间,小跑着往训练室去,完全看不出来哪里受伤。

安子晏知道安子含就是想用苦肉计,让他帮忙,想争取一下 C 位。他无奈地叹了一口气,手里拿着手机,犹豫要不要帮安子晏争取。别看他面上不愿意答应,私底下,真就帮安子晏运作了不少事情。

"那个,您……您认不认识沈城?"苏锦黎突然小声问安子晏。

安子晏抬头看向苏锦黎,微微蹙眉,问:"怎么?"

"我想跟他联系一下,您那里能要到他的联系方式吗?"

"为什么跟我要?"

"就是觉得您非常厉害,应该可以要到。"

安子晏忍不住笑,笑容里却带着几分狠厉。

这小子怕他就算了,平时躲着他,他也可以当成没注意到他,但是跑他这里来问沈城的联系方式是什么意思?

挑衅?

来自沈城粉丝的嘲讽?

安子晏脾气不好,性格也不怎么样,他跟苏锦黎都没正式说过几句话,并不熟,也谈不上什么好感。

不小心看到一次苏锦黎换衣服,也不用负责其他的事情吧?

于是安子晏用嘲讽的语气问他:"你是什么意思呢?"

"我就是很急,想联系到沈城……"

"联系他做什么?"

苏锦黎思索着,要不要告诉安子晏,沈城可能是自己的哥哥,就听到安子晏的声音:"稍微关注我跟沈城,就知道我们俩是出了名的不合。"

苏锦黎突兀地抬起头来,惊讶地看向安子晏。

安子晏坦然地跟苏锦黎对视,观察苏锦黎的表情。

很少有陌生人能跟安子晏自然地对视十秒以上。

对方都会因为被安子晏注视,而产生畏惧,从而避开安子晏的目光。

"对不起……我,我不是故意的,我……"苏锦黎手足无措地解释,却一直在盯着安子晏,观察安子晏的面部变化,"是我心急了,给您造成麻烦了,对不起。"

"那你告诉我,你为什么怕我。"

"没有……"

"说实话。"

苏锦黎被安子晏看得心虚,气场立即弱了下来,低下头,偷偷看了安子晏一眼,又一次垂下头:"就是气场太强了,我害怕。"

"看着我。"

"嗯?"

"直视我。"安子晏伸手,抬起苏锦黎的下巴,让苏锦黎看向自己,"有什么感觉吗?"

"有。"苏锦黎如实回答。

"什么?"

"更害怕了。"

"……"

苏锦黎指了指行李箱:"谢谢您的礼物,我去帮子含收拾了。"

他蹲在行李箱前拿起衣服,又拿来衣服挂,一件一件地整理好后,放进了安子含的柜子里。

安子晏盯着苏锦黎看,一分钟、两分钟、三分钟。

这小子怎么没有什么感觉呢。

安子晏又换了一个位置,靠着衣柜,继续盯着苏锦黎看。然后就发现苏锦黎挪到了寝室门口,眼巴巴往门外看,等安子含回来。

安子晏居然觉得有那么点受挫。

"你是沈城的粉丝?"安子晏又问了这个让他耿耿于怀的问题。

"嗯。"

"你喜欢他什么?"

"他什么都好。"

安子晏被这个回答气得鼻子都歪了,不死心地问:"你看过我的作品吗?"

"没有。"苏锦黎如实回答。

"你可以看看,说不定就能改邪归正了。"

"哦,我知道了。"苏锦黎回答完,就有点想出寝室了。

安子晏很不爽,跟着到了门口,两个人一起站在门框边,把门口填满了:

"你对我就一点好感都没有吗？"

苏锦黎想了想后，扭头看向安子晏，苦兮兮一张小脸，回答："那有一点行吗？"

"因为我帅吗？"

"因为你是子含的哥哥。"

"我真是谢谢他了。"安子晏咬牙切齿地回答，第一次这么不爽。

Chapter 05

第二轮比赛，依旧是在初选的舞台进行。

这次比赛，跟上一次有所不同。

就是所有选手到了地方后，直接坐在观众席上，他们会以观众的角度去观看这场比赛，是按照组合的形式安排的位置。

跟苏锦黎同组的成员坐在他的身边，因为歌的关系，他们这一组穿得很正常。

他穿着淡蓝色的纯色衬衫，一边掖在裤子里，一边松开，他也不知道造型师为什么要这么安排。搭配着一条白色的破洞的牛仔裤，以及一双板鞋。

同组的女选手一直在念念有词，就好像佛经一样，听得苏锦黎毛骨悚然。

手机在口袋里震动起来，他拿出新手机，摆弄了一会儿才弄明白怎么开锁。

打开手机，就看到安子含给他发来了消息。

他特意躲开了摄像大哥，看安子含发来的文字：祈祷后上场吧。

苏锦黎：为什么？

苏锦黎的傻乎乎让安子含非常生气，刷屏给他科普，并且展现了自己的打字速度。

安子含：你是不是傻啊？第一轮是分两期播放，所以我哥才特意让我第一个上场的。

安子含：第一期播放完毕会开通投票，只有刷过脸的才能让观众眼熟，给我们投票。

安子含：我们这些第一期就能播出来的，比其他人多了一周的票数。但是第二轮比赛是在一期内播放，也就是后出场的，会让观众有记忆一些，更有优势。

苏锦黎看得目瞪口呆，一笔一画地手写输入，回复他：原来是这样啊……我 23 号是第几期啊？

安子含：我问我哥了，你非常幸运，是第一期最后一个节目。据说第二期里忽略了好几组，只给快进了，画面一闪而过。刚看一个节目，观众都会有脸盲的感觉，第一组跟最后一组，是观众记忆的一个点。

苏锦黎松了一口气，然后回复：嗯嗯，希望我们俩都在后面出场。

苏锦黎放下手机，看到安子晏站在台上，已经开始抽组的曲名了。

大屏幕那里有安子晏脸部的特写，一张因混血而轮廓分明的脸被无限放大，竟然也找不出任何瑕疵来。

这对兄弟的基因真好。

"第一组是一首非常经典的歌。"安子晏拿着纸条说道。

台下立即嘘声一片，今天所有的歌都是经典歌曲。

"是一首经典摇滚。"安子晏给了范围，其中几个组就开始紧张了。

B.Y

说完之后，立即有人问："B.Y 的歌有几组？"

"两组！"

其中一组的组员直接开始叫了，"啊啊啊"地抗议。

安子晏微笑地看着台下，显得有点坏，紧接着就引来了一群女孩子的尖叫声。

"这个笑容太犯规了！！！"

"晏晏你超帅！"

苏锦黎正紧张地看着，手机又震动了。

安子含跟同组的人不熟，但是管不住自己的嘴，就只能手机吐槽。

苏锦黎拿出手机，就看到安子含居然建了一个讨论组，里面有乌羽、常思音、范千霆以及他们俩。

安子含：看到他这么耍帅，我总忍不住想去踹他一脚的冲动。

范千霆：我觉得你哥比你帅多了，你怎么就长歪了呢？

安子含：我哥鼻孔贼大，都能插进去一根葱。

常思音：主要是晏哥鼻子挺，那么高挺的鼻子有小鼻孔，反而不好看了。

安子含：我鼻孔就比他好看。

乌羽：你哥知道你这么说，不得收拾你？

安子含：我会怕他吗？

苏锦黎：会。

范千霆：哈哈哈哈哈哈！

常思音：噗。

乌羽微笑。

"第一组是《大地》组，我听说这一组将歌曲进行了一些改编，每一位选手都非常有才华，让我们期待他们的表演。"安子晏终于不卖关子了。

讨论组里。

安子含：张彩妮的组。

范千霆：对苏锦黎有意思的那个？

安子含：对。

到台上后，四名选手站成一排看向观众席，每个人的风格都不同，张彩妮算是非常特别的，身上挂着一个贝斯。

安子晏会让他们分别进行自我介绍。到了张彩妮的时候，出现了比较有意思的一幕。

"我能让苏锦黎给我加个油吗？"张彩妮拿着话筒，特别坦然地说道。

她刚说完，全场欢呼。

安子晏要努力控制表情，才不会被人看出他有一点不自然，依旧微笑着问："为什么是苏锦黎？"

"我们都知道他是锦鲤啊！会给我好运。"

苏锦黎愣愣地看着台上，小心翼翼地隐藏手机，一扭头就看到有摄像机在给他特写。

他想了想，站起身，走到了台边。

张彩妮一直在看他，立即到了台边蹲下，伸手递给他自己的话筒。

苏锦黎拿过话筒，与此同时，抬手摸了摸蹲在台上的张彩妮的头。

一个在台上蹲着，一个站在台下，这样的话，舞台的高度刚巧让他们可以完成这个动作。

苏锦黎拿着话筒，说了一句："你加油啊。"

说完将话筒递还给张彩妮，又回了观众席。

这回起哄的声音更大了。

张彩妮蹲在台边，少女心泛滥成一团，一个唱摇滚的拽酷少女，难得露出了羞涩的模样。

她回到台上，已经有些语无伦次了。

藏艾忍不住感叹："我的天啊，我居然感觉，我看了一幕青春偶像剧。"

韩凯跟着说道："还是励志型的。"

藏艾说的时候直捧脸："好甜啊，我的少女心。"

顾桔则是说了起来："两名选手都非常有实力，是我在训练过程中比较关注的。张彩妮虽然在 B 组，但是实力并不输给任何人，如果她的舞蹈再好一些，一定会进入 A 组。"

讨论组里。

安子含：我去我去我去！

安子含：张彩妮有点意思啊，胆子挺大啊。

乌羽：想炒 CP？

安子含：眼光挺毒，一下子就看上我弟弟了。

范千霆：反正这一幕肯定会被播出来，苏锦黎还顺便捞了一组镜头，也不亏。

乌羽：如果是真心的，我佩服她的勇气。如果是为了炒 CP，多得到一些镜头，就有点心机了。

常思音：不是真爱吗？

安子含：傻不傻？男子组的前四里面，就苏锦黎性格好，可能会配合她，她会选择苏锦黎并不奇怪。跟前四炒个 CP 镜头妥妥的，不然她一个 B 组很可能被略掉镜头的人，怎么出头？

苏锦黎紧张得手直抖，拿着手机，半天没写出字来，只能看着他们聊天。

看到他们这么分析，居然觉得很有道理，他自己都没有自信会被女孩子喜欢。

都没怎么接触过，怎么可能会喜欢上呢？

再抬头，就看到周文渊在回头看他，两个人对视后，周文渊也不回避，对他笑了笑。

苏锦黎回以微笑，却暗暗地怕着。

张彩妮这组表演完毕，最终进行评分，张彩妮得了本组得分第一名。

下场的时候，张彩妮朝苏锦黎跑过来，张开手臂，明显想抱苏锦黎庆祝一下。

苏锦黎配合地站起身来，跟她击了一个掌。

击了……一个……掌。

张彩妮愣了一下，然后笑着跑开了。

韩凯也看到了这一幕，拿着话筒说道："上课的时候苏锦黎跟我说，他特别想谈恋爱。现在看来，他是凭实力单身。"

全场笑成一团。

苏锦黎觉得莫名其妙，奇怪地问身边的人："怎么了吗？"

身边的组员摆了摆手："没事没事。"

跟苏锦黎比较熟的人里，乌羽、常思音是第一个上场的，是第三组表演。

按理来说，乌羽这样的第一轮第一名，会留在最后压轴。但是这次是抽签决定，乌羽上场还挺早的。

乌羽上场之后，堪称是实力碾压。

一个人太出挑，就会让其他的人沦落为陪衬。

乌羽的优秀，让他身边另外三个人黯然失色。常思音唱得努力，却也没能有乌羽的燃爆全场。

苏锦黎睁圆了眼睛，看完了全场，紧接着鼓掌感叹："唱得太好听了。"

进行评分后，乌羽依旧是本组第一，并且是目前为止的第一名。

常思音跟另外一名选手被卖了关子，最后，宣布分数的时候，惊奇地发现，他们俩居然只差一分。

常思音非常幸运地排在了第三名。

其他人都看不到，只有苏锦黎一个人能看到，他送给常思音的祝福散了。

常思音跟第四名进入待定区的选手拥抱后，再次跟乌羽拥抱，然后偷偷红了眼眶。

从被几家公司拒之门外，到现在能够进入第二轮比赛，他突然觉得自己转运了。

苏锦黎全程眼巴巴地看着他们表演，一组接着一组。

就连安子含都上场了。

安子含刚上场，还没走到台中间，安子晏就问他："为什么肩膀上插了三根鸡毛，三毛吗？"

"不，三鸡。"安子含拿过话筒后，坦然地回答。

"古惑仔是吧？非常符合你的气质。"

"不觉得我今天很性感吗？"安子含还扯了扯自己的衬衫，是薄薄的纱料，虽然是黑色的，但是贴在皮肤上后，显现出半透明的状态。

好在有外套的遮挡，关键部分才不至于打马赛克。

他的外套是红黑相间的，肩膀上有三根火红的……鸡毛装饰。

裤子是定制的，毕竟安子含的腿又细又长，标准尺寸穿着会很丑，这样量身定制，更显得他腿长了。

"很帅，有我当年的神韵。"安子晏特别自信地说道。

安子含只是笑笑不说话，生怕反驳了后被安子晏当场按住打屁股。

"我刚才在间隙看到你的时候，你都在低头看手机，有没有点敬业的精神，这种时候还看手机？"安子晏说得特别不给面子，直接指了出来。

亲弟弟，就是要比其他人更严厉一些。

"没有，我们建了一个讨论组，在聊这场比赛。"安子含特别坦白地回答。

"我能看看你的手机吗？"安子晏如果拿走了手机，估计会在镜头前展示。

"不能，这是小男生的秘密。"

"那讨论组里都有谁？"安子晏也不纠缠，只是继续问。

"我跟苏锦黎、乌羽、范千霆、常思音。"安子含掰着手指数着人数回答。

"都是很有实力的选手，你是不是只跟厉害的人玩？"

安子含突然被问住了，想了想后认真地回答："我们组团下凡的，所以特别投缘。"

"好，你赢了，开始表演吧。"安子晏放弃采访安子含，又采访了其他的组员，最后忍着笑离开。

挖了几次坑，这小子都没掉进去，有进步了。

安子含的这组是劲歌热舞型的,一边跳一边唱。安子含还是"舞台疯",到了舞台上,要比平时训练的时候还炸一些。

他们的抽签全部都是随机的,这一组有两名成员,一个是根本没怎么练过跳舞,一个是跳舞很一般,却被抽到了这一组。

安子含平时跟他们一起练习,都是在等他们的进度,偶尔指点两句后,就去找苏锦黎他们玩了,默契度都是这两天才磨出来的。

安子含从小就学习舞蹈、音乐,形体很好,声音好听,也不怯场。

苏锦黎忙得不知道是该看大屏幕,还是该看舞台,一直紧张兮兮地盯着,生怕安子含出什么错误。

还有安子含的这种台上的张力,是苏锦黎要学习的。

在结尾,安子含找准了机位,对着摄像头眨眼,然后歪着嘴邪魅一笑,让苏锦黎差点惊呼出声。他怎么那么适合画眼线?原本苏锦黎还觉得这种妆有点夸张了。

他真的超性感!他真的只有十九岁吗?

苏锦黎要变成小迷弟了。

结果这种意境,安子晏一上场就破坏了。

"来,你对着我再咬着下嘴唇,搓一下大腿。"安子晏对安子含勾了勾手指头,与此同时走了上来。

安子含直接崩溃了:"什么叫搓大腿啊,你当我澡堂搓澡呢?"

"我在台下那个角度就是看到你搓搓腰,再搓搓大腿。"

安子晏说完,藏艾忍不住拿着话筒问安子晏:"我想问一下安哥,你们北方的男生都这么没有情趣的吗?跳舞在你嘴里一点美感都没有。"

"我代表不了北方的男性,毕竟像我这么帅的并不多。"

"这是男人的迷之自信吗?"

"是我粉丝爱的供养。"

"哥,我觉得你不适合做主持人。"安子含再次狠狠地坑哥。

"会抢了选手的光芒吗?"

"不,全程尬聊。"

安子晏真的想揍人,他是为了谁来做主持人的?

这个没良心的。

无疑，这场比赛，安子含不得第一天理难容。

最后进入待定区的，是完全不会跳舞的那位选手。

不过这位选手还是得到了几位评委的一致好评，认为他已经足够优秀了，这么短的时间，能学成这样不容易。

安子含还拿着话筒，帮这位选手拉了一下票。

苏锦黎继续看啊，看啊……终于，倒数第三组都表演完了。

倒数第二组，终于抽中了《新不了情》。

苏锦黎终于站起身来，跺了跺脚，感觉腿都麻了。身边的队员终于停止念经，跟着苏锦黎一起上台。

到了台上，苏锦黎自动站在了距离安子晏最远的位置，安安静静地站好，一副与世无争的乖巧模样。

结果，安子晏采访完其他几人之后，换了一个位置，站在了苏锦黎的身边。

苏锦黎已经有记性了，不能像上次那样一直躲，于是瞬间身体紧绷，紧张地站好。

"我有点好奇，你们讨论组里都说些什么？"安子晏拿着话筒询问苏锦黎。

"就是在聊今天的比赛，我们几个坐得比较分散，子含的话比较多，不说就会难受，所以临时建的讨论组。"

"哦，那有没有说起我？"

"有啊，子含说你的鼻孔特别大。"

安子含坑哥哥。

苏锦黎也坑"哥哥"。

安子晏的表情一瞬间变得特别奇妙，想笑也不是，想生气也不是，于是只是看向台下的安子含。

安子含下意识地猫腰，一个劲地跟苏锦黎使眼色。

"我鼻孔怎么大了？"安子晏又问。

"他说你的鼻孔能插葱。"苏锦黎紧张得不敢看台下，只是被问了什么就说什么。

安子含都想杀上台去找苏锦黎了。

他早就该教苏锦黎怎么应对采访了,苏锦黎这样有什么说什么,根本不行啊,太诚实了。

以后进了娱乐圈,那些挖坑的记者更坏,苏锦黎早晚会吃亏。

安子晏终于笑了起来,活动了一下手腕,继续问苏锦黎:"那在你看来,我的鼻孔怎么样?"

苏锦黎快速扭头看了安子晏一眼,又收回了目光,紧接着回答:"啊……挺好的,很精致。"

"精致的鼻孔。"安子晏终于笑得像在水里扑腾的鸭子,"嘎嘎嘎"的很有节奏感。

"在你看来,我帅吗?"安子晏继续问苏锦黎。

"很帅。"

"说实话。"

"有点凶。"

安子晏点了点头,突然扭过头,看向苏锦黎:"你敢跟我对视15秒吗?"

"为什么?"

"因为我想你发现我的帅。"

苏锦黎吞咽了一口唾沫,还是转过身,跟安子晏对视了15秒。

安子晏也说不清楚,他对苏锦黎是什么态度。

从第一次见面,就会被苏锦黎吸引去目光。

只是见了两次面,都没有交谈过,就鬼使神差地对苏锦黎记忆犹新。看到苏锦黎的档案,居然冲动之下来了这个节目,全程聊天都很尴尬。

被苏锦黎躲避后,他竟然有那么点在意。

然后心里在较劲,总想看到苏锦黎对他改观态度,他才会觉得满意。知道苏锦黎喜欢沈城,跟安子含关系很好,甚至还会有些失落,心里不是个滋味。

贱皮子。

他自己这么定义。

别人喜欢他,他会烦。

别人不喜欢他,他还失落。

还是说……苏锦黎是特别的存在。

他会吸引其他人。

苏锦黎在吸引他。

两个外形优秀的男人，在台上对视，越到后来，台下起哄的声音越大，比张彩妮要苏锦黎加油时还躁动。

直到苏锦黎跟安子晏真的对视 15 秒后，安子晏才故意低哑着声音问："现在看我，觉得帅吗？"

"啊……有那么点。"

安子晏终于放弃了，笑得特别无奈，抬手摸了摸苏锦黎的头，让苏锦黎安安静静地表演节目。

就像最开始彩排一样。

苏锦黎这一组就是在昏暗的灯光下，坐在椅子上安静地唱歌。

比的没有动作，只有歌声。

是谁更用情至深。

苏锦黎的声音，其实不适合这种带着沧桑感的歌，唱不出歌里的极致。

然而，他有在认真唱，因为真的投入了感情，唱歌的时候，会微微蹙眉，用最深情的歌声，唱出这首歌来。抽中了自己不擅长的，发挥不出闪光点，却也可圈可点。

难过的样子，会让人心疼，苏锦黎的进步非常大。

对于苏锦黎的表现，韩凯还是提出了赞扬的："其实苏锦黎一直是我比较担心的选手，他在之前练习的时候，问题非常大。不过今天的表现，还是很不错的。"

"其实苏锦黎是那种可爱的男生，唱这首歌似乎有那么点不合适，不过他表现得还是很好的。既然要做明星，就要每种风格都能驾驭得住。"顾桔也这样表示。

之后评委老师又点评了其他人的表现。

最后的评分，苏锦黎虽然是小组第一名，但是在全场并不是最高的。

全场排名目前如下：

乌羽 95 分。

安子含 93 分。

魏佳余 91 分。

现在属于前三名。

范千霆 87 分。

苏锦黎 88 分。

常思音 71 分。

最后一组是周文渊的组合，他们还是备受瞩目的，毕竟是一个新来的选手，只练习了不到两天的时间，真不知道最后会怎么样。

周文渊上了台上，很乖巧地站在了安子晏的身边。

"首轮比赛，你出现了比较大的失误，比较可惜，也让我印象深刻。"安子晏睁眼说瞎话，采访周文渊。

"是啊，所以这场比赛压力非常大。"

"我期待你的表现。"

"那个，我……我能跟您求个拥抱，鼓励我一下吗？"周文渊特别羞涩地开口。

安子晏诧异了一瞬间，并没有拒绝，而是抬手抱了周文渊一下，拍了拍他的后背，表示鼓励。

在礼节上来讲，安子晏的这个拥抱都没碰到周文渊的身体，生疏里带着礼貌。

毕竟，在镜头前，这种小要求并不能拒绝，不然会显得前辈很大牌。

然而，周文渊突然抱住了安子晏的身体，紧紧地，并且在没有话筒的情况下，凑到安子晏耳边说了一声："谢谢。"

安子晏"嗯"了一声后，退后了一步，接着退场。

到了等候区，安子晏找到了江平秋，从他的手里接过无味的消毒水，对着自己的身体猛喷，同时问："你调查了吗，这小子怎么回事？"

"之前华森的确没同意，不过在知道是您主持以后，松口了。"

"冲着我来的？"安子晏问。

江平秋但笑不语。

"烦死了。"安子晏抱怨了一句后，直接将消毒水扔进了垃圾桶里。

周文渊是一名很有实力的选手。

他在华森娱乐受到重点培养,是即将出道的练习生,只是一直在准备出道的时机。

是周文渊自己选择了《全民明星》。

如果没有安子晏这个变数,周文渊是不会过来的。

最开始的评委名单华森娱乐也是知道的,没一个红的,没有半点号召力,所以他们没有派任何选手。安子晏突然决定要过来,也不知道是怎么调整的档期,竟然配合节目组录了第一轮比赛。

周文渊得到了机会,趁着之前的选手离开,来到这个节目组。

有实力,外形优秀,处事足够圆滑,性格也不错。

周文渊无疑是一匹黑马。

看周文渊的表现,完全不像是只练习了不到两天,跟组员的默契程度,还有舞台的表现能力都是很强的。

周文渊还跟安子含有些许不同。

安子含在组合里太出挑了,乌羽同样是碾压,周文渊则是会尽可能地配合其他成员。在其他人开口后,不会争抢镜头,还会在不经意间,拍后背鼓励一下。

私底下,周文渊也是这样。台上,也会不显露任何故意为之的破绽。好像他就是这样一个会照顾其他人,且性格可爱的存在。

看起来很舒服。

安子晏再次回到可以观看比赛的区域,微笑地看着周文渊表演。

如果让安子晏再次点评,他依旧会说:周文渊演技不错。

他跟其他人不一样,他是从小就在娱乐圈里混的,他的公司有太多艺人,从进入公司的第一天,就会给他们安排人设。

艺人平时的表现,都是包装出来的。安子晏见过太多了,所以一眼就能看出来。

其实周文渊算是很聪明的那种,只是在老鸟面前显得太弱了。

如果周文渊老老实实地参加比赛,估计安子晏也不会太在意他。但是周文渊偏偏用小心机,想要试图引起他的注意。

第五章 | 137

耳机里是节目导演张鹤鸣的声音,似乎是想让所有的评委给一个高分:"分数最好能让他成为本场第一。"

"我不同意。"安子晏回答的时候,依旧是得体的微笑,外人根本看不出来任何异常。

大家都是在伪装,安子晏伪装色不比任何人差。

"这样更能吸引观众。"节目导演这样解释,并且开始安排几位评委分别给多少分了。

"别搞一个逆袭剧本恶心我,这对其他的选手不公平,该多少分,就多少分。"安子晏依旧不同意他们这么做。

如果,周文渊第一轮出现失误,第二轮就一举逆袭成为第一的话,那一定会抢走大多观众的关注度。这种逆风翻盘的情节,是大家都喜欢的。

这样三期播放完毕后,周文渊妥妥的前三名的种子选手。

这种剧本的塑造,会引起话题度、关注度,也会吸引心疼他的粉丝。

那其他老老实实参加比赛的选手呢?同样是参加比赛,凭什么他们就是绿叶?

"安子含的分数也很高!"节目导演见安子晏根本不受控制,忍不住失控地说道。

"他是凭实力得的那个分数。"

"我们的这个节目,需要制造一些看点,吸引关注,才能够成功。赞助商们也喜欢看到这样的一幕,我希望你能冷静地对待这件事情。"

"呵,你们可以试试看,让我觉得恶心的后果。"

耳机里沉默了一会儿,节目导演开始道歉:"抱歉,安少,你可能误会了我的意思,我只是想制造一个看点,并非弄虚作假,你看周文渊的实力也是可以的,这场发挥得也很稳……"

"那就该打多少分,就打多少分。"安子晏继续坚持。

"好。"节目导演妥协了。

耳机里紧接着传来了四位评委的声音:"嗯。"

"知道了。"

"好。"

"收到。"

这一场选拔比赛，已经不是一个节目组全权掌控了，而是几个主办单位、赞助商，还有华森娱乐、世家传奇的人在操盘。

虽然有波若菠萝的选手，但是他们似乎并不在意这个比赛，可以忽略。

这一次节目组想要安排一场逆袭，却被安子晏微笑着阻止了。

安子晏再次上台的时候，依旧跟所有选手聊得热切，根本不像刚刚做过什么事情。

最终，周文渊的得分是：92分。

也算是一场小小的逆袭。

全场掌声雷动。

周文渊一直在保持微笑，笑容特别甜美。

这已经足够周文渊吸引视线了。

安子晏站在台上，宣布了今天比赛的排名，最后又宣布了待定区的十五名选手名单，让他们逐一进行拉票。

到了最后，节目组给他送来了一个椅子，他看到后直接坐在了椅子上，笑着就像跟所有人聊天似的问："紧张不紧张？"

"紧张！"

"超级紧张。"

台下的回答并不统一。

"如果在这里，突然被淘汰了，你们会放弃梦想吗？"安子晏又问。

"不会！"

"不想被淘汰。"台下的选手们喊着回答。

安子晏看着他们，继续微笑："我很早的时候，看到这个节目组的策划案，我不太看好。最近这些年里选拔节目太多了，但是能红起来的人越来越少了，许多都只是昙花一现，镜头都没有，就已经被淘汰了。"

台下终于安静下来，他们知道，安子晏说的是实话。

"突然有一天，在与一位跟我搭戏的女艺人聊天时，我惊讶地发现，她以前参加过选拔，之前我完全不知道。她跟我说，好多天王级的歌手，最开始都参加过选拔，个别人因为没有门路，前几强都没进去。你们知道

第五章 | 139

这些天王都有谁吗？"

台下的选手们回答了几个知道的名字，安子晏点了点头，接着又说了几个更老牌的名字，全场惊呼。

连他们都不知道。

"你们有才华，有梦想，就要坚持。或许这一次的比赛，你们不能够得到你们想要的成绩，但是这不证明你没有潜力。无论是进入安全区的选手，还是待定区的选手，都不要露出失落的样子来，镜头对着你们呢，万一以后你们红了，你们现在的镜头被翻出来，就是黑历史。"

这一回，之前有些惨淡的气氛，终于好了一些。

"还有，现在排名很高的选手，你们也不能就这样掉以轻心，你们只是比他们更早地就开始努力，或者有些天赋。有很多选手，在铆足劲想要超越你们。就好像赖宁卓，一个星期的时间学会跳舞。就好像苏锦黎，只练习了半年，到现在依旧在前十名。"

安子晏又指了指自己："我不是适合做明星的类型，个子太高了，跳舞不好看，会显得很愣。难得拿一次麦克风还被黑得不敢开社交软件，后来我也有努力练习，洗澡的时候，都会练练嗓子，不信我唱给你们听。"

安子晏清了清嗓子，开始清唱，居然是《新不了情》。

安子晏是极有磁性的男音，有些低沉，成熟且内敛。

没有伴奏，没有任何背景，然而，却能够感染到台下的所有选手。

很好听。

感人至深。

苏锦黎盯着大屏幕里，安子晏被放大的脸，震惊得合不拢嘴。

他是唱这首歌的选手，所以对这首歌十分熟悉，自然知道安子晏唱得不错。安子晏唱完后，刚想继续说话，四位评委居然开始给安子晏打分。

平均了一下分数后，安子晏最后得分：95分。

"跟乌羽平分是吧？"安子晏笑着问道。

"没错，我们被你深深打动了。"藏艾回答。

"嗯，我知道了，商业互吹。"

安子晏终于回到了正题："我就是想跟你们说，通过努力，假唱选手也可以得到 95 分。"

安子晏这样自黑，倒是引来了所有人的喝彩。

他笑了笑，继续说了下去："进入待定区，并不是说明你一定会被淘汰，进入安全区，也不能就此安逸，就算这场比赛结束后，我也希望能够在娱乐圈看到你。十年后，你们跟我社交平台上互动，都会显得是我蹭你们热度。"

"你们都知道，明天就要正式敲定主题曲了吧？"安子晏又问了这个。

"知道！"大家一起回答。

"时间非常紧，这也是一种考验，因为你们成名之后，档期会非常紧，有的时候一首歌的练习时间，恐怕真的只有几天。这几天里，你恐怕还要看着你的剧本，照常演戏。就像你们这样，要准备比赛的同时，还要准备主题曲，累吗？"

"有点累。"

"非常累！"选手们喊着回答。

"红了以后，会更累！"安子晏回答得斩钉截铁，"你们想不想红？"

这回的回答声更加洪亮了，且十分统一："想！"

安子晏又笑了，指着台下，说道："那就活该你们累，活该你们以后红！"

这些话说完，全场欢呼。

似乎都被鼓励到了似的，大家士气高涨。

苏锦黎低下头，就看到讨论组里，安子含说了一句话。

安子含：终于觉得这家伙像个主持人了。

常思音：啊啊啊啊！安大哥好帅！

就在安子晏准备收工的工夫，节目导演突然拦住了大家，他亲自上台宣布了一件事情。

"我们想趁这次比赛结束，让大家放松一下，娱乐两个小时的时间。"

安子晏都没听到这些事情，估计是刚才节目组不想打扰他说话。

"我们会在今天夜里，举办一次全民泼水节，我们的评委跟主持人都会跟大家一起参加。"节目导演兴奋地说道。

安子晏："……"

第五章 | 141

今天的安排里没有这个啊!别突然加项目行不行?加钱吗?
苏锦黎:"!!"
泼水节?
泼水?!
除了他们两个人外,其他人都欢呼了起来。

苏锦黎被这个泼水节吓到了。
他魂不守舍地走出了比赛场地,刚走没多远,安子含就风一样地追上了他到了他身边,双手捏住他的脸狠狠地报复。
他连续后退了好几步,直到背后撞到墙壁,依旧没能躲开安子含的魔爪。
"你怎么什么都说,啊?问什么都回答,你怎么这么傻?"安子含简直要被苏锦黎气晕了。
安子晏挖坑,安子含坑坑必逃,苏锦黎坑坑必掉。
"哎呀,你不要捏我啦……"苏锦黎被捏得说话声音都不对了,脸一直在左右转来转去,音调都是抖的。
"还不是因为你什么都说?"
"你们……平时不也是……什么都说吗?"
"不一样的,你这是打小报告。"
"我错了嘛!你别生气……"苏锦黎尽可能推开安子含的手,因为他注意到,有摄像师在拍他们俩。
安子含气呼呼地松开手:"你等着,看一会儿打水仗的时候我怎么收拾你。"
"你别……"苏锦黎还没说完,安子含就气势汹汹地跑去卸妆了,显然是想赶紧换装完毕,一会儿去抢好的水枪。
苏锦黎觉得,他人生一个重大的危机,出现了。
他要如何做,才能够应对泼水节?因为慌张,还有就是被安子含狠狠地捏过脸,他还真显得楚楚可怜的。
苏锦黎本来就在队伍的后面,又跟安子含闹了一通,被留在了最后,走廊里几乎没有别人了。

他犹豫了好一会儿,都不知道该怎么逃离这个困境,以至于好半天都没动地方。

安子晏走出来,看到苏锦黎可怜兮兮的模样,下意识走过去问:"怎么了?"

"我惹子含生气了。"苏锦黎委屈地回答。

安子晏自然能猜到安子含生气的理由,于是安慰道:"没事,我小时候经常惹他生气,一般一天之内就好了。"

"那是小时候啊,长大了呢?"苏锦黎赶紧问,他很怕安子含的报复。

"长大了他就不敢跟我生气了。"

"哦……"苏锦黎有那么点心疼安子含了。

苏锦黎不想跟安子晏多说话,对安子晏点头示意了一下想离开,结果被安子晏叫住了:"跟我过来,那边选手多,卸妆慢。你来我的化妆间能快点。"

"不用了……"

"我是主持人,他们给我准备了雨衣,你要不要?"

"要要要。"苏锦黎立即乖巧地跟着安子晏走了,什么阳气男,什么大坏蛋,统统不怕了。

周文渊一直都在后面,想要等安子晏出来。结果就看到安子含跟苏锦黎在门口闹了半天,似乎关系很好的样子。

大部队都走光了之后,安子晏他们出来了,几句话的工夫直接带着苏锦黎走了。

周文渊想要追,想了想又停下了,跟着大部队到集体的化妆间卸妆,换衣服。

苏锦黎到了安子晏的化妆间,有点不知道该站在哪里。

安子晏进来之后先是打了一个电话,推迟自己的行程,他不敢打扰安子晏安排工作。

化妆间里,只有他们两个人,都没有化妆师。

有点尴尬啊……

苏锦黎的心脏"砰砰砰"地猛跳个不停。

安子晏聊了几句之后,注意到苏锦黎拘谨的模样,指了指一边的洗手池,接着从包里取出一个东西丢给了苏锦黎:"卸妆水。"

"哦,谢谢。"

苏锦黎拿着卸妆水,到了洗手池边,运足了法力去洗脸卸妆。

他还是第一次洗脸都这么心惊胆战,太怕洗出鱼腥味了。

卸妆完毕后一回身,就看到安子晏大大咧咧地脱掉了上衣,正在单手从袋子里拽出衣服来。

服装是节目组提供的,是款式统一的T恤,主持人跟评委老师都是橙色的,女选手们是嫩粉色的,男选手们是淡蓝色的。

安子晏比较糙,就是拎着衣服的一角甩甩甩,甩掉了包装袋后,再甩开衣服,看了反正后就直接套上了。

苏锦黎觉得,安子晏的身材要比之前面试的时候见过的那些男生好太多了,跟之前在健身房里见过的健身教练有得一比。不那么夸张,但是足够健美。

"那个……标签没拿掉。"苏锦黎开口提醒了一句。

"哦,帮我弄掉。"安子晏回过神,背对着苏锦黎,依旧在跟电话那边的人碰行程。

苏锦黎走过来,用手撕发现撕不掉,于是凑过去用牙咬。

安子晏在这个时候回身,想要提醒苏锦黎台子上有眉刀,可以用那个试试,结果就拽得苏锦黎倒在了他的后背上。

靠近之后,苏锦黎身上的香味就更加浓郁了,弄得安子晏有一瞬间的失神。

"对不起……"苏锦黎赶紧后退,并且将标签举起来,"我给拿掉了。"

"嗯,谢谢。"安子晏挂断了电话,忍不住问苏锦黎,"你身上怎么总这么香?"

"其实我身上没有什么味道。"苏锦黎往后躲了一步。

安子晏继续跟着,并且凑近了闻,香味更加浓郁了:"你再说,我分明闻到了。"

"可能是我用的大宝的味道。"

"大宝?"

"嗯。"

安子晏还真没用过这种护肤品,不了解是什么味道,于是点了点头,对苏锦黎说:"我让我的助理,去找你的制服了,一会儿雨衣也会一起送过来。"

"好的,谢谢。"

安子晏转过身的同时,还在解腰带,朝换衣服的位置走了过去。

还没坐下,就听到了拉帘的声音,一回头就看到苏锦黎把换衣间的帘子拉上了。

这是有多不想看他换衣服?

没一会,江平秋拿着东西进了房间,进来时还在抱怨:"就要到一件雨衣,其他的雨衣被二少带着一群人哄抢一空。"

"这小子是土匪吗?"安子晏听完就不爽了。

江平秋将苏锦黎的衣服递给了苏锦黎,同时回答安子晏的问题:"节目组就多准备了十件,本来选手们都是没有的。结果二少跑去打劫工作人员的了,我哄了半天二少才放弃。"

想起这个弟弟,安子晏就一阵头疼。

安子晏让出更衣室,让苏锦黎去换衣服,接着在外间照着镜子,整理自己的发型:"你把我 VJ 的雨衣要来,安子含他们不会攻击工作人员的,我答应小家伙帮他弄一件雨衣了。"

"行,我去问问。"江平秋又出了化妆室。

苏锦黎换完衣服,拿着舞台装,小心翼翼地问:"给您添麻烦了吗?"

"没,是我的败家弟弟给我添麻烦了。"

"实在不行我就装病吧。"

"你好像很不喜欢这个活动。"

"我……我有皮肤病,碰水多了不擦干,皮肤会出问题。"苏锦黎开始撒谎,结果心虚的后果就是打嗝。

第五章 | 145

"这样啊，没事，到时候我保护你。"安子晏大手一挥，这样保证。

"谢谢啊。"

安子晏穿上了雨衣，走到门口对苏锦黎说："我们俩过去看看情况。"苏锦黎立即跟着安子晏出门。

走出门后不久，就听到安子含在领着一群人喊口号："打倒安子晏，今天我们称王！"

"好！"其他人呼应。

"干掉安子晏！"

"好！"还混着其他选手的嬉笑声。

安子晏听完表情都不大好看了，下意识伸手握住了苏锦黎的手腕，拽着苏锦黎调头往回走。

结果走了没几步就看到了一名选手，朝他们快速跑过来，安子晏拽着苏锦黎拔腿就跑，慌不择路地跑到了逃生通道的楼梯间。

两个人迟疑是上楼还是下楼的工夫被追上了，安子晏立即用雨衣包住苏锦黎的身体。

突兀的拥抱，让苏锦黎措手不及。

然而面对水的情况下，苏锦黎只能妥协。

"走走走……"安子晏索性将苏锦黎扛了起来，去了地下停车场。

苏锦黎差点忘记了，他也有184厘米高。

跑了好一段才甩开那个人，那个人似乎是被其他人攻击了，于是留在了楼梯里。

安子晏松了一口气，松开了苏锦黎，脱下自己的雨衣递给苏锦黎："你穿着吧，我一会儿把子含身上的扒下来。小兔崽子，造反了。"

两个人都能想象到，安子含现在肯定带着大批部队，去了安子晏的化妆室，幸好他们出来了。

他们俩很随意地就出来了，根本没有摄像师跟着他们，安子晏的专属VJ，估计现在也在蒙的状态。

安子晏摸了摸口袋，发现自己手机、钱包什么都没带。

苏锦黎也是临时跟着安子晏出来的，衣服跟手机顺手放在了化妆间里，没带出来。

他们俩面面相觑,谁都没说话。

那边应该是有人说了,安子晏跟苏锦黎往这边跑了,又有人追了过来,还很聪明,一直悄无声息的,在两个人茫然的时候悄悄靠近,就连摄影师们都在配合。

安子晏先发现了他们,看到他们拿着水枪喷水,下意识地拽过苏锦黎,挡在了自己的身前。

苏锦黎穿着雨衣,戴着帽子,听到水淋在雨衣帽子上,惊悚又恐怖。

说好的……保护他呢?

怎么能用他……当盾牌呢?

因为他穿着雨衣吗?

Chapter 06

安子晏看到苏锦黎一脸蒙的模样,强忍着笑,帮苏锦黎擦了擦脸上的水。

"行了,别再追我了,我可以去要你们偶像的签名给你们,只要是世家传奇的艺人,都可以。"安子晏开始给袭击他们的人洗脑。

"安子含也可以帮我们要啊。"

安子晏叹了一口气,继续忽悠:"安子含现在是木子桃公司的,而且,你们过两天就要被没收手机了,只有我能跟外界联系。"

这些人面面相觑,最后兴奋地说了自己的偶像的名字,安子晏比量了一个 OK 的手势,接着拽着苏锦黎就走。

走的时候,还跟苏锦黎解释:"刚才事出紧急,你穿着雨衣,帮我挡一下。他们这些节目组就喜欢搞什么湿身,多难受?"

苏锦黎法力不精,需要专注于使用法力,控制自己的鱼鳞,于是只是含糊地应了一声。

安子晏拉着苏锦黎快步到了一个拐角处,探头往外看,跟苏锦黎念叨:"我们得去找水枪,总这样被动被攻击不行。"

苏锦黎左右看了看,接着抖落了一下雨衣上的水珠,对安子晏说:"我们跑吧,躲两个小时再回来。"

"那你会少很多镜头。"安子晏回答,"而且节目组也是希望我能够有镜头的。"

"刚才我们俩不是入镜了吗?"

"就刚才那么点,节目组不会满意的。"

苏锦黎有点不知道该怎么办了,着急地站在原地,像是要急哭了。

安子晏粗神经,却也注意到了苏锦黎的不对劲。苏锦黎怕水的程度很高,连对他的恐惧都克服了。

安子晏想了想后，说："没事，我想想办法。"

"嗯！"苏锦黎现在只能依靠安子晏了。

安子晏带着苏锦黎，绕路去了设备室，这里是仓库一样的地方，存放各种设备。

他进去后寻觅了一圈，找来了宽胶带，捏着苏锦黎雨衣的帽子，在头顶的位置封了一下。

又在苏锦黎嘴巴的位置，贴了一道。

透明雨衣的帽子很大，这样封上了之后，就像搞科研的服装一样，只留下了眼睛。

紧接着，安子晏又蹲下身，在苏锦黎的裤子上缠上了胶带，一圈接着一圈，就像凭空穿上了雨靴。

"脚面用贴吗？"安子晏问。

"不脱鞋应该没事。"

最后，安子晏将苏锦黎雨衣下摆也缠上了。收口后，苏锦黎就像穿上了透明的泡泡裙。

安子晏站起身来看着苏锦黎，只有一双眼睛能够看得清楚，很漂亮的眼睛，好像璀璨的夜空，含着万千星光。

"哥再给你弄一副胶皮手套。"安子晏说完，就又在这里翻找了，却发现根本没有，于是只拿了两个塑料袋，套在了苏锦黎的手上，还不是一个颜色的。

带着苏锦黎出去，安子晏就听到苏锦黎走路的时候"哗啦哗啦"地响，忍不住抱怨："我们这简直就是自带BGM。"

"要不你先去录吧，我自己可以的。"苏锦黎拍了拍自己的胸脯。

安子晏笑了笑，站在他身前问他："你还怕我吗？"

"你怎么总在意这个？"

"是啊，很在意，回答我。"

可惜苏锦黎没回答出，安子晏就被袭击了。

没过一会儿，安子晏的 VJ 闻讯赶来，跟着安子晏拍摄。

一群选手好不容易找到机会，可以跟评委、主持人互动，自然不肯放过，

第六章 | 149

走廊墙壁上到处都是水。

苏锦黎赶紧关上设备室的门,找准了时机开溜,接着找到了一个还算熟悉的人问哪里可以领水枪。

苏锦黎到的时候,就看到安子晏跟安子含带的大队伍已经碰头了。

安子晏也不再管其他的了,一身是水,衣服都贴在了身上,正在奋力反击,跟选手们闹成一团,就像一个大孩子,一点架子跟偶像包袱都没有了。

苏锦黎拿着水枪,迟疑了一瞬间,跟着加入了战斗,到了安子含面前,喷了安子含一脸。

安子含整个人都蒙了,看着苏锦黎很久才认出来,直接嚷嚷起来:"我白对你好了,你居然帮我哥!"

苏锦黎被安子含喊得有点不好意思,于是拿着水枪,又喷了安子晏一脸。

兄弟二人一齐看向苏锦黎,逼人的阳气扑面而来。

苏锦黎下意识后退,紧接着拔腿就跑。

他玩命地狂奔,就看到身后一群人在追他,立即大喊起来:"不要追我啦!啊啊啊啊!"

"别让我逮到你,小没良心的。"安子含喊道。

"是挺没良心的。"安子晏跟着说道。

"我错了!"苏锦黎赶紧道歉。

"来不及了!"

苏锦黎一身都是胶带,跑起来放不开,最终还是被抓住了,被兄弟二人按在角落。

然而这样长途跋涉后,只有他们兄弟二人,以及一位 VJ 跟着了。

苏锦黎哪里反抗得过兄弟二人,只能捂住头顶的小孔,整个人缩成一团。

安子含用水枪喷了半天,苏锦黎也只是表面湿了而已,根本没有攻击的地方。

安子晏扶着墙直喘粗气:"你们怎么这么能跑,累死我了。"

"是这小子能跑,穿得跟要去太空似的,居然还跑得这么快。"安子含也喘得不行了。

等了一会儿,苏锦黎也没起来,最后还是安子晏将他拽着移动了身体。

苏锦黎蜷缩着坐在角落,用小孔可怜兮兮地看着兄弟二人。

"放心吧,水枪里没有水了。"安子晏特意晃了晃自己的水枪。

"等我找到我哥哥了,让他收拾你们两个坏蛋!"苏锦黎"超级凶"地说道。

"明明是你先喷我们的。"安子晏试图跟苏锦黎讲道理。

"你们都在互相喷啊,为什么我这里,就追我跑这么远?"

兄弟二人被问住了。

其实别人喷,他们可能不在意,可是喷他们的人是苏锦黎,他们就心里不舒服了。

为什么呢?

可能心里都是想着,苏锦黎是自己这边的吧。

"闹着玩嘛,别在意。"安子含拽着苏锦黎起身,一起往回走。

苏锦黎跟在他们后面,在他们俩安静往回走的工夫,苏锦黎再次捧起水枪,对着兄弟二人继续喷水。就算他们俩都尽可能躲开,他也喷到水枪里没水才结束。

苏锦黎终于满意了,对他俩坏笑,再次开始玩命逃跑。

兄弟二人都蒙了,只有 VJ 在幸灾乐祸地对着他们俩猛拍。

原来他是这样的苏锦黎。

"这孩子喝假酒了吧?"安子晏忍不住问安子含。

"你刚才对他做什么了吗?"

"我能做什么?"

"怎么学坏这么快?!"安子含不愿意接受苏锦黎的改变。

晚上,大家都筋疲力尽了,却还是有大部分选手,都去练习室里继续练习主题曲。其中,还有几名在待定区的选手,依旧在认认真真地练习。

凌晨 2 点钟,顾桔神奇地出现,到了 A 组的练习室。

当时苏锦黎跟乌羽正一起哼着歌,对着镜子练习。顾桔进来后坐在了镜子前,看着他们俩练习,问:"有没有什么不懂的地方?"

"几个动作的细节有点记不清了。"苏锦黎立即回答。

"嗯，哪里，我看看。"

苏锦黎单独跳给顾桔看，顾桔立即起身，到了他们两个人的中间，做了一遍这个动作，并且看着镜子里，对他们的动作分别进行指点。

指导完他们两个人，又去指导其他几个人了。

安子含是那种吃不了苦的孩子，泼水节结束后，回到寝室洗了一个澡，就趴在床上，一边吃零食一边休息了，晚上也没再出来。

范千霆在1点左右的时候，也回去休息了，刚巧错过了顾桔。

全部指导完毕后，顾桔又到了苏锦黎跟乌羽的对面，说道："我已经去了三个教室，我不知道那些回去休息的选手是不是已经准备好了，只看现在还在练习的选手里，你们两个人的完成度是最高的。"

苏锦黎跟乌羽点了点头，继续听顾桔说话。

"我们录制的MV，里面有60个人，歌曲只有4分21秒。所以会是几个人，同唱一段歌词，这个镜头里，几个人同时出现。歌曲MV会有一个C位，只有这个人有一段单独的歌词，是独唱，个人镜头13秒，知道这意味着什么吗？"

乌羽当然比苏锦黎知道的多一些，他立即陷入了沉思，紧接着点了点头。

苏锦黎也是跟着点头："明白。"

"你们俩努力争取一下，我等着看你们的表现。"顾桔说完，又召集了A组所有在练习的成员，让他们看自己再跳一遍。

顾桔是已经出道的艺人，只是还没红起来而已，实力并不弱。据听说，下半年顾桔之前拍的网剧会有两部前后脚上线，顾桔也会在那个时间正式进入观众的视野。

现在，顾桔的事情不多，倒是4位评委里对所有选手最照顾的，凌晨也会来这边看一看。

他今年也才22岁，跟这些选手年龄相仿，没什么架子，苏锦黎对顾桔的印象也不错。

"谢谢顾老师。"苏锦黎说。

"你是所有选手里学得最快的，这是一个很厉害的天赋。我非常希望你能够利用下来，然后表现得比其他的选手更熟练。"

"好，我会努力的。"

顾桔想了想，对乌羽说："你先继续练习吧，我还是要跟苏锦黎强调一下舞台表现，你这方面是没有问题的。"

"好。"乌羽答应了。

顾桔将苏锦黎叫到教室的角落，单独指导苏锦黎的表情、眼神。

第二天，就是考验主题曲的时间了。

早晨5点，苏锦黎从被子里爬了起来，头昏昏沉沉地再次倒回到床上，没一会儿又睡着了。

这些年里苏锦黎很少会赖床，最近真的是太累了，他想再睡一会儿。昏昏沉沉地又睡了一个半小时，是乌羽将苏锦黎推醒的："起来吧，准备一下要去练习了。"

"嗯……"苏锦黎含糊地应了一声，然后双眼迷茫地起身，爬下床去洗漱。

走出来收拾稳妥后，安子含最后一个起床，另外三个人已经要出门了，安子含才开始洗漱。

几个人结伴去吃了早饭，还给安子含带了包子，七点半准时到了训练室。

进入练习室，就看到还有在练习的选手，他们也不敢怠慢，一起对着镜子练习。

安子含到练习室之后，先坐在角落吃了早餐，盯着他们几个人练习，还跟他们聊天，问他们昨天几点睡觉的。

"那么晚，岂不是没怎么睡？"安子含继续问。

"苏锦黎睡了一会儿，我没睡着。"乌羽回答。

"你啊，目的性太强，也太拼了，你这种性格以后进了娱乐圈估计会被人讨厌。"安子含吃得津津有味的。

乌羽调整了一个角度，接着单独对着安子含跳，还故意晃了晃胯。

"食欲都没有了。"安子含怒道。

"别觉得你多懂娱乐圈,这个圈子里,没有几个善茬。"乌羽说完就走开了,他只是想恶心安子含一下。

"是,你们波若菠萝的都这样!"安子含说的话特别刺耳,引得不少人看过来。

这可是直接针对公司了。

苏锦黎走到了安子含身边蹲下身,抬起了安子含手里的包子,塞进了安子含的嘴里。

"你好好吃。"苏锦黎说。

范千霆看完就乐了,也就苏锦黎治得了安子含。

安子含也就跟苏锦黎没脾气。

这一回的评比是 6 个人一组,对着镜头一边唱一边跳。录下来后,评委会对他们进行评分,并最终做出选择来。

结合第二轮跟这一次的分数,平均下来后,会重新进行分组。这一次,每个组 15 人。

到了录制的地方,他们才看到常思音。

常思音顶着大大的黑眼圈,绝望地靠在苏锦黎的肩膀上,说道:"我紧张得整整一夜没睡。"

"不会觉得累吗?"

"我现在连躺在床上都会有负罪感了,我资质太差了,不努力不行啊。"

苏锦黎抬手拍了拍常思音的肩膀,表示鼓励。安子含在这个时候靠在了苏锦黎的另外一边肩膀上:"我也要鼓励。"

"压得我抬不起手来。"苏锦黎抖了抖,将两个人都抖开了。

需要录制 10 组,其实一个小时就可以录制完成。

苏锦黎过去的时候,有点紧张。他自己也知道自己的问题很大,只能在播放音乐之前,蹦了几下,调整自己的心情。

站在镜头前,还听到了张彩妮给他加油的声音。

不过,他也没有心情去理会了,只是调整好状态,音乐开始后,尽皆可能地跳好,将歌全部都唱出来。

这一次的比赛,表现真的是参差不齐。好多选手都专攻上一轮比赛,对主题曲都不是很熟悉。

一首新歌，歌词需要背，旋律需要记，还要记住舞蹈动作。到了录制的时候，他们就有了不一样的表现。有的人只是在唱，有的人尽可能跳全，能唱几句唱几句。跳舞的时候，总会时不时扭头去看身边的人，怕自己会跳错。唱错歌词，因为懊恼而控制不住表情。

比较下来，苏锦黎的表现已经足够优秀了。

他不像其他人那样。

毕竟他很早就背下了歌词跟舞蹈动作，这些天的练习后，一直在练习熟练程度，调整自己的动作，保证每个姿势都做得足够好看。

这一晚上的练习，则是在研究自己表演时的面部表情，以及感染力。他的表演就是一场成熟的演出，而其他人，则是一场应付性的表演。

苏锦黎比较靠前，所以是前几组完成的，一直坐在旁边看其他选手录制。

到了安子含，就发现安子含似乎忘词了，中间有一段一直在跳舞，到了歌曲的高潮部分，才想起歌词，继续跟着唱。

苏锦黎紧张得提起了一口气，听到身边的乌羽说："他忘词是正常的，太自满了，还不够努力。忘词的时候动作也全部乱了，没有一个卡在点上。"

"其实子含很厉害，是个非常优秀的人。"苏锦黎回答。

"你们这种盲目夸他的人，是对他伤害最大的，会让他更加骄傲，觉得自己天下无敌了。他就是被家里惯坏了，该经历点什么磨炼一下。"乌羽回答得特别严厉，是真的在想安子含的问题，而非幸灾乐祸。

苏锦黎想了想，跟着点头："嗯，其实你说得也对。"

录制完成，节目组并未给他们安排接下来的任务，只是让他们回去休息。

苏锦黎长长地松了一口气，站起身来往寝室走，临走的时候拍了拍安子含的后背。

结果安子含似乎是有点情绪不对，躲了一下，接着气势汹汹地去了其他的方向。

"别管他。"乌羽回头看过来，伸手拉着苏锦黎往寝室走，"你的状态很不好，应该休息了。"

"哦……"苏锦黎一步三回头，最后还是回了寝室。

苏锦黎回到寝室，什么都不想再做了，爬上床就开始睡觉。

寝室里难得的安静。

乌羽一夜没睡，回到寝室后也很快睡着了。

范千霆应该也是这些天累坏了，睡得直打鼾。

安子含下午 3 点多才回来，本来以为苏锦黎会追他，安慰他什么的。结果，苏锦黎根本没理他。这给安子含尴尬的，都不知道该不该回来了，于是为了显得不那么丢人，安子含去染了一个头发回来了。

进门之前，安子含还在酝酿情绪，如果乌羽数落他了他该怎么办。结果一进寝室，就听到此起彼伏的呼吸声，发现自己这一天都在自作多情。

回到寝室里坐了一会儿，他长长地叹了一口气。

之前他问安子晏能不能重录一次，安子晏直接把电话挂断了。

安子晏虽然对他好，却也不是绝对的溺爱。他们家也没有什么好的家教方法，他们兄弟俩是家里的用人带大的，他跟安子晏一起的时间更长。

从小安子晏就欺负他，他甚至觉得，他的父母是给安子晏生了个玩具，给安子晏玩的。

长大后才渐渐发现安子晏对他的保护。

于是他膨胀了。

手机震动起来，安子含收到了安子晏发来的消息。

安子晏：C 位定完了。

安子含：谁啊？

安子晏：反正不是你。

会议室里，安子晏坐在最中间，两边是评委老师。

他们看了 10 组录像后，会分别进行评分，觉得看得不够仔细，个别的人还会再看一次。

其中，几个人的视频被反复看了能有五六次。

这几个人分别是：乌羽、苏锦黎、周文渊。

原本他们以为，安子含也会是候选人之一，但是看到安子含居然忘词后，安子晏直接挥了挥手："他不行，不用犹豫了。"

大家见安子晏也不护着，自然也没再说什么。

在看乌羽的视频时，评委们这样点评。

顾桔："乌羽的表现一直都特别稳，有实力也很努力。"

韩凯："他参加比赛到现在一直都是第一名，我在之前就知道，他肯定没问题。"

藏艾："你们这个态度，是确定要用乌羽了？"

顾桔："可以再看看苏锦黎的，我有点期待他的表现。"

萧玉和："他的长相也很端正，有偶像的潜质。"

安子晏点了点头："他的表现确实很稳。"

看周文渊的视频时：

藏艾："我的天啊，他笑得好甜啊，好可爱。"

韩凯："确实是一个实力唱将，唱歌很好听，还是第一次看到他这样跳舞，跳得挺不错的。"

顾桔："其实在节奏上，有几个动作没有踩在点上。"

安子晏点了点头："稍显逊色，不过也不错了。"

众人看向安子晏，总觉得安子晏看到安子含的表现后，气压就很低了。现在也一副老干部的模样，对所有的选手进行点评。

放到苏锦黎后，顾桔特意身体前倾，挂着下巴看。

藏艾："表现能力强了很多。"

萧玉和："刚才眯起眼睛的时候，竟然有点撩欹，还以为就是可爱型的选手。"

顾桔："昨天晚上我有去指导他们，教苏锦黎的时候，他的表现并没有这次好。所以看到他这次的表现，我还是很满意的。"

安子晏终于调整了一个姿势，问："昨天晚上？"

顾桔："嗯，凌晨2点，还在练习。"

安子晏："练习的人多吗？"

顾桔："三个组加起来，应该有将近二十人。"

安子晏："所以安子含是没参加练习是吧？"

顾桔："我不知道在我去之前，他有没有练习。"

安子晏:"好,我知道了。"

安子晏已经在即将爆发的边缘了。

苏锦黎最大的问题,他已经自己克服了。

他这一次的表现非常不错,可以很撩,也可以很可爱,青春又阳光。

藏艾反复看了几遍他们的视频后,发表了自己的意见:"我觉得乌羽要更当之无愧一些,他一直都是第一,这一次表现得也很稳。"

顾桔则是有反对意见:"我们选 C 位,看的只是这一次的表现,如果是综合下来的话,对其他选手来说是不公平了。比完了之前的两轮,之前的成绩清零,他们现在比的是主题曲的表现。"

韩凯看了一会儿后问:"所以藏艾比较看中乌羽,顾桔比较看中苏锦黎?"

顾桔点了点头:"我觉得苏锦黎的形象要更青春阳光一些,比较符合这首歌的形象跟定义,乌羽有点太沉稳了,没有少年感。"

"如果让苏锦黎突然做了 C 位,可能会引来一些争议,这样对苏锦黎也会有一些打击,觉得苏锦黎有后台什么的。"萧玉和做了理性的分析。

顾桔原本还想帮苏锦黎说几句,这回也没再说什么了。

安子晏问韩凯:"韩老师的意见呢?"

"我个人比较喜欢苏锦黎这个孩子,进步很大。上一轮是情歌,他没谈过恋爱,所以不占优势,唱不到极致。但是这首歌就是积极向上的,他唱得很好听。"

安子晏盯着屏幕看了一会儿,对工作人员说道:"将画面关了,只放他们两个人的声音,放需要独唱的那一段,我们听一听谁唱得比较好。"

工作人员弄了一会儿,会议室里的屏幕暗了下来,只前后放了苏锦黎跟乌羽的声音。

两个人的这段歌声对比完毕后,似乎大家都有了答案。

"苏锦黎的声音真的很好听啊。"藏艾居然突然倒戈了。

"只听歌声的话,这首歌的确是苏锦黎诠释得更好。"韩凯发表了自己的意见。

"舞蹈我们刚才已经看了很多次了,两个人的舞蹈,跟表现能力不分高下,所以我们单独比歌声。现在,苏锦黎的歌声更有优势,这个C位,你们觉得呢?"安子晏用手指敲击桌面,问其他人。

顾桔点了点头,他是一直在帮苏锦黎争取的,所以第一个同意了。

藏艾抓了抓头发,纠结了一会儿后,回答:"苏锦黎。"

韩凯笑呵呵地跟着说:"苏锦黎。"

萧玉和看了看其他人,说道:"看来现在我这一票不太重要了。"

最终确定,C位是苏锦黎。

吃完晚饭后,选手们再次去了练习室练习。

安子含是被苏锦黎拽着去的:"你就算这次失误了,也不能彻底放弃,之后的表现也要好一点,你说是不是?"

"其实我平时练习的时候,都记得好好的,结果录的时候就失误了。"安子含还在给自己找理由。

"就是没彻底熟练,不然听到音乐就下意识地完成了。"

安子含想反驳,却没说出什么来,垂头丧气地跟着苏锦黎去了训练室。

进去后乌羽回头看了他一眼,接着冷哼了一声,继续练习。

"我看他怎么这么不爽呢?"安子含问苏锦黎。

"有摄像头……"

"有也烦他。"

进入练习室后,A组的选手自发性地一起练习了。

练习到中途,安子晏突然出现在教室的门口,不少人跟安子晏打招呼。

安子晏点了点头回应,接着对安子含勾了勾手指:"出来。"

安子含下意识地腿软,想要躲,不过知道根本躲不过去,只能硬着头皮跟着安子晏出了教室。

安子晏带着安子含去了走廊空旷的地方,用拳头推了一下安子含的肩膀:"吃不了苦,你就给我滚蛋!"

安子含知道哥哥这回是真的生气了,立即给自己辩解:"我有练习了……就是那个时候忘记了……"

"顾桔昨天凌晨去教室的时候,苏锦黎跟乌羽他们还在练习,你在哪呢?玩疯了是吧?"安子晏继续问,眉头紧锁,带着几分威严,的确十分有震慑力。

"我就是昨天累了。"

"别人不累吗?为什么他们就能继续练习?你还在狡辩是吧?你以前什么样子,我又不是不知道。每次我去旁边看着你才能老老实实地训练,我走了以后你就跟个大爷似的偷懒。"

安子含低下头,再也不回答了。

"你当你多聪明吗?第一次教的时候,苏锦黎几次就记住了,他比你聪明多了,但是人家也在练习。你呢?你是不是以为我们家能给你买个第一玩玩啊?"

"没有……"

"还没有,我看你就是这么想的!"

安子含本来就心情不好,被哥哥当着镜头这么训,觉得面子上过不去,心里还委屈。

他失误了,也没人安慰他,现在还被骂,鼻子一酸就哭了起来。

"哭什么哭,你还有脸哭,委屈你了是不是?"安子晏依旧没打算放过安子含。

"我以后努力还不行吗?"安子含哭了之后,气势反而起来了,理直气壮地回答。

"觉得累就现在回家,别占了真正有梦想的人的地方。大家都在努力,你却在这里装大爷,会显得你特别的出众,就是差得'出类拔萃'。"

"来这里以后……我……我已经比以前好多了……"安子含擦了擦眼泪,哭得话都说不利索了。

"你明明可以做得很好,偏偏你没做到,你知不知道这意味着什么?"

"不知道。"

"我每次演戏只要有一点不好都会被人说,他果然是靠着家里才能上这个戏的吧?我不愿意别人说我,所以我都会努力做到最好。如果你一直是这种状态参加比赛的话,你会被骂得更凶,因为你是安子含!"

他们俩是世家传奇老总的儿子,如果不努力,稍微有点什么错误,就会被人攻击。

众人都对弱者宽容。

然而,对那些天生有钱的富二代、星二代,都会要求极其苛刻。

最多的评价就是:如果你没有 XX,你什么都不是。

他们只能比别人更努力,才能堵住悠悠之口。

"那边录着呢……"安子含又羞又恼,他爱面子,被这么骂心里不舒服,转了个身,偷偷擦眼泪,却发现摄像师跟了过来。

"你也知道丢人?忘词的时候怎么不觉得丢人呢?"

"你还有完没完了?"

"不服是不是?"安子晏活动了一下手腕,安子含立即闭嘴了。

苏锦黎探头往走廊里看,看安子含哭得太惨了,于是小声说了一句:"以后我拉着他一起练。"

他说得太紧张了,声音有点发颤,就好像饿了多少顿了似的,声音悠悠的,甚至有点恐怖。

天知道安子晏生气的时候,阳气有多可怕?

安子晏扭头看向苏锦黎,问:"你能管得了他吗?"

"我努力试试。"

"他要是不听怎么办?"安子晏继续问。

"我就……掐他!"

安子晏见苏锦黎握紧双拳,努力勇敢地说话样子,终于扬起嘴角笑了笑,走到了苏锦黎身边,拍了拍苏锦黎的肩膀:"那就交给你了。"

被安子晏拍了拍,苏锦黎还是有点打怵,于是弱弱地点头。

安子晏很快又说了一句:"C 位好好加油。"

"啊?"

"C 位是你的了。"说完就离开了。

等安子晏离开后,乌羽跟范千霆也跟着走了出来,到了安子含身边。

安子含还当他们要安慰自己,结果看到乌羽拿着手机,对着他照了一张相。

"我发现你哭比笑好看。"乌羽看着相片说道。

安子含哭了之后,平日里的锐气都消失了,竟然还有那么点软萌感。尤其是湿漉漉的眼睛,让他显得有些楚楚可怜。

范千霆兴奋地看着手机,说着:"给我传一张,来来来,我当屏保。"

"你们一个个的怎么都这么贱呢?"安子含气急败坏地说道,都忘记哭了。

"你怎么好意思说别人呢?"

安子含不服气,"哼唧"了几声,擦了擦眼泪,问苏锦黎:"我哥刚才跟你说什么了?"

"他说C位是我的。"苏锦黎愣愣地回答。

"哦,挺好的。"安子含坦然地说。

乌羽有一瞬间的表情不自然,不过还是很快调整了过来,对苏锦黎说:"恭喜。"

"我一直以为会是你,因为你是第一名。"

"如果C位是你的话,我是服气的。如果是安子含的话,我就不爽了。"

"嘿!你什么意思啊你?"安子含用肩膀撞了乌羽的胸口。

"刚才跟你哥说话,你怎么没这么牛?"乌羽往后躲了躲。

"那是我哥!再说了,他说得也对。"

乌羽嗤之以鼻,扭头就走。

安子含跟在乌羽后面叨叨个没完,质问乌羽是不是不服。

当天晚上,节目组没收了所有人的手机,因为即将要播放第一期,开始做宣传、进行投票了。

这期间,他们不能跟外界有联系,也不会知道自己的成绩。

在没收手机前,安子含特意叫了苏锦黎、乌羽、范千霆以及常思音一起合影,几个人做着鬼脸,或者各种表情。

拍完了之后,他们就各自去给家里人留言了,别当自己是失联了。

苏锦黎拿着手机,又一次搜索了沈城的名字,看到最新的新闻是:沈城强势入股波若菠萝,以后不再是艺人,而是股东之一。

他不太懂其中的含义,只是点开新闻草草地看了一眼。

另外一边,安子含还在跟工作人员纠缠:"我把图 P 完的!"

安子含一口气 P 了三张,发到了自己的社交平台上。

安子含:就要没收手机进行封闭训练了,大家不要太想我哦,我跟他们在一起为明天而奋斗。

此时的安子含不会知道,他的这几张相片,是在他们出道后、爆红后、十年后成为老牌艺人后,被媒体拿出来用最多的一组合影。

【安子晏的家】

安子晏洗完澡,披着浴巾走出来,瘫在沙发上捏了捏鼻梁,进行简单的休息。

最近突兀地接了一个选拔节目的主持工作,他需要两地奔波,导致他现在这部戏被耽误了一些进程。他只能在平时延长拍摄时间,才能够弥补。

然而这种劳累程度,简直就是在挑战极限。

安静地待了一会儿后,他摸来手机看了看。

打开软件,他首先看到了安子含发的合影。

放大了看忍不住笑起来,相片里这五个年轻人,还真是在用生命在做鬼脸,够夸张的。

他又看了看在相片里对眼的苏锦黎,还挺可爱的。

三张相片,只有一张相片是正常的,苏锦黎漂亮的外表,还有灿烂的笑容,让人根本无法忽视。

又看了一会儿,就看到《全民明星》发了宣传动态。

他点开宣发的视频看了看,确定没有问题了,才转发。

节目组的第一个宣传视频,是用安子晏跟安子含做了看点。主要的宣传点就是安子含的吐槽,还有他们兄弟二人的日常互损。

视频里剪辑了安子含对四位评委老师的点评,以及对哥哥来了节目组的嫌弃。

接着是安子晏跟安子含在台上的对话。

视频的结尾,苏锦黎还混到了一个镜头,里面苏锦黎只有一句话:"我会吹箫。"

安子晏歪着嘴角笑了一下。

因为是安子含第一次公开亮相,安子晏转发完了之后,还着重看了一眼评论。

灰来灰去:是亲兄弟没错了。

唐易:吹箫的小哥哥虽然只出现了一瞬间,还是被我发现他有点帅,他是谁?!

懒癌末期喵星人:塑料兄弟情,233333。

白水之猫:哈哈哈哈哈,你们是互损兄弟,没想到你是这样的男神!

青春墨斗鱼:弟弟可以说非常真实了,期待这个综艺,吐槽笑死我了。

与彼朝阳:古装小哥哥有点帅啊!

安子晏刷了一会儿,就发现黑粉渐渐出现了。

安子晏看得心烦,将手机丢在了一边,拿起剧本看了起来。

没一会儿,他又忍不住拿来手机刷评论,他发现,弟弟出道,比他自己出道还紧张。

【孤屿工作室】

侯勇拿出手机,在公司的宿舍走廊里来回走,兴奋地说着:"我们的小锦鲤有镜头了,宣传视频第一弹里就有他,评论里还有提到他的。"

有人凑过来看,看了整个2分钟的视频后,苏锦黎只出现了2秒钟,并且只说了一句话而已。

不过,这也够他们兴奋半天了。

"小锦鲤在舞台上好帅啊!"工作人员跟着夸奖。

"我们小锦鲤平日里也帅。"侯勇说得特别骄傲。

"评论里怎么说的?"

大家纷纷取出手机来刷动态,100条评论里能有3条提到苏锦黎的,都能让他们兴奋地讨论一会儿。

他们纷纷转发,推荐自己公司的小哥哥。

"安子晏做主持人了,这个节目的水准至少能保证一部分了。有安子晏跟安子含这个看点，小锦鲤就算只是去做个陪衬，也能混到一些镜头。我们小锦鲤长得帅，肯定会引起关注。"侯勇拿着手机，笑得像个媒婆。

"小锦鲤唱歌也好听！"

"对对对，我们小锦鲤要红了。"

"安子晏转发了！"

"转发都过万了，我的天，才发没多久就过万了，这是没买水军的吧？"

"我看到安子含发动态了，合影里有我们小锦鲤！"

侯勇立即点开了安子含的动态，看到苏锦黎居然跟安子含的关系不错，兴奋得都要哭了："跟着安子含混，镜头肯定多。"

德哥坐在角落抽烟，看着一群兴奋的同事忍不住"嘿嘿"乐，接着问侯勇："小锦鲤的社交账号注册了吗？"

"注册了，就叫苏锦黎。"

"粉丝多少？"

"大概一百多个吧。"

公司其他的同事问："要不要买点粉丝充面子？"

侯勇笑了笑，摇头："你把账号跟密码给小锦鲤，让安子含关注他就行了。"

"好主意。"

侯勇拿出手机来，看到苏锦黎的留言就崩溃了："他们被没收手机了。"

德哥："那就先别管了，你先给他留言吧，我们先准备好播放后需要做的准备。"

侯勇点了点头，给苏锦黎编辑留言。

【训练营】

第二天一早，节目组的人安排选手们拍摄 MV。

他们也早就知道苏锦黎成了 C 位，苏锦黎走去拍摄现场的途中，还有人跟苏锦黎打招呼，对他说恭喜。

安子含早就缓过神来了，也不会多失落，反而挺兴奋的。

MV 的 C 位是他罩的弟弟，不是乌羽那个让人无语的小子。

安子含突然看到乔诺站在不远处，立即笑呵呵地拽着苏锦黎走过去，主动跟乔诺打招呼："欸，我记得你当初说过苏锦黎来着，还问苏锦黎要不要签名，毕竟苏锦黎红不了。现在苏锦黎C位了，你有没有什么想说的？"

乔诺整个人都呆住了。

他真没想到，安子含这家伙连自己公司的人都数落。

走在他们俩后面的乌羽、范千霆也跟着朝他们这边看过来，似乎是第一次听说这件事情。

乔诺的表情更加尴尬了。

他们俩刚过来，就有摄像师跟了过来，乔诺努力调整自己的面部表情，接着挤出牵强的笑容来："当时是……开玩笑嘛，你怎么还当真了？"

"哦，我还以为你是认真的呢，你当时的样子特别适合去演电视剧里的反面角色，贼可恨。"

"别在意，都是胡闹的，恭喜你啊苏锦黎。"乔诺说完，简直想立即退赛。

他当初的确是想去数落苏锦黎的，毕竟他能够通过木子桃的评选，而苏锦黎没有。平时在公司里的压力得不到释放，刚巧碰到了苏锦黎，以为可以得到一些嫉妒恨的眼神，满足自己的自尊心。

没想到现在被反压一头。

谁能想到，一个面试的时候连节目都不敢表演的人，到了选拔节目里就开始大放异彩？

难不成……真的是半年里累积的？

可是他完全没必要跑到一个小破工作室去搞这个，毕竟还是木子桃更靠谱。

苏锦黎没再说什么，只是笑了笑，就拽着安子含离开了，一起去化妆。

当初他的确很生气，现在却不那么在意了。

释然了。

还有就是……他只会朝前，去超越领先于他的人，没空去看那些被他甩在身后的人。

毕竟，精力有限。

他们的主题曲是一首比较励志的歌曲，很青春，也很欢快。以至于他们在主题曲里的造型，也大多是很可爱的形象。

| 166 | 锦鲤要出道

苏锦黎穿着红色的衬衫，袖子夸张的大，袖口还有几条红色的带子。下身是黑色的裤子，上面印着各种印章，风格夸张。

他脸上的妆也要比之前都浓一些，光眼影就涂了很久。

第一轮表演，他是古装扮相，属于清秀型。

第二轮表演，他是干净的男神，衬衫牛仔裤，简单利落。

这一次，则是可爱外加视觉系的扮相了，眼角还贴了几个钻石点缀，在灯光下闪闪发亮。

其他选手的扮相也大多如此，只是因为苏锦黎是C位，所以是所有人里唯一的红色服装。

"苏锦黎，你超美！"安子含几乎是欢呼着跑过来，被苏锦黎这回的扮相惊艳到了。

"我觉得有点夸张了。"

"不不不，你的妆超级棒，你超级适合上妆。"

苏锦黎跟着看镜子里，就看到安子含浑身难受地乱动。

"怎么了？"苏锦黎问。

"没手机的日子，焦躁，难受，想自拍，想跟你合影，好难受。"

"不是有镜头吗？"

安子含很快拉着苏锦黎到了一个镜头前，一个劲地猛摆造型，之后对摄像大哥说："这段不用播，以后传给我，我自己截图。"

摄像大哥"嗯嗯"了两声答应了，不过这段最后还是被播出去了，粉丝们给他们截图，永远是苏锦黎是盛世美颜，安子含在切换造型成了虚影。

Chapter 07

他们的 MV 在拍摄之前要分配每个人唱的部分,有的人舞蹈弱一些,分在动作少的段落。

表现好的选手,会分到人比较少的组,表现一般的则是 10 个人一组镜头。

很多选手都有自己的想法,也会试着跟节目组去争取。以至于,光分这个就用了 4 个小时的时间。

一边化妆,一边分工,节目组的工作人员一直拿着喇叭在交流。

苏锦黎是 C 位,单独一个场景,歌词是早就安排好了,所以是第一个开始录制的,特别省心。

苏锦黎终于开始庆幸自己是 C 位了。

他们给苏锦黎安排的是一个小的房间,房间是布景的,其实周围都是空旷的现场,会有点出戏。

这个房间是柠檬黄色的,屋子里的东西并不多,大多是新鲜颜色的元素,马卡龙撞色。

苏锦黎在录制的时候,只要在里面跳舞,并且唱出歌词就可以。他表现得很好,导演说什么他都极力配合,拍摄得也算是顺利。

导演让苏锦黎重复录这一段录了 4 次后,终于停了下来。

顾桔站在一边,一直看着苏锦黎录制完毕,走过来问:"累不累?"

"不累,比平时练习好多了。"苏锦黎回答。

"嗯,我第一首歌的 MV 用的一镜到底,一共拍了 23 次才通过。他们拍 4 次,也是为了选一次你状态最好的用。"

苏锦黎点了点头,表示自己理解,拍摄完毕后被节目组叫去补录个人采访。

他坐在小房间里,等待着工作人员准备完毕。这一次跟上一次一样,问问对第二轮的看法,还有就是对于这次主题曲选拔的看法。

"没想到 C 位会是我,我还以为会是乌羽。"苏锦黎羞涩地笑了笑,回答了这个问题。

"会觉得开心吗？"

"当然会开心啊！我昨天便开始兴奋了，说不定我再努努力就能帮公司赚钱了。"

这个时候，小哥居然问了奇怪的问题："《全民明星》的女选手里，谁最符合你择偶的标准？"

苏锦黎被问愣了，想了想才回答："来了以后一直都是练习、吃饭、睡觉，接着练习，都没仔细看过其他选手。"

"比赛的时候你不都看到他们的表现了吗？"

"哎呀，我听歌呢，你听歌的时候顺便找老婆吗？"

小哥被苏锦黎问笑了，紧接着又问了另外一个问题："你觉得，《全民明星》里，谁是最有实力的？"

"乌羽，就是一种气场碾压，唱得好听，跳舞好看，长得也好看。"

"如果你被困孤岛，最想跟谁一起？"

"应该是常思音吧，他性格最好。"

"你觉得自己是一个什么样的人？"小哥又问。

"好人。"

"具体一点呢？"

"就是……有追求有理想的人。"苏锦黎回答得义正词严。

"你的追求跟理想是什么？"

"多赚钱，然后请我所有的朋友一起吃火锅。"

"为什么是火锅？"

"我喜欢吃火锅，还有烤肉！"提起吃的，苏锦黎的眼睛都亮了。

"你的追求跟理想只有这些吗？"

"啊……还有的！想试试谈恋爱，多吃好吃的，努力工作回报一下公司，还有……想见见我哥哥，好久没见到他了。"

小哥看了看题板后，继续问："你喜欢什么类型的女生？"

苏锦黎疑惑地回问："喜欢会怎么样？"

"就是你会想和什么样的人谈恋爱？喜欢什么类型的？条件是什么？"

"我的天啊，怎么可能提条件，肯喜欢我就很感谢了。"

"那你想什么时候谈恋爱？"小哥笑眯眯地问，他越来越觉得苏锦黎有意思了。

"如果可以的话，明天都行，但是没人喜欢我。"

"如果有你喜欢的人出现了，你会主动去追吗？"

"就像许仙、白素贞那样送伞邂逅吗？会的吧……但是至今还没有喜欢的。"

结束采访后，其他的组还没有拍摄完毕。

他在周围徘徊，跟着看，发现跟他很熟的这些人，都被分在了不同的组。尤其是乌羽跟安子含，都是在每个小组的中间位置，这样出众的人，就算在人群中也不会被埋没。

全部拍摄完毕后，还有他们全部60人聚在一起的齐舞，苏锦黎也是站在最显眼的那个位置，安子含跟乌羽在他的一左一右。

拍摄的时候，镜头也大多围绕着他们。

他们这个MV一直拍摄到了凌晨2点多才结束，全程都有点混乱，60个人的MV，还是有点太难控制了。

结束后，苏锦黎到角落擦了擦汗，安子含走到他身边念叨："好烦，想抽根烟。"

"不是不让抽吗？"

"回寝室吧，我挺不住了。"

苏锦黎点了点头，用自己的毛巾也给安子含擦了擦汗："你今天表现得也挺不错的。"

"你知不知道我哥给我的那一拳有多疼，我这种体格，都给我捶得往后一颤。"

"那你就长点记性。"

"是是是，你们都是对的，抽烟去。"

他们不想跟其他人一起等电梯，干脆直接爬楼梯上楼，到了寝室，安子含坐在窗台上抽烟，同时跟苏锦黎说："我掐指一算，今天是我们节目的首播。"

"今天播第一期？"

"嗯，是的。"

节目组官方社交账号在首播的当天中午，又放了一个视频做预热。

这回的视频截取了节目的精彩片段，比如乌羽的高音，苏锦黎的扇子舞，还有范千霆的说唱片段都有在视频里出现。

节目还有部分采访的片段，其中有一段是苏锦黎说自己要立人设的对话，还有即兴舞的片段，占的篇幅还挺大。

这一次的宣传没有安子晏转发，依旧达到了 2 万的转发。

不再是因为安家兄弟，而是因为这些片段选取的真不错，还有……苏锦黎跟乌羽的颜吸粉。

九醉哥哥保护你：选手们的颜值可以啊。

樱桃自由：上个视频让人惊艳的古装小哥哥真的好帅啊，这回片段多了，一眼就能看出来非整容脸，笑的时候好自然，居然还能这么帅。

兔叽不吃草：高音的男生唱得不错，希望不是修音了，有点期待了。

暮暮：哈哈哈，人设已经崩塌了，这个小哥真的太萌了，被圈粉了怎么办？

莲蓉橙子馅：十分钟后我要收到穿古装的小哥，跟高音小哥的资料！

晚上 7 点钟，《全民明星》第一期，准时在一个地方台的娱乐频道播出。这个节目最开始并不被看好，所以只有这一家电视台购买了，卫视频道有固定的真人秀节目，只能在娱乐频道播出。

第一期的收视率四平八稳，没有大爆，没能超过几家卫视频道的固定综艺，却也吸引了不少宣传后来的粉丝，还有安子晏的粉丝。

当天夜里，《全民明星》霸占了几个热搜词。

全民明星 安子晏

安子含 安子晏

苏锦黎人设

最真实的偶像

让人惊讶的是，苏锦黎居然引起了关注。

在第一个宣传视频里，苏锦黎只出了一个镜头而已，那个镜头也是无心插柳，想要出一个搞笑的片段而已，完全就是一个配角。

然而一句简单的话，镜头 2 秒钟，还是引起了不少粉丝的注意。大家不知道他是谁，还给他起了一个"吹箫小哥"的外号。

第一期播出之后，苏锦黎的片段几乎没有什么删减。

被采访时的呆萌，误打误撞说出来的话笑翻全场，还有古装扮相的惊艳，唱腔的好听。加上那一段即兴舞，让他一下子引起了关注。

有颜值，也有实力，性格也很软萌，一下子戳中了不少人的萌点。

国内有一家二次元迷聚集的网站，大家一般称呼为 D 站。苏锦黎这种古装扮相，一首古风歌，外加结合了太极扇的编舞，一下子引起了众人的关注。一夜之间，成了 D 站新晋古装男神，被截取的古风曲的单独视频，在当天被顶成了排行榜第一。

很快，有粉丝们翻出了苏锦黎的社交账号。

此时，侯勇已经给苏锦黎的社交平台做好了认证，并且在之前就发了两条动态。

一条是苏锦黎帅气的生活照，相片里他正美滋滋地吃着火锅，素颜的状态，依旧有着盛世美颜，并且样子特别呆萌，笑容也特别好看。

另外一条是练习时的相片，配上的文字是：是不是一直努力，就会被你发现？

这一条动态下，迷妹们聚集。

磐石：你已经成功引起了我的注意！

杜绝中二病：入股苏锦黎稳赚不赔，大家要不要了解一下？

阿卡纳时代：惊艳于颜值，沉沦于才华。

青春墨斗鱼：小哥哥，你是天使吗？

想不出名字的马小马：特意看了一眼，这个公司是真的穷啊，粉丝都没刷过，我是第 534 个粉丝。

……

苏锦黎的粉丝在这一天涨了 17 万。

其他的选手也在涨粉丝，然而像苏锦黎这样又上热搜，又火了一把的，再无第二人了。

节目组似乎发现了苏锦黎的热度不低，第二天还发布了一条单独的视频，无删减版，从苏锦黎入场，到苏锦黎落座后跟安子含互动的单人视频。

当天，这条动态上了热门动态前几条。

平日里，突然发一组好看男生的相片，都有可能一夜之间成为头条，让一个普通的快递小哥、交警成为网红。像苏锦黎这样，长得好看，声音好听，唱歌好听，性格呆萌，跳舞还特别帅的男生真是要了命了。

安子晏跟安子含互损，以及安子含吐槽的话，也被一位娱乐大V以长图截屏的方式发了出来，文字是：看惯了娱乐圈卖美满家庭人设，这对兄弟的画风真的是非常清奇了。

也被送到了头条。

《全民明星》的视频播放率，因为这个热门，成倍地往上升。

原本只是视频网站列表里的一个节目，在上线三天后出现在了首页轮换的广告上，这也是一件很少见的事情。

一个不被看好的节目，突兀地进入观众视野，不少人被推荐，入了《全民明星》的坑。数据突然暴增，话题度、热度持续增高，《全民明星》又迎来了一批新的投资商。

有了投资，剧组的底气就足了，经费也够了。

连锁反应就是……所有人的寝室里被安装了摄像机！

苏锦黎跟安子含、乌羽、范千霆木讷地看着工作人员走进来，在正对着他们床，靠着窗户的角落，安装了一个摄像机。

等工作人员出去，四个人一齐到了摄像机下面，就发现摄像机居然会自己动。

"以后睡觉咬牙打呼什么的怎么办？"范千霆的声音听着沉稳，然而语气里透露着崩溃。

"我们把它砸了吧，简直没有隐私了。"安子含这样提议。

"挺好的，这样你跟乌羽就不能在寝室里吵架了。"苏锦黎这样感叹，结果被安子含拍了后脑勺。

紧接着，安子含拎着苏锦黎去走廊："我来教教你怎么应对采访和镜头。"

MV的录制，其实一共进行了3天的时间。

第七章 | 173

第一天是统一地进行录制，第二天是补录不太满意的镜头，第三天又重新录制了一遍集体的舞蹈。

此时的选手，全部与外界断了联系，并不知道第一期播出后效果怎么样，谁的投票排名比较高。

他们只是在录制完 MV 后，知道了下一轮赛制。

苏锦黎再次去到教室，已经见不到之前进入待定区的选手了。

他们在教室中间集合，是藏艾来到了教室，宣布下一轮的比赛内容："第三轮比赛就要开始了，紧张不紧张？"

选手们一起回答："紧张！"

"紧张就对了！"藏艾笑了笑，接着宣布下一轮的比赛内容，"下一轮比赛，进入待定区的选手，将会没有资格参加。"

安子含忍不住问："不是还有 5 个人有可能上来吗？"

藏艾就猜到会有人问，于是回答："但是因为他们第二轮被淘汰了，他们就会丧失一次机会，只能坐在观众席看着你们表演。"

"有点惨啊……"那种感觉，光是想想就觉得凄凉。

"第三轮比赛，我们在座的所有人将会被分为三组。"藏艾继续说。

"还是盲选吗？"

"不，这次会有三名队长，分别是乌羽、安子含、跟魏佳余，是上一轮比赛的前三名。接下来在座的选手们，可以选择你们喜欢的队长。"

藏艾宣布完让他们三个人起立，接着让所有选手选择。

苏锦黎犯了难……一个是乌羽，一个是安子含，他根本没办法选择。

他看向范千霆，看到范千霆去了乌羽的队伍，又看到大家大多是选乌羽跟魏佳余，于是到了安子含的身后。

"算你有眼光。"安子含回头说道。

"我是怕没有人选你，你尴尬。"

苏锦黎到了安子含组后，终于有人开始选择安子含了，也不知道是奔着苏锦黎去的，还是奔着安子含去的。

等他们所有人站队完毕后，藏艾继续宣布赛制："这一次，你们将会登上舞台，现场会有 1000 名观众，看你们的现场演出。"

174 锦鲤要出道

话音刚落，就听到了一阵惊呼声，这回居然是有观众的。

"现场观众将会对你们进行投票，现场投票前十名，将会直接晋级三十强。未能进入前十的选手，需要跟后选上来的五名选手一起，再PK一轮。"藏艾说道。

"那进了前十也不合适啊，少了不少镜头呢。"安子含立即不爽地问。

"进入安全区，就什么都不用做了吗？"苏锦黎跟着问,难道可以休息了？

进了前十会休战一轮，后面的选手参加比赛有镜头，他们成了背景板，岂不是非常不利？

"你们在这一轮中将会成为评委，甚至可以点评所有选手的表现，对选手进行打分。前十名的打分，跟评委老师的打分，将会一起算平均数。"

藏艾宣布完，整个教室都兴奋起来。

这就非常吸引人了。

"然而你们的位置并不稳，参加比赛的选手们如果现场踢馆，跟你们提出Battle的时候，你们就要出来迎战。如果你输了，他们会把你从那个位置踢下来。"

苏锦黎惊讶得眼睛睁得溜圆，嘴都成了"o"形，感叹道："厉害了。"

"有点意思啊。"安子含跟着笑，他最喜欢这种刺激感了。

乌羽看向安子含："估计对你不服的人会很多，你就算进了前十，位置也不稳。"

"嘿，找碴是吧？你祈祷我没进前十吧，不然我肯定跟你Battle！"

第三轮跟第四轮的赛制全部宣布完毕，藏艾带领着他们去选歌。

这回的选歌非常有意思，一共准备了9首歌曲，全部都有现场的舞蹈视频，他们可以听歌看一段舞蹈的小样，之后进行选择。

等看完了9首歌的视频后，他们就可以抢歌了。

抢歌的方法，是看中这首歌的几组小队进行舞蹈Battle，最优的组，可以抢到这首歌。

安子含站在最前面，回头看了一眼自己的队员，发现队里算上他，有3个人的舞蹈算是不错，于是有了点信心，询问自己的组员，想要哪首歌。

苏锦黎小声说："别选英文歌。"

"怎么？"安子含意外地问。

"我英文不行。"

安子含点了点头，看着前面9首歌的名字，又跟他们商量了一下，最后决定了一首。

等到了他们选中的那首进行选择的时候，安子含就看到乌羽也跟着站了出来。

其他组看到他们俩出来，一般都直接放弃了，安子含反而觉得挺有意思，坏笑着走过去，对乌羽进行挑衅，似乎很想跟乌羽比比。

苏锦黎可是怕了他们身上的阳气，躲得远远的。

今天第一轮激烈的Battle，就在这个时候开始了。给他们俩放的音乐前奏就比较奇怪，是《Rasta》。

乌羽首先出来，听了一会后，开始跳机械舞。他早就看安子含不顺眼了，所以跳舞的时候会各种挑衅安子含，迫使安子含后退好几步。

到了安子含，则是跳起了breaking。

"哇哦！B-Boy！"有人惊呼出声。

Breaking在所有舞种里是用来放大招的，这种舞看起来就非常的炫，用来Battle更是气势非常强大，让乌羽的机械舞都显得很弱了。

在乌羽后面出来的范千霆，同样跳了一段Breaking。

都是B-Boy，就比谁的难度更高呗。

范千霆后，苏锦黎就准备上场了，节目组突然换了音乐。

紧接着就放了一首H国女子组合的歌，《上下》。

苏锦黎听完就有点愣了，不过他还是很快跟着跳舞，他自己都不知道自己跳的到底是个什么玩意。

配合着音乐，学着前几天其他选手跳舞时性感的动作，尤其是中间有一段，是张开腿，蹲下再抬起，再站起来跳其他的动作，跳得那叫一个浪。

苏锦黎平时完全不是这种风格，就算上次跳舞也是青春向上的，这种动作几乎没有。

简直颠覆了苏锦黎整个人的形象。

什么复古的美少年，不存在的！

安子含在一边起哄，声音老大，甚至盖过了音乐。

乌羽也难得笑场，扶着范千霆的肩膀笑得浑身颤抖。

范千霆叫了声好，紧接着问正在跳舞的苏锦黎："老苏，你这真是拼了啊！"

是的，拼了。

人设什么的见鬼去吧，为了他想要的歌，豁出去了。

临要下场，还学了一个动作，咬着下嘴唇对着乌羽跟范千霆一扬下巴，双眼微眯。

接着潇洒地转身离去。

这些做得顺畅，到了场边，苏锦黎羞得眼泪都要流出来了。

他努力仰头，睁大眼睛，不让眼泪流下来，结果被安子含一巴掌拍中后背，身体踉跄地往前走了好几步。

"你小子挺炸啊，我是服了。"安子含对苏锦黎说。

"你先别跟我说话，让我缓缓。"

安子含笑得停不下来，也跟着流了眼泪，完全是因为笑的。

这首歌他们抢到了，苏锦黎却好半天都没缓过神来，因为皮肤白，脸红的时候特别明显，摄影师还老给他近镜头，让苏锦黎接近崩溃。

"下回看到我哥，咱俩就一齐到他面前搓大腿去。"安子含提议。

"别说了，刚才你们起哄起得我脑袋都要炸了。"

"你刚才的表现也很炸你知道吗？你小子居然还挺性感的。"

苏锦黎不再跟他们闹了，只是继续看其他人比赛，最后乌羽他们组抢到了另外一首歌，还挺符合乌羽他们风格的。

选择完歌曲，他们分别回了练习室，五个人聚在一块分词。

接着一起看舞蹈视频。

他们这一组的舞蹈不算最难的，普通的现代舞，走位队形也不复杂，主要是歌曲的旋律他们很喜欢。

到了手里，他们5个人就一起哼唱起来，越唱越觉得喜欢。

"第三轮，一起加油。"苏锦黎放下平板电脑，拍了一下自己的大腿。

安子含就盘腿坐在他的旁边，听完点了点头："争取一起进前十，做他们想要踢下来,却怎么也踢不下来的存在。"

安子晏是拍完戏,离开剧组才得到的消息。
《全民明星》第二期收视率逆袭,超越了两个卫视台的固定真人秀节目,从最开始的平平无奇,到了第二期的本时段第三名。
对于这档不被看好的真人秀,这真的是非常惊人的成绩了。
安子晏坐进自己的保姆车里,戴上耳机,打开了视频APP,开始看《全民明星》第一期。
他看的时候,弹幕已经非常多了,他比较好奇观众的看法,是开着弹幕看的。
其实很多观众发弹幕没有特别的目的性,他们不知道,部分演员会打开视频网站去看弹幕,看看评价,尤其是前两集。
至少安子晏是这样。
他打开视频,首先看到的是节目组在准备的镜头,用文字提示,他们在装的这些镜子是单面镜,后面安排的镜头。
紧接着是第一个选手进场。
一般,第一个上场的都不会被删减太多镜头,也会让观众记忆深刻,所以第一个进场的非常有优势。中间删减了一部分后,安子晏看到了苏锦黎入场的画面。
其实,他在视频剪辑室里看过一部分,在做完后期的视频看,又是一种感觉了。
苏锦黎刚刚进门,弹幕就爆发了,各种颜色的弹幕汇合,好些人刷着:
【终于等到了】
【果然好帅啊,走路的样子都很儒雅。】
【居然是选的毛笔,字好漂亮!】
【被写字这段圈粉了。】
【只有真的会书法的人能看出来,他姿势有多标准。】
【长得好好看啊。】
安子晏看到这里,忍不住笑了起来。

确实长得很好看。

到了安子含出场的时候,弹幕画风就变了。

【安子含走路的样子好拽。】

【写字好丑。】

【看起来没什么礼貌的样子。】

果然,到了安子含这里,观众们的要求就苛刻起来。安子晏早就想到会是这样,可是看到众人批评安子含,他还是会心里不舒服。

视频到了全部选手入场,大屏幕放下来,给了众人镜头,只有苏锦黎有一个特写的镜头。

本来是一双笑眼,居然瞬间睁圆了,表情呆萌呆萌的。

【看到他少见多怪的样子居然觉得可爱。】

【哈哈哈哈……】

【特意返回去截屏,太萌了。】

【苏锦黎似乎不太想理安子含,他们认识吗?】

等到安子含吐槽评委老师的时候,弹幕就要欢乐多了。

【果然是娱乐公司的公子哥,吐槽毫不留情啊。】

【这回相信是偷拍了,这种吐槽居然也能留下。】

【有种偷窥小哥哥的感觉,好刺激。】

【子晏出来了!!!】

【2333,弟弟实力嫌弃。】

【假唱?!】

【好犀利啊,这都敢说?】

安子晏拿着手机,看到安子含出场,以及跟他在台上聊天的片段。

到了这里,黑粉似乎已经少了一些。

【安子含果然是一个妖艳不做作的家伙。】

【果然是亲兄弟。】

【是亲哥哥没错了。】

【子晏好坏啊,啊哈哈哈】

【居然这么坏,我更喜欢了怎么办?】

在苏锦黎说完"真坏"后,弹幕完全被"真坏"两个字霸屏了,看着颇为壮观。

可以看出来,苏锦黎还是很吸引人的,有要红的兆头。

安子含会不会红,安子晏一点也不担心,有他的号召力在,外加世家传奇的帮忙,资源放在那里,不可能不红。

苏锦黎能迅速引来众多粉丝,突然红起来,势头还这么猛,倒是让他没想到的。

等安子含表演开始,弹幕又变得正常了。

【没想到,安子含还真有点实力。】

【跳舞真挺不错的。】

【其实气息有点不匀,动作也不是特别整齐。】

在安子含表演完毕后,安子晏拖拽了进度条,中间看了一会儿后,又把进度条拽到了最后。

等苏锦黎出来,弹幕立即变成了迷妹们的天地,偶尔有人说苏锦黎装,也很快有弹幕反驳。

【人设立不起来了。】

【对对对,你超级帅的。】

【公司这么穷的吗?】

【居然是去培训班上课,要不要这么艰苦?】

【小哥红了以后,记得对自己好点。】

【少年,你成功拯救了你的公司,你已经红了!】

【锦黎的盛世美颜由我守护!!】

到了苏锦黎表演,弹幕几乎覆盖了整个屏幕,安子晏要仔细去看,才能看清楚文字。

他在之前也看到了这个画面,是他刚刚出场的时候。在苏锦黎进行表演后,这一幕再次出现了。

人气果然好高。

他放下手机,问江平秋:"现在子含的动态粉丝多少了?"

"最开始是三十二万,现在到七十七万了。"

"苏锦黎呢?"

"我昨天去看了一眼,到六十万了。值得一提的是,他是从几百个粉丝涨上去的。"

安子晏点了点头。

像安子含这种嚣张的性格,十分吸引黑粉。

像苏锦黎这样乖巧的性格,十分吸引女粉。

在社交平台账号上突然红了起来,微博被曝光后,苏锦黎的粉丝成倍地增长。这种速度,居然在发酵这么多天后也没糊,倒是有些罕见。

果然,大家对颜值高的人是喜爱的。

"投票呢?"安子晏又问了一个问题。

"二少是第一名,具体票数不知道。"江平秋回答。

"苏锦黎呢?"

"目前第五。"

"才第五?"

"公司太穷。"

安子晏突然也觉得苏锦黎的这个公司很有意思了,问江平秋:"他的公司是怎么回事,你了解过吗?"

"最近圈里有传闻了,孤屿工作室是华森一位老牌股东卖了股权后自己开的,一直在亏损,所以这位也不太看好这家工作室了。工作室里有几个人是华森的老员工,苏锦黎的经纪人也是被华森开除的经纪人。"

安子晏听完,微微蹙眉:"这是一群残兵败将吗?"

"还真差不多,据听说,苏锦黎签的也是临时合同,开始有人想要挖苏锦黎去自己的公司了。"

"临时合同?什么时候到期?"

"签了一年,目前已经八个月过去了。"

"还有四个月合同就到期了?"

"合同上写了,得提前三个月提出解约才可以解约,不然就会自动续约。现在苏锦黎在训练营联系不上,能出来的时候,估计已经到时间自动续约了。"

安子晏听完点了点头，突然有了一个想法："我去跟苏锦黎聊一聊。"

江平秋也是同意的，毕竟他也能看出来苏锦黎有红的势头。

"你有便利条件，再让二少帮忙碰一碰，估计就能成了。"

"嗯。"

乌羽站在楼梯间，看着自己的经纪人，表情冷漠。

他刚开始还以为工作人员叫他出来，是去单独录采访，没想到是经纪人过来了。

他三年前就跟公司签约了，最开始跟他说得很好听，他还没有实力，不能出道。

于是他刻苦努力地练习，却眼睁睁看着比自己晚进公司，表现并没有他好的新人有了资源，开始出道，只有他一直在练习。

在波若菠萝做三年练习生，一点资源都没有的，还真就不多。

最开始经纪人还在说，是没有合适他的资源。后来他自己也明白了，是他爸不想他出道。

这次来这个选拔节目是乌羽自己一意孤行，偷偷离开了公司，填写表格，签了合同，就这样来了选拔节目。

最开始，经纪人都不知道他做了什么，还是节目组送来资料，他才知道乌羽已经参加了，还签了合同。经纪人也拿着节目的策划案看过，最后认定为，这个节目不会火。

这个本子，当初送到波若菠萝直接被公司无视了，乌羽居然来了这里。

开始他们还想把乌羽叫回去，可是后来老总松了口，似乎不再管乌羽了，就放任乌羽胡闹了。

让他们没想到的是，这个节目居然逆风翻盘了。第二期节目收视率上升速度极快，乌羽的表演就在第二期。

在播出后，乌羽优秀的表现吸引了大批的粉丝。最开始乌羽社交平台的粉丝只有 5 万多，现在也到了三十六万了。看现在的势头，这个节目应该还会有上升的余地。

然而，公司也没办法再送练习生过来了。

这次，经纪人突然找到乌羽，是希望能够缓和一下关系，另外还有一件事。

"公司想签苏锦黎？"乌羽眉头微蹙，问道。

"对，我们得到消息，苏锦黎签的合同很短。"

"签了谁带，你吗？"

"这个还要看公司的安排。"

乌羽冷笑了一声，靠着栏杆继续问："所以公司想让我帮忙说服苏锦黎吗？"

"公司的确有这个想法。"

"我让苏锦黎签约了，有提成拿吗？"

"公司自然是会给予你奖励的。"

"哦，那行，我努力试试，毕竟像我这种穷光蛋，我爸死了遗产也到不了我手里的人，只能靠这个生活了。"

经纪人听到乌羽的话，脸色越发不好看了，心中动摇，觉得应该将乌羽转给其他人带了。

日后就算乌羽红了，他也不会接手了，实在是个烫手的活，两头不是人，乌羽也烦他。

乌羽走到门口似乎要离开了，突然回头看向经纪人，轻笑着说："所以……《全民明星》的收视率还行，是吗？"

这都被乌羽猜到了。

"嗯，算得上可以。"

"哦。"乌羽随便应了一声，就往回走了。

乌羽回到练习室，看到苏锦黎正在压腿，走过去问："我听说你合同要到期了，要不要签波若菠萝？"

"啊？我还没给公司赚钱呢，先不走了。"

"哦，那算了。"乌羽直接放弃了，都没有第二句劝说，跟苏锦黎一起压腿。

安子含出去买水了，回来后看到苏锦黎在努力地推乌羽的后背，让乌羽能够劈叉，忍不住笑着问："哟，今儿还这么努力啊，这么使劲，也不怕把裤子崩开。"

说着，走过来就想捣乱。

乌羽白了安子含一眼："你过来干什么？哪凉快哪待着去！"

"喂！你最近怎么这么嘴欠呢？"

乌羽冷哼一声，不再理会了。

【尤拉剧组】

尤拉在演戏的间隙终于能抽空闲下来，看看手机了。

她是这部剧的女二号，由于婚后沉寂了，最近评价也不是很好，导致她虽然是女二号，但是在剧组里并不是主要被照顾的人。

所以她进剧组后是全天候场，说不定什么时候，就要叫她去搭戏了。

剧组拍戏，有主导演跟副导演，分别在两个地方同时进行拍摄。在白天跟晚上10点钟之前，主要拍摄的都是主角的戏，需要人搭戏了就把她叫过去。

这段戏过去了，她又要在旁边等。

她自己的戏，则大部分是在早晨早早拍摄，以及午饭别人休息时，大多是太阳最毒辣的时间。晚间跟室内的戏，会在主角10点回酒店之后，在剧组里奋斗到凌晨。

这样的情况下她只能抽空休息，每天睡得特别晚，起得特别早，吃饭也不是饭点，睡觉的时候还要注意不能睡乱了发型。

这些苦尤拉都吃了，一句怨言没有。

今天，她难得有空，取出手机看了看社交平台，在搜索栏搜索苏锦黎的名字，看着他的视频对小咪感叹："这小子不错啊，一下子就红了，比我利索多了，我这边戏还没拍完呢。"

"可不呗，我也看了一些他的消息，还有表演的视频，没想到还真不错。傻乎乎的，居然还挺受欢迎。"

尤拉跟着点了点头："是啊。"

她拿着手机，犹豫要不要给苏锦黎拉个票。

想了想去，也只发了一条简单的动态。

尤拉：最开始，我一直想有一个像苏锦黎那样乖巧的弟弟。看了《全民明星》之后，居然觉得有安子含这样的弟弟也挺有意思的。

还顺带加了一张安子含跟苏锦黎坐在一起的合影。

这样，对苏锦黎的伤害小一点。再加上，她对安子含的印象也不错，毕竟是帮自己骂过吴娜的人。

发完之后，尤拉将手机给了小咪，靠着椅子休息。

"我去给你买咖啡！"小咪站起身来快步朝外走，还故意避开了正在转移设备的工作人员。

尤拉最近的休息太不好了，如果一会儿要拍戏，只能喝咖啡坚持。

走了几步抬头去看对面的大楼，惊讶地发现苏锦黎他们的节目居然有一个大大的海报，苏锦黎就在其中。

她忍不住站住脚步，又看了几眼，感叹："这小子真是长得不错啊。"

话音刚落，眼前突然一黑，一个大幕凭空倒了下来，发出一声巨响。

小咪错愕地看着前方，知道这个是拍摄场地的背景板，一边罩着绿色的布，另外一边则是做的假的建筑物墙壁。因为可以循环使用，做得还挺结实的，平时都是一群人抬着，然后用大货车拉走。

这样突然倒塌在她面前，让她吓了一跳。

周围突然混乱起来，有人惊呼，还有板子下面发出的惨叫声，有人被压在下面了。她愣了愣之后赶紧跟着去帮忙，等人被救出来送上救护车离开，她才回过神来。

刚才，她好像是跟那个人并肩往外走的，只是看到苏锦黎的海报才站住脚看了看。

"我的天！"小咪发出了一句荡气回肠的感叹后，快速跑回了尤姐休息的地方，说了刚才的事情。

尤姐听完微微蹙眉，问："所以，那小子也跟你说过，你会转运吗？"

"是啊，不过他说我没做过好事，所以发生得会晚一点。这件事，确实有点玄啊……"

尤姐点了点头："你说我发了动态，帮他拉人气，他会不会再让我转运一次，让我红？"

"姐……"小咪都看不过去了，"我给你买咖啡去。"

【安子晏剧组】

安子晏不爽地坐在马扎上，高大的身体坐在这个小东西上，显得有点滑稽。

他又看了一眼导演那边，哭得梨花带雨的女主角，忍不住"啧"了一声。不知道的，还以为他欺负她了呢。

之前拍的是一场感情戏，原本只是一场需要拥抱的戏，结果女主角突然抬头想要吻他。

他立即躲开了，并且对着她微笑，只是为了保持礼貌。结果这之后女主角觉得丢人，居然哭了起来。

安子晏躲得远远的，剧组的工作人员过来跟安子晏解释："她太入戏了，希望您别介意。"

女主角自己加戏，而且她还有男朋友，这种事情不太好说，只能这样解释。

安子晏点了点头，笑呵呵地回答："嗯，她真是敬业。"

工作人员笑着继续解释，笑容有些尴尬，而且不敢跟安子晏对视。

安子晏再次开口："行，我知道了，也理解，让她好好调整一下状态吧，一会儿继续拍。"

"好好好。"工作人员赶紧跑了。

安子晏取出手机看了一眼，有人提醒他：尤拉发动态，提到了安子含。

他们这个圈子里的人，干点屁大点的事，都被万千人盯着。

比如，一个人发动态提到你了，你很久都没发现，也没回应的话，就会有一群热心网友过来讨伐，或者说之前发动态的人倒贴什么的，场面非常热闹。

安子晏公司有团队，专门盯着这些，每天的工作就是刷新闻，生怕突然就刷出公司艺人的负面新闻。

所以尤拉发了动态，安子晏也会收到消息。

他点开看了看，忍不住笑了起来。

尤拉学聪明了。

尤拉这条动态，看似在夸安子晏有意思，其实是在提携苏锦黎。大家知道安子晏是谁，但是许多人不知道苏锦黎是谁。

这样发，实则会引起一些网友的好奇心，想知道苏锦黎是一个什么样的人，再去了解安子晏哪里吸引尤拉了。

再加上一张相片，一些没看到热门，只是尤拉粉丝的颜粉就能被吸引了。尤拉虽然过气了，但是她前阵子新闻不少。不少人为了方便去骂尤拉，特意关注了尤拉的社交账号，粉丝数量也有不少，发一条动态，也有不少人能看到。

安子晏拿着手机，想了想后，还是评论了一条。

安子晏：如果你喜欢，我打包送给你。

没一会儿，尤拉就回复他了，看来是正在刷。

尤拉回复安子晏：是一包，还是分几包？

安子晏回复尤拉：有什么区别吗？

尤拉回复安子晏：一包是可爱，几包是可怕。

安子晏看着没再回复，没一会儿，他跟尤拉互动的消息就上了热搜。

他刷了一会儿后，关注了尤拉的社交账号。

尤拉很快跟他互关。

做完这些，他活动了一下脖子，问工作人员："好了吗？"

"欣姐还在敷眼睛。"

"哦，那你叫几个人过来。"

"给您打伞吗？"

"不，叫玩游戏好的陪我吃鸡。对了，记得找脾气好的，我脾气不好，输了就骂人，别让我骂哭了。"

"哦哦哦，好。"

【孤屿工作室】

德哥走进侯勇的办公室，就看到侯勇还在敲击键盘。

"两个晚上没怎么休息了吧？"德哥给侯勇的办公桌上放了一杯豆浆。

"趁着有热度，赶紧帮小锦鲤宣传一下。"侯勇回答。

他们的工作室没有团队，只有侯勇有这方面的经验，所以在苏锦黎突然走红后，一直是侯勇在亲自控场。

能做华森娱乐的经纪人，侯勇自然有自己的一套。

在看了第一期节目后同事都在笑，跟侯勇说，你立人设的这个想法恐怕不行了。

只有侯勇一个人没笑，一直看完了一整期，开始给苏锦黎做规划。

其实苏锦黎自带综艺感，没有偶像包袱，随机应变的能力很强，也不会显得特别紧张。这样的话，苏锦黎在结束比赛后，走综艺、真人秀的路线，应该是可以的。

当天，他就把安子晏跟安子含互损的视频进行截图，做成长图，四张一起发了动态。

这条动态很快成为24小时热门第一名。

他并没有着急，而是等到第二天，才又发了苏锦黎的对话长图，放到了社交平台上。

苏锦黎没有安家兄弟的热度，并没有前一条吸引人。

等上了热门榜单，这条爬得快了很多。

做完这些后，侯勇又用了点经费找画手。他让画手们将苏锦黎的同人图画成上身是苏锦黎的卡通形象，下身是锦鲤的鱼尾。

发出来的动态，也是转发这条锦鲤之类的。

这个时候有电话打了进来，侯勇立即接通，聊了几句后，语气就有点变了，不过还是友好地聊完，接着挂断电话。

"怎么？又是其他公司联系你了？"德哥也不在意，直接问。

"嗯，挖我带着苏锦黎一起到他们公司去。"

"有更好的地方就跳吧，公司同事不少都离职了，有更好的地方肯定要往上爬。"

"我就算真要走，或者工作室挂靠，也要给小锦鲤挑选一个最适合他的地方。"侯勇回答完，继续敲击键盘。

德哥凑过去看屏幕，聊天框内的文字快速刷屏，他看着直眼晕。

Chapter 08

安子晏在第三轮比赛开始前一天来了剧组,并且找到了安子含他们。

别看安子晏现在已经有些名气了,本人却一点架子都没有。

他想和弟弟一起吃饭,安子含他们不可以离开训练营,也没搞特殊,而是跟着安子含他们一起来到了食堂。几个关系不错的人一起坐在了同一桌,长排的桌子足以坐个十几个人。

周文渊拿着餐盘走了过来,笑嘻嘻地问:"我可以加入吗?"

众人抬头朝他看过去,是范千霆首先回答的:"可以啊,不过我们快吃完了。"

"没事,我只要跟我偶像能坐在一桌,就会觉得特别兴奋。"

他们都知道周文渊说的偶像是安子晏,其他人没反对,周文渊也就坐在这里了。

几个人聚在食堂里吃饭,苏锦黎特意离吃鱼的安子含远了点。

安子含熟练地挑着鱼刺,问苏锦黎:"鱼这么好吃,你怎么从来都不吃呢?海鲜也不吃。"

苏锦黎又看了安子含一眼:"你吃你的,我自己不吃而已。"

"为什么啊,你那么爱吃好吃的,自己却不吃海鲜?得错过多少美味?我看你吃虾条啊。"安子晏也抬头看了一眼坐在他对面的苏锦黎。

其实,大鱼吃小鱼,这种事情很正常的。

苏锦黎也不是素食主义者,然而他依旧不吃。

"我总觉得,我吃了它们,就耽误它们成精了。"苏锦黎认真地说。

安子含点了点头,将鱼中间的一排刺夹出来,回答:"那我是不是从小吃了这么多鱼,耽误好多鱼变成美人鱼?"

"嗯,说不定就是呢。"苏锦黎回答。

安子含咧着嘴笑,没回答。

安子晏则是好奇:"那你吃猪肉,岂不是耽误了好多天蓬元帅的诞生?"

"不是同类,就不在意了。"苏锦黎喝了一口羊汤,回答。

安子含立即问了起来:"你走什么复古人设啊,你走人鱼的人设多好,你站得稳稳的,就好像真是一条小鱼。"

范千霆则是学了电影里的语气:"鱼鱼那么可爱,为什么要吃鱼鱼?!"

一桌子人都笑了。

苏锦黎被说得有点不高兴了。

他虽然不吃鱼,但是也没拦着别人吃鱼。外加有心理阴影,看到别人吃鱼会有点害怕,才会躲开。他凶巴巴地瞪了一眼众人,气鼓鼓地放下筷子说:"我不吃了。"

乌羽立即将自己的丸子夹给了苏锦黎,范千霆给了苏锦黎一块排骨,安子含给苏锦黎面前放了一瓶饮料,常思音给苏锦黎夹了一个鸡腿。

苏锦黎气鼓鼓地看着自己的餐盘,又一次拿起了筷子,又继续吃了。

安子晏看着这一幕,忍不住问:"他是你们团宠吧?"

"嗯,当宠物养的。"安子含继续吃鱼。

"谁让他年纪最小呢?"常思音一边吃一边回答。

"嗯,感情不错,下一轮比赛准备得怎么样?"安子晏问道。

"一会儿你去看彩排呗。"安子含回答了这个问题。

"好,我就是为了看看流程,才提前一天过来的。"

周文渊抬头看了看苏锦黎,突然开口问:"苏锦黎,我有点好奇,你上的私塾会教数学什么的吗?"

节目组里,关于苏锦黎没上过学,只上过私塾的事情,很多人都在传了。

很多人默认为没上过学就是文盲,所以对苏锦黎有点瞧不起,毕竟一点英语都不会,估计也不会数学。

苏锦黎抬头看向周文渊:"就是算术吗?学过,《九章算术》这类书我都读过。"

"不太懂,那你会九九乘法表吗?"

"你看过《淮南子》吗?"

"呃……没有。"

锦鲤要出道

"那《战国策》呢？"

"也没有……"

"在古代春秋战国时期就有这个口诀了，有据可查的。私塾也有这些东西，你多读点书就知道了。"

周文渊笑了笑，有种难以言说的难受。

他很想融进这个圈子里来，然而观察了几天，就发现这个小团体的中心人物是苏锦黎。

今天安子晏过来，也直截了当地坐在了苏锦黎的正对面。

他有点想让苏锦黎在安子晏的面前出丑，故意问了这个问题，装成不经意地提起苏锦黎的短板，然而……失败了。

"那你也算是饱读诗书了吧？"周文渊不死心地问。

"也不算，其实我们山里的存书不多，不过存的书我都看过了。"

"当初为什么要选择私塾，而不是正常上学？"

"我小时候身体不是特别好，特别弱，当初我哥哥是要带我一起走的，但是家里其他人不同意。"

安子晏在这个时候才插了一句话："小时候身体不好吗？现在怎么样？"

"好多了，我爷爷从小给我泡药浴，我还从小习武。"苏锦黎回答。

"厉害了我的鱼！"安子含夸张地惊呼了一声。

苏锦黎瞪了安子含一眼，没理他。

"嘿，你最近脾气越来越大了，跟谁学的？"安子含被瞪得反而火气上来了，之前怕他的苏锦黎哪去了，越熟胆子越肥了。

苏锦黎依旧不理安子含。

周文渊又感叹了一句："好羡慕你可以吃这么多啊，我就不行，得少吃保持身材，我也好想吃啊……"

"我吗？"苏锦黎指了指自己。

周文渊点了点头。

"我们不一样的，我吃不胖的，但是你能吃胖，所以你只能要么胖，要么不吃。"

苏锦黎真的是认真回答问题，然而在周文渊听来就怪怪的了。周文渊有点气,他已经这么低声下气了,苏锦黎还是这种态度,真是恶心。

苏锦黎拍了拍自己的脑门,觉得有点头晕,身边坐了三个阳气男,让他有点头晕目眩的。

觉得自己有点坚持不下去了,他撑着桌子起身,对他们说:"你们先吃,我想休息一下。"

"怎么了?"乌羽终于开口了,在安子晏来了之后乌羽的话就特别少,显然公司的隔膜还在。

"有点头晕。"苏锦黎回答。

"你这几天都没怎么好好睡觉,应该是太累了,低血糖。我扶你回去休息一会儿,你睡个午觉吧,总这么熬不行。"乌羽站起身来,扶住了苏锦黎的手臂。

安子含看着他们俩离开,突兀地躺在了安子晏的肩膀上。

"哥,其实我也有点头晕,这几天都是跟苏锦黎一起练习的,特别累。"安子含声音弱弱地说。

"不错。"

"所以告诉我一下排名吧……"

"滚!"安子晏擦了擦嘴,跟着站起身来,对安子含说,"你过来,我给你安排个任务。"

苏锦黎跟安子含是一组,所以一直都是一起去练习,一起回寝室。

今天回到寝室,安子含突然有点不对劲了,总是跟他拉拉扯扯的,一副哥俩好的样子,比之前更黏人了。

"怎么了吗?"苏锦黎问。

"想跟你聊聊天。"安子含回到寝室就想趴下,想了想后进了被窝里,靠近墙边,对苏锦黎拍了拍自己被窝的另外一边,"来,进哥哥被窝来。"

范千霆站在窗台前刮胡子,忍不住看过来,问:"你们这些小男生,都是这么培养感情的吗?"

"我跟我弟弟感情好,碍你事了?"安子含反驳。

"没没没,你们睡吧。"

"你是不是有什么事啊？"苏锦黎问安子含，同时在整理自己的东西。

出了501灵异事件后，苏锦黎开始每天最后一个洗澡，现在也是在拖延时间。

"算了，咱俩出去说吧。"安子含下了床，带着苏锦黎去了走廊。

他们寝室距离逃生通道近，两个人就坐在楼梯间聊天。

"你有没有想过跟你公司的合同到期了，跳槽到更好的公司去？"安子含问苏锦黎。

"我还没给公司赚到钱呢……"

"你的公司穷成那样，给你的培养也没花多少钱吧？实在不行，解约的时候，按照他们付出的三倍给他们就可以了，让你新公司出这个钱就行。"

苏锦黎还是摇了摇头："我得跟我经纪人商量一下。"

"你见到你经纪人的时候，你合同都到期了，到时候已经晚了。你要是真跟你经纪人感情不错，可以带着他一起去新公司。"

"我决定不了啊，我还是得……"

"我哥会去跟你经纪人谈的，到时候把你经纪人的意思传达给你，可以吗？"

苏锦黎觉得很奇怪："为什么你跟乌羽都知道我的合同要到期了？"

"乌羽也找你了？"

"对，就在前两天。"

"估计波若菠萝的人给他传话了呗，不过你去波若菠萝，乌羽也不能照顾你什么，他自己连个助理都没有呢。你如果来了世家传奇，有我哥在呢，到时候你的资源肯定妥妥的。"

"那……那能要到沈城的联系方式吗？"

"你还执着于这件事情呢？"

"对，我还是想跟沈城确认一件事情，那个时候就能做决定，究竟是去哪家公司了。"

安子含听完，觉得很奇怪，忍不住问："为什么？"

"还不能说。"

"嘿！你跟沈城联系上了，然后你去波若菠萝了，我不得憋气死？"

苏锦黎缩了缩脖子，没话了。

"这是你自己的事，你得自己做决定！而且，你要权衡你自己的未来，不要为了追星去了不合适的地方，哪里能对你更好，你自己分辨不出来吗？我爸是世家传奇的总裁，我也能说上话，你是我弟弟，我肯定照顾你啊！"

"我……再考虑一下行吗？"苏锦黎问。

"我都这么劝你了，你居然还考虑！"安子含不爽了，直接站起身，拍屁股走人了。

他安子含，安二少！从来没有经历过这种待遇！

哪个新人，不是兴高采烈地想签世家传奇？

苏锦黎追着安子含解释了好久，安子含也不理他。

他蹲在安子含的床边，一边帮躺在床上的安子含揉腿，一边说着自己的想法。

"我还是觉得应该问问我经纪人的想法，而且公司那边我也得问问，不然总是不稳妥。实在不行下次你让大哥去问问我经纪人，让我经纪人给我写封信也行。"

这样态度好地跟安子含解释，安子含终于缓和了一些，回答："行，我哥这两天就能去问。"

等苏锦黎去洗澡了，安子含还非得跟乌羽嘚瑟："我弟弟就算跳槽，也是去世家传奇。"

乌羽不吃他这套："无所谓。"

"你们公司不是也想挖他吗？"

"完成公司安排的任务而已，最后都是看他自己的意思。"

安子含笑嘻嘻地用手推乌羽的头，爪子很快被乌羽拍走了："滚。"

安子含手贱，又戳了乌羽的脑袋一下，乌羽直接握住了安子含的手，安子含抽半天没抽回来。乌羽抬头看过来，问："你信不信我把你手剁下来？"

安子含很快炸毛了。

苏锦黎走出浴室就看到安子含站在床边，扯乌羽的被子。乌羽一脸无语地拽着自己的被子，强忍怒气。

再抬头，就看到摄像机被一个衣服蒙上了。

范千霆站在旁边看戏，笑嘻嘻的，标准的看热闹不闲事大。

这个寝室……就不能早早睡觉一次吗？

彩排有两次。

前一天晚上彩排过一次了，第二天白天，所有的选手们轮换着，又到现场彩排了一次。

这次彩排会配合灯光，以及舞台效果。苏锦黎站在升降舞台上蹦了几下，去看舞台外，激动地问队友："会自动升上去吗？"

"你蹲下来，一会儿穿帮了我们都得挨骂。"安子含提醒。

苏锦黎老老实实地蹲下，结果就看到舞台上面飘下雾气，吓得蹦了起来："雾……好凉啊！"

安子含无奈地跟苏锦黎说："这个是液氮。"

"是啥？"

"反正就是一种东西，制作出来的烟雾效果。"

"吓死我了，我以为大仙来了呢。"

安子含无奈地捂脸，继续摆手："蹲下蹲下。"

苏锦黎又一次蹲了下来。

舞台徐徐升起，成员就位后开始表演这次的节目。安子晏站在舞台边，手里拿着台本，偶尔看一看台上的表现。

"最近安子含的进步很大。"藏艾跟着看过去，说起了安子含。

安子晏会这么关心这一场彩排，大多数人都觉得是因为安子含。

安子晏问："没偷懒吗？"

"挺有意思的，苏锦黎能管住他，这次安子含也会刻苦练习了，最近跟其他选手关系也渐渐好起来了。"

安子含的性格很嚣张跋扈，张扬得恨不得跟周围所有的人挑衅。这种性格，最开始都不太会让人喜欢。然而相处久了，就会发现安子含虽然脾气大,却像个孩子,而且很讲义气。不喜欢谁,就超级不喜欢,喜欢谁,就超级喜欢。

安子含的可爱是隐藏属性。

"这点倒是蛮厉害的。"安子晏回答。

能管住安子含的人真就不多,有的时候,他们的父母都拿安子含没辙。苏锦黎居然能管住安子含,让安子含变得听话,倒是挺不错的本事。

彩排完毕,五个选手一齐跑到了台边去看录像。

安子晏到了安子含身边,说道:"你唱歌方面还需要加强。"

"我唱歌就是天籁之音。"

"这么评价苏锦黎可以。"

"是吧,我弟弟唱歌好听吧。"

安子晏挑眉,真难得,自己的弟弟能服气别人。

他又看了苏锦黎一眼,发现苏锦黎完全没有注意到周围的人,只是一心一意地注视着屏幕。

他又靠近了苏锦黎一点,苏锦黎看都没看他,身体却平移了一下。

苏锦黎见过的所有人里属安子晏的阳气最强,到现在依旧没办法适应。所以,他就算没有注意到安子晏过来了,在安子晏靠近的时候也会下意识地做出反应来,移开一步。

"苏锦黎,其实我觉得你的衣服需要改一改。"安子晏突然开口。

"嗯?"苏锦黎回过神来,看向安子晏。

安子晏抬手,扯了扯苏锦黎的衣领。

苏锦黎的衣服,属于欧式的款式,不但是高领,领口还是层层叠叠的波浪装饰,微微低头,下巴都会被挡上一些。

这件衣服穿着,会显得很高端,但是不适合跳舞。

"你跳舞的时候耳返会刮到衣领,我怕现场出现问题。而且会掺杂杂音,让你的演唱效果不好。"安子晏说道。

"那怎么办啊?衣服都是提前准备好的。"苏锦黎自己也觉得衣服不是太舒服,但是不想给其他人添麻烦,就一直没说。

"你跟我过来。"

安子晏拿着台本，带着苏锦黎去自己的化妆室。

因为要有公演，这次安子晏带了自己的私人造型师，他进来后，就吩咐造型师帮苏锦黎改衣服。

造型师是一位女性，三十多岁，看起来很时髦，人也特别亲切。

能跟在安子晏身边的，都是对安子晏免疫力比较强的，至少不会纠缠安子晏，这位造型师也是这样。

"我叫Lily。"

"你好，李姐。"

Lily迷茫了一瞬间，还是笑了笑，说道："我给你改改领子，你先把衣服脱下来。"

"哦……好。"苏锦黎将外套脱了下来，才解开衬衫的扣子，然后快速进了换衣间，拉上了帘子。

"小伙子很害羞啊。"Lily对安子晏说。

"是吧。"

不一会儿苏锦黎就出来了，将衬衫给了Lily，身上则是穿着外套。

他的外套是西装外套，还是只有一粒纽扣的那一种，这样穿上大半的胸膛都没能挡上，露出了些许锁骨来。

安子晏的眼神在他身上打了一个转，很快就收了回来，低头玩手机。

"我听子含说了，你是想先问一下经纪人的意思？"安子晏在玩手机的同时，问了这个问题。

苏锦黎左右看了看，只有安子晏坐的沙发可以坐人，更衣室里Lily在改衣服。

他迟疑着，还是到了沙发上坐下。

他们两个人坐下的时候，姿势完全不同。

安子晏就像一个大爷一样，靠着沙发靠背，脚搭在茶几上，本来个子就高，腿也极长，看起来长长的一条。

苏锦黎则是坐得规规矩矩的，双手放在膝盖上，拘谨地说："我的确是这么想的。"

"嗯，还想问问沈城的意思，这是为什么呢？"

苏锦黎感觉到了，提起沈城，安子晏的身上就带着逼人的寒意。

看来他们两个人的关系是真的非常不好了。

"我可以问你，你为什么那么不喜欢沈城吗？"

安子晏想了想，放下手机，看向苏锦黎，真的说了出来："我曾经跟沈城挣一个品牌的国内代言，这个品牌定代言人一直非常慎重，代言费也高，是国内不少艺人向往的。"

"因为是竞争对手？"

"我竞争对手多了，像他那么讨人厌的倒是很少。他为了得到这个资源，故意放黑料，全网黑我约网红，其实那只是子含的朋友。他成功用这件事让我的名声受损，顺利地拿下了代言。"

苏锦黎睁大了眼睛，难以置信地看向安子晏，似乎无法想象，自己的哥哥居然这样。

"我是混血，戏路子要比一般人窄，很多考究的剧不会让我参演，就算真的参演了，很多剧都需要化妆修饰。难得有一个剧我可以演，并且是顶级制作团队，之前我也碰了很多次，都已经在看剧本了，结果被沈城截去了。"

安子晏又说了一件事情。

"角色被抢走了吗？"

安子晏点头："他突然间跟投资商关系特别好，剧组居然愿意得罪我，也是厉害了。"

"我还是想要见到他本人，跟他确认一下。"

"你们俩之间，到底有什么事情？"

苏锦黎摇了摇头："我不想乱说，给他招惹麻烦。"

安子晏点了点头，也不多问，而是说："我在这轮比赛结束后，会去你的工作室，找你的经纪人谈。如果你真的舍不得你的工作室，我可以收购你的工作室，或者让你的工作室挂靠世家传奇。"

"还可以这样吗？"苏锦黎惊讶地问。

"是啊，可以这样，因为看中了你的才华，特别想让你成为我身边的人，由我亲自培养你。所以就算有些烦琐，或者是多出一些支出也无所谓，只要你愿意过来就行。"

苏锦黎看着安子晏认真的眼神，内心竟有些感动。

安子晏跟苏锦黎还没聊完，Lily已经把衣服改完了，原来现场改衣服对于造型师来说简直就是家常便饭。

苏锦黎拿着衣服，看着被改过的衣领，忍不住问Lily："李姐，你是仙女吗？"

Lily被苏锦黎兴奋的样子逗笑了，回答："怎么就是仙女了？"

"仙女都会织衣服啊，比如织女。但是织女下凡了，你还没下凡呢。"

Lily这回简直是笑到停不下来，指着苏锦黎说："你要招揽的新人可真会说话。"

"他对我从来没说过一句好话。"安子晏无奈地耸了耸肩。

苏锦黎赶紧反驳："我说过你和蔼啊。"

"好话吗？"

他回答得义正词严："是褒义词。"

安子晏不爽地换了一个姿势，都不想跟苏锦黎说话了。

苏锦黎也没再搭话，去了换衣间换衣服，没一会儿出来了跟他们告别要离开。

安子晏想了想后，站起身来说道："我跟着你去，顺便看看子含练习。"

"别了吧，你去我头晕。"苏锦黎可怜兮兮地说。

现在训练室里，两个阳气男他还能受得了。但是一下子聚3个，他可就受不了了，万一训练的时候缺氧晕倒了呢？

"？？？"安子晏看着苏锦黎，气得半天说不出话来。

Lily看着他们俩，又"嘿嘿"地笑了半天，也不插话。

"走吧走吧。"安子晏无奈地挥了挥手，让苏锦黎离开，苏锦黎立即逃也似的离开了。

Lily坐在了椅子上，问安子晏："这小子倒是不会被你吸引。"

"对！还会害怕我，我长得很可怕吗？"

"所以，你还挺在意他的？"

安子晏掐着腰气闷了一会儿,还是没忍住,问Lily:"你说,他怕我什么呢?"

"他不是你要挖来的新人吗?你可以用这个为话题,在他可以通讯的时候,打电话给他,煲个电话粥。"

"……"

第三轮比赛在晚上开始。

安子晏习惯用自己的服装跟造型师,所以今天依旧没有穿剧组准备的东西。

他的身材特殊,很多衣服都需要定做,造型师根据他的服装定妆。他今天穿的是自己代言的潮牌,也不知道是不是Lily故意的,选了一个紫色,还是那种十分扎眼的紫色。

紫色的长裤上,有着黑色的几何图案。连帽外套上,印着安子晏的英文名,霸占整个胸口位置,外套的后背都是紫色的网。

里面则是一件黑色的T恤,样子相对很素,只有领口的位置有一排字母,依旧是安子晏的英文名字。

发型上,安子晏的刘海被染了几缕奶奶灰,整理好发型后,他看着镜子里的自己问:"看着是不是年轻了几岁?"

Lily还在帮安子晏整理裤腿,抱怨了一句:"一个23岁的小伙子,问我这个老人家这个问题真的好吗?"

"能不能别露小腿?"安子晏又问Lily。

他一个男生,偏偏被拉去全身脱毛!他不爽了很久。

之前,他跟圈子里这些富二代关系都行,就跟陆闻西关系一般。在脱毛的这件事情,倒是头一次跟陆闻西握手言和,大家都是被逼着去脱毛的受害者。

Lily笑个不停,还是坚持给安子晏挽起一个裤腿,安子晏只能妥协了。

今天安子晏会贯穿全场,他又没做过主持,第一次公演而非录制,让安子晏有点紧张。

他拿着台本,回忆着节目流程,正看着,突然有人打开他化妆间的门走了进来,直接叨叨起来:"我说这个节目组怎么这么穷,聚集了45个人的休息室连个空调都没有。"

安子晏从镜子里看了看自己的弟弟,问:"你都准备好了?"

"是啊,我化完妆了,你不知道,一个化妆间里坐着五个化妆师,45个人排队去化妆,还有人在化妆间里吃玉米热狗肠,汗味跟这个味道混一起,真的是……要不是弟弟香,我就待不下去了。"

"你也能闻到苏锦黎身上的味道?"

"嗯,能啊,特香,我一闻到就没脾气了。"

安子晏回头看了弟弟一眼,发现弟弟坐在沙发上,在他的包里摸手机,立即提醒了一句:"你还是不能看手机。"

"你就当不知道。"

"我有给你投票。"

"你几个小号?"

"就一个。"

"这么抠?"安子含嫌弃地白了安子晏一眼。

安子晏走过去拿走手机,看着安子含又问:"你问没问苏锦黎,还有没有其他人联系过他?"

"能进入节目组给苏锦黎带消息的,也就我们公司跟波若菠萝了,目前华森娱乐还没动静,估计周文渊也不希望我弟弟到他们公司去。其他的小公司,估计联系的都是我弟弟的经纪人,你可别让他经纪人跟别的公司签约了。"

"江平秋前两天就去谈过了,他的经纪人说,要问问苏锦黎的意思。"

"嘿,这俩人可真有意思,打太极是吧?"

"苏锦黎最开始怕你吗?"安子晏问了自己耿耿于怀的问题。

安子含摇了摇头:"没有啊,跟我一直挺好的。"

他一个大条的人,哪里能发现苏锦黎怕他,自我感觉良好地认为他跟苏锦黎一见如故,从最开始就是好朋友了。

这个回答,让安子晏心里有点不舒服。

安子含依旧大条地没发现安子晏的黯然神伤,起身到了 Lily 身边,说道:"小 Lily,帮我看看我的造型,我信不过节目组批量生产的化妆师,尤其是那个波波。"

Lily也没拒绝，帮安子含整理造型。

安子晏再次开口叮嘱："一会儿好好表现，这次是现场，虽然播出的能剪辑，可能会被现场观众知道一些你不好的东西。"

"知道啊。"安子含比量了一个"OK"的手势。

他们准备上场前，有一个单独的休息室。

苏锦黎紧张地盯着大屏幕，看着其他人的表演，总结经验。

"我哥今天挺帅啊。"安子含看着屏幕里的安子晏，忍不住夸道。

"他也很紧张吧，头发都愁白了。"

"那叫漂染。"

"哦……"

今天的上场顺序，依旧非常非常的神奇。

因为，安子晏是这样安排的："我觉得，让你们知道出场顺序非常的没意思，所以我就现场抽取数字。现在所有的选手都在休息室里等待，他们不知道，他们的椅子底下贴有数字。"

在休息室里的所有选手，开始看自己的椅子下面，真的有数字。

"所以，现在数字是3的那组，第一个出来吧。"安子晏这样宣布。

苏锦黎起身看了看自己的椅子，他们队伍的数字，都是8。

如果是按照数字3先开始，那么他们的队伍是排在中间。

他们又重新坐好，安子含依旧跷着二郎腿，对苏锦黎说："没事，不着急，到时候碾压全场。"

在现场，就能够看出哪些选手的人气高了。

现在节目已经播了两期，有人气的选手也会有粉丝来支持，在镜头里，苏锦黎看到了自己名字的灯牌，立即激动地摇晃安子含："我看到我名字的灯了，一闪一闪的，可好看了。"

安子含狠狠地推开苏锦黎："别摇乱我发型了。"

"哦……"

第二组上场的有周文渊，依旧是稳定的发挥，带领着自己的小组得到了满堂彩。

最后公布票数的时候，周文渊成了目前的第一名，现场票数：423票。

"他人气挺高啊，比第一组的第一多了一百多票，总共就1000人。"安子含感叹。

"他确实很有实力啊。"

到了乌羽出场，票数就更高了，479票。

安子含看完票数扬了扬眉，苏锦黎则是惊呼出声："乌羽果然很厉害。"

"嗯，目前看来，乌羽稳稳地前十了。"

"是啊！"

到了他们组出场，苏锦黎赶紧去升降台的位置准备，老老实实地蹲好。他们这一组的节目同样是唱跳类型，苏锦黎他们准备得也很充足。

在安子晏介绍完毕后，他们在升降台上，就能听到观众们的尖叫声，要比在休息室里还清晰一些，简直震耳欲聋。

苏锦黎突然特别的兴奋，有种热血沸腾的感觉。台下的欢呼声中，有喜欢他的粉丝，这种感觉真的很奇妙，让他有种受宠若惊的感觉。

升降台缓缓升起，苏锦黎做好准备，严阵以待。

升降台缓缓升起，现场的欢呼声因为他们的出现变得更加的强烈了。女孩的尖叫声里，居然还掺杂着几声男粉丝的尖叫，极为震撼。

苏锦黎垂着眼眸，快速抬眼看了一眼台下，看到黑压压一片人，很多人的手里都拿着灯牌，又紧张了一些，再次垂眸。

音乐声已经响起，他根据之前彩排的安排到了自己的位置。

在彩排的时候安子含告诉了苏锦黎每个机位的位置，还告诉了他找准机位的方法，比节目组的老师教得还详细。

彩排了几次后，他自己就找准了机位的切换规律，所以在表演的时候也不会太过于慌乱。

完成自己的表演就好了。

这首歌的高音部分是由苏锦黎来演绎。

他们在选歌的时候也是因为这个才选择的这首。乌羽最擅长的也是这种歌曲，爆发力十足。

苏锦黎之前唱的歌都偏于舒缓，还没尝试过这种类型的歌。

他们在选歌的时候，安子含听完就拍了拍苏锦黎的手背："这个歌你肯定可以。"

"嗯嗯，我也想试试。"苏锦黎是这样回答的。

苏锦黎试过几次，都无法在唱这首歌高音的时候，有任何动作，后来到了他的部分，干脆就仅仅是站立，专注于唱歌。

乌羽的高音可以唱到C6，他也是一直凭借这一点，拿着全场最高分，属于技术型唱将。

这次苏锦黎似乎要比彩排的时候表现得更好，高音惊艳全场。

韩凯扶着耳机，忍不住问："能到F6了吧？"

藏艾也跟着点头，都有点词穷了："这个海豚音厉害了，厉害厉害厉害。"

紧接着，就听到苏锦黎居然音区转换，从B5又一次提升。萧玉和干脆站起身来，挥舞了一下手臂，为苏锦黎叫好。她之前对苏锦黎的感觉一直很一般，到今天，突然觉得他是实力派的苗子了，瞬间喜欢起来。

耳机里传来工作人员的声音："到C7了。"

顾桔惊讶地睁大了眼睛，半天也只感叹出来一句："哇。"

韩凯也跟着鼓起掌来。

然而专注于表演的苏锦黎没注意到，而是在唱完这段后又回了自己的位置，继续跳舞，收放自如。

似乎是早就被现场的尖叫声弄得麻木了，苏锦黎也没注意到刚才的尖叫声有多大。

安子晏站在台边看了半天，也只感叹了一句："这小子嗓子挺好啊。"

安子晏不懂唱歌，也不懂跳舞，只能当个主持人，负责的是拉人气，所以说出来的话特别没专业性。唱完这首歌，安子晏再次上台，对他们几个说："歇一歇，然后跟台下的观众打个招呼。"

这个队伍的全部成员，轮流自我介绍后，安子晏会跟他们聊几句，顺便让他们给自己拉拉票。

到了苏锦黎的时候，安子晏故意背对着观众席，在身后对观众席摆了摆手示意，接着对苏锦黎说："你刚才的表现不是太好，唱破音了。"

苏锦黎愣了一下，没有意识到安子晏又在给他挖坑，还当是自己真的表现得不太好，一下子红了眼圈，回答："可能是我……刚才太努力了，没控制好。"

安子晏没想到苏锦黎居然会相信，还一副要哭了的样子，突然卡壳，今天晚上也是第一次结巴："没，其实……其实也……挺好的，就是没有彩排的时候表现得好。"

"嗯，我以后会努力练习的。"苏锦黎说完抿着嘴唇，明明已经眼泪汪汪，却还在努力忍眼泪。

大屏幕上，就是苏锦黎委屈巴巴的脸，看着让人心疼。

"呃……"安子晏有点尴尬地笑了笑，听到台下有粉丝在努力地喊，"苏锦黎，你唱得超级好！"

"他骗你的！"

"真坏！"

"啊啊啊啊啊，真坏！"

不过安子晏还是继续坚持自己的计划："之前你说过，有一个用来保命的特长，现在想不想展现一下，拉拉票，让现场的观众愿意投你一票。"

苏锦黎缓了缓情绪，点了点头，深呼吸后，眼泪终于收了收，才回答道："很多人说，我发出这些声音的时候，口型很丑，我能挡着嘴吗？"

"可以。"

"然后你先不要说话。"苏锦黎对安子晏说。

安子晏有点疑惑，还是点了点头。

苏锦黎用手挡着嘴，微微侧身，然后说了一段话："之前你说过，有一个用来保命的特长，现在想不想展现一下，拉拉票，让现场的观众愿意投你一票。"

安子晏疑惑地看着苏锦黎，没回过神来。

安子含探身看着他们俩，紧接着问："苏锦黎，刚才那句话是你说的吗？"

苏锦黎点了点头。

"声音一模一样，亲弟弟都听不出来差别。"

第八章 | 205

苏锦黎又对安子含说:"你也先别说话。"

安子含对着自己的嘴唇,做了一个拉拉链的姿势,接着比量了一个"OK"的手势。

苏锦黎又学了安子含的声音:"声音一模一样,亲弟弟都听不出来差别。"

安子晏终于震惊了,跟着点了点头:"这回亲哥哥都听不出来声音的差别,你的特长就是模仿别人的声音吗?"

"还有。"苏锦黎说完,对着台下比量了一个"嘘"的手势。

台下难得的安静了许多。

苏锦黎轻咳了一声后,开始模仿音乐的声音,模仿的是刚才乌羽他们唱的那首歌,从开始的背景音乐,到后来的唱歌声音加上音乐的声音。

这回全场震惊了。

安子含特意凑到苏锦黎身边去听,听到声音确实是从苏锦黎嘴里发出来的,安子含整个人都呆滞了。

安子晏好半天没说出话来。

几位评委老师在座位上,夸张地表现着自己的惊讶,等苏锦黎模仿完毕,韩凯还问:"为什么不模仿整首?我们都没敢打扰你。"

苏锦黎一脸羞涩地回答:"是极限了,模仿太久会喘不过气来。"

安子含则是悄悄说了一句:"你个笨蛋。"

安子晏拍了拍脸让自己回神,问:"这属于口技吗?"

苏锦黎点了点头,又摇了摇头:"我也说不好,就是鹦鹉学舌,我模仿能力比较强吧。"

"你的模仿能力非常强大了。"安子晏感叹完之后,才重新走节目的流程。

很快,就进入了投票环节。

在场的观众会对选手们投票,每名观众可以投票给三个人,这样也不至于一组里有一名高人气选手,导致其他选手没票的尴尬情况。

等结果出来后,安子晏听着耳机里的声音,接着宣布。

"这场有意思了,又破纪录了,过半数的观众投了一个人。"

结果,观众们似乎不太捧场,还有粉丝喊着:"安子晏,你真坏!"

"真坏！"

"真坏！"

这个梗是过不去了。

安子晏也不在意，微笑着公布票数，说到安子含的时候，说道："安子含……437票，你们是不是忘记了他是我弟弟？"

台下又一片尖叫声。

结果安子含不捧场："不用你给我拉票，真坏。"

安子晏都不知道该说什么了，却还是跟着笑，他自己也觉得自己坏了。

现在，只有一个选手的票数没宣布了，大家都已经猜到，那个票数过半的选手是苏锦黎了。

现场再次爆发了一阵尖叫声。

安子晏试图控场，结果刚刚安静下来，就有一个女生声嘶力竭地喊了一句："黎黎不哭！"尤其突兀，引得安子晏又一次卡壳了。

"好好好，我真坏，再这样不公布票数了。"安子晏真没想到他稍微欺负一下苏锦黎，居然会引起这么多粉丝声讨他。

喊话的人里有举着他名字灯牌的吧？

瞬间"出轨"了？

这种"大型出轨现场"让安子晏措手不及。

等现场安静下来，安子晏才宣布了苏锦黎的票数："苏锦黎，今天的现场得票是……839票。"

苏锦黎听完就傻了。

安子含也跟着震惊,想过苏锦黎会多,但是几乎比他多了一倍这就过分了吧？

"我为什么要在这一组？"安子含问道，想了想，终于想了起来，"哦，我是队长。"

说完就气得原地转圈，不过还是拍了拍愣愣的苏锦黎的肩膀。

"有什么想对粉丝说的吗？"安子晏将手里的话筒递到了苏锦黎嘴边，苏锦黎刚要开口，安子晏又把话筒拿了回去，"好，我们欢迎下一组。"

这回，台下的观众几乎是异口同声："真坏！"

这种场面让四个评委老师都笑得前仰后合的，安子晏有点气，拿着话

第八章 | 207

筒质问台下粉丝:"昨天你们还说喜欢我,现在就这样了?"

安子晏的粉丝终于恢复了过来,开始说安子晏:"小燕子最帅!"

安子晏拿着话筒,冷哼:"你们是不是过年吃饺子都只有馅,皮都被你们平时挥霍了?这么皮真的好吗?"

粉丝们开始哄安子晏。

"看我以后怎么收拾你们。"安子晏再次说道。

全场尖叫。

苏锦黎最后是愣愣地跟着安子含他们走的,到了后台,苏锦黎才去问安子含:"我唱破音了吗?"

"没有,唱得挺好,我哥骗你的,就是想让你展示一下隐藏的必杀技。"

苏锦黎这才反应过来,气得不轻:"真坏!"

"就是,真坏!"安子含跟着附和。

苏锦黎回到休息室时有人恭喜他,他笑着回应,没注意到的时候,还被张彩妮抱了一下,不过很快就分开了。

"苏锦黎你太厉害了!"张彩妮说道。

"谢谢。"苏锦黎回以微笑。

节目录制到最后,苏锦黎又一次被请上了舞台。

他作为全场得票数最高的选手,有一个冠军福利,就是可以回应自己粉丝的要求,所以再次被邀请上台。

苏锦黎知道现场的人都在等他,短暂的惊讶过后快速跑向舞台。到了舞台边,才缓了缓脚步,端正地走到了台上,站在了安子晏的身边。

安子晏看向他,说道:"我手里捏着的都是节目收集来,粉丝们想要你做的事情。"

苏锦黎看过去后,点了点头。

"我看看第一张,是这样写的:苏锦黎,我觉得你的声音很好听,可以称呼我为宝贝,说一句情话吗?"

苏锦黎拿着话筒,有点不知所措,想了想,才问:"什么算情话?"

"就是你想对你女朋友说的话。"

苏锦黎点了点头,接着看向镜头,说道:"宝贝,遇到你真好。"

这句话说完，全场欢呼。

安子晏点了点头，突然觉得站在台上听着苏锦黎说话要比台下还享受。

很快，他又拿来了第二张纸："小锦鲤，我想听你吹箫。"

有工作人员送来箫，苏锦黎伸手接过来，对工作人员道谢，接着拿在手里看了看后，真的开始吹箫。

苏锦黎的吹箫并非业余爱好。

他从很早的时期就在私塾听过音乐大家的演奏，当时非常喜欢。后期也经常练习，以至于他吹箫的水平绝对是大师级别的。

吹完一段之后，又是满堂喝彩。

休息室里的安子含扶着乌羽的椅子背，说道："这段过去，苏锦黎肯定能吸引很多粉丝。"

乌羽也同意这一点："其实不用这段，光那段海豚音就足够他脱颖而出了。"

"确实天赋异禀，某些人羡慕不来。"

乌羽回头看了安子含一眼，然后挪了一下椅子，让安子含差点摔下去。

台上，安子晏又读了一条："苏锦黎，我看了你的拉票视频，你的水逆退散好像海草舞，我想看你跳海草舞。"

苏锦黎不知道什么是海草舞，于是回答："我不知道怎么跳。"

节目组很配合，在大屏幕上放了海草舞的视频，苏锦黎回头看了一遍之后点了点头，拿着话筒问安子晏："安大哥能跟我一起跳吗？"

安大哥……

安子晏努力保持微笑，立即拒绝了："粉丝们是想看你跳。"

苏锦黎很执着："我猜粉丝们很想看我们俩一起跳。"

"他们不想。"

苏锦黎扭头问台下的粉丝："你们想不想？"

台下粉丝统一回答："想！"

苏锦黎再次看向安子晏："他们想看。"

休息室，安子含大笑起来："苏锦黎反击了！安老贼，让你坏，该！"

他是安子晏的弟弟，自然知道安子晏跳舞时四肢不协调，坐等安子晏出丑。

Chapter 09

人生，就是这么奇妙。

锦鲤能去选拔，到舞台上飙高音，得到人气第一名。

安子晏居然也能跳舞，高大的身材晃来晃去，就像地震了的山岳一样，动的时候哐当哐当地，连他自己都觉得绝望。

安子晏真的不想跳舞。

就像一个钢铁般的汉子无法忍受别人给他戴假发、穿裙子，戴上粉红色的蝴蝶结一样。

小时候在幼儿园里他被强迫去跳舞，结果引来一群小朋友笑话他，说他像僵尸。参加综艺节目被迫跳舞，还被粉丝截取了之后做成了表情，翻来覆去地黑他。

他也不明白，他跟安子含是哥俩，为什么安子含跳舞那么好，他就不行。

苏锦黎就好像没注意到安子晏的窘迫一样，看过舞蹈视频后基本会跳这个舞蹈了，现在还有心情教安子晏跳。

可惜安子晏实在是……非常难教，他甚至怀疑安子晏走正步都会顺拐。

没办法后，苏锦黎让节目组升起升降台，然后他站在台子上，让安子晏站在他的身前，拉着安子晏的手臂，教安子晏该怎么挥舞。

偶尔还会掐住安子晏的腰，往下按，让安子晏完成动作。

安子晏全程是在崩溃的表情中完成的……真的是哭笑不得。

休息室里，安子含简直笑成了一阵旋风。

偶尔，安子含还会踢乌羽的椅子，让乌羽跟着一晃一晃的，表情特别无奈。

到了歌曲的后半段，苏锦黎干脆放弃安子晏了，回到舞台中间独自一个人跳完了这支舞。

苏锦黎的处理会让很多动作发生细小的改变，看起来不会很奇怪、女性化，反而动作利索，很好看。等苏锦黎跳完，又重新拿起了话筒："安大哥的舞姿只能打40分,还加入了面子分,不能再多了。"

结尾,居然还数落了安子晏一通。

安子晏曾经觉得苏锦黎是一个假笑BOY。现在,认为苏锦黎是一个假酒BOY。

又喝假酒了吧?

"很好。"安子晏说了一句之后问台下,"你们为什么不说他真坏?"

结果,这次粉丝特别不配合,喊着:"喜欢!"

"超可爱!"

安子晏又问:"喜欢我,还是苏锦黎?"

这回的回答不太统一。

"我听说,你最近有一个外号叫小锦鲤?"安子晏言归正传,对苏锦黎进行采访。

"嗯,很多人这么叫,尤其常思音,他总说是遇到我之后转运的。"

"那你觉得是你的功劳吗?"

"有一部分吧。"苏锦黎当然知道,常思音是因为他才转运的,所以说的也不是假话。"当然,还有他自己的努力,不然是不会有这些机会。"

"我还听说,你特别想谈恋爱,但是到现在都没说出自己到底喜欢什么类型的。"安子晏就像问。

粉丝们很喜欢扒这种八卦,如果苏锦黎有前女友,安子晏估计不会问。但是苏锦黎没恋爱过,扒不出来什么,就问得很坦然,粉丝们也爱看。

"呃……哈哈。"苏锦黎觉得有点不好意思,扭头笑了半天,才回答,"就一般般想,没特别想,最近想的是好好练习,比赛取得好成绩。"

"比赛完就谈恋爱?"

"万一……就有人……喜欢我了呢……"苏锦黎说得特别羞涩,眼睛弯弯的像个月牙,说出这句话的时候表情特别甜,看起来十分可爱。

安子晏多看了苏锦黎一眼,接着又问:"我又听说了,你的合同不限制恋爱,你还说你碰到喜欢的人就会追是吧?"

安子晏问完这个问题,台下不少女生都兴奋起来。

"原来合同还能限制这个?"苏锦黎诧异地问。

第九章 | 211

"是啊。"

"这样啊……别总聊这个。"苏锦黎有点不好意思了。

"那你想聊点什么呢？毕竟现在是你的福利时间。"

"聊点吃的也行，还有我的队友。"

"那好，现在由我们的苏锦黎小朋友宣布前十名单。"

前十名，现在已经全部揭晓了。

苏锦黎只需要按照名字读出来就行，接着前十名中的其他九名依次上台。这时苏锦黎主动让开位置，将话筒递出去。

前十名里，有苏锦黎、乌羽、安子含、周文渊等。

常思音并未进入前十名，让人惊讶的是，范千霆也没进入，都在待定区。

看来，之前范千霆的实力够了，但是人气排名并不高，也不知道是不是镜头被删剪了。

比赛结果宣布完毕，又做了最后的总结，今天的公演到此结束。

苏锦黎疲惫地下台，想到还要卸妆就觉得累。

他已经筋疲力尽了，只想在排队等待的时候能够坐下休息一下，可到了化妆间门口发现根本没有地方了。

安子晏下场的时候，可以说是前呼后拥，有助手给他送水，有人帮他摘下设备，Lily则是接过了安子晏的外套。

他路过选手的区域，就看到苏锦黎居然盘腿坐在化妆间的门口，靠着墙壁闭着眼睛休息，他下意识地停住脚步。

苏锦黎是真的累了，这些天都在高强度的训练，白天彩排了一天，临上台之前都还在练习。

他是人气最高的选手，在最后还有一段表演秀，以至于比其他的选手都要疲惫一些。

安子晏知道这里有很多双眼睛在注视着他们，他并未多做停留，从助理的手里拿过一瓶水，丢给了苏锦黎后，就离开了。

苏锦黎回过头，看到安子晏那个团队浩浩荡荡离开的身影。

他拧开瓶盖喝了一口，然后抱着瓶子，继续靠着墙壁休息。

比赛结束后，他们终于能够缓一口气了。

| 212 锦鲤要出道

第二天他们中午才集合，给了选手们休息的时间。

选手们到了大厅之后，宣布场外投票结果，外加宣布之后的任务。

下一轮比赛，第三轮中前十名的选手将会成为裁判，等待被其他选手挑战。而这些待定的选手们还要进行一轮比拼，这一次结束后只会留下三十人。

来宣布投票结果的是藏艾跟顾桔，安子晏今天并没有档期，只能换人。

他们两个人站在一起，还真是俊男美女的组合。藏艾比较喜欢卖关子，不过人比较亲切，拿着卡片，宣布了排名。

最后的成绩是：

第一名 安子含

第二名 乌羽

第三名 魏佳余

第四名 周文渊

第五名 苏锦黎

……

第十一名 常思音

……

第二十四名 范千霆

第二十五名 乔诺

……

第三十五名 张彩妮

范千霆站在人群里虽然没表现出来什么，但是能够看出来他有些失落。

其实很多人都已经能够猜到了，范千霆的镜头被删剪了，这才导致排名第三的范千霆居然排名这么低。

而张彩妮，也是那种镜头很少的人，难得的票数，还是看在她的形象不错给的。

票数宣布完毕后，15名淘汰的成员名单已经确定，这些人黯然离场。

苏锦黎跟他们不熟，但是多少也有点感慨，看着他们离开心里也跟着有些失落。这些人都曾经努力过，有些人是因为实力，有些人则是因为节目组的剪辑。

一个节目的播出时间有限,他们就是那些不幸的人。

下一轮,前十名没有任务,只需要巩固练习,提升自己就可以。

其他的选手继续准备曲目。

结束后,他们几个人聚在了一起,安子含找了没人的地方,搭着范千霆的肩膀说:"我找我哥说说,看看能不能帮你弄点镜头,不然太吃亏。"

范千霆欲言又止,他很想拒绝,说靠他自己就行。

但是……又怕真的拒绝了,他就无缘比赛了。

于是他笑呵呵地说:"我在之后几期一直在跟你们混,估计会有点镜头。"

"别人我就不管了,你排第三不应该这样。你看张彩妮都炒CP呢,你也可以找点办法。"

范千霆吞咽了一口唾沫,将自己内心的委屈硬生生地吞进了肚子里。

说他不会不甘心是假的,多少还是会难受,只能祈祷以后能够逆袭。他表情难受了一瞬间,看向安子含:"只要我继续努力,总有被他们看到的一天。"

"对。"安子含跟着说道。

在这之后,节目组归还了他们的手机。

他们似乎还想拍选手终于能够跟家人联系的视频,但是苏锦黎实在没有能联系的人,只能打电话给自己的经纪人,所以没什么好录的,就由别人去了。

他拿着手机回到寝室,拨通了侯勇的电话号码。

"小锦鲤,能打电话了?"侯勇兴奋地问。

"嗯,是啊,突然把手机还给我们了,应该是公布完票数了觉得没问题了吧。"

"我在高铁上呢,世家传奇的工作人员邀请我过去,费用他们报销,谈跟你的合约。"

"这件事情你怎么看?"

"大公司也不一定是适合你的地方,毕竟那里人才济济,你现在有点人气,他们愿意签你,以后你万一昙花一现,就被彻底埋没了。而且公司里钩心斗角,我不想你被人攻击。"

"哦……"

"不过,我还是会去谈谈看,看看他们给出什么条件,只要足够优越,其他的全部可以忽视。"

"嗯,好的。"

之后侯勇又问了很多,比如问他跟选手们相处得怎么样,节目组里有没有什么糟心的事情。

然后,苏锦黎知道了一件事情:"啊,别人送我礼物是需要回礼的啊?"

"嗯,礼尚往来嘛,谁送你什么了?"

"安子含跟安子晏都送过我东西。"

"他们俩对你不错啊,看来是很早就有目的想收你到公司。"

"原来是这样啊……"

挂断电话,苏锦黎就没什么事情做了,看到浩哥那边总给他转账,但是他没收,所以都过期了。

他立即跟浩哥聊了几句。

浩哥:还以为你出名了不理我了呢。

苏锦黎:没有啊,我给你留言了,我被没收手机了。

浩哥:哈哈哈,开个玩笑。

浩哥又转账过来,苏锦黎立即收了款。

之后,就看到小咪刷屏说自己遇到了危险,幸运躲过去了。尤拉给他拉票,还顺便跟安子晏互关了,吴娜他们一下子就老实了很多。

华森娱乐,一直在跟世家传奇努力保持友好,估计是被上级施压了。

正看着这些消息,安子含就突然咆哮起来,在屋子里走来走去。

苏锦黎看着安子含暴走的模样,忍不住问:"你怎么了?"

安子含神经兮兮地把寝室的摄像机给关了,又把寝室的门给关上了。

"我三个女朋友建了一个讨论组,把我拉进了讨论组里,说我们四个一起聊聊天。"安子含回答。

"你们几个的感情真好啊。"苏锦黎感叹。

原本上铺失落的范千霆听到之后,笑出了放屁一般的声音来。

乌羽估计在装睡,听到苏锦黎的话之后,翻了个身,肩膀一颤一颤地偷笑。

安子含这个无语啊……

他该怎么解释是自己劈腿,结果被三个女朋友捉现行了呢?

"是,感情挺好,她们三个还一起去逛街了,拍了合影给我。"安子含生无可恋地回答。

"我看看你女朋友们长什么样。"范千霆探身过来看。

安子含拿出手机来,给范千霆看了相片。

"嗯……网红脸,没想到你的审美很单一啊。"范千霆评价道。

苏锦黎也凑过去看了看,问:"三胞胎吗?"

"不是……"安子含翻着白眼回答。

乌羽终于笑出声来。

"我们现在红了,你们知道吗?"安子含突然说了这件事情,跨度很大,让所有人都觉得很奇怪。

节目组还给他们手机后,乌羽都没开机,直接回来补觉进行休息。他的心态一直很稳,不骄不躁,也不在意其他的。

范千霆则是给父母打完电话后打算睡个午觉,之后就要去准备第四轮比赛的曲目了,也没多看消息,怕看到节目里没有自己的镜头更心烦。

苏锦黎也是拿到手机先联系朋友,同样没来得及看网页。

安子含不一样,登录社交账号,看到自己的粉丝数就蒙了。

紧接着就搜索了一些消息,再去看看视频网站,还顺便关注了苏锦黎和范千霆的账号。

做完这些后就发现自己的后宫起火了。

"我跟苏锦黎都是上过热搜的人了,乌羽也在热门中游逛过一圈。我的社交账号粉丝马上就到一百万了,苏锦黎的账号粉丝也有八十万了。"安子含介绍了一下大致情况后,苏锦黎也紧张兮兮地拿出手机。

然后,就看到苏锦黎拿着手机给安子含:"这个我登录不上去,要验证码。"

安子含拿来苏锦黎的手机,帮他登录上去,紧接着就看到苏锦黎傻乎乎地去翻自己的动态,一条一条地看着留言,眼睛都酸了。

"有！有人喜欢我！他们！喜欢我！"苏锦黎兴奋地说。

"嗯。"安子含随便应付了一句。

"还有人叫我老公，我要娶她吗？"

"不，你娶不过来。"

"那……那她都叫了，盛情难却啊。"

安子含无奈地叹了一口气说道："这孩子兴奋傻了。"

苏锦黎不再说话了，继续看评论。

"我就怕她们三个组团预谋什么，然后黑我，这样我就真的毁了。"安子含继续说道。

"活该，谁让你干这种事情的？"乌羽问道。

"我平时跟她们也没什么联系，聊天也是约什么时间见面，还有就是她们看上什么了，我给她们买。"安子含回答后，觉得特别气。

"老司机翻车了？"乌羽继续嘲讽地问，依旧觉得安子含活该。

"平时也就算了，这次我正是热门人物，如果出了什么事情，我就傻了。"

安子含气了一会儿，又警惕地看向他们，问："你们几个不会说出去吧？"

范千霆回答："我正愁没热度呢，不如我曝光你吧？"

"……"安子含又傻了。

乌羽则是耸肩："我没兴趣爆料这些，而且无凭无据地说了也没用。"

安子含在屋子里来回走，突然有了想法："你们几个是不是哥们儿？"

"别告诉你准备把你女朋友分给我们一人一个？"范千霆奇怪地问。

"我约她们出来谈谈，你们陪我一起逃窜吧。"

乌羽直接没理，掀起被子进了被窝，准备睡觉了。

范千霆摇了摇头："不行，我第四轮有任务，等下还要过去。"

安子含看向了苏锦黎。

苏锦黎正聚精会神地看着手机屏幕，刷着评论，小心翼翼地一点一点滑，估计是怕碰错了东西。

"苏锦黎，你是不是我弟弟？"安子含又问苏锦黎。

苏锦黎摇了摇头："不是啊。"

第九章 | 217

"你前阵子还叫我安哥呢？"

"哦……怎么了吗？"苏锦黎依旧没回过神来。

"陪我出去一趟，我去弄个请假条，今天有个场合可以聚会，比较安全，我们俩过去。"

"我不去了，我想睡觉。"

"说不定能遇到沈城，或者我想办法给你要沈城的联系方式！"

"好，我去。"苏锦黎秒速答应了。

苏锦黎任由安子含帮他乔装打扮，罩了一层又一层，只留下了眼睛能看到东西。然后跟着安子含离开了训练营，上了安子含打电话叫来的车。

司机应该是认识安子含，还和他叙旧，称呼他为二少。

"子含，我有点热。"苏锦黎闷闷地说。

安子含扭头看了看苏锦黎，扯下了苏锦黎的口罩："上车可以摘下来了。"

"哦，好的。"苏锦黎立即将所有的装备都取了下来，松了一口气，"以后出门都得这样吗？"

"差不多吧，帽子口罩不能少，不然会很麻烦。"

苏锦黎突然有点颓然，长长地叹了一口气，这样有点麻烦啊。

安子含早就习以为常了，一直拿着手机聊着天，没心情理会这些。

车子行驶了能有一个多小时还没到地方，苏锦黎甚至怀疑这个地方比他的工作室还偏。

他左右看了看，车依旧在高速公路上，他立即问安子含："还有多久到？"

司机首先回答："再有二十分钟吧。"

"我有点晕车了……"苏锦黎坐车的次数不多，平时坐侯勇开的面包车还没什么感觉，但是乘坐这种开着空调的车，渐渐有些不舒服了。

"高速公路不能停车，我们去休息站吧。"安子含回答，从车里取出一瓶矿泉水递给了苏锦黎。

他们在休息站停了车，特意开到了车少的位置，苏锦黎下车缓了一会儿才觉得好了点。

司机去帮他买了一个甜筒,他一个人蹲在路肩上吃了起来。

这个时候,有几个人过来拿车,多看了苏锦黎几眼。

苏锦黎没有自己已经红了的自觉,依旧悠闲地吃东西,直到看到有人拿手机打算录他,他才站起身来,快速上了车。那几个人依旧没走,看着他们的车开走了才罢休。

苏锦黎看着车窗外,推了推安子含的肩膀问:"不会有问题吧?"

"啊,你手上的冰激凌蹭我衣服上了。"

"我问你问题呢。"

"没事,刚拿出手机你就回来了,周围我都观察着呢,没其他人。现在你知道了吧?以后注意着点。"

苏锦黎赶紧点了点头:"原来这就叫出名了啊?"

"我真是纳了闷了,你那个深山老林里什么都没有吗,怎么你什么都不懂?"

苏锦黎也不能回答什么,只能随便应付了一句:"就是……没网。"

安子含心情不佳,不再说什么了。

苏锦黎拿着自己的手机,研究着要不要发一条动态。

他被侯勇叮嘱过,现在做什么都小心翼翼的,所以在发之前,还去了安子含的社交账号上。看了一圈,觉得没什么可以学习的地方。

之后去了范千霆、乌羽、常思音的社交账号看了看,都关注了之后,研究他们是怎么发动态的。

乌羽的风景照多一些,说话很官方,模棱两可的,看不懂,只会觉得很厉害的样子。

范千霆则是各种搞笑的段子,还有就是自己的自拍照。

常思音账号里多是自己的生活日常。

安子含的账号里多是各种自拍和出去旅游的风景照,还有就是数落安子晏的吐槽动态。

他们几个好像都有自己的风格,苏锦黎想了想后,问安子含:"你能帮我拍张相片吗?"

第九章 | 219

安子含点了点头，拿着苏锦黎的手机，对着苏锦黎找角度，后来干脆拍了苏锦黎的侧脸。

因为在车里，车窗外有光，让苏锦黎的轮廓很暗，却让他的侧脸线条越发明朗，睫毛极长。

"你个睫毛怪……"安子含放大相片看了一眼，说道，"不用修图，拿去吧。"

苏锦黎接回手机，就发布了一条动态，加上了这张相片。

苏锦黎：今日份的小锦鲤来啦，听说善良的人会有好运哦！

到了地方，苏锦黎就知道安子含为什么说这里安全了。

这里是非常偏僻的别墅区，位置属于临市，车子过了审查驶入别墅区，行驶一段时间才到了聚会的场所。如果有人跟车，根本无法进入园区内。

进场后，无论是谁都会被没收通信设备，还会用仪器测一测，有没有其他的设备，通过后才能进去。

进去后，不少人跟他们两个人打招呼，安子含都随便应付了几句，跟一个用人问了一句："我安排来的人呢？"

用人指了指楼上："在房间里等着你呢。"

安子含想了想后，对苏锦黎说："你一会儿在那个桌子上选你喜欢吃的东西，告诉她，之后他们会给你送到楼上去。"

"哦，好的。"苏锦黎的眼睛，已经往摆放食物的长桌上看了。

"楼上的 207 房间是我们家的固定房间，门口有密码锁，密码是739128。一会儿你去那个房间吃东西，休息一下，等我忙完了去找你。"安子含说完直接上了楼。

苏锦黎和用人一起到了长桌前，他看着上面的食物也不客气，真的点了好几样。

用人将食物的名称一一记下来，对他示意："您可以去楼上等候，我们做好了之后，会给您送上去。"

苏锦黎对她道谢，然后开开心心地上了楼，用密码打开了房间的门。

房间里早就被收拾过，十分规整。

说是一个房间，不如说是一个家。进入之后是客厅，有大大的沙发和影音室，相邻的是餐厅，只是没有厨房，估计也不会有人来这里亲自做饭。

客厅跟卧室之间，是用帘子隔开的。

进入浴室里，苏锦黎就震惊了……好大的浴室！好大的浴盆！可以在这里游泳了！他已经很久没游过泳了。

他惊讶地看了一会儿后，有人按了门铃，他立即去开门，有人推进来餐车，将食物送到了餐厅里紧接着又离开。

苏锦黎坐在餐厅大吃了一顿，这里的食物好吃到让他险些落泪，他终于觉得不虚此行了。

吃完饭后他撑得不行，在屋子里走了几圈，又开始犯困，拉上帘子去卧室睡觉了。

侯勇没想到，他来到世家传奇的公司，来跟他谈合同的居然是安子晏本人。

这绝对是最高级别的待遇。

安子晏是世家传奇总裁的长子，又是公司里最有人气的艺人。从两年前，就开始接手公司里的一些事务了。

不过他本人的工作也非常忙，处理这些事情的时间不多，侯勇对于安子晏能亲自见他很是惊讶，也因此有了很好的印象。

紧接着，安子晏就给了侯勇一份合同，上面写着会给苏锦黎的条件。比如每年确保有什么资源，会最低给他接几个代言，分成也十分合理。

还有就是……

"如果他来了我们公司，你依旧会是他的经纪人，这回你就不用一个人全部亲力亲为了。我们会给他配备的有私人造型师、保镖、司机以及助理 1 到 4 人，宣传人员 2 到 5 人不等。我们公司请的人从来都是顶尖的。"

侯勇翻看着合同，看着里面的承诺，每一条，每一个字，都有着足够的诱惑。

加上安子晏给出的团队阵容，令人心动得心口狂跳。

他之前在森华带的也是新人，宣传是要用公司统一的团队，偶尔还得他亲自来发。造型师跟保镖都是临时聘用，并没有固定的人员。

"还有就是,他在来我公司的前三年应该是最忙的,所以你在前三年,只会带他一个艺人,全程一对一。至于他的资源,全部都会经过我的手。"

侯勇点了点头,问安子晏:"所以苏锦黎签约进来后,属于您手底下的艺人吗?"

安子晏到世家传奇后,并非一家独大,他需要做出一些成绩才能得到认可。

而这个成绩,就是培养出有人气的艺人。

这两年间,安子晏也培养了几名势头很强的艺人,都属于安子晏的阵营,跟之前的老前辈手里的天王级别的艺人,还有一定差距。

"没错,你应该知道我有多想培养出优秀的艺人吧?我在世家传奇的根基不稳,这家公司还有那么多股东,日后我需要成绩,才能到更高的位置。"安子晏说的是实话。

侯勇心里有数,拿着合同反复看了又看。

可以说,世家传奇这边真的很有诚意了。

"如果你觉得可以,我可以派人跟你们工作室的领导继续谈。以后你们的工作室属于世家传奇。"安子晏调整了一个姿势,认真地看着侯勇。

"我可以再考虑一下吗?"侯勇问。

"可以。"安子晏很有自信,他觉得他已经拿出了最优厚的条件,是其他的公司做不到的。

谈到了后来,安子晏接到了一个电话。

正在谈事,他不喜欢被打断,所以第一次直接挂断了电话。结果,对方十分执着,一直打,他只能先告辞,让江平秋继续谈,走出去接听电话:"喂,怎么了?"

"子晏……"电话里,是青梅竹马哽咽的声音。

安子晏微微蹙眉,问:"怎么哭了?是欧阳欺负你了吗?我们昨天见面的时候,还好好的。"

"不提他可以吗?"

"怎么了?"

"子晏,我爱你!我真的好爱你。"

安子晏觉得特别莫名其妙,电话那边,是他的青梅竹马陈恬笑。

陈恬笑早在今年年初就订了婚,未婚夫跟安子晏也很熟,是圈子里的世家公子哥。

当时安子晏还参加了他们的订婚典礼,就连昨天他们也才见过面。

"你……在玩打赌游戏?"安子晏问。

"我一直爱你,从刚刚懂感情开始就爱你,可是你一直无视我。我并不喜欢欧阳,和他在一起,只是利益婚姻,我真的不想跟他在一起,你救救我好不好?"

安子晏抬手揉了揉额头,突然觉得这件事情特别棘手,回答:"这件事情我只是一个外人,不能说什么。我只是能确定,就算你没跟欧阳在一起,我也不会跟你在一起,我对你没有感觉。"

安子晏说的是实话,一直以来,他只是将陈恬笑当成是朋友。

可是这个拒绝,让陈恬笑进入了疯狂的状态:"可是我爱你啊!我简直不知道该怎么做,才能够忘记你。我要疯了,我不想这样,我真的不想再这样了,你再来看我一次好不好?求求你。"

"对不起,我最近很忙。"

"我在馨月山庄等你,如果今天晚上等不到你,几天后参加我的葬礼好不好?"

"你什么意思?"安子晏原本已经准备挂断电话了,结果突然顿住。

"与其嫁给欧阳过我不想过的日子,不如一死了之,这样还算是痛快。"

陈恬笑说完这句话,就挂断了电话。

安子晏之后又给陈恬笑打了电话,陈恬笑都不接。

他只能给馨月山庄打电话,得到的消息是陈恬笑真的在,他们装成客房服务去了一次,陈恬笑并不开门,不过回答了,估计现在是安全的。

他又打电话给了欧阳,不敢直说,而是说:"陈恬笑给我打电话,状态似乎不太对,你去看看她?"

欧阳那边很吵,笑了笑后回答:"哦,应该没什么事,她总是神经兮兮的,就是喜欢吸引人的注意,你也别太在意了。"

这种语气,根本不在乎陈恬笑。

第九章 | 223

安子晏只能挂断电话，在自己的办公室里静坐了一会儿，还是起身离开了公司，开车去馨月山庄。

到了馨月山庄，他带着用人到了陈恬笑的房间门口，再次让用人问需不需要服务。

房间里传出陈恬笑歇斯底里的喊声："都说了不用！"

安子晏对用人示意了一下，接着离开了，去了207房间，输入密码走进去。

进去后，他首先进入客厅脱掉了自己的外套，回头就看到餐厅里有空盘。

一般有人进入房间都会在房间里打开提示灯，比如请勿打扰、立即打扫。他们家的人来了，都会打开请勿打扰的提示灯，这样外面不能进入，只能按门铃，然而他进门的时候什么提示都没有。

他又走向卧室，拉开帘子，就看到苏锦黎躺在床上，迷糊地揉着眼睛，看向他。

四目相对后，两个人都愣住了。

还没等说话，就有人打开了房间的门，安子晏下意识地重新拉上了帘子，回过身看到陈恬笑走了进来。

"你知道密码？"安子晏诧异地问。

"我跟你一起来这里这么多次，看过你输入密码，怎么会不记得？"

"你有什么事吗？"

"我知道你是在意我的，对不对？"陈恬笑说的时候，将门关上了，安子晏暗暗觉得不对劲。

"你喝酒了吗？"安子晏尽可能保持冷静，接着走向门口，"我们出去聊。"

"你就这么不想跟我待在一个空间里吗？"门被陈恬笑挡住了。

"我是艺人，这样不太方便。"

"这里根本没有人能偷拍！"

安子晏有点无奈地抿着嘴唇，看向陈恬笑。

陈恬笑泪眼婆娑，说着自己有多爱他，从小的时候，做的每一件事情说起，絮絮叨叨地说了很久。

安子晏一直在听，接着回答："这又怎么样，我并不喜欢你。"

"你怎么这么自私，只在意你自己，你能不能为我考虑一下，我这么爱你，你就不能救救我吗？"

"怎么救？"安子晏的声音冰冷，他已经看出来陈恬笑的状态不太对了。

"爱我好不好？或者，让我抱抱你，你今天陪陪我，就一晚行吗？我以后绝对不纠缠你。"

"你这样做让我很讨厌，而且你这个神奇的理论……"

"你特意来看我，不是在意我吗？"

"你的父母跟我父母是朋友，如果你死了我会很麻烦，所以我来这里只是想确定一下你死没死。我之前跟你来往，只是因为要跟你的家里保持良好的关系，但是你现在让我很烦，你最好现在就滚出去，不然别怪我不客气。"

安子晏不是一个善良的人，遇到这种事情多了，处理的方法就会冷酷无情。他精通说无情的话，做出冷酷的样子让对方死心，似乎只有这样做，对方才能放过他。

然而这一次，安子晏错了。

陈恬笑突然从口袋里取出一把刀来，用双手握着，接着用狰狞的表情对他说："我总觉得，既然得不到你不如毁了你，不然以后看到你跟别人在一起，我会多难过。不……绝对不能让这样的事情发生。"

安子晏被惊到了，紧张地说道："你把刀放下，冷静一点行吗？"

然而陈恬笑听不进去，继续絮絮叨叨地说着："不行，不能让你跟别人在一起……不能，绝不可以。"

安子晏下意识地挪动了一下位置，思考着如何从陈恬笑的手里把刀夺走。

陈恬笑出于警惕，也跟着移动了位置。

这个时候，卧室的帘子稍微动了动，让安子晏心中一惊，他生怕苏锦黎傻乎乎地过来帮忙，自己受伤。

然而他尚未来得及阻拦，苏锦黎就突然拉开帘子，大步走出来，突兀地从陈恬笑的身后抱住她的身体，双手握住她的手臂，用力向一侧撞过去。

陈恬笑到底是一个女孩子，躲闪不及，手臂撞到了柜子，手里的刀掉落在地面上。

这时陈恬笑开始拼命地挣扎，声嘶力竭地喊叫。

苏锦黎一直没松开她，低声喝了一句："收！"

第九章 | 225

陈恬笑失去了知觉晕了过去。

苏锦黎扶着陈恬笑的身体,问安子晏:"要扶到床上去休息一会儿吗?"

安子晏看着这一幕,震惊得面部表情都失控了,一脸的惊恐,不过还是立即回答:"扔地上,放床上算怎么一回事?"

总被黑的艺人,都有一种病态的洁身自好本能。安子晏可是一个打哈欠没挡嘴,都会被喷上几天几夜,公关都抵挡不了的人。

"哦。"苏锦黎就真的直接将陈恬笑放在地板上了。

"你没事吧?"安子晏缓过神来后,第一个问题就是这个。

"哦,没事。"苏锦黎回答,接着整理了一下自己的衣服,有点睡皱了。

安子晏抬手擦了擦额头上的冷汗,走到苏锦黎的身边,看了看苏锦黎的手背,确定没受伤,才拉着苏锦黎到客厅里坐下。

"这是怎么一回事?安子晏问道。

"她中邪了。"简单易懂,一句概况。

"你为什么懂这些,私塾里教的?"安子晏继续追问。

"爷爷教的。"

安子晏听说过一些风水堪舆的事情,都只是作为一种茶余饭后的消遣,听一听就过去了。

现在,苏锦黎这么正儿八经地说出来,还真说中了一些事情,不由得暗暗惊讶。

"对了,你为什么在这里?"

"子含交了三个女朋友,她们邀请他来这里聊天。"

"什么?"安子晏瞬间提高了音量,听到了安子含居然做了这种壮举,脑袋都要炸了。怒火瞬间喷涌而出,让他硬挤出来的笑容,看起来都有几分狰狞。

苏锦黎突然意识到自己可能说错话了,赶紧闭了嘴。他快速起身走到了陈恬笑的身边,险些顺拐的动作里都有着欲盖弥彰的慌张,并且生硬地转移话题:"地上凉,我给她盖个被子。"

"行,辛苦你了。"安子晏说完,大步流星地出了房间,"嘭"地关上了门。

苏锦黎赶紧跑回床边，拿出自己的手机给安子含打电话。

"喂？"安子含接听了电话，声音沉闷地问，显然那边谈得不算顺利。

"你哥来了！"苏锦黎这回聪明了，第一句话就说了重点。

"什么？！"

"他好像去找你了，你赶紧注意一点。"

"什么？！"

安子含那边很快就挂断了电话，苏锦黎也不知道救了安子含没有，在屋子里忐忑了一会儿，还是拿起了被子，去给陈恬笑盖上了。

他又抬起陈恬笑的手臂，手指搭在了陈恬笑的脉门上，看看陈恬笑现在的状态，确定没问题了才放下来。

结果，门突然被打开，安子晏拎着安子含走了进来。

真的是拎着。

安子晏拎着安子含的后衣领，将安子含硬生生地拽了进来。

安子含本来还在急切地解释着什么，结果看到地上躺了一个人，吓得"哇呀"一声，蹦了起来，话也没说出来。

安子晏将门关上后，连续踹了安子含好几脚："你挺牛啊，还一下子处了三个对象！"

"没有，就是纯洁的关系……"

"滚犊子！"安子晏又踹了安子含一脚，终于松开了安子含的衣领。

这个时候江平秋敲了敲门，安子晏很快开了门。

"安少，这件事情怎么处理？"江平秋进来之后，首先问了这个问题，并且无视了躺在了地上的人，估计是早就知情。

他们两个人是一起来的，江平秋向来跟安子晏形影不离，是一名得力助手。安子晏原本安排江平秋在别的房间休息的，现在出了突发情况，只能把江平秋叫来了。

"先把她们三个人分开，你去分别道歉，跟人家好好说。"安子晏回答的时候，解开了领口的一个纽扣，又瞪了安子含一眼。

"好。"

"哥，我都处理完了，你别管了。"安子含委屈地说道。

"我怎么有你这样的弟弟？你还是个人吗？"

"我错了……再也不敢了。"

安子晏气得心脏"砰砰砰"乱跳，气息都有些不匀了，看着安子含就恨不得再踹几脚，可是看到安子含疼得又要哭了，又忍了下来。

还不是他惯的。

他只能自己承受。

"你以后是艺人了，一言一行都被人盯着，稍微有点错误就会被无限放大，之后你就再也没办法翻身了。无论是你平日里的为人处世，还是恋爱方面，甚至是我们家的家事。"安子晏再次开口。

"嗯。"安子含揉着被踹疼了的大腿回答，啪嗒啪嗒地掉眼泪。

这一次安子含也挺后怕的，刚刚有红的征兆就闹出事情来，他只能急吼吼地来了这里，跟她们好好谈谈，向他们道歉。

安子晏还想骂几句，一回头，就看到苏锦黎蹲在柜子后面，只探头，用一双漂亮的眼睛，眼巴巴地偷窥他们俩。

见他回头，又快速缩了回去。

这模样，就像偷偷观察的小动物，被肉食性动物看了一眼，赶紧躲开了。

安子晏还是第一次在气头上，猝不及防地被萌了一下。

"我去处理一下，你在这里老实待着。"安子晏起身，对安子含说。

安子晏往外走，路过苏锦黎的身边居然伸手揉了揉苏锦黎的头，接着走了出去。

苏锦黎突然觉得，这是宠物的待遇。

所以，安子晏想养鱼吗？

苏锦黎等安子晏出去了，才垂头丧气地到了安子含旁边："我又说错话了。"

安子含特别快速地擦掉了眼泪，在他的"弟弟"面前装出无所畏惧的模样："我哥看到你在这了，就能猜到是我带你来的，之后再问我为什么突然请假，乱使用特权，就能问出来是怎么回事。"

苏锦黎坐在了安子含的身边，小声问："疼吗？"

"肯定的啊，我哥每次揍我就跟我不是他亲弟弟似的。"

"这次我依旧觉得,你哥哥说得对。"苏锦黎认认真真地说。

"你胳膊肘怎么老往外拐啊,你每天都能看到我,你能见到他几次?"

"你为什么这么渣,找三个女朋友?"

"当初就是觉得长得可以,没多想。"

苏锦黎看着安子含的眼神都变了,特别嫌弃:"你这样的人真不适合做男朋友,对她们不负责任。"

"嘿!我要认真恋爱了,也是很不错的。"

"我不相信你了。"

安子含靠着沙发,长叹了一口气,说道:"再也不敢了,谁能想到碰到这种事情啊。"

苏锦黎看了安子含一眼,还是抬手揉了揉安子含的头:"知错就改,浪子回头。"

安子含指了指躺在地上的陈恬笑,问:"这位是怎么回事啊?"

苏锦黎就把自己刚才碰到的事情跟安子含说了,不过并未说很详细的经过,而是说被抢夺了刀之后,她就晕倒了。

这时安子晏走了进来,与此同时还在打电话:"她最近太累了,嗯……叔叔,还有一件事情,笑笑好像不喜欢欧阳,你别太难为她,她的心理压力很大。"

安子晏站在陈恬笑的身边,盯着陈恬笑看了一会儿,又再次补充:"而且,欧阳一点也不在意笑笑,我告诉他笑笑晕倒了他也毫不在乎。我想,您也想让笑笑幸福吧?"

挂断电话,安子晏叫来了人,让他们将陈恬笑用被子包起来,然后送回到了陈恬笑自己的房间。

做完这一切,安子晏站在门口发了一会儿呆。他当初还以为,陈恬笑是他难得的异性朋友,以后……估计又要老死不相往来了。

不失落是假的。

他又毫无办法。

苏锦黎在这时走出房间,到了安子晏的正对面,颤颤巍巍地伸出手来揉了揉安子晏的头。

安子晏诧异地看着他,就听到他说:"你的问题,一定有办法解决的。"
"那就借您吉言了。"安子晏回以微笑,好看的笑容,让苏锦黎稍微愣了愣神。
如果安子晏身上的阳气没那么重的话,估计也不会那么可怕。

Chapter 10

安子晏是那种如果安子含犯了错,安子含呼吸都是错误的家长。

晚上,他们三个人在一起吃饭,安子含刚拿起一块炸鸡,安子晏就开始骂了:"闹出这种事情,你还有心情吃东西?!我都替你觉得丢人。"

安子含立即将炸鸡放了回去,好像他刚才拿起炸鸡完全是一场误会。

苏锦黎本来是要吃的,也跟着乖乖地放了回去。

"你吃你的。"安子晏对苏锦黎说道。

苏锦黎偷偷看了安子含一眼。

安子含眼神示意,想让苏锦黎帮自己说说情。

"你眼睛不舒服吗?"苏锦黎没懂他的意思,关心地问。

"少装可怜,你后面还有比赛,我都没打你头。"安子晏跟着说。

安子含:"……"

这俩人的不解风情真是到一种境界了,估计以后他们俩找对象都非常费劲。

安子含放弃挣扎了,直接起身:"你们俩吃吧!"

结果走了之后发现这两个人面对面坐在一起,吃得还挺开心的,根本就不在意他吃不吃了。

苏锦黎吃一样东西,就要念叨一句:"这个好好吃。"

"嗯,再给你要一份?"

"不,我要留着肚子多吃几种。"

"不够我再给你点。"

安子含翻了一个巨大的白眼,突然后悔他为什么不在事情解决了之后,立即回训练营去,非要在这里过夜!

现在安子晏看他什么都觉得不顺眼,他只有少在安子晏面前晃才能够确保平安。

第十章 | 231

苏锦黎跟安子晏吃完饭后，苏锦黎才试探性地问："要不这个留给子含吧。"

"不用留，他喝水都胖。你是没看到他第一期的节目，脸肿得像一个猪头。"安子晏说得非常夸张，完全无视了一群迷妹刷屏说安子含帅。

"可是子含不胖啊。"

"镜头效果，在镜头里，会显得比本人胖出四分之一左右。国内的审美还就是这样，一得白，二得瘦。"

安子含崩溃了，怎么又聊他这里来了，他刚才真的是动都没动，一句话没说。

好在，安子晏很快就聊到了合同的事情。

"我已经跟你的公司接触过了，现在正在谈具体的合同条款，他们已经基本上答应了我们的要求，这两天就会签约正式合同。在之后，你也可以有自己的小团队，你有什么想法吗？"

"团队都有什么啊？"

安子晏将他的团队需要的人跟苏锦黎说了一下，苏锦黎点了点头："你等一下啊。"

他取出手机来，第一个就给浩哥发了消息。

苏锦黎：浩哥，你会开车吗？

浩哥：会啊，每次都是我自己开车去送货，怎么了？

苏锦黎：以后我就有私人司机了，你感兴趣吗？如果你愿意过来，我可以跟他们争取一下工资。

浩哥：成啊，不仅仅司机，保镖我都能兼职了，开双份工资吗？

苏锦黎立即抬头问："我找我熟悉的司机跟保镖可以吗？"

"嗯，可以啊，不过得信得过，如果以后出卖你的消息，就很麻烦了。"安子晏点了点头，喝了一口水，这不算多困难的事情。

"人品我是信得过的，那你能多给点工资吗？"

"这个都是后期合同谈的事情，交给侯勇跟江平秋就可以，我不经手这种细节。"

他立即给浩哥回复：我让侯勇这几天联系你，工资他帮你争取。

浩哥：行，只要工资给的合适我就去，跟着你干我心情也能好，哈哈。

他又给小咪发了消息，问：我要找自己的助理了，需要注意什么吗？

小咪回复得居然也挺快的：什么时候啊？

苏锦黎：得比赛结束了。

小咪：那个时候，尤姐的戏差不多拍完，她要去国外修养一阵子，远离纷争，独自修养，所以我有空。到时候我去你的团队挂个兼职，帮你带带其他的助理吧，我也是有工作经验的。

苏锦黎：这样的话最好了。

"造型师可以找波波老师吗？"苏锦黎抬头问安子晏。

安子含一下子激动了，问："那个说话阴阳怪气的？"

"我觉得他超级厉害，还会做手工。"

"这就厉害了？找了他，简直让你的团队瞬间掉价，你还准备找谁？"

"我前阵子认识的一个大哥，想让他做我司机跟保镖。"苏锦黎老老实实地回答。

"工作经验呢？"安子含继续问。

"以前是安装镜子的师傅。"

"……"

"小咪她说可以做我一阵子的兼职助理，帮我带带新助理。"苏锦黎又一次说道。

"小咪是谁啊？"

"尤姐的助理。"

"你在跟我开玩笑吗？"安子含简直无语了，"我们世家传奇专业培养了那么多的人你不用，你找的都是些什么奇奇怪怪的人？我们安排的助理用其他人带？她是不是当你的助理也是你那个神奇的工作室找的？"

"他们人很好的。"

"人好能当饭吃吗？"

苏锦黎瞬间失落起来。

安子晏也跟着扶额，想了想跟着说道："如果你真的想用他们可以先试试，我派人去谈，之后如果不行就换人，到时候被动离职，我们可以补助三个月的工资。"

"嗯,行。"苏锦黎又兴奋地发起了短信。

安子晏吃完饭,看了一眼时间,说道:"我要赶回剧组了,你们俩今天怎么安排?"

"我住隔壁,苏锦黎住这个屋。"安子含回答,因为安子晏要走,兴奋之情溢于言表,人也瞬间可爱了几个档次,"你晚上走夜路小心点。"

"嗯。"安子晏拿着东西直接离开了,苏锦黎终于松了一口气,站起来活动了一下身体,他真是被那一身阳气压抑得浑身难受。

两天后。

安子晏出席了一场慈善晚会,进入现场做特邀嘉宾。

这次的慈善晚会非常隆重,在场邀请了小半娱乐圈当红的艺人,今天到现场的艺人有将近40人。一个慈善晚会几乎成了红毯秀,个个都是盛装出席。

安子晏也不例外。

安子晏走下车甩了甩手表,调整好表情,面带微笑地入场。身边都是闪光灯,不停地闪烁,他依旧淡然。

入场后不久,他看到了他最不想看到的人——沈城。

每一场慈善晚会,沈城都一定会参加,几乎不会缺席。安子晏觉得,沈城就是一个伪善的人,见到他就觉得浑身难受。

让他意外的是,他刚入场沈城就注意到了他,目光似乎总是时有时无地朝他投过来。

他总觉得,这是一个阴谋,沈城只有要算计他的时候才会这么关注他。

就在安子晏想要跟江平秋联系,让他多加防范的时候,沈城居然走了过来,面带微笑地看着他。

安子晏内心里暗骂了一句:这老贼今天正面来?

不过,他还是看向沈城,在镜头前,他一直表现得足够完美。

"谁摸过你的头了吗?"沈城居然直截了当地问了这样一个问题,声音很低,如果不在他们身边,没有人能听到他们究竟说了什么。

"哈？"安子晏觉得莫名其妙，差点没控制住自己的表情。

"回答我就可以了。"

安子晏看着沈城，依旧在微笑，然后咬着牙齿，用唇语专家都看不出来的幅度，回答："沈城，你有病吧？"

一句话说完，笑容都没有变化过，无懈可击。

沈城抬手凭空一抓，就好像拿走了安子晏身边的什么东西一样，接着再次说道："你不配被祝福。"

表情同样的毫无破绽。

什么玩意啊这是？

新的坑人方法？

"再会。"安子晏回答完扭头就走，他总觉得跟沈城这个老贼多说一句话，就会浑身突然起疹子，奇痒无比。

沈城在他心里，就是一个癞蛤蟆一样的存在，不咬人，膈应人。

沈城很少提前离场，今天突然身体不适，是被助手扶着离开的。估计明天的新闻又会是沈城带病参加慈善晚会之类的，全部都是夸奖。

安子晏跟沈城的名字放在一起，就是完全不同的两种存在。

安子晏也不知怎么就那么倒霉，不一定什么时候就因为一件莫名其妙的事情被黑了。

沈城却不会，清一色的好评，从小就是三好学生、三道杠，无敌的别人家的孩子般的存在。

整个娱乐圈里，形象维持得最好的人，绝对是沈城没错。

沈城回到家里，一直沉着脸，助理啾啾一句话不敢多说。

"问了那个老狐狸了吗？"沈城沉着声音问。

"问了……你弟弟确实下山了。老爷子也很惊讶，没想到他居然没找到你，这么久也没回山上。"

沈城顿时觉得头痛。

苏锦黎的体质特殊，又因为心灵纯净，送出的祝福是淡淡的橙色，像沈城送出的祝福会是红色的，就是所谓的"红"运当头。

所以，沈城一眼就认出来，安子晏身上围绕的祝福是苏锦黎送的。

"他现在叫什么名字？"沈城又问。

"老爷子说，他下山的时候走得太兴奋了，忘记把自己取的名字告诉他了，老爷子也不知道。"

沈城瞬间觉得头大，这是他弟弟能干出来的事情。

"我去问问安子晏？"啾啾试探性地问。

"安子晏不会说的，甚至还会戏耍你一番，接着去调查，看看能不能抓住我的把柄。"

"这怎么办，你弟弟这么长时间是怎么生活的？他什么都不懂，不会吃不上饭吧？"

沈城被问得脸黑成了碳，平日里的男神形象瞬间全无。

"我就是奇怪一件事情，安子晏身上的阳气那么重，我弟弟应该会怕他才对，为什么还会给他送去祝福？"沈城一直在意的，就是这件事情。

"他体质特殊，会害怕阳气重的人，但是会吸引这样的人。"

话还没说完，沈城就怒视过来。

紧接着，屋子里的灯开始狂躁地闪烁个不停。

啾啾抬头看了看灯，赶紧伸手劝说："老大，您别生气，灯泡都要炸了。"

话音刚落，屋子里的灯全部炸开，转瞬间，整栋楼都进入了断电的状态。

啾啾吓得连续后退，颤颤巍巍地说道："老大，我就是随口说说。"

"去调查安子晏最近接触过的人，18岁左右，男生。"

"好。"啾啾说完就要往门外走。

"你干什么去？"

"这里断电了没有网了，我去网吧……"

"……"

新的一期《全民明星》播出了。

这一期的节目，虽然电视播出的版本时间固定，但是网络版时常非常感人，删减的部分很少。并且后期给力，观看数量以令人咂舌的速度增长。

投票平台也在开播的同时再次开放，训练营里也在同时没收了所有学员的手机。

然而这次比赛的前十名有他们的专属福利。

比赛第一天，他们穿越长长走廊去往的休息室，让前十名选手进入，他们可以通过大屏幕，看到网络版的第三期节目。

在他们集体要求下，节目组用大屏幕播放的还是有弹幕的版本。

休息室里还有摄像机，估计会拍摄出来他们观看比赛时的表情，也会作为节目的内容播出。

这次的座位是按照排名坐的，苏锦黎坐在第一位，旁边就是乌羽跟安子含，他们两倒是第一次并肩坐在一块。

视频刚刚开始打开，就进入90秒钟的广告。

安子含直拍大腿，嚷嚷起来："你们就不能办个会员？"

十名选手有几个人偷偷笑出声来。

苏锦黎没说话，他觉得看一会广告也没什么啊，这样还能省钱。不过总体说来，是他实在是太穷了。

视频开始安子晏出场，迷妹们开始霸屏了。

安子含看着屏幕，把嘴嘛成了"O"型。

"怎么突然这么多字？"苏锦黎看着那么多弹幕，眼睛都要晕了。

"你以前都不用弹幕看视频吗？"乌羽问道。

"不啊，我不知道这个功能。刚才的字还以为是节目组做的特效，可是它一直存在。"

"这个就是能看到观众们实时的评论。"乌羽解释。

苏锦黎忍不住感叹："安大哥人气好高啊。"

身边坐的人是乌羽，于是只得到了"嗯"的一声回应，让苏锦黎尴尬得没再说下去了。

等到了张彩妮他们这个组上场后，弹幕少了一些。

然而等张彩妮点名苏锦黎后，弹幕再次疯狂起来。

他努力看了看，发现弹幕的内容也很奇怪。

【啊啊啊啊，这个女的勾引我老公！】

第十章 237

【情敌来战！！！】

【两个人完全不搭。】

【心机女想炒 CP 吧，抱走小锦鲤不约。】

【居然摸头杀！】

【啊啊啊啊啊。】

【张彩妮笑得有点甜啊。】

【摸头杀让我少女心泛滥。】

等节目表演结束，张彩妮跑去找苏锦黎拥抱，结果苏锦黎跟她击了一个掌。

【这一段重复看了 3 遍。】

【可以说，苏锦黎家粉丝的家教很严格了。】

【凭实力单身，并且实力强劲，没毛病。】

【被可爱哭！】

【竟然觉得这对有点萌了。】

【反差萌组合？】

【张彩妮一看就是老司机。】

苏锦黎看着这些弹幕，努力理解，还是觉得一些词汇非常难懂，他不太理解这些词，为什么会出现在这个片段。

"这个功能好好啊，可以看到观众们的反应。"苏锦黎感叹道。

"你还真是复古男孩，这些都不知道？"周文渊惊讶。

苏锦黎还是有点忌惮周文渊的，所以周文渊说话很少回答，只是偷偷问乌羽。

乌羽还太冷淡，让他有点寂寞。

现在周文渊主动跟他搭话，他只能回答："对啊，不知道。"

"前阵子，我哥不知道在哪里买到了 PSP，这小子玩得劲劲儿的，我估计下次我送礼，都得送他留声机。"安子含跟着感叹。

"留声机是什么？"苏锦黎又问。

安子含无奈了，摇了摇头："看节目。"

"哦。"苏锦黎失落地继续看节目了。

等到乌羽上台，就能够发现，乌羽的人气也很高了。

在每一组进行比赛的时候，还会播放他们练习时的片段，让观众可以看到他们练习时的样子。

乌羽这组的片段,就是乌羽他们练习时的艰难,还有一段居然有苏锦黎、安子含他们出境。

屏幕里出现安子含对着乌羽晃胯,被乌羽赶走的画面后,弹幕明显歪了。

【乌羽平时是酷酷男孩,碰到子含就破功。】

【他们俩是聚在一起说相声吗?】

【这个画面简直不忍直视……】

之后是乌羽教常思音发音,苏锦黎跟着哼唱,好听的声音,还有那一段海豚音,让屏幕再次炸屏。

【小乌鱼跟小锦鲤是水中生物组合吗?】

【这个比赛里的实力唱将:乌羽、苏锦黎、魏佳余。】

【小锦鲤唱歌很好听啊,声音也好好听。】

【被天使吻过的声音。】

安子含看着弹幕,笑嘻嘻地说:"真的啊,乌鱼跟锦鲤,你们俩是水中生物组合啊。"

"我总觉得我妈给我起名字的时候,根本没深思熟虑过,甚至没自己读一读。"乌羽双手环胸,唉声叹气地说。

"我起名字的时候深思熟虑了。"苏锦黎回答。

他跟苏州有点渊源,就叫苏锦黎了。

他们起名字都有纪念性意义,他估计他哥哥的名字,是因为他哥哥跟沈阳渊源不浅,就叫沈城了。

他们的姓氏一般都是地名,如果地名的名字实在没办法起名,再用别的。

"你的名字比乌羽的好听点。"安子含忍着笑回答,"乌羽这个名字是真的难听。"

"你的名字呢?安子含,名字是子汉,是想成为男子汉吗?结果 nan 成了 an,所以成为男子汉的可能性是 no。"

安子含理解了半天,才明白乌羽的意思,点了点头:"你研究我名字研究很久了吧?"

"没兴趣。"

很快，到了安子含上场，弹幕瞬间变得特别欢乐。

【终于等到了塑料兄弟组合。】

【今日的兄弟相声专场即将开始。】

【原本不粉安子晏，然而因为他们俩的互损粉上了这对兄弟。】

【子含，我是你嫂子！】

【子晏啊，我是你弟妹。】

【嫂子团让我看到你们的双手！】

【手手。】

"嘿呦喂，我真可以跟我哥比谁"女友粉"多，谁多谁登基。"安子含笑呵呵地看着屏幕，说道。

苏锦黎看完嘿嘿笑："你就算登基了，你哥也会是摄政王。"

"哈哈哈……"乌羽终于笑了出来。

"怎么每次有我的笑话，你都笑得特别开心呢？"安子含看着乌羽真是特别不爽。

"你那么在意我干什么？"乌羽反驳。

"谁在意你啊？"安子含跟乌羽再次互相不理对方了。

等到了苏锦黎上场，开始了新一轮的弹幕轰炸。

【小锦鲤今天有种校草的感觉。】

【别校草了好吗？你们的死鱼没读过书，文盲一个。】

【说文盲的是不知道国内私塾有多厉害吧？】

【好奇他们的讨论组。】

【鼻子插大葱，安子含你是认真的吗？】

【安子晏其实很宠弟弟吧，被这么说了，还笑得这么没心没肺。】

【等等！安子晏是因为苏锦黎说他鼻孔精致才笑的吧？】

【申请加入讨论组。】

这时候，大屏幕播放的是苏锦黎回答韩凯，自己很想恋爱的片段。

"哈哈哈，我的天，太可爱了吧。"周文渊忍不住感叹了一句。

苏锦黎扭头看向周文渊，也不知道该不该搭话，于是只是笑了笑。

周文渊身体前倾，手臂搭在膝盖上，一扭头就能看到苏锦黎，也对着苏锦黎微笑。

弹幕同样是这样的画风。

【小锦鲤，我要跟你谈恋爱！】

【好可爱啊怎么办？】

【你想谈恋爱，可是你单身是凭实力啊！】

【是啊，不吃好吃的，不恋爱，做人有什么意思？】

【哥哥是怎么回事？父母离婚吗？】

【啊……会哭的，好心疼。】

【小锦鲤是不是家里条件不好啊，公司也穷，好可怜。】

【贫民窟公司里走出来金锦鲤。】

在安子含跑去找苏锦黎说，让苏锦黎叫他哥哥之后，弹幕画风再次跑偏。

【小锦鲤没事，哥哥跟嫂子都会陪着你呢。】

【我跟你安哥都保护你。】

【两小只蹲在一起的背影有点萌。】

【乖乖叫哥，好萌啊。】

【安子含好像超喜欢苏锦黎。】

"是啊，超级喜欢！"安子含突然说了一句，然后对着苏锦黎比心。

苏锦黎侧头看了安子含一眼，跟安子含对着比心，就跟玩似的笑得特别灿烂。

他们俩都知道，就是一个玩笑而已。

其他人开始起哄，说他们俩恶心。

"轰出去！"魏佳余这位实力派女选手都受不了了。

"别别别，让我看完我家弟弟唱完这首歌。"安子含装模作样地求情。

"哈哈哈哈。"苏锦黎简直笑成了一个微笑娃娃。

再抬头，苏锦黎突然看到了一条弹幕。

【我弟弟用不着你们兄弟俩照顾。】

他看着这条弹幕，不由得一愣。

是调侃吗？

还是……

哥哥应该还不知道他已经下山了吧？

他很快继续看节目了。

等苏锦黎的分数公布后，不少人都替苏锦黎喊冤。

【小锦鲤纯属选歌吃亏了。】

【苏锦黎唱得很好听，不应该这么低的分。】

【公司穷啊，没办法，高分的都是大公司的。】

【一会儿周文渊肯定高分，等着瞧吧。】

周文渊看着弹幕，还能笑出来："被说得压力好大啊。"

苏锦黎这个时候不得不感叹他们几个的心态了。

弹幕没有被筛选过，很多弹幕会骂人，其中安子含被骂得最凶，然而安子含就像没怎么看到似的。

乌羽不用说了，是从头到尾都很淡定。

周文渊也一直是笑呵呵的样子。

其实苏锦黎在看到别人说他文盲，说他装单纯的时候，还是会心里不舒服。

他从深山里出来，突然来到了世间，还没待多久就突然走进了大众的视野，被很多人熟知。

然后，他们会对他品头论足，恶意揣测他的一言一行，一时之间还真的调整不过来心态。

他继续看着屏幕，看到周文渊似乎人气也很高，很多刷周文渊名字的迷妹，周文渊也会时不时说两句话。

苏锦黎开始陷入沉默，只是一直看着。

哥哥当年是怎么做的呢？

也是这样吗？

当天，社交平台的热搜又一次被《全民明星》霸占了。

苏锦黎想谈恋爱

安子晏 安子含

求苏锦黎摸摸头

乌羽高音

周文渊逆袭

苏锦黎凭实力单身

这些词汇先后上了热搜榜,轮换着顺序。

当天夜里,一条热搜横空出世,一下子成了爆款热搜,并且一直没掉下来。

沈城关注苏锦黎

啾啾去了孤屿工作室。

他是被沈城派去的,要谈关于苏锦黎的合同问题。沈城要求很强硬,无论如何必须在第一时间把合约谈妥,绝对不可以让安子晏得手。

说起来,沈城找弟弟真的非常顺利。

啾啾只发了几条消息,打听安子晏最近的主要工作,就知道了其中一件事情。安子晏在收购孤屿工作室,因为苏锦黎是工作室的艺人。最近苏锦黎风头正旺,想找到消息并不难。

接着,他让沈城去看《全民明星》这个选拔节目。

很少看这类节目的沈城真的去看了,从看到苏锦黎的第一眼,沈城的表情就变得特别凝重。

他快进着看了苏锦黎所有片段,寻找蛛丝马迹,来确认苏锦黎是不是自己的弟弟。

刚巧,那天更新了第三期,韩凯跟苏锦黎的对话,让他确认了苏锦黎就是自己的弟弟。

比如"刚做人"这个词,还有就是对哥哥的描述都能够确认。看到苏锦黎说:"会哭的。"沈城心疼得直接站起身来,在屋子里焦躁地走来走去。

沈城一直是一个很淡定的人,什么事情都能做到云淡风轻。

但是对于弟弟的事情完全无法冷静。

他跟苏锦黎在有意识后,根本不知道自己的父母究竟在哪里。他们俩能够感受到彼此有血缘关系,所以在那些年里一直彼此扶持。

沈城最大的恐惧,就是看到弟弟被人抓走。

当时沈城还小,什么也做不了,只能着急地原地打转。

第十章 | 243

幸好，弟弟被放过了。

从那以后沈城对弟弟的照顾就堪称变态级别的，他不想再失去亲人。

沈城出山的时候也很懵懂。

好在，他跟苏锦黎不一样，要更冷静一些，而且有些小机灵，很快因为长相优秀，成了童星。他被送去上学，与此同时还在工作。

成为艺人后，他的烦恼越来越多，让他的一言一行都被关注着。他很想回去看看苏锦黎，然而公司安排的行程，他连一天假期都没有。

最开始他还想过把苏锦黎接过来，后来放弃了。

他想自己的弟弟过无忧无虑的生活，不想被媒体发现，让苏锦黎经受非议。

他已经努力做到最好了，然而依旧时不时有些负面的评价，他也只能权当没看见。他绝对不想弟弟也经历这些。

最近他做了努力，成了公司的股东之一。

并且，因为人气积累已经够了，他开始走精品路线，只做优秀的作品。

他原本已经拟定了计划，并且在不久后就会休假回山里一趟，却突然看到了安子晏身上的祝福，沈城再难淡定了。

竟然临时注册小号，暴躁地发了一条弹幕。

发完后开始想办法，怎么才能去见苏锦黎。该怎么处理他们的关系，才能让风波最小，让苏锦黎不至于被推到风口浪尖上。

沈城得到安子晏那边消息的第一时间，就让啾啾拟定一份合同的纲要。一大早，啾啾约见到了侯勇。

进来后，看到工作室的环境，啾啾一阵心酸。

苏锦黎是沈城的弟弟，沈城随便准备的地方都比这里舒适豪华十倍。

"我们已经在跟世家传奇谈合同细节了，这个恐怕……"侯勇说得很客气，他没想到波若菠萝居然会派两拨人过来。

"世家传奇那边给你们什么条件，我们都可以优厚一倍。"啾啾大手一挥，直接这样说道。

"世家传奇给的合同，已经非常合理了。"

啾啾着重问了几个细节，询问世家传奇给的条件，问完之后，他就沉默了。真是给得非常合理了，再优越一点，都会打破业内规则。

啾啾没办法，只能到了安静的地方给沈城发消息，汇报这边的情况。

"老大，真的没办法再加条件了，如果被老总那边知道，估计要调查了，他现在拼命地找你的把柄呢。"啾啾发送完语音消息，就站在窗户边等待了。

"那就放弃工作室，我会跟我弟弟见面，想办法让他出来解约，工作室安子晏就拿去吧。"沈城回复了语音消息。

啾啾得到了提示，跟侯勇又客气了几句后，临走前突然问："我能看看苏锦黎的寝室吗？"

"可以……是可以。"侯勇答得很勉强。

最后他们两个人还是去了，打开门的一瞬间，啾啾心疼得不行，都不敢给沈城发图片，扭头离开了。

节目组经常会收到粉丝的礼物，按照选手的名字送到选手的手里。前十名的选手这几天都聚在一起集中训练,所以来领礼物的时候也是一起来的。

苏锦黎找到了写自己名字的箱子，往箱子里看了看，觉得特别地满足。

各种小玩偶或者小手工艺品，都是他很喜欢的。也许是知道他喜欢吃，所以不少粉丝还会送他零食。

他捧着礼物美滋滋地往回走，周文渊刚走进来，两个人打了个照面。

"哇，你的礼物都好可爱啊。"周文渊走过来，朝苏锦黎的礼物盒子里看了看，然后还伸手拿出了两样看了看，之后又放了回去。

"我挺喜欢的。"

"真好，我也去取了。"周文渊说完就离开了，苏锦黎则是快步离开了门厅。

等苏锦黎离开，周文渊突然停下来，看了看苏锦黎的背影，接着继续朝自己的盒子走过去。

蹲下身的时候突然笑了笑，很浅，镜头都没能捕捉到。

苏锦黎捧着礼物回了寝室，蹲在盒子前翻来翻去。

小手工的娃娃，他每个都挂了一条绳子，挂在了自己的床边，又找出几个摆在了自己的床头。

从盒子里拿出了几件衣服挨个看了看，接着展开一件衣服给安子含看：

"这个图是他们手工画的欸！好厉害！"

安子含随便看了一眼后无精打采地回答："我发现你特别喜欢会做手工的人。"

"嗯，是啊，还有做菜好吃的。"苏锦黎坦然地回答。

苏锦黎收拾完了坐在了椅子上，拿出了几袋零食，一边吃一边看乌羽他们展示礼物，还时不时会点评几句。

突然间，他的身体猛地一僵。

刚才他吃了一块巧克力，直接嚼了吞了进去，巧克力在食道内融化后，有些东西释放出来，让他一阵剧痛。

他想要站起身，结果直接呕出一口血来。身体疼痛得发颤，让他向前一步没能成功，整个人跌倒在地面上。

他勉强地用双臂支撑起身体，又一次呕出血来，吐了好大一摊。

身体里就好像在燃烧，巧克力所到之处全部都被侵蚀着，他甚至能够感受到身体里的器官在腐烂掉。

"你怎么了？"安子含吓了一跳，赶紧过来扶苏锦黎。

"是不是刚才吃的东西不对劲？不会是百草枯什么的吧？"乌羽也跟着起身，慌张地不知道该怎么办。

安子含因为着急没能控制好情绪，对乌羽吼道："出去让他们叫救护车！"

乌羽难得没反驳安子含，赶紧跑了出去。

安子含一直扶着苏锦黎，帮苏锦黎顺后背。

苏锦黎却突然挣脱开安子含，快步进入了洗手间，将房间门反锁。

他的呼吸已经有些困难了。

意识越来越模糊，身体无法支撑，他只能勉强扶着洗手池站稳。

再也坚持不住了，苏锦黎瘫倒在地。

"苏锦黎你干什么！开门！"安子含在门外急切地拍打着门，却得不到任何回应。

安子含情急之下只能用力地踹门，一下又一下，终于破门而入，就看到苏锦黎晕倒在了洗手间里。

安子含没工夫在意其他的了，横着抱起苏锦黎就往外狂奔。

其他人纷纷过来看发生了什么事,其他的选手看到了,也都纷纷地跟着过去,问:"怎么回事?"

安子含也不知道,急得满头是汗,大步狂奔:"我也不知道,赶紧救人。"

那边乌羽已经通知了工作人员,正好碰到了跑出来的安子含,也跟着往外跑,同时说道:"我问了救护车来的路线,我们开车去迎救护车。"

"好。"

送苏锦黎去医院的只有几个人,其他选手和工作人员都留在了原地。

周文渊目送他们离开,跟着其他选手一起回了训练营。

"怎么了啊?"

"听说是吃了粉丝送的东西。"

"投毒了?"

"应该是,太可怕了。"

周文渊微微蹙眉,似乎也很是担心,还叮嘱大家:"以后不要乱吃东西了,可能是黑粉送来的。"

"好。"

"天啊,这都算犯法了吧?得抓人了!"

"我刚才也吃了东西,好后怕。"

他们纷纷回了寝室,周文渊的寝室里只有周文渊一个人是前十名,所以寝室也只有他一个人。

他进入了没有摄像头的洗手间,捏着手指算了算,忍不住"啧"了一声。

"没想到还挺坚强的,不过……就他,继续唱歌是不可能了。"

只有安子含一个人跟着苏锦黎上了救护车,乌羽和工作人员上了其他的车跟在救护车后面。

他怕耽误医护人员工作,老老实实地躲在一边,然后就看到苏锦黎虽然已经陷入了昏迷,却还是会呕血,胸口一颤一颤的。

医护人员为他戴上了氧气罩,苏锦黎呕得氧气罩内都是血,医护人员只能再用其他办法。

安子含看得直心疼,蹲在角落里掉眼泪,哭着问医护人员:"他不会死吧?"

"情况不太好,我们会尽力的。"其中一个人回答。

苏锦黎的身上被戴上了仪器,安子含只在电视里看过心跳的仪器,所以一直盯着,生怕突然变成一条直线了。

这种感觉真的是太糟糕了。

所有的事情都是在他面前发生的,他到现在还处于大脑一片空白的状态。

苏锦黎被送进到了医院,进了急救室,其他人都被拦在了门外。

安子含想留在门外等,乌羽却突然扔给他一件外套,他这才注意到,他因为抱过苏锦黎,身上都是血。

乌羽怕他这身衣服吓到人。

"这是要杀人吧?"安子含拿着衣服,噙着眼泪,愤怒地问乌羽。

"我倒是听说过此类的事情,比如糕点里放了刀片,不过像他这样严重的还是第一次见。"乌羽同样在着急,声音都是颤着的,看似淡定,手指尖却在发抖。

"报警!无论如何也要把凶手揪出来,调取监控!"安子含几乎暴走。

"嗯,一定要这样。"乌羽回答。

然而他们在这里没待多久,就被剧组的工作人员强行带走了。安子含不愿意,最后被乌羽带上了车。

"我得在医院里等消息!"安子含喊道。

"估计剧组想先控制消息,我们俩算是公众人物,在医院里会引起关注,让事件发酵。"

"为什么不能发酵?就是要闹大了,让他们关注这件事情。"

"然后让凶手有心理准备,准备好潜逃?而且,比赛还要继续……我们只能回去。"

安子含这回不说话了,沉默了好一会儿,才说:"我听说,是带有腐蚀性的东西,他好了以后……不会耽误唱歌吧?"

乌羽没回答,表情不太好看。

苏锦黎的声音非常好听,简直就是一种上天的恩赐,让人会因为声音而中毒。然而,偏偏是嗓子出了问题,以后就算好了,也会有影响吧?

太可惜了。

苏锦黎的路才刚刚开始。

安子含又开始哭，然后坐在车里骂了一路的脏话。

乌羽一路沉默，听着安子含发泄，同样的心情很差。

回到训练营，安子含跟节目组要了自己的手机，打电话给安子晏，一开口就说："哥，你想办法去医院看看，别让苏锦黎死了……"

安子晏吓了一跳，想问怎么回事，结果安子含哭得连话都说不明白，安子晏只能挂断电话，打给节目组的负责人。

知道事情的详细经过后，安子晏破口大骂："你们怎么可以什么都给选手送过去，都不筛选的吗？！"

安子晏目前在外地，查了最近的航班跟高铁，都要在几个小时以后。

没办法，安子晏只能开车回来。

安子晏也是慌了神。

有一个男人，领着一名五岁左右幼童的手，突然出现在了山脚下。

就好像是凭空出现的。

男人对着山布阵，设下了保护的结界。

幼童在一旁左右看，还忍不住问男人："爷爷，你为什么要变成年轻的样子啊？白头发都没了。"

"都告诉过你了，下山之后叫我哥哥。"男人回答。

"我们去找哥哥吗？"幼童又问。

"嗯，你那个傻哥哥下了山就跑丢了，我怕他被人骗了，得出来找一找。"

"我都想哥哥了！"

男人布置完结界，站在山脚下，手掌一摆，手指掐出手诀来，双目紧闭。

接着，用手指在眉间上一点，念了一句："开。"

再睁开眼睛，就能看到凡间的另外一面。男人看到了一道熟悉的气场，在城市的边沿。

"你看看你这个没出息的哥哥，下山都快一年了，还在本市晃悠呢……"

第十章 | 249

话音刚落，就看到这道气场变得微弱，显然是受了伤。

男子的脸色瞬间就变了。

出了什么事？

他想立刻过去，却被幼童拉住了手："爷爷，不可以。"

男人急得不行，紧接着居然在路边看到了山上的自行车，只是车链子断了，被人给扔在了这边。

男人修好了自行车，带上幼童，骑着自行车顺着气息去找苏锦黎。

沈城联系节目组，想要近期过来见苏锦黎，让他们安排一下，尽可能保密。结果却得到了消息，苏锦黎出现了意外。

他一路飙车，很快赶到了医院。

他进入病房后，看到躺在床上脸色苍白的苏锦黎，心口就像插了一把剑，难受非常。

多年没跟弟弟见面，再见面的时候，弟弟居然是在昏迷不醒的状态。

早一点见面就好了，就不会出现这种事情了。不该让苏锦黎经历这些事情的，苏锦黎应该一直纯净美好。

沈城让其他人都出去，一边走到床边，一边将帽子跟口罩摘下来。

坐在床边，伸手拉住了苏锦黎的手，看到了苏锦黎手背上的符文。

他心中了然，左右看了看，看到了病房里的监控器，紧接着就听到了监控器炸了的声音。

沈城将呼吸机拿下来，掰开苏锦黎的嘴，查看里面的情况，接着用手按在苏锦黎的喉咙上。

做完这一切，他虚脱地坐在了椅子上。

因为法力近乎耗尽，他也无法控制自己的身体了，汗水洗礼过，让他的鱼鳞若隐若现，看起来有些恶心，还有着一些味道。

静坐了一会儿，沈城才缓过神来，坐在了床边，伸手摸了摸苏锦黎的脸颊。

都长这么大了。

病房的门突然被打开，沈城立即怒视过去，他不喜欢被人打扰，所以都会让啾啾严防死守。

不敲门就走进来，让沈城有些愤怒。

看到进来的人后，沈城才没有计较。

这只老狐狸，好像也没遵守过什么规则。

"怎么回事？"江古快步走到床边，问道。

"你怎么下山了？"沈城则是问了这个问题。

江古是他们之中辈分最高的一位，山上的所有人都会尊称他为爷爷。

爷爷年轻的时候也曾意气风发，老了，却被困在山上，保护山中小的那些。江古很少下山，偶尔下山也是在附近的小城镇上逛逛，买点东西后就会再次回到山上。

这次来医院，江古已经算是出了一趟远门了。

"你怎么当哥哥的？怎么让我孙子变成了这个样子？！"江古情绪激动地质问沈城。

苏锦黎下山的时候还好好的，整个人神采奕奕，兴奋的样子就像他当初刚刚长出腿的时候，腿脚不利索，还非得蹦来蹦去。

然而，这么久的时间过去了，苏锦黎却变成了这个样子。

"你为什么不告诉我他下山了？"沈城反问。

江古其实是想苏锦黎找不到沈城，就自己回山上去，所以没有告诉沈城。现在被沈城问起了，江古无言以对，站在床边沉着脸一直盯着苏锦黎看，接着压低声音说道："是谁干的？"

"我在来的路上了解了一些情况，是粉丝送的礼物，食物里有腐蚀性的东西让他受了伤。剧组的人一会儿就会把他收到的所有礼物送过来给我看，还会调取监控。"沈城回答。

"腐蚀性的东西？"

"是祭天血。"

"许家的人还是顾家的人干的？"

祭天血，近些年里只有许家的一位晚辈拥有。

沈城摇了摇头："我认识许家的那位后生，并不是他做的，他也不

第十章 | 251

知情。"

"居然用了祭天血,这是多大的仇?"

"估计是在比赛的时候挡了谁的道吧,他再不会跟其他人有交集了。"

江古看着沈城冷淡的样子,猜到沈城肯定已经有自己的眉目了,只是不愿意与自己多说。

"如果是顾家人……我绝对血洗他们全族。"江古面色阴沉地说。

"顾家的人跟许家曾有一战,现如今,顾家只是残兵败将了,全部躲回了本家。估计是早先有顾家的人卖过祭天血。"

"你打算怎么做?"江古继续追问,就算是他,也总是捉摸不透沈城到底在想些什么。

然而,沈城被问得有些不耐烦。

沈城都要烦死了,刚找到弟弟就碰到这样的事情,心疼加愤怒,让他整个人都处于一种焦躁的状态,说不定什么时候就会爆发。

然而,江古来了之后一直追问他,他根本不想说话。

在非常烦的时候总跟他说话,他真的要爆发了。

抬头看向江古,就看到江古心疼得额头都是青筋,便又忍了下来。

都是在关心苏锦黎吧。

"等我调查清楚。"沈城回答,"既然敢做这种事情,就要做好觉悟。"

幼童走到了床边,爬上去看了看苏锦黎,奶声奶气地叫了一声:"哥哥。"

叫了几声,苏锦黎都没有反应。

突然出现了一条小狐狸,浑身白色的绒毛,踩在苏锦黎的胸口,蹭了蹭苏锦黎的脸颊,结果却被沈城拎着后脖颈的肉拎走,接着扔到了一边。

沈城在那座山上,也只对苏锦黎比较友好。

其他的人,沈城是一点感情都没有。

江古伸手,按住苏锦黎的额头,源源不断地往苏锦黎的身体里输送灵气,帮助苏锦黎恢复。

沈城站起身,打电话询问他派去的人的调查结果。

"监控都看了,没有人拿那盒礼物送到节目组,那个礼物是凭空出现的。"调查的人员回答。

沈城挂断电话，等了一会儿后，啾啾敲门走进来，将一个袋子递给了沈城："我从警方那里要过来的，盒子上只有苏锦黎的指纹，没有其他人的，应该是处理过。"

沈城接过塑封的袋子，仔细感受了一下，也没感受到任何气息。

拿来礼物的人，连气息都处理干净了，一点线索都没留下。沈城看到这些忍不住深深地呼出了一口气，以此压住自己的愤怒。

江古让小狐狸坐到他的怀里，抬手揉了揉小狐狸的绒毛，说道："我想带他回山上去。"

只有由他来亲自保护，江古才能够放心。

"他长大了，由他自己决定吧。"沈城看着苏锦黎回答。

苏锦黎在半个小时后才清醒过来，迷迷糊糊地睁开眼睛就看到江古凑近了看他的大脸。

"爷爷……"苏锦黎叫了一声，就发现自己居然可以顺利地说话，不由得有些惊讶。

"欸。"江古刚回答完，居然哭了，堪称老泪纵横，"你感觉怎么样？"

"你哭什么啊，我没事。"

"你哥帮你的，你能有什么事？！要是我跟你哥没找到你，你是不是就完了？"

"我也没想到会这样……"苏锦黎回答完，突然意识到他哥也来了，立即朝旁边看过去，就看到沈城也站在旁边。

苏锦黎本来有超级多的话想跟沈城说，然而话到了嘴边，却只说出了一个词："哥。"

"嗯，我在呢。"沈城回答。

苏锦黎瘪着嘴，努力让自己不哭，结果还是泪眼婆娑的。

"我把你的地址弄丢了……还找错公司了……上次我去追你了，没追到，好多人都没有你的联系方式……"苏锦黎断断续续地说自己的遭遇。

"你先休息一下，以后慢慢说。"沈城赶紧按住苏锦黎，让苏锦黎好好休息。

苏锦黎现在的身体刚有所恢复，还很脆弱，苏锦黎情绪太激动对身体不太好。"

结果，沈城一低头，就看到苏锦黎伸出一只手来，一直抓着他的衣角，人也眼巴巴地看着他，生怕他走了似的。

沈城的心软得一塌糊涂，坐在床边，又安慰了苏锦黎几句。

从来没出过山，不懂很多人情世故，这将近一年的时间是怎么生活的呢？沈城光是想想，就觉得心里难受。

等苏锦黎状态好一点了，他们才开始聊天，不过还是一直在叮嘱，让苏锦黎尽可能地少说话。

"祭天血都用上了，你是招惹了什么人？"江古询问。

苏锦黎一听说，不由得惊讶，这东西他以前都只是听说过，没想到居然被用到了自己的身上，他只能回答："我没招惹人啊……"

"在节目组里，或者选拔的时候，有没有挡了谁的道？"沈城跟着追问。

苏锦黎想了想后回答："我抢走了乌羽的 C 位，可是他人不坏。"

提到乌羽，沈城也跟着思考了一会儿，紧接着又问："还有谁吗？"

"组里有一个人……我很害怕……"

沈城跟江古对视了一眼后，继续追问："他是谁？"

"华森娱乐的周文渊。"苏锦黎如实回答，"但是我们俩的交集不多，不应该啊……"

"我会去调查的，你好好休息。"

"嗯。"苏锦黎挪了挪身子，对沈城说，"我饿了。"

"我让啾啾去给你买点粥，你现在的身体不行，只能喝温度适中的粥。"沈城回答。

"我想吃肉。"

"不行。"

"哦……"苏锦黎失落地回答完，又试探性地问，"皮蛋瘦肉粥可以吗？"

沈城看着苏锦黎可怜巴巴的样子，再一次心软，点了点头。

他总是无法拒绝弟弟的要求，这些年了都改不了。

等粥的时候，苏锦黎一直看着沈城。沈城偶尔会发消息，确认那边调查的结果，对上苏锦黎的目光，还有点不自然。

弟弟看他的目光，带着的是崇拜，还有就是欢喜，让他有点愧疚。

他根本不算是一个好哥哥。

"你要不要跟我回山上去？"江古问。

"我还得比赛呢，不然就白努力了。"苏锦黎回答。

"别参加那个破比赛了，如果你想当艺人，随便蹭蹭我的热度，或者我捧捧你，你就红了。"沈城也不想苏锦黎再回那个节目组了。

"我想再试试。"苏锦黎依旧在坚持。

"你都这样了。"

"我下次不乱吃东西了！"

这是乱吃东西的事吗？

是有人要害你啊！

不过沈城还是妥协了，之后有他保护苏锦黎呢。

"哥，你抱抱我呗。"苏锦黎扯着被子的角，小心翼翼地问。

沈城放下手机，对苏锦黎张开手臂，苏锦黎立即扑到了沈城的怀里，抱着沈城，还用脸蹭了蹭。

沈城因为刚才的劳累，导致身体不受控制，多少也有点狼狈。

嗯……是熟悉的味道。

沈城按着苏锦黎，心疼地揉了揉苏锦黎的头，小声道歉："是我的错，我该早点回去看看，没能保护好你。"

"我都成年了，没事，而且，我现在也是有工作的人了，你知道我一个月赚多少钱吗？"苏锦黎骄傲地炫耀。

"多少？"

"五千五百块钱，我经纪人说，这已经算是高薪一族了。"

"……"

说到这里沈城松开了苏锦黎，说起了合同的事情。

"你之后就跟公司解约吧，如果真的想做艺人，就签到我的手下来，我亲自带你，这样也方便保护你，不会再出现这种事情。"沈城郑重地说起了这件事情。

可是，却看到苏锦黎摇了摇头："不行，我还没给我的工作室赚到钱呢。"

"这方面，我可以补偿他们。"

"不行啊哥，做人就要有感恩之心，不能忘恩负义你说是不是？他们在我最困难的时候收留了什么都不会的我，还培养我，我不能刚刚有成绩了就不要他们了吧？"苏锦黎说得特别认真，真挚的眼神让沈城都有点词穷了。

"是这样没错，但是他们的培养……真的不算什么培养。而且，我也会补偿你的工作室，至少会是他们培养金的几倍，他们不会亏。"

"哥，你这样想是不对的，做人不能忘本，我得报答他们的。我这么做，跟我发达了，就踢走了糟糠之妻有什么区别？"

"呃……对。"

"所以我要留在公司，跟他们共进退，我相信你是理解我的。"

"嗯……"沈城非常不理解！

"哥，我就知道你是个好人，他们总说你坏，我从来都不信。"

"……"

江古一直坐在旁边听，扭头看了一眼沈城此时的表情，没忍住笑出声来。

沈城算个什么好东西？他也就对苏锦黎没辙。

沈城此时的心情真的是非常精彩了，他想说服苏锦黎解约，但是看到苏锦黎的表情，听到苏锦黎说的这些，他又词穷了。

他只能答应了苏锦黎的想法，做一个"好哥哥"，接着低头发消息给啾啾：就算改合同，也去把孤屿工作室给我收购了。

啾啾：好。

3分钟后。

啾啾：老大，我打电话给侯勇了，他们说，合同他们已经签完了。而且，侯勇他们都不知道苏锦黎出事了。

沈城差点把手机摔了。

想到苏锦黎会签约到安子晏的公司去，他就觉得脑袋疼。

便宜那个混血佬了。

他想了想，也只能说："锦黎，你别跟公司续约，让合同自动续约一年，这一年里你好好工作，报答公司。一年后报恩完毕后，你再跟公司解约，到我这里来，可以吗？"

"就一年吗？"

"对，哥哥想你了，想跟你多相处一段时间，到我身边来比较好。"对苏锦黎来说，这个理由是最能打动他的。

"嗯，好，那就一年。"苏锦黎立即答应了。

其实，沈城连这一年，都不想让苏锦黎过去。

"现在他没事了，你们兄弟俩也见面了，我回去了。"江古站起身来，让小狐狸变回幼童，准备离开。

"爷爷，不多留一会儿了？"苏锦黎赶紧问。

"我得回山上，一群小崽子在，我不放心。"

"好。"

江古又看向沈城："你最好把这件事情解决好了，不然，我就要用我的方法行动了。"

江古的方法很简单，就算错杀三千，也绝对不放过任何一个有可能的人。

所以，相比较江古出手，沈城来处理反而是理智的。

至少不会血流成河。

"嗯，我知道。"沈城回答。

江古带着幼童离开，这边，粥也送了过来。

"你回到节目组之后，要装出失声的样子，最好不要开口讲话，让他们发现你的身体恢复得太快，显得不正常。"沈城拿着勺子，吹了吹粥，然后喂到苏锦黎嘴里。

"好。"苏锦黎吃着粥含糊地应了一声。

"一会儿我派人处理医院的事情，给你办理转院，到我熟悉的环境来。"

"好。"

安子晏风风火火地赶到医院的时候，走进病房就看到了这样温馨的一幕。

"你怎么在这？"安子晏不爽地问沈城。

沈城看都没看安子晏，继续喂饭。

安子晏也不跟沈城说话了，只是走过来问苏锦黎："你身体怎么样？"

苏锦黎在装失声，没能回答。

结果刚靠近,沈城就快速地说了一句:"你别靠近他。"

安子晏被沈城呵斥了一句非常不爽,偏就坐下了,结果就看到苏锦黎被他身上的阳气刺激得浑身难受的样子。

安子晏又快速站了起来,往后躲了好几步,苏锦黎才好一点。

安子晏看着那两个人,自己一个人委屈巴巴地站在门口,气都没喘匀,就已经憋屈到胃疼了。

Chapter 11

　　安子晏专门从另外一个城市赶过来，处理这件事情，还跟剧组请了两天假。

　　路上，他就一直在通电话，派人调查这件事情。

　　自己手底下的工作人员称，有另外一批人也在调查这件事，并且很谨慎，没有透露身份。

　　当时，安子晏还在想是不是苏锦黎的工作室。

　　到了医院之后，他先派江平秋去询问医生具体情况，自己去看望苏锦黎。到了病房门口，就看到有人拦着他，就连节目组的工作人员，都只能在门外等候。

　　好大的阵仗。

　　连他都敢拦？

　　还真没有谁能拦得住他。

　　他带来的人跟那批人互相牵制住的时候，安子晏走进病房，就看到了沈城居然在病房里，顿时觉得整个人都不太好了。

　　这是什么情况？

　　还喂饭？粉丝福利吗？

　　他来到病房看了苏锦黎，结果就跟罚站似的都不能近身，只能眼巴巴地看着他们俩。

　　他退开后，沈城就继续喂给苏锦黎吃饭。苏锦黎看着安子晏，只能继续装不能说话。

　　安子晏进来后就觉得自己是个外人，于是只能问沈城："你为什么在这里？不是说沈大影帝全年无休吗？你的半个家就是机场。"

　　"我需要跟你汇报吗？"沈城反问。

　　"前阵子苏锦黎还跟我要你的联系方式呢，怎么，现在你们俩联系上了？"

沈城放下碗，回头瞪了安子晏一眼："聒噪。"

"嘿，你知不知道我主持的出场费多少？我愿意单独跟你说话是给你面子。"安子晏不爽地双手环胸，继续聒噪。

不过吵归吵，安子晏的眼神一直在往苏锦黎的身上瞟，看到苏锦黎的状态似乎没有什么问题，才放下心来。

在路上，安子含形容得实在太吓人了，什么一直在吐血，吐了能有几公升，吓得安子晏都蒙了。吐了几公升的血，是不是得输血了？现在看来，苏锦黎还能吃粥呢，也没有在输血。

门外有人敲门，接着啾啾跟江平秋同时走了进来。

安子晏不敢过去床边，于是在病房另外一侧坐下，问江平秋："大夫怎么说？"

"情况不太好，从喉咙到肠胃都被腐蚀了，估计会有几天不能吃东西，只能输营养液……"江平秋说完，就看到苏锦黎在吃粥。

屋子陷入了诡异的安静。

"你……你别瞎喂啊，他现在不能吃东西！"安子晏立即嚷嚷起来。

沈城反而很淡定，问安子晏："他现在唱不了歌了，估计演艺事业也会被耽误，你要不要放弃签约他的工作室？"

沈城依旧不死心，不想让弟弟签约给安子晏。

如果真的被安子晏成功签了他的弟弟，这绝对是他们两个人互相看不顺眼后，沈城输得最惨的一次。

"你还算是人吗？这么就轻易放弃了？肯定得找能治的地方给他治疗，就算他以后是公鸭嗓，也可以试着唱摇滚。"

安子晏是真没看出来，沈城居然这么渣男。

沈城"啧"了一声，他是真的不愿意跟安子晏聊天，总有一种坐在热炕头上，一群人骂骂咧咧地聊天似的感觉。

沈城不是这样，他被粉丝们誉为神仙美人，就是因为气质儒雅，人也自带一股子仙气。

一个就应该坐在茶楼里，优雅品茶的人，突然来了安子晏，坐在他面前抖着腿，一拍桌子喊了一句："给我来两扎啤酒，要冰的。"

得多扫兴？

多煞风景？

根本不是一个画风的！

安子晏也没理沈城的不爽，对江平秋说："叫个大夫来看看，刚才他吃了粥，有没有什么问题。"

"好。"江平秋回答。

"不用叫。"沈城立即阻拦，如果叫来大夫就会被发现不对劲了。

江平秋则是客客气气地说："抱歉，沈先生，我听安少的安排。"

沈城则是对啾啾说："收拾东西，立即转院。"

"转院干什么？他身体这样你带着他折腾什么，你……"安子晏话还没说完，就看到苏锦黎蹦下了床。

安子晏跟苏锦黎对视了之后，苏锦黎似乎是觉得自己装得不太像，于是又慢悠悠地掀开被子，重新上了床，乖巧地坐着。

之前就听说安子晏跟哥哥不和，现在看来，他们俩相处的氛围真是可怕。

苏锦黎担心地看着，总觉得自己一不小心就会成为靶子。

超无辜！

安子晏忍不住问江平秋："确定他不是单纯地吃坏了肚子？"

江平秋也很疑惑："大夫说情况很严重，他们抢救的时候也觉得非常棘手，是从未见过的情况。"

安子晏又看了看苏锦黎，紧接着就看到苏锦黎悄悄地拽了拽沈城的衣角。

沈城侧头看向苏锦黎，然后按住了苏锦黎的手，小声说："没事。"

安子晏也算是跟沈城打过一阵子的交道了，知道沈城看着和善，其实骨子里就是一个冷漠的人，从未对谁掏心掏肺地好过。

如果沈城突然关心，那证明这个人还有利用价值。

如果沈城保持冷漠，那么就是正常的交往距离。

如果沈城对你微笑，恭喜你，沈城要算计你了。

看到沈城对苏锦黎这么好，苏锦黎又很依赖沈城的样子，安子晏心里突然不是个滋味。

他不知道他这样千里迢迢地回来干什么，进来之后显得像一个外人，那边的俩人则是如临大敌。

安子晏难得的觉得受挫。

"你去调查这件事情,我听说你们安家的手段不错。苏锦黎由我来照顾,我会给他办理转院,找医生来看。"沈城说完,松开了苏锦黎的手。

啾啾送来了衣服,沈城亲自动手帮苏锦黎披上,他们真的就这样转院了。

安子晏坐在椅子上看着他们离开的模样,在即将出门前他突然喊了一句:"苏锦黎。"

苏锦黎停下来,回头看向安子晏。

"好好养身体。"安子晏只说了这句话而已。

苏锦黎点了点头,跟沈城一起在啾啾的掩护下出了医院,上了沈城的保姆车。

上了车,苏锦黎看什么都觉得新鲜,不过很快就老实下来,对沈城说:"我觉得安大哥人挺好的。"

"好什么好。"沈城不爽地回答。

苏锦黎立即闭上嘴不说话了。

安子晏到了节目组,亲自去看监控录像。

安子含早就急得不行了,在安子晏来了之后,就跟着去了监控室,一个劲地追问安子晏:"苏锦黎怎么样了?"

"我看他的状态还可以,但是不能开口说话,大夫说嗓子跟肠道都被腐蚀过,器官也有些受损,沈城带着他转院了。"

"沈城?!"安子含惊讶地回答。

安子晏知道这里还有其他的工作人员,没多说,只是点了点头。

安子含也知道分寸,继续问安子晏:"苏锦黎还能参加比赛吗?"

"需要一段时间才能康复,不过……康复后嗓子也……无法恢复原样了。"

"啊!"安子含气得浑身哆嗦,"苏锦黎唱歌那么好听,上次那首歌震惊全场,他要是嗓子废了,以后怎么办?"

"唱摇滚吧。"

"……"

262　锦鲤要出道

安子晏还在不爽呢，烦躁地看着监控录像，发现礼物收取处的确没有什么异常，没有人送过那个礼物。唯一有一次不同的是，夜里3点钟，礼物自己倒塌了一下，看起来只是摆放不整齐，倒了下来。

再去看苏锦黎在寝室里的监控，前几分钟，苏锦黎还高兴地看自己的礼物，结果没一会儿就出了事。寝室里的片段是用摄像机拍摄的，所以特别清楚，苏锦黎突然吐血的画面，让安子晏看完之后直蹙眉。

苏锦黎在视频里努力支撑身体，却还是在呕血，那种难受的样子让安子晏很担心。

再看到后面，苏锦黎进入了洗手间，安子含踹门进入，将晕过去的苏锦黎抱出来，安子晏才终于确定了，苏锦黎之前经历了怎样的痛苦。

虽然没有安子含说的吐了几公升血那么夸张，却也的确吓人。伤得这么重，他到医院的时候，又生龙活虎的……

安子晏看着视频，想着医生说的病情，以及他在医院看到的病历。

再去想苏锦黎的不一样。

苏锦黎在馨月山庄的时候，说自己体质特殊，而且特别怕水，身上自带奇异的香味……

难道……苏锦黎会什么特异功能？比如口技也是其中一个？

不过很快，安子晏就否定了，怎么可能呢……

真有超能力，怎么会像苏锦黎那样傻乎乎的？

安子晏又去看视频里，礼物掉落的片段，翻来覆去看了几次，又让技术人员放大画面，终于看到了令人毛骨悚然的一幕。

在这些东西掉落的同时，让苏锦黎中毒的巧克力出现在了盒子里，掉在了角落的位置，放大数倍才能看清。

安子晏握着鼠标的手都是一颤。

苏锦黎转院之后，跟沈城一起待了两天。他就像一个问题机，有问不完的问题似的，追着沈城问个没完。

"哥，你这些年过得好吗？"苏锦黎跟在沈城身后，看着沈城倒了一杯水。

"挺好的，只是比较忙。"

"那你交过女朋友吗？"

"差点交往一个，不过后来还是没在一起。"

"为什么没在一起？漂亮吗？什么性格？"

沈城停下来，思考了一会儿才回答："长得不错，性格……还行，不过在一起的话，会影响到我们的事业，就算了。"

"哥，你喜欢什么类型的？"

"安静的。"

"太安静不会觉得寂寞吗，都不聊天的吗？"

沈城拿出剧本看了看，同时回答："安静挺好的。"

"哥，你看我的节目了吗？"

"看了。"

"你觉得我表现得怎么样？"

"挺好的。"

"有没有什么建议想给我？"

"安静一会儿。"

"哦……"

苏锦黎回到病床上躺下，其实他早就可以出院了，他就是想跟哥哥多待一会儿，才故意赖在医院没走。

沈城也没说什么，一直留在医院陪苏锦黎，并且一直照顾。

等苏锦黎安静下来了，沈城拿来苹果跟水果刀，帮苏锦黎削了一个苹果，并且切成了块，放在了果盘里，推给了苏锦黎。

苏锦黎还没吃完，沈城又剥了橘子，放在了旁边，苏锦黎接过来继续吃。

等苏锦黎吃完这些，沈城又起身去给苏锦黎泡燕麦。

苏锦黎趴在床上，美滋滋地看着沈城，又开口了："哥，你怎么这么帅啊？"

沈城终于笑了起来，笑容宠溺得要命，无奈地回答："你少说点话，嗓子刚好起来。"

就算沈城帮苏锦黎治疗过，苏锦黎的身体也需要恢复一阵子，嗓子和一些器官还没有回到巅峰的状态。

苏锦黎还是想和沈城聊天:"我刚做人没多久的时候,不也是天天说话吗?"

"嗯,说话还大舌头,什么也说不清楚,就跟在我后面一个劲地说,我那段时间都烦死你了。"

苏锦黎觉得很奇怪,纳闷地说:"没有啊,我觉得你挺喜欢我的。"

"可能是我太讨厌其他的精灵了,对比后就显得我很喜欢你。"

"哪有!你超好的。"

沈城又笑起来,端着燕麦到了苏锦黎的身边,又坐下了。

"哥!"苏锦黎又叫了一句。

"嗯。"

"哥!!"

"有事?"

"我就是高兴,想叫叫看。"苏锦黎趴在床上,伸手又拽住了沈城的衣角,"你要坚持看我比赛啊,我要是知道你会看,我会特别努力的。"

"嗯,会看的。"

这个时候,沈城的手机突然响了起来。

苏锦黎探头去看,就看到手机的来电显示上,出现了三个字的名字:陆闻西。

他指着手机,对沈城说:"我们节目组有人唱过他的歌。"

沈城拿起手机,接着站起身走出门,去接听电话。

"许尘说,有人用祭天血伤害了你弟弟是怎么回事?"电话那端,是陆闻西玩世不恭的语气,不过问得颇为郑重。

"嗯,我弟弟说节目组有一个他很害怕的灵,你帮我调查一下。"

"我问的怎么回事是,你怎么突然蹦出来一个弟弟,还那么大个!"

"……"

沈城突然觉得,自己找的这个帮手非常不靠谱。

"我听说,你弟弟是纯阴体质的?正好,我干女儿也是这个体质的,咱两家结个娃娃亲?"陆闻西继续追问。

"不。"

第十一章 | 265

"别这么绝情嘛，试试看呢，万一他们俩一见钟情了呢？"

"你干女儿才多大？"

"都会跑了。"

"滚。"

电话那端，传来了另外一个男人的声音："哆哆还小，你太早谈论婚事并不稳妥。"

"我就是想在沈城身上抠两块鱼鳞下来当项链吊坠，说不定挂上就有好运。既然沈城不让抠，就抠他弟弟的，当女婿的话抠起来容易一些吧？"

"你又不缺钱。"

"但是谁会嫌弃钱多啊？"

沈城听着那边的对话，突然发狠地说："敢碰我弟弟，我让你们两个人徒手游长江。"

"那就……算了……"陆闻西失落地回答，"不过，用祭天血作恶的人我绝对不会放过。"

《全民明星》的突然爆红，让很多业内人士都很惊讶。

一个选拔节目，没有在卫视频道播出，初期的宣传也不够。然而，神奇的，这个节目从播出几天后热度就没降下去过，节目的热度持续增加。

不少选手也开始陆续霸占热搜跟热门动态。

最开始，大家被安家兄弟吸引了过去。结果看了节目，开始被苏锦黎、乌羽、周文渊、魏佳余圈粉。

就在几天前，沈城这个低调的影帝，居然也关注了《全民明星》的选手苏锦黎，让他们一起上了热搜爆款头条。这让苏锦黎开始被人质疑，他真的是贫民窟工作室出来的艺人？后台很硬啊，连沈城都请动了。

然而沈城关注苏锦黎后，就没有其他的动静了，渐渐地，大家也不再谈论这个话题了。

估计……只是很喜欢这名选手？

不少苏锦黎的粉丝，都跑去沈城那边认亲，问沈城是不是也喜欢他们偶像。

沈城的粉丝大多都是佛系的，最开始有点排斥苏锦黎粉丝，觉得苏锦黎是抱大腿。不过后来就好了很多，毕竟是他们偶像主动关注的，苏锦黎到现在都没回关呢。

前几天，苏锦黎又上了一回热搜。

#苏锦黎锦鲤大仙#

有娱乐大V总结了一波网友们的社交平台，截图里，是这些网友转发苏锦黎的动态，进行许愿。

过了几天后，网友们震惊地感叹，苏锦黎有点灵啊！居然都实现了。

于是，网友们又进行了还愿。

接着，慕名而来的网友越来越多。

甚至有些人根本不知道苏锦黎是谁，只是看到首页有人转发，且这条动态的转发高达三百万，右边还全是许愿的，就跟着许愿。神奇的是，跟风许愿的许多网友，不久后，也会跟着还愿。

经过这段时间的积累，苏锦黎竟然莫名其妙地冲出了新星榜，爬上了明星势力榜，到了第六名的位置。

现如今，明星势力榜安子晏是第一名，陆闻西是第三名，沈城因为比较低调，社交平台的动态很少，所以排在第五名，倒是跟苏锦黎并排了。

无疑，苏锦黎一路神奇地成了《全民明星》里人气最高的选手。

网上流传的一句话就是：善良的人给苏锦黎投票，会有好运哦。

苏锦黎拉票的短视频，也被不少人做成了动图的表情包，平时发动态的时候就会拿来用，配上祈求一夜暴富的话，等同于锦鲤大王的存在。

尤拉有空了的时候，也转发了苏锦黎的动态，文字是：转发这条锦鲤，期待有好事发生。

苏锦黎可以带来好运的事情，就这样被传得越来越多，让网友开始催苏锦黎赶紧发新动态了。

然而，今天苏锦黎的热搜却出了奇怪的词：

#苏锦黎中毒#

#苏锦黎被抢救#

点开详情,就看到是到全民明星训练营附近,长期等待的粉丝拍摄到的模糊的相片。

相片里,安子含抱着胸口都是血,已经陷入昏迷的苏锦黎出了训练营的大门,上了一辆车。

安子含因为着急跑得很快,动作都拍摄不清楚,只能够从身影分辨出是他们两个人。跟在不远处的乌羽,在开车门的时候,倒是被拍到了正脸。

紧接着,就开始有八卦消息了。

他们也不知道是怎么得到的消息,直接爆出了新闻来。苏锦黎吃了粉丝送的食物后,产生中毒反应,情况十分危险,估计会失声。

网络一下子就炸了。

这个选拔节目刚刚有了热度就传出这样的丑闻,对节目组来说,简直就是毁灭性的打击。

好在公关出马后,很多消息都被删除了。

第二天一早,就平静得好像没发生过这件事情一样。

消息只是昙花一现就消失了,看起来像是一场无良的炒作。

安子含回到寝室,神秘兮兮地对乌羽、范千霆招了招手,常思音还在门口等着。

召集了几位好友后,安子含把他们带去了洗手间。

四个大男生聚在一个小小的洗手间里,显得格外的奇怪。

安子含从自己的衣服里,拿出来一个平板电脑,打开屏幕是苏锦黎的相片。

"你想他了?"乌羽看着相片,冷漠地问。

"呃……这张相片拍得不错,MV 的造型吧。"范千霆看完之后点了点头。

"叫我来是为了看苏锦黎的相片吗?话说回来,他现在怎么样了,下一轮比赛能赶上吗?"常思音跟着问。

安子含拿着平板电脑,一滑屏幕,出现的是沈城的相片:"你们看他们俩,是不是长得很像?"

"从进寝室第一天,我就说过这件事情啊,你们都特别不屑。"范千霆第一个这样说。

"确实有点像,但是气质完全不同,性格也不一样。"常思音说道。

"你到底要表达什么?"乌羽问安子含。

"苏锦黎说他有一个哥哥,已经很久没见面了,前阵子,他疯狂找别人要沈城的联系方式。我哥去医院的时候,看到沈城亲自给苏锦黎喂饭,你们有没有想到什么?"安子含看向他们所有人。

"苏锦黎追星成功了?"范千霆问。

"不是吧……沈城是苏锦黎哥哥?姓为什么不一样?"常思音开始跟着猜测。

"一个跟父姓一个跟母姓呗,他们俩分开这么多年,父母离异呗。"安子含回答。

"你确定吗?沈城跟苏锦黎的关系。"乌羽也跟着追问。

"我哥亲眼看到的,我私底下追问我哥怎么回事,我哥突然黑脸,肯定是他也猜到这方面的关系了。真没想到有一天我会跟沈城的弟弟同寝室。"

"我都跟安子晏的弟弟同寝室了,这回又跟沈城的弟弟同寝室了,我觉得我好牛。"范千霆跟着感叹。

乌羽一直沉默地听着他们分析,想了想之后,拿过安子含手里的平板电脑看了看,接着说道:"这种事情不要出去乱说。"

安子含特别不服:"我知道,我是把你们叫到隐蔽的地方,才跟你们说的好吧?"

"首先,我们没确定事情是真是假。其次,就算是他们真的是亲兄弟,也应该由他们来处理,公开不公开是他们自己说了算。最后,苏锦黎的情况还没完全确定,所以我更担心他的身体。"乌羽说完,就将平板电脑又丢给了安子含。

安子含看看乌羽的样子气得不行,蹦起来骂:"就你关心是不是,我也关心呢!每天都盯着消息。"

常思音也跟着说:"有苏锦黎的消息告诉我们吧,我跟范千霆还得去练习。"

"嗯，行，我知道了。"安子含无精打采地出了洗手间。

安子含在寝室里休息了一会儿，看到寝室里进来一个人。他一抬头，就看到苏锦黎走了进来，背了一个大大的登山包。

安子含看到苏锦黎后，千言万语汇聚成一句话："我去？！"

寝室里有摄像机都忘记了。

乌羽原本在寝室里看书，看到苏锦黎后也立即站起身来，放下书走过来问："你怎么样了？"

苏锦黎可怜兮兮地看着他们，然后从自己的口袋里摸出了一个小本子，写字给他们看：暂时不能说话，嗓子坏了。

"那以后还能唱歌吗？"安子含最关心的还是这个问题。

苏锦黎继续写字回答：现在是哑的，需要好好养一养。

安子含继续问："吃药吗？还是怎么养？"

苏锦黎觉得自己的登山包太重了，没再回答，先把包放下活动了一下肩膀。

接着又去门口，拉着一个行李箱走了进来。

苏锦黎打开背包，就看到里面都是一些维C啊、钙片啊这类东西，光创可贴就有三盒。

其他的，还有风油精？速效救心丸？脚气一次净？

都什么乱七八糟的？

苏锦黎看到他们震惊的样子，不好意思地笑了笑。

他说要回训练营，沈城让啾啾买了这么多东西，非得让他全部都带来。他这一路累得快说不出话来了。

至于脚气一次净……是沈城给他处理洗澡时会产生的鱼腥味的。

行李箱里，都是沈城给他买的衣服。

从内衣、睡衣，到平时的服装，甚至准备了三套雨衣、两双雨鞋。

苏锦黎大致收拾了一下，抬头就看到安子含和乌羽都一直盯着他看，他对他们俩露出了微笑来。

"什么情况啊？！"安子含直接嚷嚷起来，"我提心吊胆好几天，差点闹到节目组那里，让他们推迟赛程了，你回来了什么也不说，就在这里收拾东西？"

苏锦黎取出小本本，继续写字，然后给他们看：我见到我哥了！

然后就看到苏锦黎大大的笑脸，甜得像涂了蜜。

安子含跟乌羽两个人对视了一眼，心中了然。

紧接着，就看到苏锦黎又写了一条：别告诉别人，我哥不让说。

言下之意就是：我只跟你们俩说了。

安子含蹲在了苏锦黎身边，盯着他看了半晌："我发现，我突然得重新认识你了。"

苏锦黎停下动作，奇怪地看向安子含。

安子含为了不让摄像机录到声音，特意凑到苏锦黎身边说："你哥的城府老深了，你怎么就傻乎乎的呢，你不会是装的吧？"

苏锦黎瞪了安子含一眼，用鼻子轻哼了一声，不理安子含了。

在整个训练营里，他跟安子含、乌羽的关系算是最好的了，如果安子含要是怀疑他，他可真要生气了。

"别别别，别生气，我说错话了。"安子含赶紧哄苏锦黎，然后伸手去掰苏锦黎的嘴，"让我看看你嗓子怎么样了。"

苏锦黎赶紧躲开了，然后用小本子写字：没事，就是最近不能暴饮暴食，而且不能开口说话，多注意休息，就可以了。

"你那么大的阵仗，这么轻易就好了？"安子含忍不住纳闷起来。

苏锦黎是被安子含抱着出去的，那画面安子含随便回忆一下都浑身冷汗，绝对是噩梦级别的。

结果，苏锦黎没两天，就笑呵呵地回来了。

"不然呢，你还想他卧床不起，靠氧气机维持后半辈子？"乌羽站在旁边冷冰冰地问。

"嘿，你说话怎么这么难听呢？"安子含不爽了。

"你不就是这个意思吗？"

很快，两个人就又吵了起来，苏锦黎趁机继续收拾东西。

有人听到苏锦黎回来了的消息，刚刚去训练不久的常思音跟范千霆赶紧回来看看苏锦黎的情况，知道苏锦黎失声了还挺紧张的。

第十一章 | 271

再过一天就要进行第四轮比赛了，苏锦黎现在的状态十分危险。

几个人聚在一起热闹了没一会儿，又有人走了进来。

"苏锦黎，你好了啊？我们这些天都很担心你呢。"周文渊走进来，笑呵呵地跟苏锦黎打招呼。

苏锦黎看向周文渊，微微蹙眉，只是随意地"嗯"了一声。

周文渊扬了扬眉，眼睛在苏锦黎身上上下打转，接着笑了："康复了就好。"

苏锦黎整理了自己的东西，节目组的工作人员也来了他们这里，想要询问苏锦黎的情况，发现苏锦黎失声了，交流有些困难。

于是，工作人员只能去跟侯勇沟通。

这几天里，侯勇都要疯了。

刚刚有苏锦黎要红的迹象，工作室刚刚跟世家传奇签了合同，苏锦黎就出了事情。

拿着苏锦黎的化验结果，看着苏锦黎不能说话的模样，侯勇还哭了一场。心疼自家艺人，也自责没教好苏锦黎，才会让苏锦黎一点防备心都没有。

不过侯勇还算是冷静，会劝苏锦黎别在意，错过这次机会还有以后，现在好好养好身体才是正事。这次是侯勇送苏锦黎回来的，临走的时候，侯勇被沈城单独叫了过去，交代了很多事情。

沈城没跟侯勇说，自己是苏锦黎的哥哥，但是侯勇自己猜出来了。

苏锦黎刚到公司就要找一个人，侯勇还答应帮忙留意。现在看来，苏锦黎要找的人居然是沈城。苏锦黎是沈城的弟弟，这种爆炸性的新闻，让侯勇缓了好久。

他一个仅仅看长相就跟苏锦黎签约的经纪人，真是捡了一个大馅饼。

哥哥是沈城，以后红不了才奇怪！

沈城交代的事情，最开始侯勇全部都能接受。

比如苏锦黎怕冷，要注意保暖。

比如苏锦黎不懂很多人情世故，让侯勇多照顾。

这些侯勇都答应了。

结果后来的……

"绝对不能让安子晏跟苏锦黎单独说话,如果他们俩碰面,你死皮赖脸也要留在苏锦黎身边。"沈城这样说道。

"啊?"侯勇蒙了。

"不许让安子晏加苏锦黎的VX。"

"这……"这个控制不住吧?

"还有,不许让安子含叫苏锦黎弟弟。"

"这个……"这个侯勇可控制不了,安子含哪是一般人能管得住的?

侯勇顶着巨大的压力,来跟节目组研究之后的方案。好在他们已经跟世家传奇签约了,世家传奇也派来了人,跟节目组的人谈判。

"并不是我们难为你们搞什么特殊,我们的艺人送到你们的训练营出了这么大的问题,以后能不能唱歌都不一定,我们的要求过分吗?我们还没追究你们的责任呢。"

世家传奇的负责人是一位女士,一头短发,发尾微弯,看起来有些年纪了,不过妆容上让她显得很年轻。

节目组开始客客气气地打马虎眼。

张鹤鸣是节目组的主要负责人之一,这一次他也来了,他知道苏锦黎是在训练营出的事,最近连粉丝的礼物都不敢收了,一个劲地给侯勇他们道歉。

女负责人再次开口说道:"我们只要求下一轮没有选手挑战苏锦黎,让他安安稳稳地坐在那个位置上,直到第四轮结束顺利晋级。再给苏锦黎一周的时间让他顺利康复,之后再有什么问题,我们也说不出来什么了。"

"这个我们可以私底下跟选手们打招呼,我相信他们会照顾苏锦黎的。"张鸣鹤努力微笑着回答。

侯勇擦了擦额头上的汗,扯了扯胸口的衣服,继续说道:"上次的消息我们配合你们,很多事情还是我们亲力亲为。你应该知道最近苏锦黎经常上热搜,这件事情发生后,会影响他的部分人气,所以我们希望苏锦黎的镜头能多一些。"

张鹤鸣看向侯勇,心里真是五味杂陈。

当初看上苏锦黎这位选手,主要是因为苏锦黎外形优秀,足够吸引眼球。

让他没想到的是，侯勇那个小破工作室里的苏锦黎居然能够成为节目里的黑马，在众多选手之中脱颖而出。现在，还成了世家传奇的艺人，这真的是……风水轮流转啊。

侯勇原本被赶出华森娱乐后，等同于被赶出了一线圈子。结果，居然凭借一个新签约的艺人，又一次进入了世家传奇。最要命的是，侯勇的上级就是安子晏。

相比较之下，居然是晋升了。

"镜头，我们给得足够多了……"张鹤鸣回答得很无奈。

节目里，因为苏锦黎突然引起关注，真的给苏锦黎多了不少镜头，许多选手的镜头被删减，苏锦黎却从来都没有过。

现在，还要求多镜头确实有点难为他们了。

女负责人又开口了："你们节目组的公关团队我真是不敢恭维，你们闹出来的问题，居然需要我们帮忙。现在还一副为难的样子……"

"好好好，我们努力安排。"

他们几个人聊了一会儿，就又来了一位惹不起的人物。

波若菠萝的首席经纪人——麦枫。

张鹤鸣刚跟侯勇以及世家传奇的负责人聊完，扭头又要跟波若菠萝的祖宗聊天，这真的是酷刑。

都是得罪不了的大爷。

张鹤鸣进入会议室，就觉得麦枫的态度要比世家传奇的那位女士好多了，还真是有什么样的领导，员工就是什么样的画风。

安子晏雷厉风行，张扬霸气，手底下的人也都是底气十足。

沈城温文尔雅，手底下的人也是笑面对人，让人觉得舒服。

结果聊了几句张鹤鸣想法又变了，还是世家传奇的人比较好了，至少不是笑面虎。

"让周文渊被淘汰？！"张鹤鸣睁大了眼睛，难以想象这个要求。

周文渊也是华森娱乐的吧？波若菠萝敢这么要求？

"这是最能让节目组保住颜面的方法，也是最稳妥的处理方式。"麦枫笑得云淡风轻，好像这只是一件无足轻重的小事情。

"总该有个理由吧？"张鹤鸣问。

麦枫将手里的一叠资料丢给了张鹤鸣，张鹤鸣看了看，就忍不住皱眉。

这些周文渊的负面消息传出去，绝对可以毁了周文渊刚刚起来的人气，让他再难出头。连带着，这个节目都有可能被攻击，让其他选手跟着遭殃。

"我知道这很难为你们，毕竟也是一位人气选手，太唐突地被淘汰，你们也需要费些力气。所以我们会做得足够周全，华森娱乐那边你不用担心，我们会去处理，同时还会补偿节目组。"

"怎么补偿？周文渊现在的人气很高，在第四轮就淘汰有点说不过去。"

"我们可以请陆闻西来做助唱嘉宾，费用由我们公司全部承担，陆闻西那边已经答应了。"

张鹤鸣立即被震撼住了。

陆闻西，整个娱乐圈社交平台粉丝数最高的艺人，没有之一。

沈城想处理周文渊，并不会贸然行动。

苏锦黎还想继续参加这个比赛，沈城就需要处理了周文渊后对比赛没有影响才可以。

在第四轮，让即将被淘汰的选手挑战周文渊，替换周文渊的位置。接着让周文渊被淘汰，既有戏剧性，又能将周文渊踢出局。

敢伤害苏锦黎？别出道了，沈城会让周文渊得到应有的报应的。

晚上，训练营里出现了让众精灵惧怕的身影。

昨天夜里，陆闻西就来了一趟，找了几个常驻这里的精灵，问了这里的情况，着重了解周文渊。

最开始，它们有点怕陆闻西。陆闻西给它们点了 KFC 后便轻易将它们收买了。

陆闻西投其所好后开始问自己的问题："这边那个周文渊是什么情况？"

"身上不太对。"A 回答。

"看着像坏的精灵，但是又不太像，没接触过，他平时从来不理我们。"B 回答。

"对，巧克力就是他放的。"

陆闻西跟许尘对视了一眼心中了然，却没有打草惊蛇，叮嘱了不许声张之后聊起了别的。

"你们长期待在这里，生活挺幸福吧？"陆闻西扬了扬眉，一副我都懂，你们别想骗我的样子。

"的确有几个不错的……"

"我跟你们讲，偷看洗澡不道德。而且，这里有位选手的哥哥的性格非常糟糕，知道你们偷窥他弟弟，会让你们立即去轮回。"

A立即问："是苏锦黎吗？"

陆闻西点了点头："对啊。"

B挥了挥手："我们一般不偷看他洗澡，太幻灭了。"

C跟着点头："挺好看的小伙子，进浴室就……"

"还是安子含身材有看头！"

"乌羽也不错。"

陆闻西开始想象真的是……挺煞风景的。

再去想想电影里面的美人鱼，又觉得……应该也还不错？

陆闻西很快缓过来，从许尘手里拿走了扇子，敲她们几个的头："几个小姑娘家家的，怎么这么不矜持？安子含也不许看了，我看着这小子长大的。至于乌羽嘛，我不认识随意吧。"

教训完它们，陆闻西就离开了，联系沈城告诉他消息。

沈城得到了确定的结果后开始安排行动，陆闻西也表示会配合。

第二天，也就是今天夜里，陆闻西得知沈城的弟弟回了训练营，他又跟许尘过来了一次。

他还是不死心，想去苏锦黎那里讨一些。许尘惯着他，也就跟着来了。

他们进入苏锦黎的寝室的瞬间，苏锦黎就睁开了眼睛。

阳气！

非常浓郁的阳气！

他一下子从睡梦之中醒了过来。

睁开眼睛，就看到寝室里出现了两道陌生的阳气，然而是空心的。

他只能看到两个人周身散发的阳气,却看不到人,这让他瞬间睁大了眼睛,吓得一动不敢动。最恐怖的是,那个身上带有紫金之气的男人,正扶着栏杆凑近了看他。

他觉得,他应该是跟紫金之气的主人对视了,然而他依旧什么都看不到。

这个时候,他看到空心的轮廓,对他勾了勾手指,示意他出来。他欲哭无泪,知道自己应该打不过这两个人,又不能惊扰了寝室的室友,乖乖爬下了床跟着两道身影出了寝室,去了没有摄像头的楼梯间。

到了这里,两个人就转换了气场,让苏锦黎终于能看到他们两个人的样子了。

他担心地靠着墙壁,警惕地看着面前的两个人,怕得不行。

陆闻西看到苏锦黎就觉得有意思,抬手捏了捏苏锦黎的脸:"你就是苏锦黎?"

"嗯……"苏锦黎抬起手来,从掌心升腾出一张卡片,双手递给了陆闻西。

陆闻西还是第一次看到这玩意,所以觉得十分新奇,拿在手里看了看,又还给了苏锦黎。

苏锦黎赶紧又按回到掌心里。

"我是你哥哥的朋友,我是陆闻西,他是许尘。"陆闻西自我介绍,还顺便介绍了许尘。

平时沈城总是一张假笑的脸,碰到胆小的苏锦黎,陆闻西还觉得挺可爱的。见苏锦黎都不敢反抗,还变本加厉地用双手揉苏锦黎的脸。

"他是阴性体质,会散发出一种吸引阳气重之人的元素,也就是你闻到的香味。"许尘解释道,同时拽回了陆闻西的双手。

苏锦黎小心地盯着他们两个人看,弱弱地问:"还有事吗?"

"你能不能给我两片鱼鳞?我要当平安符用。"陆闻西露出"和善"的微笑。

"能不给吗?"苏锦黎委屈巴巴地问。

"为什么啊?"

"……疼……"

陆闻西是什么人?

最开始真不是什么好人,如果不是因为之前倒霉,被迫做好人好事,估计现在依旧是个纨绔子弟,不比安子含好到哪去。

然而,看到苏锦黎可怜巴巴的样子,居然心软了。

他不太确定是不是因为苏锦黎身上散发着香气的作用,总之,他千里迢迢地过来。结果在苏锦黎委屈地拒绝后,居然心软了!!

陆闻西从知道沈城身份之后,就开始惦记鱼鳞项链。但是沈城不好招惹,他就只能放下了这个想法,好不容易碰到沈城还有一个弟弟,想要过来试试,居然被秒杀了。

"啊……那就……算了。"陆闻西妥协了。

苏锦黎指了指楼上:"我能回去了吗?"

陆闻西点了点头,同意了。

苏锦黎刚要走,又听到陆闻西开口:"对了,害你的人我们调查出来了,的确是那个周文渊。你哥哥准备收拾他,不过得等第四轮比赛结束之后,所以这些天你自己小心一点。"

苏锦黎震惊地回过头,看向陆闻西:"真的吗?为什么呢……我跟他都没有来往。"

"坏的精灵的想法都是极端的,他们不是正常人能够理解得了的。"

"坏的精灵……"苏锦黎心口一颤,紧接着对陆闻西鞠了一躬,"谢谢小哥哥帮我调查。"

"哎哟喂,没事,你下次给我几片鱼鳞就行。"陆闻西还惦记这个呢。

"没机会了……"苏锦黎回答。

"太可惜了。"

"再见。"苏锦黎说完,赶紧跑了。

Chapter 12

第二天就是第四轮比赛的当天了。

苏锦黎因为是人气前十名,这一个星期就算没有如何练习过也没有关系。今天,他们也不需要参加彩排,所以等其他的选手彩排结束后,他们几个才过来。

他坐在化妆间里,尽可能无视坐在不远处的周文渊,配合地化妆,听到波波问他:"身体怎么样了?不能说话了?"

苏锦黎点了点头。

"我听说,你跟安子晏提了让我做你私人造型师?"

苏锦黎不敢动,怕打扰波波工作,于是只是用鼻音回应了一句:"嗯。"

"你第一次夸我,我还当你是违心呢,结果没想到你是真觉得我厉害?"

"嗯。"

"你的这个事,我会考虑的。"波波因为开心,对苏锦黎的态度又好了一些。

他们化妆师不多,所以都要排队化妆。波波对苏锦黎一向照顾,每次都会把苏锦黎安排在自己这里,用心给他做造型。

今天也是一样。

前十名的服装都是统一定做的,一个风格,全部都是很显成熟的西装加白色衬衫。

或许是为了配合苏锦黎小仙男的形象,苏锦黎这回的衬衫依旧要比其他人的花哨一些,看起来就像一个小公子。

波波将苏锦黎的刘海都拢到了头顶,做了定型,接着配了一副复古款的眼镜,捏着苏锦黎的下巴看了半天:"你底子怎么这么好?"

苏锦黎回以微笑。

"知道你没整过,你的骨头我碰就知道没问题,底子好是本钱,好好珍惜，以后千万别乱打针什么的。"波波叮嘱苏锦黎。

"嗯。"

等做完造型，波波让苏锦黎站起身来，站在他的面前给他看："看着像一下子长大了似的。"

苏锦黎嘿嘿地笑。

"今天是禁欲风，你自己把握好，别继续崩你的人设了。你的人设真的是……四分五裂的。"

"嗯。"苏锦黎觉得很委屈，跟着点了点头。

这种一个人干说，另外一个人只是"嗯嗯啊啊"的回答的聊天模式，除了安子含，其他人真的坚持不了多久。波波也不再说什么了，只是继续给下一名选手做造型。

苏锦黎到了舞台边准备，安子含找到了苏锦黎，左右看了看，注意到周围没有别的人，便小声跟苏锦黎说："我听说了，他们在彩排前悄悄跟需要比赛的选手说了，踢馆的时候不要挑战你。"

苏锦黎听到之后松了一口气。

他现在嗓子还没完全恢复，如果真的唱歌，估计声音状态不会太好，如果逞强往上继续唱，说不定还会破音。

所以这么安排的话，他就放心了。

安子含拉着苏锦黎到了一边，说道："昨天我一宿没睡着，光想你的事情了，我都不知道在你是沈城弟弟之后，我还能不能继续跟你做朋友了。"

苏锦黎赶紧拿出本子，写字问：为什么啊？

"你不知道，我以前招惹过沈城。"

苏锦黎睁大了眼睛，一脸的不可思议。

"之前我哥得影帝的那次，是跟沈城竞争，大家都觉得这次影帝肯定是沈城，结果被我哥拿到了。当天一群人说有黑幕，全网骂我哥，说我们家自己买个奖玩。"

安子含提起那些事情，到现在还觉得气呢，气鼓鼓地继续说了下去："然后，沈城老黑我哥，我就觉得这次说不定也是沈城做的。刚巧几天后就有慈善晚会，我见到沈城，趁着他坐在花园里清净的时候就去找他理论去了。"

苏锦黎拿着本子，写字询问：你们吵起来了？

"说起来特丢人，我站在沈城面前说了半天，他也只是冷漠地看了我一眼。就像被气场压制了似的，我越说越激动，还说哭了。"

苏锦黎：你说什么了？为什么哭？

"就是说我哥不容易，他这么多年的努力累积，才能拿奖，并且非常努力演戏，这次拿奖是实至名归，你凭什么黑我哥之类的。"

苏锦黎：然后呢？

"然后啊……我一个人自言自语十来分钟，他都没说一句话，我被赶过来救场的江平秋带走了。我哥知道了之后告诉我，不是沈城黑他，然后带我去给沈城道歉。"

苏锦黎：我哥人很好的，他不会没有理由地攻击人。

安子含看到苏锦黎的字，忍不住翻了一个白眼，沈城是好人？天都能下横雨。

"从头到尾沈城就看了我几眼，然后跟我哥说：你弟弟倒是随你。"安子含说完，耸了耸肩，"这绝对不是一句好话。"

苏锦黎快速写字回答：那也不是脏话啊。

"不能因为他是你哥，你就无脑护啊！"

苏锦黎：可确实是你不分青红皂白，先去骂他的啊。

安子含被说得哑口无言，想了想之后感叹："好像也真是这么回事。"

苏锦黎：而且，昨天晚上我起来的时候，你睡得特别香。

安子含立即回答："别拆台啊，我确实失眠了，没有一宿也有半宿吧。"

苏锦黎吧唧吧唧嘴，一副无奈的样子点了点头，就像是被迫妥协。

安子含还有点不自在，还想继续跟苏锦黎聊聊却被人打断了。

"密谋什么呢？"安子晏走过来，手里还拿着台本，身边的江平秋在给他身上挂设备。

"他和沈城的事儿呗。"安子含回答。

安子晏听完忍不住蹙眉，看了苏锦黎一眼，紧接着扭头走了。

他们两个人目送安子晏离开，安子含立即对苏锦黎说："你是沈城的弟弟，估计我哥也过不来这个劲儿呢，这根本就是引狼入室。"

苏锦黎见安子含说得越来越难听，表情也不太好看了，不理安子含朝场地走过去。

安子含就是嘴贱，说完还得追着苏锦黎哄，瞬间忘记苏锦黎是沈城的弟弟了。

安子晏回头看过去的时候，苏锦黎跟安子含正一前一后地离开。

苏锦黎腿长，身材也好，穿西装显得格外好看，走路的时候更是显得更加修长了，让安子晏忍不住多看了两眼苏锦黎的腿。

这个时候有工作人员过来跟安子晏悄悄地说节目组最新的安排。

"周文渊吗？"安子晏微微蹙眉，问。

节目组对安子晏是最没有信心的，因为安子晏完全不受他们控制，上一次想捧周文渊的时候安子晏也完全没有配合。

这回，节目组的人员也特别小心翼翼："对。"

"是波若菠萝的安排？"安子晏问的时候，继续看台本了。

"是的。"

"华森娱乐那边呢？"

"波若菠萝公司的人会去谈。"

"好，我知道了。"安子晏答应完回了自己的化妆间。

走进去后，江平秋忍不住问："沈城那边让周文渊退赛，难道是跟苏锦黎的意外有关？"

"沈城轻易不会做这种事情。"安子晏对老对手，还是非常了解的。

"所以，要配合吗？"

"别忘了，苏锦黎现在是世家传奇的艺人。"

江平秋点了点头，表示自己知道了。

安子晏站在镜子前，看着镜子里的自己，做了一个深呼吸。

平常心。

平常心。

第四轮比赛开场，所有的选手一起跳他们的主题曲舞蹈，前十名也不例外。

这个舞蹈他们早就会了，在开场前彩排了三次，确定走位就已经可以了。

前十名的人气选手在最前排，最醒目的位置，并且是站在升降台上，其他的参赛选手都会沦落为陪衬。跳完主题曲，前十名选手在裁判席旁边落座，以裁判的身份去观看比赛。

这样的比赛制度多少有点偏心的感觉，就好像苏锦黎他们几个，肯定会给范千霆、常思音稍稍高一点的分数，其他人则是按水平来了。

好在，他们几个人的分数，只占分数的3成，7成都是由评委老师决定的。

第一轮比赛是所有的参赛队伍进行表演，接着由前十名人气选手跟评委老师给出分数，最终平均分后，评选出这些选手的名次。

让人意外的是，之前一直很强劲的一名选手，居然进入了危险待定区，如果他在之后不选择踢馆挑战的话，就会被直接淘汰。

"罗耀阁有点可惜啊！"安子含看完比赛，都忍不住感叹起来。

苏锦黎跟着点头，他觉得罗耀阁表现得很好啊。

等到了踢馆环节后，罗耀阁果然选择了挑战："我选择周文渊。"

周文渊先是意外了一下，不过还是迎战了。

如果是被进入安全区的选手挑战，输了顶多会从前十名中下去，不至于被淘汰。但是如果被进入危险待定区的选手挑战，输了，就会被直接淘汰。

所以，这是一个非常刺激的环节。

周文渊的人气很高，他刚刚出场就有不少人开始尖叫欢呼。周文渊对他们挥手致意，接着进行正常的对决。

先歌曲，后舞蹈，两轮比拼之后由四位评委老师，以及一位主持人进行投票，获得投票多的人获胜。

这轮比拼后，最终的得票让很多人意外。

周文渊2票。

罗耀阁3票。

周文渊被淘汰了。

评委老师们是这样解释的，这个票数归功罗耀阁唱歌的时候，唱的是一首原创歌曲，两个人的舞蹈平分秋色，但是原创歌曲要更占优势。如今的娱乐圈，需要原创型人才。

周文渊意外地看着评委老师们，有一瞬间的愣神，不过还是在粉丝们不甘的尖叫声中，对所有人鞠躬，说了一句："谢谢。"

坐在评委席的安子含他们也都震惊了，苏锦黎却暗暗握紧了拳头，他似乎猜到了是怎么回事。大家的震惊还没有结束，下一位危险待定区的选手走了出来，准备挑战前十名的选手。

乔诺站在台上，听着台下的呼喊声。

一部分粉丝都在遗憾自己的偶像没有正式上台，所以会喊出他们偶像的名字。

苏锦黎的人气很高，粉丝们不知道苏锦黎受伤的事情，都觉得苏锦黎会秒杀乔诺，以至于喊苏锦黎的声音一波高过一浪。

乔诺看着前十名的座席，现在罗耀阁已经坐了进去，这似乎给了他勇气，让他斟酌了片刻后，说出了一个名字："苏锦黎。"

全场欢呼。

安子含和乌羽等人的脸色瞬间就变了，苏锦黎自己也没想到。他现在的嗓子不适合唱歌，他曾经在医院试过，声音有些哑，唱歌干巴巴的，高音的时候还会破音。

安子晏已经离开了评委席，到了台上进行主持，听到这个名字后并没有说话，而是等待耳机里的声音。

耳机里陷入了沉默。

安子晏站在台上，重复问乔诺："你确定要挑战苏锦黎吗？"

乔诺被安子晏的气场镇住了，不过最后还是握紧拳头说道："对，苏锦黎。"

没错，苏锦黎受伤了，估计能挑战得过吧？

他不想离开这个舞台。

曾经嘲笑过苏锦黎，后来却被苏锦黎碾压，现在，他有机会翻身了吧？

安子晏依旧等待耳机里的声音，然后听到耳机里的安排："稳住现场，让苏锦黎迎战，这是现场，不能露出故意袒护的破绽来。"

安子晏听完，扬起嘴角冷笑了一下，接着狠狠地将话筒摔在了舞台上，甩袖离去。

在安子晏愤然离去后,全场哗然。

没有了主持人,评委老师也没有控场经验,虽然有工作人员出来维持秩序,却还是没有起到多大的效果。

场面陷入混乱之中。

乔诺站在舞台上,在安子晏摔话筒的瞬间吓得身体一颤,惊恐地看着安子晏离开,既尴尬又恐慌。所有人的视线都集中在他一个人的身上,这无疑是一种酷刑。

他当然知道之前节目组的安排,不要挑战苏锦黎。可是前十名里,他没有一个有自信能够挑战得过,只有苏锦黎受伤了,他才有可能战胜。

他不想离开这个舞台。

如果他输了后回到木子桃,真的不知道什么时候才能正式出道。

上次归还手机前他也看到了,这个节目目前势头很猛,如果能多留一段时间,他也能混个脸熟。他自己也知道,他是被公司派来跟着安子含胡闹的,谁都没想到,这个节目会有如今的势头。

公司里其他优秀的练习生都没有来,然而,上次他在讨论组里说话,其他几位他一直没能超过的练习生,都在羡慕他现在的人气。

他不想走……

所以,只能出此下策。

现在,他显然是惹到了节目组,就连安子晏都气到连主持都不做了。这让他陷入了慌乱之中,他拿着话筒,想要放弃挑战,却发现节目组将他的麦关了。

他应该怎么办?

就在这个时候,苏锦黎站了起来,他刚刚起身,身边的乌羽就伸手拽了他一下。

安子含也在前面拦着:"你别理他。"

苏锦黎看了看台上,又看了看现场,还是走了出去,到了乔诺的身边,接受挑战。

按照赛制,就应该这样。

藏艾在此时被派了出来临时客串主持人,她走上台,拿着话筒开始解释:"大家恐怕不知情,前阵子,苏锦黎的嗓子哑了,所以最近的状态非常不好。"

藏艾试图为这场时间进行解释,但是这个"嗓子哑了"真的是太让人无语了。

嗓子哑了,就矫情成这样了?这是有多金贵?观众席出现了喝倒彩的声音,听着尤其刺耳。

还有人开始喊:"不敢比了吗?"

"不行就下去吧。"

"要大牌吗?还没红呢!"

苏锦黎站在台上,想要装出不在意这些声音的样子。然而他的听力要比其他人好,根本做不到完全释然,所以表情难免有些失落。

藏艾这个时候,用话筒采访苏锦黎:"你现在觉得怎么样,可以迎接挑战吗?"

苏锦黎拿着话筒,迟疑了一下,还是开口了:"嗯,还好。"

声音带着沙沙的声响,就像玻璃上撒上了沙子,然后用鞋底碾压的声音。

这一次踢馆还是进行了。第一轮比拼是唱歌,由守擂的人先开始。

苏锦黎拿着话筒,迟疑了一会儿,唱了自己熟悉的《倔强》。

声音很干很涩,带着沙哑,调子是对的,但是声音不敢恭维,甚至听着让人觉得难受。

台下依旧有人喝倒彩,让他陷入焦躁,有些想哭,于是干脆闭上眼睛,让别人看不到他发红的眼睛,逞强似的继续唱。

安子晏站在后台,一群工作人员围着他劝说,他本来还在发怒,听到歌声却突然闭了嘴。

他扭过头,就看到导播视频上苏锦黎闭着眼睛唱歌的样子。

闭着眼睛,眉头紧蹙,睫毛上似乎有湿润,好在并不明显。

或许上一首《新不了情》因为苏锦黎没谈过恋爱,让他没有唱到最淋漓尽致。然而这种面对困难迎头而上的气魄,倒是很好地诠释了这首《倔强》。

如果声音不出问题就好了。

安子晏看着屏幕,扭头问节目组:"你们打算淘汰他吗?"

"这个……"

"他这首歌唱得非常难听,如果我们投他,是不是上一场淘汰周文渊就有点恶心了。"

"这件事情,的确是我们控制不住的。"

就在安子晏要骂人的时候,节目组突然混乱起来:"苏锦黎唱完了,让我们给他一个琵琶,你们准备了吗?"

"琵琶?!"节目组的人都震惊了。

"估计是想表演才艺吧。"

安子晏走到后台边,看到苏锦黎站在台边,看着乔诺唱歌,表情还算淡然。

他找人要琵琶,就是还想放手一搏吧。

苏锦黎还没放弃。

"库房里有,我去拿。"有工作人员说了一声,就快速跑开了。

这个乐器取了很久,因此,他们只能让乔诺唱完歌之后,立即表演舞蹈,苏锦黎依旧站在台边等待。等乔诺跳完舞,依旧等待了能有五分钟,苏锦黎要的琵琶才被准备好。

苏锦黎接过琵琶,看到上面已经挂上了设备,于是伸手接过来,戴上假指甲,试了试音。

确定可以后,他拿着琵琶上了台,接着脱掉了西装外套,解开了衬衫的领口,并且连续解开了三颗,这样才不会影响发挥。

现如今,很多琵琶表演都是坐着的,将琵琶放在腿上,专注于乐器的表演。

然而苏锦黎的不是,他是表演性质的,在弹琵琶的时候,还会有动作。他的动作大开大合,是传统的舞蹈,柔中带刚,刚柔并济。演奏上音律分毫不差,可以看出,他是有功底的。

当苏锦黎将琵琶举起,反弹琵琶的时候,只有部分人给予了掌声。

因为部分人不懂这种动作的难度。

敦煌有石像,让很多人猜测反弹琵琶只是一个传说。还有人说,古代人的确有神奇之人,可以掌握这种技艺,表演反弹琵琶。

第十二章 | 287

不过现在大部分还是会表示，反弹琵琶只是在摆造型，一般人根本做不出来，那只是传说罢了。

这种造型，光是摆拍都会很吃力，更别说真的做出来，并且完成弹琵琶这种动作了。

这一场表演下来，甚至可以说是非物质文化遗产了。

口技是一项。

反弹琵琶是一项。

苏锦黎的身材修长，韧性极好，就算是男性做出这个动作也不显得很奇怪，甚至，带着浑然天成的美感。

这是一个足以震撼心灵的画面，渐渐的，现场的掌声越来越强烈。

在一些观众的眼里，这就是一个虽然我不太懂，但是看起来很厉害的画面。

懂的观众则是被深深地震撼了。

从最开始的嘘声，到后面的满堂彩，苏锦黎成功地用自己的实力，撼动了这个舞台。

乔诺站在场边看着，原本在听到苏锦黎唱歌之后觉得自己稳赢了。结果苏锦黎简直是表演起了"杂技"，这种技术，没个三五年是练不出来的。

苏锦黎果然是扮猪吃老虎！

然而他们不知道，苏锦黎曾经去过戏院的表演。

一位秀女，就是因为这种反弹琵琶的技艺，得到了圣上的赏识，成了圣上宠爱的妃子。他曾跟沈城有幸看到过一回，现在是将之前看到的完全复制下来。

他也不想离开这个舞台。

当第一次表演，听到一群粉丝呼喊他的名字开始，他就渐渐喜欢上了这种感觉。他因为这个舞台，又认识了很多朋友，跟朋友一起在训练营里奋斗。

他很喜欢，他不想这样遗憾地结束。

所以，他非常努力。

直到评分，安子晏都没有回到台上来。

安子含在评委席上坐着,有点着急:"赶紧回来啊,不然苏锦黎少了一票呢!"

乌羽也沉着脸,觉得苏锦黎虽然第二场表现得足够优秀,但是第一首歌唱得真的是不怎么样。这一次的评分,依旧凶多吉少。

苏锦黎跟乔诺并肩站在台上,两个人同样忐忑。

乔诺突然打开话筒,对正在商量的评委老师说:"希望各位老师给出公平的评价。"

这回,可真的是给了一个下马威了。

安子含终于坐不住了,真没想到乔诺能无耻到这种程度,居然站起身,到了评委席,从顾桔手里抢走了话筒质问:"你还有脸说公平吗?"

乔诺没想到安子含居然会这样做,他们可是一个公司的!

现场有人惊呼起来。

"我到现在还记得,苏锦黎被送去医院抢救的时候你还笑着说,这回能空出一个位置吧。我告诉你,空出来,这个位置也不是你的,因为你人品太差。"安子含说完,就将话筒还给了顾桔,重新回到了选首席。

再一次,全场哗然。

诚然,安子含跟苏锦黎关系好,也不至于跟自己同公司,首轮比赛组合出战的队友这么针锋相对吧?

安子含的性格爱恨分明,直来直去,再加上被安子晏警告过,让安子含在节目里已经收敛了很多。能让安子含这样,足以证明乔诺做得真的非常过分了。

而且……抢救?!

抢救是怎么回事?

不是单纯的嗓子哑了吗?

顾桔在安子含离开后,笑呵呵地接了话:"苏锦黎总是给我们各种惊喜,就算身体不太舒服,也能有这么好的发挥,刚才的那个姿势我觉得很厉害,我有点想学习一下。"

说着走上台,到了苏锦黎的身边,想让苏锦黎教他如何倒弹琵琶。

顾桔真的跟苏锦黎学了一会儿。

所有人都知道，顾桔在机智救场。

现在现场的气氛已经变得非常诡异了，因为安子晏的暴走，安子含的讲话，让现场有了火药味。现在，顾桔来暖场，先化解一些尴尬，调节一下气氛。

缓和后，评委老师们的点评就不会那么难以开口了。

"这个姿势真的非常难做。"顾桔拿着琵琶，对台下的观众说，"我刚才真的是大开眼界，就是一种很少见的表演，让我觉得眼前一亮。"

顾桔一边说，一边往评委席走："苏锦黎在第一次来的时候说过自己想要一个复古少年的人设，当时我还以为他只是靠一身古装呢。现在看来是靠实力，我想投苏锦黎，我还想听他吹箫。"

经过顾桔这样地化解之后，其他的评委老师，也开始了他们的点评。

乔诺已经不敢说话了，无论评委老师说什么，他都只是点头。

苏锦黎也是一样，他现在的嗓子非常不舒服，于是也是简单说一句谢谢。

最后，苏锦黎获得三票，乔诺一票。

韩凯很坦然："苏锦黎这首歌唱得的确不太好，是因为他的嗓子原因，这个是他自己无法控制的。但是让我惊喜的是，他唱歌时的感情到位了，有戳到我。再加上我们没有一个人敢否认苏锦黎唱歌的水平，之前的 C 位他凭借的是歌声。之前的得票王，他也是靠歌声。"

苏锦黎被留下了。

似乎依旧有人觉得是黑幕，如果苏锦黎被淘汰，安子晏估计都不会再接主持工作了吧？

现在苏锦黎是人气选手，估计不会想要淘汰这样的选手吧？

这就是一场备受争议的比赛。

第四轮比赛结束了。

非常混乱，非常意外，很多事情都不受控制。

选手们到了后台后，安子含还顺便去跟乔诺打架，被乌羽和范千霆拦住了。

安子含就跟个暴躁的小兽一样，指着乔诺的鼻子骂，其他的选手都在旁边看着，常思音也是木子桃公司的，只能推着乔诺赶紧走。

乌羽看着没办法，蹲下身扛着安子含离开。也不去化妆间卸妆了，直接回了寝室，对工作人员说："明天把服装给你们送回来。"

说完继续走。

范千霆一直跟在乌羽身边，拦着安子含，让安子含别再骂了。

"放我下来，发型都乱了，乔诺你真恶心！"安子含依旧在骂。

苏锦黎没跟安子含他们一起，他刚刚下台就被顾桔叫走了。

顾桔将苏锦黎叫到了一边，跟苏锦黎解释这只是一场意外，在正式播出的时候，节目组会想办法将这段剪辑掉，让苏锦黎不要有心理负担。

"嗓子怎么样？用不用再去医院看看？或者吃点药？"顾桔问苏锦黎。

苏锦黎摇了摇头，表示自己没事。

顾桔抬手，似乎想安慰苏锦黎，想了想后又收了回去："你的琵琶弹得真的很好，没有黑幕，我就是想给你投票，别乱想。"

"谢谢顾老师。"苏锦黎回答。

顾桔抿着嘴唇笑了笑，带着苏锦黎往安子晏的休息室去，同时说道："你也来帮忙劝劝安少吧，他这回挺生气的。"

"要不要把安子含也叫来？"苏锦黎问。

"叫来了，他们哥俩一碰面，兄弟俩一起生气，场面一定很炸吧？"

"啊……也是。"苏锦黎跟着顾桔到了安子晏的休息室，就看到安子晏坐在里面，腿搭在化妆台上，身边的导演以及工作人员围了一圈，都在劝说安子晏。

安子晏扭头看到苏锦黎来了，表情才好了一点。

"比完了？"安子晏问他。

"嗯。"

"你们先出去吧，我跟苏锦黎单独聊聊。"安子晏多身边的工作人员说。

张鹤鸣带着其他工作人员都出去了，顾桔看了看苏锦黎，也跟着走了出去。

"现在嗓子会不会不舒服？"安子晏收回腿，调整了一个坐姿坐好，然后伸手拉着苏锦黎到了他的面前。

"其实还好,就是……唱歌不太好听。"

"确实不好听,听着就浑身难受。"

"哦……"

"但是琵琶弹得不错。"安子晏这样夸奖了之后,对苏锦黎勾了勾手指,"俯下身。"

苏锦黎俯下身,安子晏抬手帮苏锦黎系好衬衫的扣子,这才觉得看着顺眼了不少。

苏锦黎就适合规规矩矩的形象,看着乖。他喜欢乖的孩子,所以出奇地不喜欢安子含,可惜弟弟没法选,安子含还是他惯的。

"你生气了?"苏锦黎小心翼翼地问安子晏。

"不然我之前是在搞行为艺术吗?"安子晏不爽地问,"我本来就心情不好,结果他们还搞这种事情来惹我。"

"是乔诺挑战的,也不是他们能控制得了的。"

"可是他们妥协了!为了节目组的名誉牺牲你,就算解释一下你出现了意外,无法唱歌,所以不能挑战你,让乔诺挑战别人也行啊。可是他们非得进行下去,只是不想曝光他们出现管理疏忽的事情。"

道理苏锦黎都懂,只是怕这件事会影响到安子晏,犹豫着劝道:"可是你这样做……对你不好吧?"

"我自己也知道,现场这么多人肯定有人录像了。今天这件事情肯定会被大炒特炒,我估计又会被黑了。"

"没事的……"苏锦黎抬手,揉了揉安子晏的头,送了祝福。

安子晏就像一只超凶的大猫,被摸了头居然就顺从了下来,安静地坐在椅子上,独自生气。

安子晏直视苏锦黎问:"你摸头有什么特殊的含义吗?"

"就是……祝福你啊。"苏锦黎回答。

"摸头之后,会留下什么痕迹,会传递信号吗?"

"会……会……让你发型乱了。"苏锦黎紧张地回答,回答完打了一个嗝。

292 锦鲤要出道

安子晏看着苏锦黎慌乱的模样觉得有意思,继续问:"你会什么特异功能吗?"

"怎……怎么可能?!"苏锦黎紧张得声音都拔高了。

"不用那么大声,我听得到。"

"哦哦。"

安子晏站起身来,让苏锦黎下意识后退了一步。

苏锦黎比安子晏矮一些,仰视着安子宴,安子晏低声说:"别怕,这次的事情我会拼尽全力,不会让你受到任何波及。"

苏锦黎能够感受到安子晏是在关心他,也是在护着他。他都没想到,在乔诺挑战他之后,安子宴会那么生气。

苏锦黎拍了拍安子晏的后背:"谢谢安大哥。"

安子晏不喜欢这个称呼,立即抗议:"换个称呼。"

"啊……安少?"

"再换。"

"大鼻孔?"

"……"安子晏突然想把安子含拽过来,踹两脚之后再轰出去。

"我回去好好想想行吗?"苏锦黎真是不知道该怎么称呼安子晏了,说着推了推安子晏。

"嗯。"安子晏应了一声。

"你也别生气了,消消气行吗?"苏锦黎试探性地问。

"嗯。"

"你别生气了,跟节目组好好谈谈吧,我得回去了。"苏锦黎劝说道。

"行,你去吧。"

等苏锦黎离开后,江平秋进入房间问安子晏:"这件事情怎么处理?"

今天的闹剧,必须要有一个收场。

要么,公开真相,这个节目必定会名誉受损,安子含还在参加这个节目,会影响到安子含的前途,影响收视率。

要么,隐藏真相,保全剧组,那样会导致苏锦黎一身骂名。

还有就是着重洗白安子晏自己,还是洗白剧组,又或者洗白苏锦黎,这都是不同的选择。

安子晏抬手，与此同时回答："保苏锦黎。"

苏锦黎回到寝室就看到安子含满屋子晃悠，美其名曰要找一把顺手的兵器，出去找乔诺替天行道去。

范千霆见苏锦黎进来，解释道："我们的安二少别看年纪不小了，病得倒是不轻。我年轻的时候，也曾像他一样意气风发。"

乌羽都不愿意看安子含了，手里捧了本书，全英文，苏锦黎看不懂。

苏锦黎叹了一口气说："刚才我碰到常思音跟乔诺了，拖着行李箱走了。"

"什么？！"安子含气得不行。

"嗯。"苏锦黎走了进去，也不装哑巴了，直接用沙哑的声音跟他们说话。

"常思音还算是聪明，知道赶紧把人送走。"乌羽感叹了一句，接着翻了一页书。

他们训练营有规定，如果打架，主动的一方会被踢出比赛。安子含这一晚上都在躁动，说不定半夜就去找乔诺打架了。

常思音了解安子含，乔诺又也是木子桃娱乐的，不想公司内部闹得太难看，于是赶紧帮着乔诺收拾行李，把乔诺送走了。

偏巧走的路上遇到了刚刚回来的苏锦黎，常思音有点尴尬，解释道："我……我不想安子含闹事。"

"我懂的。"苏锦黎回答，看都没看乔诺一眼。

"那我回来以后跟你说！"常思音继续带着乔诺"逃亡"。

安子含终于老实了，坐在了寝室的桌子上，对苏锦黎张开手臂："来，到哥哥怀里来，哥哥安慰你。"

"刚才安大哥安慰过了。"

"他能安慰你？是不是桌子一拍，跟你说，没事，以后我罩你？说话的时候，还有种占山为王的架势？"

苏锦黎被安子含的话弄乐了，好半天才停下来。

"我就是觉得，是我不小心给你们添麻烦了。"苏锦黎小声说完，寝室里安静了一瞬间。

"这种受害者理论真的是……"范千霆的心里有点不是滋味。

"是你想吐血,还是你想被抢救,还是你想耽误比赛的?别人害你,为什么要你来道歉?"安子含跟着问。

"是我太不小心了。"苏锦黎回答。

"粉丝送的零食我也吃过。"乌羽放下书,安慰苏锦黎,"现在就是要调查出凶手是谁,然后……"

苏锦黎将寝室的门关上了,指了指摄像机。安子含现在关摄像机都是老手了,直接给关了,估计节目组只能默默流泪。

"是周文渊做的。"苏锦黎回答。

"有证据了?!"安子含震惊地问。

"就是没有直接证据才关摄像机的,不过已经调查到了,是周文渊做的。"苏锦黎回答。

三个人都震惊了。

范千霆平时喜欢看热闹跟着乐。今天他突然觉得自己吃了好大一个瓜,比安子含三个前女友会合还让人震惊。

"所以今天周文渊被淘汰,不是意外?"乌羽问。

苏锦黎点了点头。

安子含又拿起了自己的"兵器"——拖把,准备去找周文渊决一死战去。

"太可恶了,这是谋杀吧?"安子含气势汹汹地就要出去。

"没听说没有直接证据吗?"乌羽立即吼了一声,紧接着问苏锦黎,"是已经确定了,只是差证据了吗?还是说,只是怀疑?"

"确定了,但是他做得太干净了。"

"怎么发现的呢?"范千霆问。

苏锦黎只能回答:"我哥派人调查的,具体没说,但是他不做没有把握的事情。"

"你找到你哥了?"范千霆还不知道这件事情呢。

"是啊,找到了,还是一个大大瓜,但是我们不准备告诉你,想要憋死你。"安子含立即挡住了苏锦黎,对范千霆说道。

范千霆直接蹦了起来:"凭什么啊?!"

"让你天天看我们吵架就跟着乐,这回让你乐不出来!"安子含回答。

苏锦黎耸了耸肩,对范千霆说:"我要是跟你说了,他一准跟我没完没了……"

"行了,弟弟,你别说话了,对嗓子不好,乖,睡觉去。"安子含对苏锦黎大手一挥,接着又握住了自己的"兵器"。

乌羽倒是很相信沈城,不会做诬陷好人的事情,也不会没确定之前就淘汰周文渊,所以只是沉默了一会儿,默默接受了这个事实。

抬头就看到安子含要去找周文渊打架,范千霆口不对心地拦着,一个劲地讨好说:"先别走,快,快,给我口瓜吃。"

乌羽觉得这个场面很让人无语,只能沉声说道:"现在我们不能上网,我估计,外面已经开始了一场腥风血雨了。"

安子含终于停了下来,倒是不在意:"没事,有我哥呢,我哥是被黑红的,不怕这个场面。"

安子晏绝对是倒霉蛋中的精英,从出道起就被黑,一路黑下来早已宠辱不惊了。演戏的画面成表情包,演戏的台词成调侃的话,芝麻大点的事就上热搜。

到如今,他渐渐地成了粉丝口里的"真性情",慢慢地被粉丝发现安子晏居然有点可爱,转粉的人越来越多。现在,安子晏已经成了热度最高的男艺人之一。

这种大场面世家传奇见多了。

都是小意思。

乌羽看向苏锦黎,苏锦黎正在撕开干脆面的袋子,暗搓搓地偷吃零食。

安子含一把抓走了:"这玩意咸!你不能吃。"说着,自己吃了一块。

"就是!"范千霆跟着抓了一把。

乌羽叹了一口气,总觉得自己的室友智商不在线,然而手却伸了出去跟着抓了一把方便面。

苏锦黎只能看着他们几个人把自己的零食瓜分完毕。

于是他只能报复性地说:"这个是别人送的。"

三个人立即风中凌乱了，看到苏锦黎坏笑，才知道他居然反击了。

网络上的纷争果然开始了。

事件从有网友上传视频安子晏怒摔话筒的片段开始。

这个人似乎是想故意黑安子晏，只截取了一小段视频，似乎是想黑安子晏脾气坏。

评论里，倒是没有一边倒地黑他。

九醉哥哥保护你：一直在看节目，不知道前因后果不敢说什么。但是安子晏是第一次在公开场合发这么大的脾气，之前参加真人秀在泥潭里泡了一天，想爬上岸却被别人用水冲下去，也没见他发火。

小小燕子飞啊飞：这个选手好像是要挑战苏锦黎，安子晏才生气的吧？我突然想起了前几天看到的新闻，苏锦黎一身血，被安子含抱出了训练营，这有没有什么因果联系？

佑佑飞飞：然而我的关注点居然是，我们燕子哥的话筒摔得贼帅！

很快，有人传了相对完整的现场视频，事件小小地反转了。

这段视频被放上去之后果然引起轩然大波了。

网友们分为了好几派。

一派是理智型：苏锦黎为什么会被抢救？为什么挑战苏锦黎后，安子晏会那么生气？他们需要真相。

一派是批评型：据说结果是苏锦黎赢了，可是苏锦黎唱的真的不行。世家传奇收购苏锦黎的工作室了，这是要搞后台吗？捧安子含的同时再捧一个苏锦黎？怪不得安子含跟苏锦黎关系那么好。搞什么比赛啊，直接捧你们的人就好了。

一派是震惊型：不会吧不会吧！反弹琵琶！苏锦黎是神仙下凡吗？

一派是坚持转发型：听说转发这条锦鲤能转运。

一派是狂喷型：盲目转发的滚开行吗？最近老刷屏，烦死了。

……

吵了能有几个小时，终于有娱乐大V曝光了完整的事情脉络。

这个娱乐大V整理了长图，梳理这件事情。

第十二章 | 297

首先，是之前昙花一现的新闻被找了出来，安子含抱着浑身是血的苏锦黎出训练营，乌羽帮忙开车的相片。娱乐大V应该是去医院调查过，知道了些许"内部真相"。

　　【据了解，是节目组管理疏忽，没有检查过粉丝们的礼物，苏锦黎吃了黑粉送的巧克力后中毒。喉咙以及肠胃、部分器官都被腐蚀，原本很好听的声音，现在已经成了烟酒嗓。】

　　之后的内容解释了安子晏为什么会那么生气。

　　苏锦黎身体不在状态，被乔诺这个在危险待定区的选手挑战，如果苏锦黎输了会被淘汰。

　　从之前的节目就可以看出来，安子晏很喜欢苏锦黎这名选手，安子晏向来不是好脾气，也不搞人设，会暴怒也正常。再加上安子含的一句话，也被分析得很透彻：乔诺本来就人品有问题，苏锦黎在出事后，乔诺还幸灾乐祸过，这也是场面失控的原因之一。

　　最吸引眼球的是，这个娱乐大V神通广大，还拍到了视频资料，截了动图同时发布。

　　动图里，明显是一个人偷偷用手机拍的视频，还能看到挡在前面的人的一半头发。真正的内容是苏锦黎在寝室里突然吐血的画面。

　　第二张动图的内容是安子含从洗手间抱着苏锦黎出来的动图，当时苏锦黎已经完全昏厥了。

　　评论里，这回终于开始一边倒了。

　　乔巴：这个剧组有毒，真的有毒！

　　天雅夜蝶：光看动图我都要心疼哭了，安家兄弟会护着苏锦黎也不奇怪。

　　木七双：以前不太喜欢安子晏，现在突然喜欢上了他的暴脾气，就该这么做。

　　小丹：按照赛制，乔诺挑战其实没有毛病，只是这样做就显得很恶心了。有种你挑战乌羽啊！乘人之危算什么？

　　安子晏拿着手机，刷着动态，忍不住举起手机给江平秋看："我们雇的水军吗？"

"这回还真不是。"

"突然不被骂了，还有人转粉，我还有点不适应。"安子晏看着手机，刷评论。

刷着刷着，又看到苏锦黎吐血的图，就把手机扔到了一边，继续看剧本。

看了一会儿，他又问："沈城那边有什么动静吗？"

"动静没有，不过……周文渊失踪了。"江平秋回答。

"哦。"安子晏点了点头，"这就是动静了，我就不信沈城看了这些图不心疼。"

不过，这种非自然事件，沈城是怎么调查到的呢？

安子晏有点迷茫，他现在还能做点什么吗？

Chapter 13

第二天起床后,安子晏这件事情已经发酵到了白热化的程度。

网络是一个没有门槛的平台,聚集着数以万计的网友,这么多人肆意推动的地方,有的时候真的是瞬息万变。让安子晏都震惊的是,这件事情在他们没有控制的情况下,自己再次升级了。

整个局面里,为苏锦黎说话的人越来越多。

一个有实力的选手,长得好看,又是难得的好苗子,在这件事中又是受害者,自然有更多的人袒护。

有一位网友,发布了一段视频,被网友们自发地推到了热门第一条,热搜第一条:#苏锦黎广场版倔强#

钟情蔡先生:从苏锦黎刚刚开始红,我就已经在关注了,因为我是曾经看过苏锦黎唱过现场的人!用这首广场版无修音没假唱,充满了杂音的《倔强》为苏锦黎平反!这才是他的真实水平。没错,我还捏过他的脸!捏过之后我考试门门过,卷子上的题全会,我会说?!

这条动态的评论里,众多粉丝差点把博主生吞活剥了。

吃饕餮的正太:拿开你的手,让我来,我也想捏小鱼儿的脸!

醉世浮生:苏锦黎真的灵,之前找客户从来被拒绝,转发之后居然有客户主动联系我了。捏不到苏锦黎的脸,我可以捏你的手吗?

陈小咪:是没参加《全民明星》之前吗?气息很稳,声音也好听,现场版的话,这种水平非常可以了。

刘清:是哪个广场?我要每天去蹲点!

泠芸:以前唱歌那么好听,再去听沙哑的版本简直心疼死了。尤其是看到他难过的表情,简直想抱抱他。

逐风浪迹:原来我的偶像也会去吃烧烤,还在广场唱歌,可以说非常接地气了。希望早日康复。

池塘太小：反正我站小锦鲤，就算他以后一直是烟酒嗓，我也会给他投票。别怕，鱼塘们送你跃龙门。

当天中午，再次有人发布了一段私录的视频。

视频是第三轮比赛，苏锦黎跟安子晗组的表演，还有苏锦黎后期的才艺展示。

胖千儿：知道私录发出来不好，但是这次真的忍不住了。在第三轮比赛的时候，苏锦黎的海豚音炸翻全场，还有那段口技真的非常圈粉。听完这个，你绝对会更心疼苏锦黎的嗓子了。

小灰：听完了，震惊了，这种高音绝对是实力派的了。现在嗓子毁了太可惜了，送零食的黑粉请原地爆炸好吗？

子夜蓝：太优秀了，所以被嫉妒了吗？这种声音如果没了，绝对是歌坛的一个损失。

青葙：如果是我，我绝对比安子晏还生气，这种嗓音毁了，他们还要淘汰掉苏锦黎？节目组道歉了吗？该给一个说法吧？

越单纯越幸福：不接受道歉，送礼物的人抓住了吗？

到了晚上，事情再次发生了转折。

总台有一档节目名为《文化宝藏》，节目讲的主要内容是国家的传统文化，包括很多即将失传的技艺等。

这个节目，是难得的收视率高、评分高，还是在总台一套黄金时间播出的综艺节目，堪称口碑制作。这个节目组的主持人，发了一条长文。

杨泽华：大家@我的我都看到了，并且去跟节目组确认了视频的真实性，还拿到了原版的视频片段。

口技跟反弹琵琶的片段都是真的，我已经跟《文化宝藏》节目组申请过，他们也很重视，并且跟@苏锦黎 的经纪人取得了联系。

@苏锦黎 的确受伤了，嗓子跟部分器官受损，目前还没有恢复。不过，他的恢复情况很好，如果好好修养是可以康复的。

待@苏锦黎 康复后，我们会正式邀请他来参加节目，成为我们的嘉宾。

第十三章 | 301

2个BB：有点生气，正式的声明居然不是节目组和工作室发的，而是珍惜人才的其他节目的主持人！让苏锦黎退赛吧，有实力在哪里都能红。

去哪：感谢华哥，看到你这么说我就放心了，同时感谢您重视我们的小鱼儿。

南国：义愤填膺地跟着骂了一天了，看到华哥的动态终于放心了一些。仔细想想，之后还会看这个节目吗？也许会看吧，不是因为节目优秀，而是想看看苏锦黎能不能恢复。

盘盘：现在@苏锦黎还排在第三名，投票救救这个被节目组放弃的孩子，让他人气稳一些，不要再被影响了。

事件爆发24小时后，张鹤鸣这里简直要忙疯了。

因为有丑闻爆出来，世家传奇再也不帮忙，甚至还在火上浇油，让节目组处于被动的状态。投资方们开始打电话轰炸他们，甚至有三家提出了撤资，让他们快速处理好这件事情。

他拿着手机迟疑了很久后，才给侯勇发了一条消息。

张鹤鸣：你有什么办法吗？

侯勇：站出来承认错误吧，态度端正。现在还来得及，不然只会越来越严重。

张鹤鸣：好。

关了消息，张鹤鸣终于到了运营部门，让他们编辑声明，并且写了几个版本，最后发出了大家觉得可以的版本。

声明里，写了几条。

大致可以归纳为：

一、节目组的确有管理疏忽，收到礼物后直接给了选手，他们正式道歉。

二、节目组并未放弃苏锦黎，当时乔诺挑战的确符合赛制，他们无法阻止。

三、苏锦黎正在配合治疗，并且有痊愈的希望。

四、节目组会积极配合警方，协助调查。

评论里依旧骂声一片：

rosyyyyy：我们的要求很简单：1. 公开送礼时的监控。2. 公开苏锦黎的病情，并不是你们说能痊愈就能痊愈的，器官都被腐蚀了，你当我们傻？3. 第一时间公布调查结果。

奶昔：一个选拔节目，没能选拔出优秀的人才，却毁了一个天才。

丝塔芙雷阿诺斯：对安子晏的道歉呢？

柒：如果安子晏不发怒，你们是不是打算一直隐瞒，然后悄悄淘汰苏锦黎，让苏锦黎被淘汰好像只是他自己唱得不好？

当天夜里，苏锦黎发了动态，估计也是缓兵之计。

苏锦黎：喝完这杯珍珠奶茶，顿时觉得自己充满了力量，过不了多久，就又能唱歌给你们听了。

图片里，是苏锦黎喝奶茶时的自拍，漂亮的笑眼，脸颊鼓鼓的，以自拍的角度看，意外的可爱，真的像一条鳃鼓鼓的小鱼。

初阳：看到你可爱的样子，妈妈就放心了。

初阳：一定要早点康复啊，等你唱歌给我听！

Yoyo：喝奶茶对嗓子不好，你最近先忍忍，多喝点清淡的粥，养养身体，等你康复了再吃好不好，乖，妈妈爱你。

Chenmen：评论里的那些"妈妈粉"真是够了，这么多婆婆，我跟小锦鲤结婚以后一定很麻烦吧？

唐祁：今天给你投票了，以后姐姐每天都给你投票。

……

当天晚上，新的一期《全民明星》播出了。

这一期的收视率不但没有受影响，反而炸了，成了同时段的第一名，远远地超越了第二名。之后的网络版，点击率更是火爆，曾经一度无法充值会员，网站服务器几乎崩溃，修复后才好。

这一期的内容，是泼水节，紧接着是公布票数、淘汰选手以及抢歌的片段。在结尾，还预告了下一期的节目内容。

预告里，还出现了苏锦黎的高音节选，要比网友发的带着尖叫声的现场版音质好太多,让大家能够更加清楚地听清歌声。

这天的弹幕非常壮观,每次苏锦黎出现,弹幕都会霸占整个屏幕,大多被几句话刷屏。

【这条锦鲤由我来守护。】

【慕名而来,锦鲤大仙好可爱。】

【苏锦黎,你是我见过最性感的鱼!】

【听说给苏锦黎发弹幕会有好运。】

【锦鲤大仙,求过四级。】

安子晏因为要录《全民明星》,最近在剧组里都会拍戏到凌晨才结束。他是在回去的路上,坐在保姆车里看的最新一期节目。

他进娱乐圈也有些年头了,毕竟是童星出道的。他还是第一次见到节目被骂成这样,收视率跟点击率居然暴增的。

《全民明星》创造了两个神话。

三线制作组,前景不被看好的策划案,居然逆袭。

然后就是出现问题后,反而被更多人发现了。虽然……很多人是想来看看苏锦黎这位天才型的选手。

安子晏拿着手机看了新的一期节目,看到弹幕里批评他们兄弟俩居然欺负苏锦黎,忍不住叹气:"他怎么那么多'妈妈粉'呢?"

江平秋在开车,淡定地回答:"女生们都想不自己生就有一个这么大年纪,还很乖很帅的便宜儿子。"

"啧,玩水枪,追着苏锦黎跑一段,居然也被刷屏骂,等苏锦黎反击我们俩了,他们反而开始高兴了,刷屏孩子长大了,怎么这么双标呢?"安子晏继续不爽。

他坐在车里,又看了一会儿,看到苏锦黎为了抢歌,跳了性感舞蹈的片段,拿着手机突然没说话了,只是盯着屏幕看。

等过去这一段了,他又关了弹幕重新看了一遍。

看到三遍后,他开始笨拙地研究怎么截屏。弄了大半天,也不知道怎么才能截出短视频或者动图来。专注于弄视频的安子晏没注意到,他们已经到了目的地,江平秋停下车来等着他下车。

见他半天弄不明白,江平秋主动问:"用不用我帮你?"

"嗯。"安子晏将手机给了江平秋,江平秋拿着手机,问安子晏:"是苏锦黎跳舞的这段吧?"

"嗯,太有意思了。"安子晏笑道。

"嗯,截完了。"

"行。"安子晏接过手机。

江平秋忍不住笑了。

安子晏也算一个"爸爸粉"了吧。

陆闻西挺佩服沈城的,坐在废旧的仓库空桶上居然也能坐姿优雅。真的是偶像包袱八百吨,才能诠释得这么好。

沈城拿着手机,在看最新一期的《全民明星》。

他真是越看越觉得安家兄弟,越觉得碍眼。

陆闻西站在废墟里看看优雅的沈城,再看看被锁魂链锁着,痛苦地满地打滚,发出声嘶力竭的低吼的周文渊,就觉得……这两边的画风不太对。

再扭头,就看到许尘正在整理自己扇子的流苏,也不管这边的事情。

陆闻西深呼吸,问沈城:"这怎么处理?"

沈城微微蹙眉,对陆闻西比量了一个别说话的手势,别耽误他看自己弟弟的视频。陆闻西也不着急了,跳上了油桶,蹲在沈城身后跟着看视频。

等到苏锦黎为了抢歌跳舞的片段,陆闻西看到就"哟"了一声。

沈城看完就直接关了视频,拨通了节目组的电话,让他们找苏锦黎。

节目组似乎觉得很为难,却还是答应了,毕竟现在他们关于苏锦黎的事情,都不敢怠慢了。等了能有三分钟,苏锦黎就过来接电话了。

"喂?"苏锦黎兴奋地接通了电话。

"是我。"沈城拿着手机,严肃地说。

"嗯嗯,我知道的,我可想你了!"苏锦黎知道不能暴露身份,所以说话还挺小心的,声音特别小。

第十三章 | 305

"刚分开几天。"

"刚分开两分钟的时候就想你了！今天就更想了。"

沈城原本还在蹙眉，现在表情终于好了些许，对苏锦黎说："你抢歌时跳的舞，我非常不喜欢，以后不许跳这种舞了。"

"哦……那我不跳了。"

"还有，以后少跟安子含玩。"

"为什么啊？"

"你被他带坏了，你没发现吗？"

"不会的，子含人挺好的。"

"好什么好，小小的年纪抽烟喝酒打牌，还滥交女朋友，一点也不自爱。跟他在一起能学什么好？"

"我都十八岁了，他是朋友……你这样我会为难的。"

沈城又不爽了一会儿，还是妥协了，总觉得自己有点管得过度了。

他还是下意识把苏锦黎当成一条什么都不懂的小鱼，于是补充："总之，在训练营里不要学那些不好的，这种舞蹈少跳，不然我就把你带出训练营，立即退赛。"

"哦。"苏锦黎答应了一句，听到了奇怪的声音，问，"你那边什么声音啊，听着好瘆人啊。"

"哦，周文渊。"

"啊？！"

"我们在处理他。"沈城回答。

"那！那你小心啊！"苏锦黎立即紧张起来。

"放心吧。"

"那……那我……"

"好好养好身体，我有看你比赛，加油。"

苏锦黎那边立即应了一声："好！"

"好了，我没事了。"

"好！你最好了！最喜欢你了！"

"嗯。"

"我还想跟你聊一会儿。"苏锦黎又开始可怜巴巴地求。

沈城无奈地叹了一口气,又叮嘱了苏锦黎了几句,苏锦黎才恋恋不舍地挂断了电话。

挂断电话后,陆闻西忍不住感叹:"你这个弟弟挺黏人啊。"

"嗯,从小就喜欢跟着我跑。"

"既然你已经暂停了,就先处理一下这边的事情吧。"陆闻西指了指周文渊,对沈城说道。

"所以他是自身附体吗?"沈城看向周文渊问。

许尘终于不再摆弄自己的扇子了,对沈城详细地解释:"因为执念太深,才变成这副德行。"

"祭天血呢?"沈城追问。

原本是为了方便自己的,后面发现血可以伤到苏锦黎,就动了邪念。

沈城身体轻轻一跃到了周文渊的身边,冷漠地看着。

周文渊依旧在挣扎。

"呵——苏锦黎……挺厉害啊……娱乐圈就……就这么几个流量,居然全都认识……参加什么选拔啊……"周文渊难受得话都说不利索,却还是在嘲讽。

的确,娱乐圈风头正旺的几位,有两位站在这里收拾他,还有一位为了苏锦黎怒摔话筒。有这么多人护着,参加什么选拔啊,随便捧捧就红了。

"不知悔改?"沈城问。

"就你现在这个实力,还在嚣张。"

这也轮不到周文渊来嘲讽。

"一般你们是怎么处理这种情况的?"沈城问陆闻西。

"很棘手啊?"陆闻西回答得很为难。

"所以呢?"

"我想要鱼鳞。"

沈城叹了一口气,最终还是点了点头:"好。"

陆闻西终于满意了,蹲在了周文渊的身前。

周文渊挣扎了起来,却完全没有用。

"其实你之前活着真的自在吗？顾家的人跟没跟你说，你逆天改命，受到损害的人却是你的至亲。"

周文渊终于停了下来，震惊地看向陆闻西。

"看来也不是完全黑心啊，还在乎别人嘛。不过没用了，你现在已经把他们害得够惨了。所以呢，你就要祈祷，你被净化之后还能活着，这样，你就能继续祸害他们了。"

"留一口气。"沈城突然开口。

"怎么？"陆闻西奇怪地问。

"他还没跟我弟弟道歉呢。"

"我们用这个方法的话，他顶多坚持七天就失忆了，你弟弟比赛结束后都几个月后了吧？"陆闻西觉得这个有点不妥。

沈城拿出手机来，对着周文渊开摄像头："我给他录下来。"

"别了，这模样会吓到孩子。"陆闻西立即按住了沈城的手机。

沈城这才罢休，退后了几步："那你们做吧。"

许尘很快开始准备，陆闻西也在同时帮忙。

沈城看了一会儿，见到周文渊痛苦得面目狰狞，终于满意了一些，对陆闻西说："我先回去了。"

"鱼鳞呢？"

"等过段时间。"沈城说完，就在身前凭空画了一个屏障，接着走了进去。

陆闻西气得不行："你又要赖账是不是？！"

沈城没回答，直接离开了。

陆闻西只能在这边念叨："不能惹锦鲤，会倒霉的，会倒霉的……"

《全民明星》这里，宣布了新一轮的比赛规则。

这一次，居然是网络投票，网友选出他们喜欢的选手，给他们进行组合，然后安排歌曲。

"这个……什么规则？"苏锦黎听得直糊涂。

"我也没明白。"安子含回答。

这个时候，顾桔已经开始宣布分组了。

之前几组还挺正常的，范千霆跟另外一位选手合作一首说唱歌曲，常思音则是跟一位男选手，合唱一首抒情歌曲。

到了苏锦黎的队伍就有人起哄了。

"苏锦黎呢……"顾桔看到这个名单后，笑了一下，"跟张彩妮一队。"

"哇……"

"厉害了。"

"故意的吧？"

苏锦黎跟张彩妮都没想到，诧异地看向对方。

紧接着，顾桔宣布了歌曲名字："网友们票选的结果是，你们俩合唱《不仅仅是喜欢》。"

宣布完，全场沸腾，这一届的网友非常合格啊。这个组合，这首歌，都有点……暧昧啊。

"怎么了吗？"苏锦黎奇怪地问。

"没事没事，很好，对你来说是新的挑战。"安子含回答，却在幸灾乐祸。

"接下来的组合也很有意思，安子含跟……乌羽。"

顾桔宣布完，引得安子含惊呼："不是吧？！"

"为什么是和他？"乌羽也很不满意。

现场其他选手立即追问："什么歌？"

顾桔忍着笑回答："《一个像夏天一个像秋天》。"

安子含要崩溃哭了，瞪了一眼笑得像个骰子的范千霆。

"听歌名很合适你们啊。"苏锦黎说。

"不合适！"安子含反驳。

"一点也不合适。"乌羽跟着说。

搞事！

这群粉丝搞事！

范千霆特别嘴欠地问："你们俩要不要改编一下歌，叫《一个像夏天一个像冬天》。"

"你再废话，晚上回寝室我划船了啊！"安子含愤怒地威胁。

"哈哈哈，不用，苏锦黎那边划船，我和乌羽跟着晃悠。"范千霆回答。

苏锦黎委屈极了："我睡觉挺老实的……"

"老实什么啊，我有一次晚上是盯着你的，你就像在床上游泳似的，能睡觉翻个跟头，头脚换个方向。神奇的是第二天早上又转过去了。"范千霆跟苏锦黎都睡在上铺，所以最知道这个。

"不可能吧，床那么小，苏锦黎还那么高。"苏锦黎未来的队友张彩妮问道。

"你很关心啊？"范千霆笑着问道。

张彩妮无奈了，听着周围的人起哄。

苏锦黎从来不知道自己睡觉的时候是什么样，他记得，哥哥很不喜欢跟他一起睡，每次跟他一起都会失眠一整夜。之后，他都会自己睡，是最近来了训练营才住寝室的。

他记得，他睡着了，乌羽崩溃地站起来推醒过他一次。

还有一次，范千霆爬到他床上，过来拽他的腿。他迷迷糊糊地醒过来，范千霆跟他解释："你的姿势就像腿卡在床栏杆上了似的。"

他揉了揉腿，发现真挺疼的。可是，他睡得很沉啊！

他不觉得他动了啊。

他每天醒过来的时候，都没有什么奇怪的动作。

顾桔拿着卡片，又宣布了其他的分组。

全部宣布完毕后，顾桔宣布了这次的网络投票排名。这次的规则很残酷，排在后 15 名的选手，全部都会在危险待定区。

如果这 15 个人中，在现场的时候，票数依旧不够的话，就会被淘汰 10 人。

安全区的选手们，也会有现场票数最低的 5 人被淘汰。

最终的投票结果为：

第一名 苏锦黎

第二名 乌羽

第三名 魏佳余

第四名 安子含

……

第十三名 常思音

……

第十八名 范千霆

……

第二十一名 张彩妮

苏锦黎凭借这一次风波,两天时间冲到了第一名。

乌羽跟魏佳余也是一直凭借实力在前三名,倒是安子含掉了名次。

范千霆因为镜头少,一名非常有实力的选手,最后居然进入了危险待定区。

至于张彩妮,虽然有跟着苏锦黎蹭了镜头,但是因为出场太晚了,还是耽误了票数。而且,张彩妮的情敌略多,人气也没涨上来太多,反而经常被骂。现在的张彩妮黑红的成分比较多。

范千霆似乎早就已经想到了,没表现出什么,这些天里,他已经淡定很多了。其实能留到现在已经非常不错了,毕竟他自己也知道,他没有做偶像派的外形。

这个时候,安子含突然打了一个响指。

所有人都朝安子含看过去,觉得安子含又要开始作妖了,后来看到苏锦黎居然也跟着安子含一起去胡闹了。

他们俩站在范千霆身后,突然开始跳舞,同时还在异口同声地说口诀:"左手比一个心,右手比一个心,再在胸前画一个大心心。啊,心心飞走了,抓回来,拍拍灰尘,来,送给你我的心,最爱你了。"

范千霆坐在椅子上都傻了,看着他们俩问:"你们在干什么?"

"给你拉票啊!"苏锦黎回答。

"别……这简直就是公开处刑。"范千霆觉得这个画面简直太羞耻了。

安子含又打了一个响指,大喊了一声:"再来一次!"

苏锦黎则是伸手去拽乌羽,乌羽不情不愿地走了过来,跟苏锦黎、安子含站成一排。

他们三个显然是提前练过，动作还蛮整齐的，月左手跟右手分别比量一个心，再在胸前画一个心的形状，接着好像心分走了一样，蹦起来去抓。抓回来后，拍了拍心，然后送了出去，接着飞了一个吻。

"我的天啊！"范千霆的羞耻心泛滥，简直要受不了了。

"你们寝室的关系真好啊。"顾桔跟着感叹。

"寝室得4个人才热闹啊！"苏锦黎回答。

"对，不然他们三个就跟一家三口似的。"范千霆说完，指着安子含，"妈妈。"再指乌羽，"爸爸。"最后指苏锦黎，"儿子。"

"为什么我是妈妈？"安子含不满。

"我还没瞎。"乌羽也这样说。

"就好像我能看上你似的。"

很快他们又吵了起来。

苏锦黎看到镜头在对着他，于是他又对着镜头跳了一次比心舞，乌羽跟安子含吵架，就跟背景板似的。他飞吻的时候，还会放电了，笑眼就好像是最强大的必杀技。

这次也是一样，公布票数后，手机会归还他们两天的时间。

寝室里，安子含是一个标准的夜猫子，很晚都没有睡，拿着手机开启弹幕，看最新的《全民明星》。

苏锦黎则是第一时间，给沈城发消息：哥！我拿到手机了，这次能拿到两天的时间，我们聊天吧！

发过去后许久都没有回复，苏锦黎猜测沈城应该是在忙。他拿着手机，听自己之后要唱的歌，发现又是他没唱过的风格。

他背完歌词后，探头对范千霆唱了一次，范千霆听完，拿着刮胡刀都迷茫了："你是在吟诗吗？"

"啊，可是这段不就是说的吗？"

"你哪里是说唱啊，简直就是在诗朗诵，根本不对劲啊。"

乌羽也从下铺站起身来，唱了苏锦黎的那一段，教苏锦黎："应该是这样。"

"你好厉害啊,什么唱法都会。"苏锦黎感叹。

"其实还好,你再试试。"

苏锦黎又唱了一次,范千霆跟乌羽对视了一眼后,乌羽说:"要不你念首诗我们听听。"

苏锦黎点了点头:"风月亭危致爽,管弦声脆休催。主人只是旧时怀。锦瑟旁边须醉……"

"嗯,谁的诗?"范千霆问。

"辛弃疾啊,我男神!"

"棒棒哒!"范千霆夸奖道,"你唱歌跟吟诗是一个腔调的,不如你用口技复制下来吧。"

"或者你跟张彩妮改编一下?她是烟酒嗓,你现在嗓子也不是特别好,改改的话,说不定也挺有感觉的。你的吟诗腔调改改,改成戏腔也能好点。"乌羽这样建议道。

"我明天跟她聊一聊想法。"

苏锦黎回到被窝里,又开始用手机看些其他的东西。过了十几分钟后,沈城终于回复了。

沈城:我刚拍完戏,你在做什么?

苏锦黎:在查怎么去鱼腥味,你上次给我的东西去得不是很彻底。

沈城:查到什么了?

苏锦黎:他们说放点姜跟葱花去腥,还有说放酸菜的,放生的还是熟的?是需要泡澡吗?

沈城:嗯,记得放最热的水,尽可能沸腾,然后你就能吃了。

苏锦黎:吃?!!

沈城:这是烹饪鱼去腥的方法。

苏锦黎:怎么这样?!网络怎么这么恐怖?

沈城:很晚了,早点休息吧。

苏锦黎:可是我想跟你聊聊天!

沈城:乖,早点休息,你现在身体不好,等出训练营了搬来跟我一起住。

苏锦黎:好。

苏锦黎放下手机，立即美滋滋地睡觉了。

那边，安子含看完视频，在拍摄 MV 那里，他跟苏锦黎对着镜头合影的片段居然播出来了！

他在之后就上网看看，看到他们俩居然上了热搜头条！

#苏锦黎安子含合影#

点进去，就看到了网友截屏的合影，全部都是苏锦黎美美的，他则是一道道虚影，镜头都没能捕捉到他完整的美丽。

偏偏这样，网友还配文字：我已经尽力了，完全拯救不了安子含。

他气得半夜没睡着，12 点多居然开了直播，还跟范千霆借了手机。

他将自己的手机放在懒人支架上，调整方向对着窗帘，不至于被粉丝们看到混乱的寝室。

接着，他拿着范千霆的手机，滑着屏幕，对着镜头说："你看看你们截的图，这绝对是前男友水平的。尤其这个叫圣儿的，还怪我摆造型挡住苏锦黎了，你是有多不愿意看到我？"

弹幕也是非常恐慌了。

【啊啊啊啊，离粉丝们的私生活远一点。】

【公开屠宰现场。】

【小锦鲤太美了，根本不舍得把他的盛世美颜截了！】

【刚才被公开点名批评的是我，哼！】

【我现在发动态，能被安子含看到吗？】

【子含，小锦鲤身体怎么样了？】

安子含看到弹幕后站起身来，拿起手机："他好多了，就是嗓子还没恢复到最好的状态，我还没批评你们给我选的破歌呢！"

安子含说着，调整了摄像头照向了苏锦黎的床，接着快速掀开被子："看，你们的小锦鲤……怎么回事，怎么是脚丫子。"

【小锦鲤睡觉好不老实啊。】

【小鱼儿的高难度睡姿。】

【白白的脚丫子，指甲很干净，加分！】

安子含在床的另外一边，才把苏锦黎从被子里挖出来，一边说一边乐：

| 314 锦鲤要出道

"现场直播苏锦黎花样游泳式睡姿,以后你女朋友要遭罪。"

苏锦黎刚才已经睡着了,迷迷糊糊地睁开眼睛看向安子含,看到安子含拿着手机对着他,于是问:"你干吗啊?"

"来,给关心你的粉丝打个招呼。"

苏锦黎还不了解直播这些东西,伸手要去拿手机看看,安子含立即将手机转过来,给他看屏幕。

苏锦黎看到屏幕上,是安子含的大脸,还有好多弹幕在刷屏而过,他根本看不清。

安子含很快又转过手机,继续照着苏锦黎迷迷糊糊的睡颜。

"你们好。"苏锦黎说完猫进了被子里,结果又被安子含拽开了被子。

"么么啾一下。"

"什么啊?"

"大家在关心你,你得么么啾一下回报他们,就像我这样,噘嘴,么么啾。"

苏锦黎看着安子含,学着安子含的样子,对着屏幕"么么啾"了一下。

【啊啊啊啊啊,深夜福利。】

【圆满了。】

【小鱼儿太萌了!】

【睡不着了。】

【求大神做动图啊!!】

【儿子!妈妈爱你!】

安子含看着屏幕,突然觉得有意思,对着视频里说:"来,我带你们去夜袭常思音的寝室。看乌羽?他有什么好看的,看常思音去。"

说完拿着手机走了。

苏锦黎迷迷糊糊地看了一眼手机,看到了有人申请加他为好友,验证写的是安子晏,他立即加了安子晏好友。

很快,安子晏就发来了消息。

安子晏:身体怎么样了?

苏锦黎立即回复:好多了。

然后他发了一句晚安,就放下手机继续睡觉了。

第十三章 | 315

安子宴：嗯，晚安。

第二天，苏锦黎一睁开眼睛就看到三个人围观他。

见他醒过来，范千霆立即指着他说："看，他是不是转过来了？"

"这么大的个子，在这么小的床上怎么做到的呢？"安子含颇为好奇地问。

"看看那个摄像机不就知道了？"

几个人一齐看向摄像机，一起笑了起来。

"我第一次觉得这个摄像机不错，还能探讨苏锦黎的睡觉奥秘。"安子含感叹。

苏锦黎觉得特别无奈："你们围观我睡觉干什么啊？"

"乖，以后早上别说话了，你声音真难听。"安子含安慰完就去洗漱了。

苏锦黎爬下床，站在了安子含的身边，张开嘴就开始诗朗诵似的唱歌，烦得安子含刷着牙满屋子乱转。

胡闹了一早上，四个人结伴走出寝室，刚出去就看到张彩妮靠着墙壁，等候在转角处。

见他们出来，她立即站好了说："你们寝室可真吵，幸好是单独的地方。"

"其他的寝室都有空床位了，我们寝室住得最满了。"安子含回答。

"在等我吗？"苏锦黎主动走了过去问，他们俩现在是队友。外加刚才安子含那句话在别人听来有点刺耳，他赶紧打断了。

"对，昨天晚上我想了一整晚，我想做一些改编，想跟你聊一下。"张彩妮回答了一句后，只是看了安子含一眼，没说什么。

苏锦黎点了点头："我也有这种想法。"

张彩妮跟苏锦黎并肩去了食堂，吃饭的时候，张彩妮还在拿着印着歌词的纸，指着每一句，哼唱给苏锦黎听。

苏锦黎一边吃饭一边听，偶尔搭一句话。

"加戏腔这首歌会变得非常奇怪。"张彩妮随便吃了几口，就继续哼歌了。

"你不吃了吗？"苏锦黎问。

"嗯，我怕胖。"

苏锦黎点了点头，然后夹走了张彩妮盘子里的排骨。

张彩妮看着他的动作忍不住笑了起来，却什么也没说，继续哼歌。

这一次的训练不再是之前的教室了，苏锦黎为了迁就张彩妮，来了B组的教室。

两个人盘腿坐在地面上，拿着歌词，一边勾画一边哼歌。

张彩妮听完苏锦黎的说唱部分，忍不住问："你看我，是不是头发都变得浓密了？"

"啊？"

"我现在满脑袋的问号，显得我头发十分浓密。你怎么会唱成这样，我对你一直很有信心的，结果现在全崩塌了。"

"我没唱过这种类型。"苏锦黎回答得很委屈。

张彩妮拿来了吉他，弹着找感觉，跟苏锦黎磨合了整整一天才找到些许感觉。张彩妮耐心地一遍一遍地教苏锦黎怎么唱，两个人光改歌就改到了凌晨。

苏锦黎疲惫地回到寝室，就看到寝室里只有乌羽一个人。

乌羽跟他对视了一眼后，解释道："你的小哥哥离寝室出走了，范千霆去安慰了。"

小哥哥指安子含。

苏锦黎点了点头，问："这次因为什么？"这种事情太常发生了。

"我说他唱歌难听。"

"哦，那我先去洗澡了。"苏锦黎拿着自己的洗漱用品，还有脚气一次净进了浴室。他知道，到了睡觉点安子含自己就回来了，安慰只是让安子含不至于下不来台，有范千霆一个人就够了。

乌羽也没在意，继续低头看书。

前三十名的选手在次日聚集在一起，集合后会一起进行点评。

这次的歌曲很少有带舞蹈的，选歌也是网友评选，很多是热门歌曲，大部分难度不高，只要给出一些点评就可以了。

韩凯听着乌羽和安子含唱歌，点了点头："音是准的，感情没到位，你们俩唱歌的时候，会带着一股子杀气，根本没有冰释前嫌，而是持续看对方不顺眼。你们俩好不容易有眼神互动，还是瞪了对方一眼。"

不少人小声笑了起来，苏锦黎倒是习以为常了，表情淡然。

乌羽沉默着没说话。

安子含拿着歌词，随意地回答："等上台的时候，我们俩表演一下就可以了。"

"平时练习的时候都没有互动的话，你们上台也没有默契，一个想往前走，一个留在了原地；一个看向对方了，一个还不理。"

这回，安子含不说话了。

韩凯让他们两个人面对面直视对方，以此培养感情，让两个人尴尬得浑身难受。

韩凯老师没理，继续让下一组上来，刚巧是苏锦黎他们组。

"改编过？"韩凯问他们俩。

两个人一齐点头。

"你们俩的画风不太一样，我一直觉得你们俩的组合挺有意思，来吧。"

等他们俩唱完之后，韩凯老师点了点头："你们俩也是，全程没有眼神互动。"

苏锦黎有点羞涩地回答："不太好意思……"

"别不好意思，在这首歌的意境里，你对她不仅仅是喜欢，甜一点，有点互动。你们两个人之间的感觉，要比乌羽、安子含组更亲密一些才可以。"

"哦，好。"苏锦黎答应了。

"谢谢老师。"张彩妮也这样回答。

韩凯终于放过了乌羽跟安子含，让他们俩也归队自己去找感觉。

他们回到B组教室，又练习了一阵子，互动方面还是不行。

张彩妮对苏锦黎说："你跟我来一下。"

两个人躲开镜头，私底下去了没有摄像头的地方，张彩妮这才开口："其实你不用太有心理负担，我最开始就是想跟你炒CP，让我多一点镜头。我也没想到会弄成这个样子，你别因为避嫌什么的耽误了比赛。"

苏锦黎看着张彩妮，她微微低着头，说话的时候手一直玩着自己的衣摆,说完抿了一下嘴唇,垂着的眼眸似乎有些要哭的征兆。

"嗯,那你为什么哭啊?"苏锦黎问她。

张彩妮本来在强忍着,被问完之后原本紧绷着的神经突然就绷不住了,转了一个身,抬起手臂来挡着脸,哭着说了起来:"他们都这么说,你也这么想就行了,你管我哭不哭呢?"

苏锦黎太不擅长对付这种场面了,立即乱了阵脚:"我倒是没多想……"

"我就不明白了,唱摇滚怎么了?身上有文身有问题吗?天天骂我还说我倒贴什么的……我……我怎么就不许喜欢谁了吗?"

张彩妮突然失控让苏锦黎措手不及:"呃……你冷静一下。"

"韩凯老师也说我们俩画风不一样,怎么了?!你纯纯小可爱,我就是乌鸦嗓老巫婆是不是?我这种女生就必须喜欢叛逆的少年吗?非得全部统一,他们怎么那么多事?!"

苏锦黎看着张彩妮哭顿时觉得头都大了,着急得不知道该怎么办,于是劝说道:"要不你……歇会儿再哭?"

"你当哭是接力啊?!还歇会儿……"张彩妮凶巴巴地说完,又开始哭。

她是烟酒嗓,哭的时候"哇呀呀"的。

苏锦黎听着她的哭声,忍不住问:"我前阵子嗓子坏了,唱歌的时候就跟你哭一样难听吧?"

这个问题问完,张彩妮的哭声戛然而止,她看向了苏锦黎。苏锦黎被看得有点慌,立即站好,大气不敢喘。

"你就这么哄女孩子吗?"她问。

"你……你挺会哭的,真棒。"

张彩妮被苏锦黎这句话气笑了,擦了擦眼泪,说道:"你凭实力单身,为你哭不值得!"

"我……听她们说,要互相喜欢才能在一起,我对你没有那方面的感觉,所以……"苏锦黎想了想后,还是觉得应该说明白,不然他们俩在一起怪尴尬的。

"别别别,别发好人卡,你就当成什么都不知道,我就是一个追星的小迷妹,最后给我留点面子,行吗?"

"嗯。"

"你唱歌的时候别管绯闻啊什么的,你把我当成一件道具,看我几眼,你死不了也爱不上我,放心吧。"

"好。"

苏锦黎回答完,张彩妮突然挽起裤腿,给苏锦黎看自己脚踝上的文身:"文身是我前男友的名字,分手有一阵子了,但是我一直没洗掉。我猜他早就洗掉了,耿耿于怀的人,只有我一个。"

苏锦黎不懂这些,只是盲目地跟着点头。

"我只有他一个前男友,不是老司机。"张彩妮补充。

"哦。"

"别人骂我无所谓,虽然你拒绝我了,但我还是不想让你也这么想我。我只是做我喜欢的事,打扮成我喜欢的样子,一直在做我自己,喜欢了就喜欢了,不行就是不行,你懂吗?"

苏锦黎被张彩妮气势汹汹地问了一句话,傻乎乎地回答了一句:"不太懂。"

"就是你放心吧,我不会纠缠你的,唱完这首就算完成任务了。而且我觉得,这可能是我最后一次上台了,所以……我想好好表演。"

苏锦黎点了点头,他看出来张彩妮的努力了,而且这种个性张扬的女孩子,也不会让人讨厌。

"你先走吧。"张彩妮挥了挥手,"我哭过容易被看出来,缓一会儿再出去。"

"好,那我先走了。"苏锦黎真的走了。

张彩妮看着苏锦黎离开的背影,没忍住,又哭了起来,一个劲地擦眼泪。

苏锦黎这个人,说不出来究竟哪里比较吸引人。

一开始就是觉得苏锦黎长得不错,后来觉得他的性格很好,人很单纯,还有就是在舞台上特别迷人。这种人越是靠近越让人喜欢,被拒绝了,张彩妮还是会有点难过。

不过最后她还是拍了拍脸:"张彩妮,振作一点,那些粉丝都见不到苏锦黎本人,你跟他合唱过歌,你是王者!"

说完,就开始忍眼泪。

苏锦黎回去的时候,就看到乌羽难得的早早往寝室走。

安子含追在后面,说着:"你也别太在意,这是你没办法控制的。"

乌羽没回答,大步离开。

苏锦黎赶紧走了过去,问:"怎么了?"

"乌羽的前女友被人肉了。"

"人肉包子?"

"不是,人肉搜索,被曝光了,现在被骂得挺惨的。"

Chapter 14

苏锦黎不理解这些事情,他刚学会汉语拼音,打字速度特别慢。每次打开社交平台就想每条留言都回复,然而他根本没有那个时间,就干脆不打开看了。平时用手机上上网,也都是和朋友聊聊天,或者查询怎么去鱼腥味,还没参与过这种纷争。

他只是跟着安子含一起回了寝室,进门就看到范千霆在帮忙关摄像机。他们寝室的这个可怜的摄像机,没事就被蹂躏一次,节目组还对他们寝室敢怒不敢言。

乌羽坐在窗台下面,手搭在膝盖上,额头枕着手臂,看得出来心情很差。

苏锦黎盘腿坐在他对面,揉了揉乌羽的头。

"我发现谁红了的话,前女友都会被曝光。网友怎么那么喜欢搜前任呢?"范千霆坐在椅子上,忍不住问。

"好奇呗。"安子含回答。

"唉……乌羽,你也别烦了。"范千霆劝说。

"她什么都没做错,分手也是我做得不好,不应该被这么攻击。"乌羽声音沉闷地回答。

"你们为什么分手啊?"苏锦黎问。

"在一起之后我经常约会迟到,还会忘记她的生日,也不会哄人。"乌羽回答。

"忘记生日,约会迟到,多喝热水是不是?你这样的能找到女朋友全靠脸。"安子含忍不住数落一句。

"你比我强很多吗?渣男。"乌羽立即反驳,别人说他都无所谓,但是安子含有什么资格?

安子含还要再反驳两句,却被苏锦黎拦住了。

"乌羽至少比你强,他很专一好吗?而且分手了也不说前任一句坏话。"苏锦黎帮着乌羽呛安子含,安子含气得不行,往床上一倒不管了。

等安子含不说话了之后,苏锦黎开始帮忙想办法,问范千霆:"你能帮忙阻拦一下吗?"

"发动态保护估计会起反效果,原本不知道的,都跑去围观了。"范千霆摇了摇头。

范千霆拿出手机搜索了一下,感叹道:"你前女友挺漂亮的啊,清纯型。"

乌羽特别无奈,问:"什么时候了你还关注这个。"

苏锦黎已经好奇地伸出手去拿范千霆手机了,结果被乌羽训斥了之后,又可怜巴巴地收回了手,就好像什么都没发生过。

"你们公司不管吗?"范千霆问。

"波若菠萝对乌羽是零公关,他根本就是放养的。"安子含又接了一句。

"那我跟我哥说一声,让他帮帮忙吧。"苏锦黎立即说道。

乌羽却立即按住了苏锦黎:"你哥现在在公司里的情况很尴尬。"

"嗯?怎么了?"

"他刚转股东,跟公司高层斗得厉害,虽然一直在碾压对方,但是一直被盯着抓把柄。我身份尴尬,如果他帮我对他不太好。"

安子含终于坐起身来,问:"用不用我们超强传奇公关组的帮忙?"

乌羽看向安子含,微微蹙眉。

"我们家的情况不复杂,风格就是简单粗暴,财大气粗。"安子含继续补充。

"那……帮帮我吧。"乌羽很少跟安子含低头,这次是真的不想前女友被连累,所以第一次对安子含这种态度。

"叫声哥哥我听听。"安子含还得寸进尺。

"我比你大!"

"我就爱当哥哥。"

乌羽气恼了一会儿,还是叫了一声:"哥。"

安子含立即美滋滋地拿出手机,给江平秋打电话,没一会儿就吩咐完了。

在安子含这里,事情解决只用了三分钟。

第十四章 | 323

乌羽最开始还不信，等了一会儿上网看了看，果然少了很多消息，他的热搜词也不见了。

乌羽又抬头看了看安子含，见安子含一副等待夸奖的模样，心里又一阵不爽，却还是说道："谢谢。"

"谢什么啊，小意思。"

另外一边，苏锦黎暗搓搓地去拿来了范千霆的手机，看了一眼乌羽前女友的相片，然后小声感叹："好漂亮啊。"

安子含则是大大咧咧地走了过来，跟着看，问乌羽："你喜欢酒窝类型啊？"

"反正不是你喜欢的那种类型。"乌羽接了一句，从口袋里取出手机来，给前女友发了一条消息：我会努力处理这件事情的。

前女友很快回复了一句：嗯，好的。

乌羽想了想，回复了一句：嗯。

然后发现他被前女友拉黑了，顿时又失落了几分。

安子含眼神乱瞟看到了，到了乌羽身边问："你女朋友倒是不纠缠啊，她不知道你红了吗？"

乌羽反驳："你当谁都像你的那些女朋友一样？"

"你怎么总那么烦呢？一件破事来回提。"

乌羽跟安子含又互相看不顺眼了一会儿，苏锦黎突然站起身来，开始唱自己的歌。

其他三个人全看傻了，问："你干吗？"

"缓解一下尴尬的气氛。"苏锦黎回答。

"你怎么跟你哥一点都不一样呢？"安子含问。

"你跟你哥还不一样呢。"苏锦黎实力反驳。

范千霆又好奇了："苏锦黎哥哥到底是谁啊？真是沈城？"

"不告诉你。"苏锦黎跟安子含异口同声地回答。

乌羽拿着手机看了一会儿问："周文渊的新闻，是你们家搞的吗？"

其他人立即被吸引去了目光。

新的热搜词：# 周文渊校园暴力 #

这个热搜突然出现在热搜第五位，点进去能看到周文渊在学生时代，曾经对同学进行过校园暴力。

还附上了周文渊穿着少年犯的服装，被记者采访的图片。

苏锦黎看着相片，诧异地问："他以前还欺负同学啊？"

"本来你说周文渊是凶手我还不太信，现在我终于相信了。最近周文渊杳无音讯，是被抓起来了吗？"范千霆看着这些新闻，问道。

苏锦黎自然知道一些事情，怕自己说露馅了，于是没回答。

安子含则是说道："周文渊家里挺殷实的，如果周文渊想出道，这些消息不该能被找出来。"

"被人花了更大的价钱找出来了呗。"乌羽回答。

安子含跟乌羽同时看向苏锦黎，苏锦黎立即摇了摇头。

安子含低头给江平秋发消息。

安子含：江哥，周文渊的消息你知道是怎么回事吗？

江平秋：你不是要帮你朋友公关吗？

安子含：是啊。

江平秋：你哥最近在调查周文渊，手里有料，就顺便拿出来转移视线了。

安子含拿起手机，给乌羽看。

乌羽看完，问："这个费用，不用我还给你们吧？"

"你的关注点居然是这个？"

"我很穷的好吗？我固定补贴金目前只有一个月一万多点。"

苏锦黎立即跳了起来："你一万多啊？我才五千五百块，勇哥跟我说算是高的了。"

安子含听完，做了一个往下滑的手势："你那个小破地方，给五千五不错了。我听说，还有公司，一个月只给一千补贴，包吃包住的。"

苏锦黎思考了片刻后问："我现在算你们公司的吧，我工资多少？"

安子含随口回答了他们公司新人的标准："扣完保险跟税，八千多吧。"

范千霆突然弱弱地举手："我一个月一千五，包吃包住型。"

苏锦黎突然觉得他的工作室对他非常不错了，他果然是一哥待遇。

"你们合同什么时候到期，可以来我们世家传奇？"安子含问范千霆。

范千霆还真挺感兴趣的，追问了起来，真有转公司的想法。如果他的公司对他多一点重视，也不至于排名低成这样。

乌羽则是比量了两个手指头："我还有将近两年。"

这个时候，苏锦黎的手机响起了提示音。

侯勇：小锦鲤，我们加班加点给你制作了一首曲子，就差填词了！

侯勇：想不想听一听？

侯勇：我们加班到还没时间看你新一期的比赛，一会我们要一起在工作室里看。

苏锦黎：辛苦你们了，我听听看。

侯勇放下手机，揉了揉眼眶。

工作室的其他同事已经开始整理大屏幕了。

他们打算看最新一期的《全民明星》，如果不是加班加点给苏锦黎量身定做自己的曲目，他们也不会拖这么久没看。

他们工作室前阵子，全是靠德哥的部门给别人作词作曲维持。现在，因为苏锦黎，他们真的是咸鱼翻身了。

最近已经开始有广告商来联系侯勇，想要让苏锦黎接一些代言，费用是世家传奇把关，给得合理，才会送到侯勇这里来。就算他们给苏锦黎的合同划算到不行，工作室也能因为苏锦黎大赚一笔。

一个月安排七个代言要拍，最近还有剧本在往他们这里送。老板都难得地大手一挥，给他们改善了工作室的环境，换了一批新设备。当然，这笔钱是世家传奇给批的。

屏幕打开，播放网络电视。

每次苏锦黎出现他们都会惊呼一声，然后说："我们公司的一哥非常帅了。"

"我觉得C位应该是乌羽，他太稳了。"

"说不定就是我们小锦鲤呢。"侯勇打了一个哈欠，看着评委们选择。

初期，大家好像比较喜欢乌羽，只有顾桔一个人坚持帮苏锦黎说话。

德哥忍不住说道："顾桔好像对小锦鲤蛮照顾的。"

"嗯。"

等播放到确定C位是苏锦黎的时候,工作室里就像申办奥运会成功了一样,全场欢呼,甚至有两个女同事直接哭了出来。

等苏锦黎化妆完毕,出现在镜头里后,直接有人尖叫:"我们的小锦鲤太好看了!"

"实力与美貌并存。"

"说什么呢,我们一哥那叫英俊潇洒。"

"太争气了,我光想到我跟他做同事,就觉得特别神奇。"

贫民窟公司,飞出了一条金锦鲤,带着整个工作室"发家致富奔小康"。从私人工作室的员工,突然享受了五百强公司的福利待遇,他们之前想都不敢想。

就像上次的全民泼水节一样,这次,节目组又准备了选手们的互动,做节目里的彩蛋环节。

节目组的策划案也是一边录制,一边紧急修改。如果总是清一色的选拔内容,观众们也会觉得乏味。就好像他们在寝室里安装摄像机,想拍摄选手们生活里的花絮内容,观众们也喜欢看。

他们要带着前三十名的选手去参加音乐节,在音乐节上选手们还会表演节目,为自己拉票。

表演在当天的晚上,他们白天就到达了现场,给他们派发的任务是发传单,宣传他们自己。

节目组给他们每个人都制作了音乐节的传单,传单上是他们在MV里的造型相片,还有邀请话语。得到传单的观众,只能凭借一个人的传单入场。

今天晚上,凭借个人传单入场最多的选手,将会额外获得一万场外投票数量。

刚刚到七月份,正是天气炎热的时候,今天的天气又格外好,几乎是万里无云,雾霾都几乎没有。安子含在车上开始帮苏锦黎涂防晒:"这种天出去发宣传单,绝对会被晒脱皮。"

苏锦黎也觉得有点难为人，于是回答："你庆幸没下雨吧，不然更难受。"

"你说节目组这个点子怎么这么馊呢，不会引起混乱吗？"安子含忍不住问。

"真瞧得起你自己的人气。"坐在另外一边的乌羽突然说道。

"你知道我社交平台有多少粉丝了吗？"

"不想知道，而且你的粉丝也没全在这里。"

苏锦黎涂完防晒去看自己的宣传单了，看着自己的相片，忍不住说："还真蛮好看的。"

"什么时候变得这么自恋的？"安子含拿着防晒喷雾猛喷。

"就是上次粉丝截图只截我的那次开始的。"

安子含立即又不爽了起来。

下了车之后他们就开始分开行动了。

节目组目前经费充足，所以防卫工作做得也算是到位，不会让选手们出现什么问题。

苏锦黎下车后，原本还跟安子含他们在一起，没一会儿就分开了。

安子含下车后就直奔小吃的地方，知道那里人最多，走了没几步，就开始夸张地大叫："乌羽！乌羽！你怎么在这里？！"

乌羽看过去，看到安子含是对着鱼缸里的乌鱼说话，忍不住翻了一个白眼，扭头就走。

苏锦黎在旁边看了看，也不知道追谁好，周围的人又特别多，他发着发着传单，就跟他们几个人分开了，一直被粉丝们簇拥着。

"苏锦黎，我超级喜欢你！"

"小锦鲤，你嗓子好点没？"

"身体好了吗？"

"我可以捏你的脸吗？"

很多粉丝认出了苏锦黎，主动过来跟苏锦黎要宣传单，还在打听苏锦黎的情况。他笑呵呵地依次回答，还会配合地帮忙签名，之后又继续发宣传单。

有粉丝拿走了一些宣传单，帮着苏锦黎发，几个小姑娘聚在一起，特别热情地推销苏锦黎,把他夸得天花乱坠的,就跟天神下凡了似的。

苏锦黎走过去问她们:"你们是仙女吗?怎么这么好?"

女孩们纷纷回答:"我们就是小仙女啊!"

"你这么会说话是怎么单身的?女孩们怎么会放过你?"

"能帮你我们特别开心!"

苏锦黎口袋里没带纸巾,就用自己的袖子帮她们擦了擦汗,结果引得一阵尖叫声。

他有点不好意思地笑了笑:"我真心实意夸你们的,你们人真好。"

没一会儿,女孩们就开始给苏锦黎宣传,只要愿意拿着他的宣传单入场,可以让苏锦黎跟他们合影。到后来,宣传单都是几个女孩在发,苏锦黎全程都在配合合影,外加给他们签名。

"我想请你们喝汽水,可是我没带钱。"苏锦黎摸了摸口袋,为难地说。

"你是汽水专业户吗,上次在广场上就请人喝汽水。"

"啊,你们怎么知道?"苏锦黎诧异地问。

"你之前没刷到吗?"

苏锦黎摇了摇头。

女孩们七嘴八舌地跟他说着八卦,苏锦黎听得目瞪口呆的,他带着几个女孩转移了阵地,路过一个小摊子停了下来,对她们说:"谁能借我二十块钱。"

立即有女孩子掏钱了。

苏锦黎拿着二十块钱去小摊子前给了摊主,接着拿起弓箭,问身边的女孩们:"你们想要什么?"

女孩们非常兴奋,指着摊子上的玩偶说着她们喜欢的。

苏锦黎的箭法是特意练过的,堪称是百发百中,他只要瞄准一个就会射中,拿到礼物。

以至于,苏锦黎到最后,用二十块钱射中了九个玩偶,一个五十元现金。

摊主很崩溃,但是因为苏锦黎来过,他这里倒是一下子吸引了不少人。外加有镜头在,他也没说什么。就没见过这么砸场子的,把好的礼物拿空了一大半。

苏锦黎将钱还给了一个女孩,接着拿着三十块钱对她们说:"我给你们买甜筒吃吧。"

几个女孩立即兴奋得尖叫起来,能跟偶像近距离接触,得到偶像送的礼物,现在还能吃到偶像买的甜筒,几个女孩简直要兴奋哭了。

一个女孩一直念叨着:"这绝对是我人生中最幸福的一天。"

"你最幸福的那天,是你出生的那天。"苏锦黎回答完,递给了她一个甜筒。

苏锦黎因为有人帮助,宣传单很快发完了,他跟摄像师沟通了一下,决定现在就返回集合地点。

他在发宣传单的时候,已经走出很远了,回去的时候为了避开人群,特意走了比较偏僻的小路,是摄像大哥开着导航引路的。他们途经了一处小茶馆,苏锦黎看到这个建筑觉得很好看,于是抬头看看周围,突然看到了熟悉的人。

他立即抬手挥了挥:"老爷子!嗨!"

坐在二楼凉亭下面的老爷子,探身朝苏锦黎看过来,并未说话。

"您身体好点了吗?"苏锦黎问。

"你是?"老爷子问。

"上次您在车里晕倒了,我给您送去医院的啊。"

老爷子盯着苏锦黎看了一会儿,又重新坐好了。

苏锦黎以为老爷子不打算理他了,准备离开,没想到很快被人请去了二楼,还有人控制住了摄像师跟保镖,不许他们再继续拍摄。

他疑惑地上了楼,走进去后看到二楼室内只有几个穿着西装的人,也不是喝茶的,反而像是保镖。

他跟着请他上楼的人,到了露台上看到了老爷子,于是继续笑着问好:"您身体康复得很快啊。"

"嗯,是啊,你坐下喝口茶吧。"老爷子说得还算是客气,可是身上的那种生人勿近的气势,还是带着生疏。

"我确实渴了。"苏锦黎坐在了老爷子的对面,看着面前的茶壶摆放,又看了看老爷子,将双手放在了椅子的扶手上,跷起二郎腿来,垂而不抖。

这也是一种规矩。

老爷子看了苏锦黎两眼后，主动帮苏锦黎斟茶。

喝茶讲究七分满。

很早就有讲究："酒满敬人，茶满欺人"，这点爱茶之人自然不会疏忽了。

苏锦黎端起茶碗喝了一口，夸赞道："真香。"

"现在年轻人喜欢喝茶的倒是不多。"

"我经常陪我爷爷一起喝茶，不过我家里的茶大多拿不出手。"

"再吃点核桃。"老爷子给苏锦黎的面前推了一盘核桃。

苏锦黎一脸苦兮兮的表情："我不太喜欢吃这个，感觉有点苦。"

"这盘不苦，你尝尝看。"老爷子继续劝说。

苏锦黎吃了两颗，还是觉得不好吃："我真的不太喜欢吃。"

"这个多吃点好，补脑子。"

"哎呀，可是不好吃。"

"你们这些年轻人，就爱吃一些垃圾食品。"

苏锦黎还有急着回去，所以坐了一会儿后急急地说道："既然您身体好了，我就先走了。"

"你跟那位女士有联系吗？"老爷子突然问了这个问题。

"您说尤拉姐？有啊。"

"她跟没跟你说过，我曾经帮助过她？"

"说过。"

老爷子觉得有点意外，问苏锦黎："你就没有什么需要我帮助的吗？"

苏锦黎被问得莫名其妙的，问："您都帮尤拉姐了，算是报恩了，我还能要求您什么？再说了，在路边碰到您出车祸肯定是要救的，这就跟在路边捡到一分钱，交给警察叔叔手里面是一样的道理。"

这个回答倒是让老爷子很意外，笑了笑继续看着苏锦黎，问："那你不在意吗？我只帮了她，没帮你。"

苏锦黎如实地回答："这在意什么，她人好，是会得到回报的。而且，她给了我一张卡，里面有十几万元钱，这个卡起了大作用了。"

老爷子立即明白了，原来是尤拉给了苏锦黎其他的恩惠，才让苏锦黎不再计较，于是只是继续问："起了什么作用？"

第十四章 | 331

苏锦黎就老老实实地把浩哥的事情说了。

老爷子这才发现，苏锦黎又用了这笔钱帮了另外一个人，依旧是萍水相逢的人。

"你倒是愿意相信人。"老爷子感叹。

"他是好人，能看出来的。"

"你这是傻。"老爷子说得毫不留情。

"我要是不傻，您能坐在这里吗？"苏锦黎问。

老爷子倒是被问住了，停住了看向苏锦黎，无法反驳。

老爷子尴尬了一会儿，轻咳了一声，接着说："那挺好的，继续保持。"

"嗯，好的。"苏锦黎笑呵呵地应了，又准备要走了。

"你会下棋吗？"老爷子指了指不远处的棋盘。

"啊？我得回节目组了。"苏锦黎连忙拒绝了。

"什么节目组？"

"就是一个选拔节目，我在参加比赛。"

老爷子听完点了点头，却很不喜欢："当明星有什么好的，整个圈子里都乌烟瘴气的，我就很不喜欢这些明星。"

"会被很多人喜欢啊！当你站在台上，看到粉丝举着写着你名字的牌子，还喊着你的名字，会觉得超级兴奋。"

"我不喜欢，吵闹。"老爷子立即否定了。

苏锦黎刚想说要离开，老爷子又指着棋盘，再次问他："你会下棋吗？"

"啊？"

"陪我下盘棋吧，我会派人跟你的节目组说。"

苏锦黎只能坐下了，有人端来棋盘放在了他的面前。他们当然不会下五子棋，而是下围棋。

老爷子执黑子，苏锦黎则是白子，老爷子很有信心，还问苏锦黎："用不用让让你？"

"不用，您按照您的想法来。"

苏锦黎何止会下棋？

以前跟着哥哥偷偷去看那群文人雅士下棋很多次，自然学到了不少。还有师傅会教弟子如何下棋，苏锦黎也听过不少。

苏锦黎下棋的时候很着急，想赶紧离开，所以每次下子的速度都会非常快，几乎不用犹豫。

前期还好，后期老爷子就犯了难，看着棋盘半天都下不定决心，斟酌半天，才会下去一子。

苏锦黎看一眼，立即跟了一子。

老爷子看着棋盘知道自己要输了，不由得有点沉默。

他是围棋爱好者，这些年里经常会跟棋友切磋，就连今天也是在等棋友。他自认为他还是有些实力的，结果居然被碾压了。

苏锦黎还是在漫不经心地下棋，就让他一点缓解的方法都没有。这些年里，都是别人在让着他吗？

"再来一次。"老爷子有点不甘心地说。

"哎呀，我真要回去了。"苏锦黎急得不行。

老爷子立即跟身边的人吩咐，让他们去跟节目组打招呼，苏锦黎这才答应了。

这时，跟老爷子约好的棋友也来了，同样是一名中年男子，看起来五十来岁，气质不俗。

他进来之后，看到苏锦黎似乎很疑惑，笑呵呵地问："时老，这位是？"

"上次我出事，救我的小伙子。"

"哟，那是救命恩人啊。"

"嗯。"时老回答问，继续让苏锦黎陪他下棋，"再来一局。"

刚来的中年男子也跟着坐在了一边，跟着看他们下棋。

这一次，依旧是之前的状态，老爷子深思熟虑后会下去一子。苏锦黎很快就跟着下了一子，几乎不用思考。

旁边的中年男子看得直愣，但是因为有观棋不语的说法，他倒是一句话没说，一直沉默地盯着棋盘，看上面的局势。

这一次，依旧是苏锦黎赢了。

老爷子跟中年男子盯着棋盘,一边看一边议论,似乎在讨论有没有破解方法,却没讨论出来。苏锦黎见他们俩半天研究不出来什么,就把他们俩当成是"臭棋篓子",开始给他们讲解思路。

讲解完,苏锦黎直接站起身来:"我真得走了,我们有彩排的。"

苏锦黎快步离开,下了楼。

时老跟中年男子对视了一眼,忍不住一起笑了起来。他们下了半辈子的棋,居然被一个年轻人吊打了,再听苏锦黎刚才那惋惜的语气,显然是觉得他们水平不高。

"这小子倒是有点意思。"中年男子评价道。

"傻乎乎的,这样的脑子进娱乐圈,混不了三年就被人欺负死了。"时老很是气闷地说道。

"难得你愿意跟小明星聊天。"

"毕竟是救命恩人。"

"你感谢他了吗?"

时老摇了摇头。

"他跟你提什么要求了吗?"

时老又摇了摇头。

"我怎么觉得你挺喜欢他的呢?"

时老十分不屑地说:"他不吃核桃,挑食,我怎么会喜欢这种孩子?"

"哦,来,我们俩下棋。"

"不下了。"时老被苏锦黎完虐后,下棋的兴致全无。

"你这臭脾气啊。"

苏锦黎回到节目组安排的地方时,已经有部分选手回来了,乌羽跟范千霆、常思音都在,倒是没看到安子含。

等快到截止时间了,安子含才回来,还戴着帽子跟墨镜、口罩,手里拎着一堆小吃,对他们几个人晃了晃。

他们立即飞扑过去抢着拿吃的。

"你怎么买的?我们都没有钱。"苏锦黎吃着羊肉串问。

"这附近有一家KTV是我家的产业,我进去就一句给钱,他们就给我钱了。"

"听起来像去打劫了一样。"苏锦黎回答完，就看到张彩妮气喘吁吁地才回来，立即问，"你要吃吗？"

"拿我的东西送人情？"安子含不爽地问。

"你不是我哥吗？"苏锦黎反问。

安子含瞬间没脾气了，对他挥了挥手："全都拿去。"

张彩妮立即笑呵呵地走了过来，感叹道："我出去的时候就看着眼馋了，可惜兜里一分钱没有，手机还不在。"

几个人一起吃东西的时候，节目组的工作人员来宣布今天的计划了。

他们需要表演的节目，还挺随机的，可以一起组队。如果有其他想法，可以自由组合，或者单人表演。

每个人，最多可以报两个节目，彩排的时候会筛选节目。

苏锦黎他们听完，准备凑一起表演一个节目。

他们几个进入节目组以来，最多就是两个人碰到一组，有的时候还是竞争关系。像这次这样能够自由组合，只是出去表演，不用在意竞争很是让他们兴奋。

"高音的歌就不选了吧，苏锦黎嗓子不行。"乌羽主动放弃了自己擅长的。

"唱点常见的歌，我们没排练过，别跟去KTV似的有失水准。"安子含这样建议。

他们讨论来讨论去，后来发现，问题最大的是苏锦黎。

苏锦黎很多歌都没听过。

"要不我们找音乐，你现场表演口技吧……"安子含这样问。

"还是唱主题曲吧……"苏锦黎委屈巴巴地说。

几个人互相看了看，也就只能这样了。

"还报其他的节目吗？"范千霆问。

"要不我们俩合唱一首歌吧，给你拉拉票。"苏锦黎问他。

"别了，你唱一首得了，嗓子不好别逞强。"

"那跳舞也行啊。"

"咱俩都没一起合作过，能跳什么舞？"

苏锦黎立即表演起来比心舞，范千霆看得直翻白眼，这个破舞长得帅跳是可爱，他跳是油腻。

张彩妮在一边安静地吃东西，看着他们几个。

"你要跟我合唱吗？"苏锦黎突然问张彩妮。

安子含看到这里忍不住扬眉："你们俩发展得不错啊，唱个《花好月圆》得了，不费嗓子。"

"我不和你合唱，不然会被你的粉丝骂的。"张彩妮立即拒绝了。

"咱俩合唱！"安子含一拍范千霆的肩膀，说道。

"唱什么？"范千霆无奈地问，他可不太喜欢安子含这个神经病，一上台就蹦蹦跳跳的，跟只猴子似的。他跟安子含搭档，需要配合着一起跳吗？安子含至少是一只长得好看的猴子，他呢？丑人多作怪！

"唱个甜点的，《私奔到月球》吧，我女生部分，你男生部分。"

"为什么不和乌羽唱？"范千霆依旧嫌弃。

"怕心脏受不了。"

到最后，苏锦黎跟乌羽都是只报了他们集体的节目，唱主题曲。常思音倒是跟张彩妮商量着报了一个节目。

到了彩排的时候，他们就发现，安子含跟范千霆的合唱就跟上台表演了一个小品似的。

本来以为这个节目会被PASS了，没想到，节目组居然留下了，真的让他们俩表演了。

范千霆唱完现场后都要崩溃了。

这一次的比赛，最后入场最多的人，是安子含。

安子含下台后还在嘚瑟："就是这么有人气。"

"说吧，你们家公司有多少人来撑场子？"乌羽数落他。

安子含没回答，反正是KTV里所有的员工，全部都提前下班过来了。

安子晏终于拍完今天的戏，这部戏也正式杀青了。这天晚上为了庆祝，剧组还特意举办了一场庆功会。

安子晏拿着酒杯，到了一边拿出手机看，发现苏锦黎他们今天又霸占了热搜。

他随便搜了搜安子含的名字，看到粉丝们拍了安子含现场的图片，还夸赞安子含本人要比电视上帅几千倍。

他又搜索了苏锦黎的名字，就看到了陌生的热搜词：#苏锦黎男友力#

点开热搜词，是苏锦黎带着粉丝射箭时的小视频，拿来一个接一个的玩偶给粉丝，这个片段看起来还真是挺有男友力的。

这小子会的东西倒是不少，还会射箭，还真是个复古系。

他又看了一会儿，江平秋突然来了他身边，模样有点慌张，这样子在江平秋身上非常罕见。

"怎么了？"安子晏问。

"周文渊死了。"

"什么？！"安子晏惊讶道。

"死的方式很……很离奇，不过能够看到身上有很多伤口，很狰狞，最可怕的是伤口都是自己难受的时候造成的。而且……消息被封锁了，周家的人也没闹。如果不是我们最近一直在关注，估计也不会知道。"江平秋回答。

安子晏点了点头，拿起手机看着视频里的苏锦黎。

苏锦黎啊……

你到底是不是正常的人？

那沈城呢？

你们到底是什么关系？

第五轮比赛很快就开始了。

选手们在训练营里待久了，每天沉浸在练习里，就不会觉得那么度日如年了，反而觉得时间总是不够用。练习一会儿，被叫去录采访视频，或者被叫去拍海报，节目组最近还开始给他们安排广告拍摄。

人气越高的，被安排的越多。

这一轮比赛节目组还邀请来了助唱嘉宾，因为助唱嘉宾也会吸引粉丝来到现场,所以也没做保密工作。选手们都知道陆闻西要来,很多人都变成了小迷弟跟小迷妹,兴奋得不行。

说起来,最开始陆闻西作为小鲜肉走红,也是被骂得十分厉害,人送外号"录吻戏"。

结果后来,他渐渐扭转了自己的形象,还因为泥石流后救人的视频让他彻底爆红,成了社交平台粉丝最多的艺人。到如今,提起陆闻西就会大部分都是好评了,难得有几条差评也会被一群人炮轰。

可以说陆闻西是逆袭的典范,节目请他来,还是很有分量的。

苏锦黎坐在化妆间里,波波一个劲地摆弄苏锦黎的头发,问:"换个发色吧,你都黑发参加四轮了。"

"就像安子含那样的金色头发吗?"苏锦黎问。

"他是染的,你现在染来不及了,我就临时给你弄点颜色吧,绿色怎么样?"

"也行?"

安子含坐在苏锦黎身边,听完直乐:"苏锦黎难得跟小姑娘合唱一首歌,结果你给人家头上弄抹绿?你埋汰谁呢?"

波波干脆把自己的家当都拿出来了,让苏锦黎自己选:"我这里有绿色的、粉色的、灰色的、蓝色的、紫色的、酒红色的。"

安子含看了看后指了指樱花粉的:"就粉的,让他今天都是粉红色的,就像恋爱了一样。"

苏锦黎不懂这些东西,安子含说什么是什么了。

波波用的是一次性的染发膏,没一会儿就帮苏锦黎整理好了头发,他盯着镜子里的自己看了半天,觉得特别神奇。

头发真是成了粉色的了。

"你头发太黑,上色不太容易,好在效果还行,果然白的人什么发色都好看。"波波看着苏锦黎很是满意。

苏锦黎全部收拾妥当后去找张彩妮。

张彩妮化妆比较早,现在正在外间吸烟,见到苏锦黎过来立即将烟掐了。

"今天的造型挺艳丽啊。"张彩妮看到苏锦黎后说道。

"你的脑袋爆炸了吗?"苏锦黎指着张彩妮绑着的方便面头问。

张彩妮不想跟苏锦黎聊天了，幸好放弃得早，不然一天会被苏锦黎气死七八次。

他们两个人说话的工夫，有工作人员叫苏锦黎过去一趟。苏锦黎还当是要安排什么拍摄，跟着过去了，结果进入了陆闻西的化妆间。

他刚走进去，陆闻西就打了一个响指："我喜欢你这种发色。"

"陆哥，你叫我来有事吗？"苏锦黎进去之后，客客气气地问。

"告诉你个消息，周文渊死了。"

"什……什么？"苏锦黎惊讶得眼睛都睁圆了，竟然做得这么狠吗？

"我原本只是想刺激他两句，结果没想到他自杀了。"陆闻西想起周文渊的样子，也忍不住微微蹙眉。

"后来警察找到了他，法医鉴定是自杀了。"陆闻西继续说道。

苏锦黎愣愣的，不知道该说什么了，好半天回不过神来。

"我最开始以为是周文渊在意他的父母，不想损耗他父母的阳寿呢。去调查之后发现，的确是他的父母带他去顾家续命的，他的父母应该知道周文渊继续活着，会消耗他们的寿命。"

"所以是……父母为了孩子牺牲了自己吗？"

"对啊，很感人是不是？结果呢，却不是这样，他的父母在不久后领养了一个女孩子，年纪跟周文渊差不多大，你能猜到了吧？"

苏锦黎整个人都震惊了，坐在了许尘搬来的椅子上，半天回不过神来。

"对，周文渊在知道这个消息后便自杀了，周家的人也知道周文渊已经是逆天改命了，出事后倒是很安静。"

苏锦黎垂着眼眸，低声呢喃般地开口："周文渊在节目录制的时候，提起过自己的妹妹。"

"我猜他们俩感情很好，不然周文渊也不会这样做？你觉不觉得这件事情突然很有内涵？"陆闻西对苏锦黎挑了挑眉问道。

"他们这样做本来就不地道，我觉得周文渊做得对啊。"

"……"陆闻西觉得无聊，他可是想聊脑洞剧情的，于是忍不住撇了撇嘴。

"我还是想不明白，他为什么要害我。"苏锦黎垂下眼眸，倒是不同情周文渊，周文渊本来就是应该死了的人，结束生命是应该的。

但是他想不明白，周文渊为什么要害他，他跟周文渊都很少有来往。

苏锦黎刚刚问完，就有人敲了敲陆闻西化妆间的门。

陆闻西对苏锦黎示意了一下，许尘打开了门。安子晏从外面走进来，手里还拿着台本，似乎是要跟陆闻西对流程。

走进来后看到苏锦黎居然坐在里面，脚步不由得一顿。

他们居然也认识？

"嗨……"陆闻西对安子晏打招呼，露出招牌式……轻浮的微笑。

苏锦黎也乖乖地叫了一句："安大哥。"

"不是让你改称呼吗？"安子晏走进来的时候，将台本递给了陆闻西。

"我想了很久，也没想到该怎么叫你。"苏锦黎老老实实地回答。

"有什么备选吗？我帮你想想。"陆闻西对这件事情很感兴趣。

"大鼻孔。"苏锦黎回答。

"嗯，很贴切。"陆闻西比量了一个大拇指哥，安子晏的鼻子确实比其他人挺一些，跟他是混血儿有关。

"滚蛋。"安子晏骂了一句。

"你不是说他鼻孔精致嘛，你就叫他小精致。"陆闻西再次提议。

苏锦黎想了想后觉得可以，于是点了点头："好。"

安子晏忍不住问："怎么，你还看了节目？"

"我哪有时间啊，只看了剪辑的版本，加一起也就几分钟，刚好有这段。"

"最近忙什么呢？"

"自从不被骂以后我每天忙到飞起，代言跟剧本根本不会间断。隔一年后，我又开始办巡回演唱会了，没闲下来过，唉。"陆闻西叹了一口气，看向安子晏，"我知道你就没有我这种烦恼，毕竟你一直在被黑。"

安子晏笑得特别狰狞，看了许尘一眼，没跟陆闻西计较。

好汉不吃眼前亏。

苏锦黎知道他们要说事情，立即起身说道："陆哥，许哥，小精致，我走了啊。"

苏锦黎真的这么叫安子晏，逗得陆闻西大笑不止，就连一边的许尘都跟着笑了一声。

苏锦黎没敢多留，赶紧跑了。

安子晏看着苏锦黎离开，将门关上。

"你们这些非一般的人，倒是会聚集在一起。"安子晏好似不经意地说，走到了镜子前看自己的发型，实则在从镜子里观察陆闻西的表情。

陆闻西不漏破绽："是啊，像我们这样帅到惨绝人寰的小男生，就是喜欢一起玩。"

"刚才那个孩子比你小七岁，你怎么好意思？"

"可我娃娃脸啊。"

"你们都会道法吗？就是小说里那种功法似的东西。"安子晏转过身来，正面面对陆闻西继续追问。

"你这个年纪，不该沉迷这种玄幻小说吧？"

"这也是无奈，莫名其妙地看到隔空取物啊什么的，怪吓人的。"

陆闻西忍不住多看了安子晏一眼，已经猜到安子晏在试探了，于是开始打太极："你为什么不去问那个小朋友，他好像不会撒谎。"

安子晏低下头，垂着眼眸叹了一口气："我还没做好心理准备。"

他自身的不正常，让他更容易相信一些奇奇怪怪的东西。如果他突然知道真相，能不能坦然接受呢？

"不过我劝你别关心太多，他不会伤害你，也不会伤害你弟弟，还能给你赚钱，你就消停地当好老板就行了。"陆闻西给了安子晏劝告，如果安子晏敢对苏锦黎做什么，沈城估计又要爆发。

安子晏见陆闻西果然是知道什么，只是不愿意跟他多说，他也不问了。

"根据安排，你会表演一首歌，然后在最后的环节跟人气第一名合作，有一段互动。"安子晏开始介绍流程。

"好。"

"明天我们俩还要跟着节目组，参加一个全民运动会……唉，之前全民泼水节，后来全民音乐节，这次又全民运动会。"

"行，我知道了。"

安子晏也不多留，直接走了出去。

第十四章 | 341

走到转角处,就看到苏锦黎居然在帮剧组搬东西,也不怕妆花了。
他把苏锦黎叫了过来,问:"身体好点了吗?"
"嗯,好多了。"
"声音听着比以前好一些了,最近在用什么药吗?"
"嗯……脚气一次净。"
"???"

番外 梦之 返祖

安子晏看着面前看上去只有三四岁年纪的小男孩沉默了许久。

小男孩也呆呆地看着他,睫毛上还挂着的泪珠儿都忘记了擦。

谁能想到他一大早来苏锦黎的房间安排工作内容,进来后却听到了孩子的哭声?他吓了一跳,快步走进房间里,便看到了这么一个孩子。

孩子长得极为秀气,眉眼间能够看到苏锦黎的影子。瓷白的小脸,无辜的眼睛,睫毛长得有些离谱,眨眼的时候仿佛扇子在扇着风,偏偏扇出了暖意浓浓。

孩子看到他之后哭声止了,眼巴巴地看着他,两个人同时静止看着对方,相对无言。

半晌,孩子小心翼翼地扯了扯被子,似乎是在掩盖着什么,不过他还是注意到了,湛蓝色的床单上有一片分明的湿润,像是尿了床。

"苏……苏锦黎?"安子晏终于找回了自己的声音,迟疑着问。

"嗯。"苏锦黎声音糯糯地回答,接着眼巴巴地看着他,眼神有些不安,似乎是怕安子晏因为他的尿床而训斥他。

安子晏看着他许久,做的第一件事不是询问到底是怎么回事,而是将苏锦黎抱起来，帮他换一条裤子。

房间里的衣物都是大人的，现如今明显都穿不了，也没有给他换的。安子晏干脆将他的衣服脱了，抱进浴室里帮他冲个澡。

苏锦黎似乎有点怕，看到安子晏后十分慌张，老老实实地坐在浴缸里。蜷缩着双腿，手放在膝盖上，偶尔偷偷看他一眼，又快速收回目光，仿佛刚才看的那一眼只是个意外。

拘谨、紧张，却十分乖巧。

安子晏拿着花洒帮苏锦黎冲洗的时候说道："露出鱼鳞也没关系。"

"真的吗？"

"嗯，我知道你是锦鲤，你能够感受到吧？我对你没有恶意。"

这回，苏锦黎不再强行控制了，皮肤上时不时有金色的鱼鳞若隐若现。

他帮苏锦黎洗头发的时候，泡沫进了苏锦黎的眼睛里，苏锦黎无措地伸手拽了拽他的手臂，小心翼翼地说道："救命……眼睛……"

他赶紧帮苏锦黎把眼睛冲洗干净，接着捧着苏锦黎的小脸问："睁开眼睛我看看。"

苏锦黎小心翼翼地睁开眼睛，睫毛上还挂着碎裂开的水滴，眼眸湿漉漉的，眸中更像是一潭清泉，清澈见底。

一双眼，像澄澈的泉惹人怜爱。

他给苏锦黎擦干净后包上了浴巾，将苏锦黎抱出来放在沙发上，叮嘱道："不许动，我去收拾床。"

说完，起身去把床单、被罩都撤下来。

认识苏锦黎后，他应对突发情况已经能够做到波澜不惊了，什么离奇的事情发生在他面前，都显得没那么离奇。

比起突然变成一条鱼，现在只是变成一个孩子似乎还不算最差的情况。

他知道苏锦黎应该是尿床后觉得不好意思，才会哭鼻子，他帮忙收拾了，苏锦黎才不会觉得窘迫。收拾完毕后将床整理好，他才走到了苏锦黎面前问："怎么回事？"

"就，就……"苏锦黎犹犹豫豫的，声音稚嫩，奶声奶气地解释，"醒来就湿了……"

"我是问你为什么突然变小了?"

"什么小?叔叔你是谁呀?"

叔叔?!

安子晏震惊得睁大了双眼,对于这个称呼不太能接受。不过想一想,被这么大的孩子叫叔叔也没什么。

看来此时的苏锦黎解释不清这件事情了,看样子都是孩子的神态,还不记得他了。

他只能拿出手机来,拍了苏锦黎的样子发给沈城:"这是怎么回事?"

沈城很快回复了语音消息:"返祖现象,偶尔发生,过阵子就能好,他最近工作多吗?"

他按着语音键回答:"最近都在录歌,在公司里,我可以安排他的时间。我现在要怎么做?他为什么会出现返祖的情况?"

沈城:"我们有一段时间必须变回鱼的形态,他选择了做人后,则会变成小孩子的样子。越适应,出现这种情况的概率越小。他变成人不久,形态不稳,会出现这种情况也正常。你照顾好他就行,最多两天就能恢复。"

他放下手机再次看向苏锦黎,努力挤出慈善的微笑:"你好,我叫安子晏,你叫我大哥哥就可以。"

"好!"苏锦黎特别乖巧地回答,声音洪亮,神采奕奕的。

"嗯,那小锦鲤肚子饿不饿啊?"

苏锦黎摇了摇头,肚子却咕咕直叫。

"这是……"他戳了戳苏锦黎的肚子问。

"不能吃陌生人的东西,不安全。"

"呃……陌生人。"安子晏沮丧得直揉脸。

他好不容易让苏锦黎能够接纳自己,不再惧怕自己,还成了苏锦黎最信任的人之一。结果一朝回到解放前,又成了陌生人。

再看苏锦黎,模样乖巧懂事,规规矩矩的,可是神色里明显带着惧怕,也是因为害怕才会拘谨乖巧吧。

他尽可能将自己的语气放轻,态度温柔地说道:"放心,大哥哥不会伤害你的，大哥哥也不是陌生人，我是你的哥哥啊。沈城他……你现在不知道他的名字呢，就是那条大锦鲤在国外工作不能回来，这段时间我来照顾你好不好？"

苏锦黎睁着眼睛打量他，由于身体变小了，脸也跟着小了，眼睛显得出奇的大，看着他的时候像是离群的小梅花鹿，不安却充满了好奇。

"那……大哥哥，我饿了。"苏锦黎终于愿意相信他了。

他看着苏锦黎萌萌的样子，仿佛在看着一个小天使，心脏都要跟着融化了。

他将苏锦黎抱起来带到了厨房里，让苏锦黎坐在椅子上，又将椅子挪到了合适的位置："你坐在这里看大哥哥做饭，这样你能放心了。"

"嗯，好！"苏锦黎很快应声。

他打开冰箱门，迟疑了一会儿后拿出食材来给苏锦黎做早餐。

他以前也照顾过安子含，不过没什么耐心，当时两个人也没差多少岁，他欺负安子含的时候比较多。

现在想一想小时候的安子含，再看看乖巧坐着的苏锦黎，强烈的对比让他感叹：弟弟还是别人家的好。

如果安子含小时候有苏锦黎三分乖巧，他都不至于天天追着安子含打。

他笑着问："要不要吃玉米？"

"要！"

"沙拉里还想加什么？"

"什么是沙拉？"

"就是这个拌菜，你还想往里面加什么？"

他端着玻璃碗到了苏锦黎身边，苏锦黎站在椅子上往碗里看，接着问："可以加肉吗？"

"可以，我加点鸡胸肉进去。"

"好！"

他拌好之后，夹出来一块喂到了苏锦黎的嘴边："张嘴，啊———"

苏锦黎配合地张嘴吃了一口，当即满足地惊呼："好吃欸！"

"会用筷子吗？"安子晏递过去问。

苏锦黎摇了摇头:"不会。"

"那我给你找个叉子。"

"好。"

苏锦黎接过叉子,自己握在手里戳着去吃沙拉,安子晏在同时给苏锦黎煮粥喝,间隙还要去告诉江平秋,取消他和苏锦黎今天的工作安排。

再回到厨房,苏锦黎已经将一盘沙拉吃得见底了。

安子晏赶紧叮嘱:"这是等粥好了之后再一起吃的。"

苏锦黎觉得自己是做错事情了,战战兢兢地抬头问:"饿饿,不能吃吗?"

安子晏也不知道该怎么解释,看着苏锦黎的样子便心软了,抬手擦了擦苏锦黎嘴巴沾上的沙拉酱,说道:"那你吃吧,不够我再给你拌一份。"

"嗯嗯,大哥哥做菜真好吃。"

"我真正的厨艺还没展示呢,不过你爱吃就好。"

苏锦黎显然十分捧场,等粥和小菜做好了后,全部清盘,吃得干干净净,还笑得一脸灿烂,夸赞道:"大哥哥好厉害!好吃!"

安子晏手臂拄着桌子,微笑着看着苏锦黎问:"那你怎么谢谢大哥哥?"

苏锦黎披着浴巾站起身来,凑过去快速在他的脸颊上亲了一下,引得他笑了半天。

安子含原本是要跟苏锦黎一起录歌的,结果苏锦黎突然放了他的鸽子。

他在午休期间干脆来了苏锦黎的住处,按了密码后直接进门,刚进门便扯着嗓子喊:"苏锦黎你什么情况?我哥向着你了不起是不是?居然旷工。"

走进去没两步,看到客厅里的一幕愣住了。

他的哥哥安子晏在客厅里扮演"马",让一个小孩骑在他的背上,两个人还玩得不亦乐乎。

他和安子晏对视后有点尴尬,安子晏扶着苏锦黎,接着起身将苏锦黎抱在怀里改变姿势,问道:"你进他的家里都不敲门的吗?"

"这个时间……谁能想到呢……这孩子是谁啊?"

"苏锦黎。"安子晏回答完，解释了苏锦黎变小的样子。

安子含立即凑了过来盯着苏锦黎看，伸手捏了捏苏锦黎的脸颊："哎哟喂，他小时候可太可爱了。"

安子含并不喜欢小孩，不过长得特别好看的小孩是例外。

小苏锦黎就是这个意外，毕竟小苏锦黎的模样完全符合安子含的审美。

安子晏赶紧制止，推开了安子含的手："你轻点，小孩的脸都嫩。"

安子含对他说道："你也太能糊弄了，最起码给我们小锦鲤准备身衣服啊，不能老这么满地跑吧？"

"应该买多大的衣服？"安子晏对照顾孩子也没什么经验。

兄弟二人找来了尺子，让苏锦黎站直了，给他量身高。

"一米……个子不高嘛！"安子含还是想欺负苏锦黎，刚伸出去罪恶的小手就被安子晏拍开了。

安子含也不继续了，拿出手机来说道："我让乌羽买几件衣服来，正好也让乌羽看一看小苏锦黎。"

"你们当成展览了？还来参观参观。"

"他们返祖几年才一次，别错过了。"安子含非常兴奋，手指飞快地敲击键盘，打字的时候脸上还有坏笑。

大约过了一个小时，乌羽拎着好多个包来了，进门后快步走进来，寻找的目标显然是小苏锦黎。

看到安子含发来的短视频，他还以为是安子含在逗他，真的看到小苏锦黎后，他惊讶得不行，俯下身盯着苏锦黎看了半天，难得笑得十分温柔："确实很可爱。"

接着伸手揉了揉苏锦黎的头，小苏锦黎还跟他问好："大哥哥好。"

"真乖。"

安子含拽来苏锦黎，帮苏锦黎穿衣服："来，先穿这身。"

苏锦黎十分配合，需要举手的时候会举起双手，还会自己提裤子。

安子晏还有工作要处理，工作的间隙抬头，便看到安子含给苏锦黎穿了礼服小裙子，赶紧放下手机走过来："你们把他当玩具玩吗？"

安子含拿着手机对着苏锦黎录像，敷衍地回答："难得变小一次，珍惜机会，我让乌羽买了一堆衣服来。"

那边，乌羽和苏锦黎玩球，引得苏锦黎跑来跑去的，笑得格外开心。

安子含则是全程跟着对着苏锦黎录像，像一个任劳任怨的摄影师。

安子晏掐腰看了一会儿，看到苏锦黎笑得特别开心，笑声清脆悦耳，带着童真，也跟着心软了，说道："录像发我一份。"

"好嘞。"

四个人约好了一起玩捉迷藏，说了开始后苏锦黎开始满屋子乱跑，最后跑进了卧室里，掀开床帘躲进去，大声喊："我藏好了！"

从声音的位置就能大致判定他藏在哪里了，安子晏慢悠悠地走过去，想要装成不太好找的样子寻找一会儿。

结果走进去就看到苏锦黎把头埋在了床帘里，屁股还撅在外面，没忍住笑出声来。

安子含跟过来看，在安子晏身边小声嘟囔："这小子从小就不太聪明的样子。"

"他比你聪明多了。"

"喊——你看他哪都好。"安子含拿起手机，对着苏锦黎的小屁股又拍了一张照片。

乌羽跟着站在旁边看，嘴角微扬。

三个人一直看，也不去抓苏锦黎。

苏锦黎还当自己藏得很好，一直这样藏着。

场面有点滑稽。

最后安子含往床上一坐懊恼地说道："哎呀，找不到啊，怎么办啊！"

苏锦黎赶紧跑了出来："我在这呢！大哥哥，你别气馁啊！"

"呀，小锦鲤藏得这么好呢？"

"嘻嘻！"苏锦黎骄傲得扬起了小下巴。

三个大男人开开心心地"玩"了苏锦黎一下午，苏锦黎则换了七八身衣服，最后还是安子晏制止了，安子含才停了下来。

晚上一起吃饭的时候，苏锦黎一边吃，一边打瞌睡。

吃两口后困得摇头晃脑，脑袋一晃醒了过来，拿着叉子又吃两口，接着又要睡着似的。

安子晏看了一会儿后伸手去扶苏锦黎的脑袋："他是不是太累了？"

乌羽也才想起来："小孩是不是得睡午觉啊？"

"呃……"安子含干巴巴地笑了笑，"我们陪他玩了一天，累得吃饭都能睡着。"

安子晏看着心疼，叫醒苏锦黎后用勺子喂他吃饭，喂饱了之后抱着苏锦黎进了卧室，不用哄，他自己就睡着了。

安子含似乎上瘾了，还要拿手机拍摄苏锦黎睡着的样子，但是安子晏不许他开灯，他们只能退了出去。

翌日早晨。

苏锦黎是被挤醒的，身上穿着的衣服太小了，让他十分不舒服。

幸好这身衣服是弹力的，不然他变大都会受到阻碍。他看着身上的衣服觉得十分奇怪，废了好大力气才脱下来。

他换好衣服走出房间，洗漱完毕后去了录音棚，有工作人员问他："昨天怎么了，生病了？好点了吗？"

"啊？我没事啊。"

"那昨天怎么请假了？"

"我请假了？"苏锦黎非常迷茫。

好在工作人员很忙，见苏锦黎没什么事，估计不会耽误进度，便继续工作去了。

苏锦黎也没在意，搬来一个椅子坐在墙壁边做舌头操，方便一会儿录音。

安子含姗姗来迟，进入录音棚后跟他打招呼："变回来了啊？"

"变？"

"你不记得了？"安子含拿出手机来给苏锦黎看他昨天录的视频，"看，多可爱。"

苏锦黎看着自己的换装秀,看得皱眉,猜到自己是返祖了,自己却没有那段记忆,只能不悦地问:"怎么还给我穿裙子?"

"可爱呗。"安子含说着凑过去,捏了一下苏锦黎的脸蛋。

苏锦黎追着安子含打了整整一上午。

等安子晏来了录音棚,苏锦黎有点羞愧地说道:"昨天给你添麻烦了,这件事情不受我控制。"

"没事,我觉得很可爱。"安子晏笑了笑,盯着苏锦黎看了一会儿,最后抬手揉了揉苏锦黎的头,"不过,我还是更喜欢你现在的样子。"

苏锦黎盯着他看了良久,轻哼了一声扭头走了。

安子晏突然觉得,还是小苏锦黎比较乖。

番外二

网络上的日常

苏锦黎打开手机，看了一眼头条，发现安子含又开始骂黑粉了。

安子含：谁骂我我骂谁。

评论：

十四：抱歉，我家偶像又出来丢人现眼了，我们现在就把他带回医院。

琼脂：偶像行为请不要上升到粉丝。

淮九：我是新来的，想问一下，一般子含妹妹发飙，我们要脱粉几天后回来？

阿哩：子含妹妹是我喜欢的最省心的一个偶像，因为他出了事情从来不用粉丝上阵，每次自己就骂回去了。

浅浅爱吃西瓜：子含妹妹的战斗力向来以一敌百，至今骂人没有重样的。

陆玖玖：关注霸总含，只是为了收集霸总含损人语录的请举手！

苏锦黎看了一圈之后，在组合群里询问：

苏锦黎：这次子含又怎么了？

常思音：不知道啊，估计是没东西发了，没事找事？

范千霆：安子含你好心机，又用这招上热搜！

乌羽：他新戏女主角的粉丝攻击他。

苏锦黎：为什么啊？

乌羽：因为女方想跟他炒CP，他直接说，你想红想疯了？

范千霆：……

常思音：也就他干得出来。

苏锦黎：其实可以好说好商量的啊。

安子含：商量什么啊，她趁其他人离开的时候单独坐我身边，安排人偷拍，也没问我就直接发出去了传绯闻，说我们俩因戏生情，单独吃饭。

苏锦黎：这样的确过分了。

安子含：是吧？

乌羽：你的粉丝在闹脱粉。

安子含：闹去吧。

苏锦黎：用我帮忙澄清吗？

安子含：你来摸摸我的头，祝这次谁都骂不过我？

苏锦黎：不祝福也没人能骂过你。

安子含：那行，我继续骂去了，不在他们面前咳嗽两声，他们都不知道我的厉害！

一月。

常思音：大家放心吧，我们最近的状况都很好，依旧是五个人都没有女朋友。

崽宰：感谢队长大人照顾四个宝宝。

墨染洛书：我们家锦鲤让队长操心啦！

二月。

常思音：大家放心吧，子含上次爆发后情绪还可以，后来锦黎跟千霆带他去吃了烤鸭，他的情绪就稳定下来了。

南南囡囡报报：组合近况播报员，比官博还勤劳。

白马非马：那么爆的脾气，一顿烤鸭就哄好，是我的子含妹妹没错了。

清墨：思音小天使真好。

三月。

常思音：大家放心吧，乌羽受伤并不严重，正在修复中，不会影响演唱会。苏锦黎最近没发微博，是因为在被安大哥逼着学英语，最近学会了很多单词，上次见面的时候还在跟我们炫耀英语。

筼崖子：常妈妈，有你真好。

南城以北：想到苏锦黎学英语的样子就觉得好笑，上次在访谈中秀英语，简直笑死我了，偏偏他还说得那么认真。

吾王：一定要叮嘱乌羽好好养伤啊！

当晚。

安子含：乌羽是在浴室里滑倒才伤到的，说训练中受伤的真抬举他了。

苏锦黎回复安子含：你怎么不扶他一把呢？

安子含回复苏锦黎：他得愿意跟我一块儿洗啊。

乌羽回复安子含：下次一起洗。

安子含回复乌羽：你别激我。

然后评论就炸了，乌羽跟安子含的调侃，成了常思音的微博热度最高的一条。

乌羽：岁月静好。

杜杜：哥哥我好想你啊，好好养好身体，期待你的演唱会。

蔺初初 appleer：乌鱼小哥哥冲鸭！

美少女 AF：哥哥我爱你！

乌羽：身在伦敦。

安子含：永远的老干部风格，外加一张摆拍相片，不是背影就是侧脸，你是对你的颜值多不自信？

乌羽回复安子含：姿势要稳，造型要帅。

苏锦黎：伦敦好玩吗？

乌羽回复苏锦黎：这里得说英语。

苏锦黎：哦……

乌羽：这回是自拍。
苏锦黎：乌羽，要不你还是摆拍吧。
安子含：为什么别人自拍就很好看，你的自拍就是毁容于一瞬间？
范千霆：要不咱继续摆拍吧，侧脸挺好。
常思音：嗯……背影也挺好。
景翳翳：哥哥们怎么可以这么说我的男朋友，他怎么样都帅，不信你看，我都设置成手机屏幕了！虽然我再也不想打开屏幕了。

范千霆：选哪首歌做主打好？啊啊啊啊啊！
我，什么时候才能发芽：我投1。
树深见鹿：2明明更好听，你们这群人不要再误导千霆了！
若水斋主：1111，不服来辩。
范千霆：怎么办，你们帮我选完我更纠结了，看投票结果决定。
三十分钟后。
范千霆：你们是故意的吗？怎么票数平局了啊！
苏锦黎：我觉得1挺好的。
安子含：2！必须2！
常思音：2啊！为什么要犹豫？
乌羽：1，可以走实力路线。
荒腔走板：哈哈哈哈，哥哥们太坏了，这么欺负天秤座真的好吗？

苏锦黎：今日份好运，听说九月旺桃花哦。
S3S：锦鲤大仙，我求桃花运。
踩汉子的大蘑菇：我也来蹭蹭运气，我想找另一半。
串串：你个小猪蹄子，到现在都没跟我求婚，你的桃花运一点也不准。
三天后。
S3S：锦鲤大仙，男神居然跟我表白了！

番外二 | 355

踩汉子的大蘑菇：我来还愿了，一个很帅的男生跟我要了 VX 号！
串串：啥？你们都还愿了？小锦鲤依旧没跟我求婚啊！啊啊啊啊！

苏锦黎：今天跟子含吃了烤肉，他说我吃得像肚子里怀了小鱼。
Zkdlinwife：你跟子含妹妹在一起，不是在吃，就是在吃，或者在吃吃吃。
牧野：你真的有很努力做每一件事情呢！
蓝水蓝：小鱼儿，吃完记得擦嘴唇啊！